广播电视节目传播策略研究

——对农传播新视角

项仲平　袁靖华
赵　渊　杜海琼　著

清华大学出版社

北　京

内 容 简 介

  本书是国内第一部从学术研究的角度系统探究我国农村广播电视事业可持续发展的专著,书中全面梳理了我国自新中国成立以来农村广播电视发展的整个历程,并阐述了目前对农传播的现状和存在的问题,同时分析和考证了国外对农广播电视传播的特点与经验。另外,针对我国对农广播电视节目体系的建设和产业化发展也进行了全新的理论研究和实践探讨。

  本书从宏观的策略、制度体系和产业化发展角度展开对策层面的探讨,进而在宏观理念到微观措施、产业规划到制度体系等多个层面上提出了我国对农村节目传播的策略建议,这对我国农村广播电视的发展有着重要的理论指导意义和实践参考价值。

  本书既适合于从事农村广播电视节目传播的从业人员阅读,也适合于高等院校广播电视相关专业的老师及学生作为参考书,还适合于广播电视相关研究人员参考。

图书在版编目(CIP)数据

广播电视节目传播策略研究:对农传播新视角/项仲平等著 .—北京:清华大学出版社,2011.10

(ISBN 978-7-302-26217-6)

Ⅰ.①广… Ⅱ.①项… Ⅲ.①广播电视－传播媒介－发展－研究－中国 Ⅳ.①G229.27

中国版本图书馆 CIP 数据核字(2011)第 137928 号

责任编辑:张龙卿(sdzlq123@163.com)
责任校对:刘　静
责任印制:李红英

出版发行:	清华大学出版社	地　　址:	北京清华大学学研大厦 A 座	
	http://www.tup.com.cn	邮　　编:	100084	
社　总　机:	010-62770175	邮　　购:	010-62786544	
投稿与读者服务:	010-62776969,c-service@tup.tsinghua.edu.cn			
质 量 反 馈:	010-62772015,zhiliang@tup.tsinghua.edu.cn			

印 装 者:北京鑫海金澳胶印有限公司
经　　销:全国新华书店
开　　本:185×260　印　张:13.25　字　数:301 千字
版　　次:2011 年 10 月第 1 版　印　　次:2011 年 10 月第 1 次印刷
印　　数:1～2000
定　　价:29.00 元

产品编号:043341-01

农业、农村、农民问题始终是关系着中国特色社会主义发展和现代化建设的全局性、根本性问题。中央一再强调：没有农村现代化，就不可能有全国的现代化；没有农村的繁荣，就不可能有全国的繁荣。而对农广播电视在实现现代化和农村繁荣的建设进程中，具有促进城乡信息交流、加强农村舆论引导、弘扬中国特色社会主义先进文化、提高农民政治文化科技素养、发展中国农村经济等重要作用。对此，在我国正处于全面提升工业化、信息化、城市化水平，全面建设小康社会的关键时期，大力发展对农广播电视事业是深入贯彻落实科学发展的重要体现，是解决和满足广大农民群众日益多元化的物质文化需求的重要方式。广播电视是最为普及、最受农村观众欢迎的现代传媒之一，也是广大农民群众文化娱乐的最基本渠道，从某种意义上讲，一台电视机就是一个农村家庭的文化中心。具体而言，发展对农广播电视事业的意义与价值体现在以下几个方面。

一是有利于社会主义核心价值体系的构建。广播电视是农民了解政策、获取信息的主要渠道，承担着将党和政府的声音传递到农村千家万户的重任。向广大农村地区和农民群众传播和弘扬社会主义核心价值观，离不开广播电视这一重要载体。加强广播电视节目的对农服务，丰富涉农节目的内容和形式，有助于巩固和扩大农村宣传文化主阵地，加强正确舆论引导，传播新观念、新风尚，营造昂扬向上、和谐稳定的社会氛围，促进农村文明建设，为农村繁荣发展提供强有力的思想保证、精神动力和智力支持。

二是有利于城乡统筹、城乡一体化的推进。通过对农广播电视，可推动以城带乡、以工扶农，推动城乡人员、技术、资本、资源等要素相互融合，互为资源、互为市场、互相服务，逐步达到协调发展；有利于宣传关心农民工，关心城市新居民居住、就业、创业、学习、培训及生活等内容。通过开办城乡兼顾、城乡沟通等节目，可促进城乡之间的沟通、融合。通过对农节目，还可以推动城市公共基础设施与公共服务体系向农村延伸，包括文化、卫生、教育、环保等方面，从而推动村庄的整治、村容村貌的改变、河道水域的治理、人居环境的优化等方面的工作。

三是有利于广大农民群众基本文化权益的保障。由于城乡、地区发展不平衡，目前农村广电事业发展还相对滞后，农民群众听广播、看电视的需求还没有得到很好的满足，特别是与城市居民相比还有不小的差距。重视对农广播电视事业，对于缩小城乡文化发展的差距、推进公共文化服务的均等化、保障人民基本文化权益等具有重要意义。

四是有利于现代化农业的发展。通过对农广播电视节目的宣传与指导，能够促进农村地区现代种养业的发展和农科知识、专业技术的普及,推动适应现代农业发展的农民合作社或其他新型企业、组织等的建立和推广,促进现代农业园区的建设,促进无公害、有机食品及绿色农产品生产基地的发展及与城市的对接及市场营销,推动特色农产品"走出去"。

然而令人惋惜的是,虽然发展对农广播电视节目事业的意义与价值已非常重大且明确,但当前对农广播电视节目的发展现状以及学术研究的开展状况却明显滞后,不容乐观。这种不容乐观在对农广播电视的发展现状上表现为以下几个方面。①数量的稀缺匮乏。屈指可数的对农广播电视频道和节目与9亿农村观众之间的矛盾。②对农广播电视节目质量的参差不齐。大部分现有对农广播电视节目的理念落后、定位模糊、内容陈旧等问题与有文化、懂技术、会经营的新型农民之间的矛盾。③形式的呆板单调。节目编排杂乱、画面粗糙、语言乏味等问题与农民群众日益提高的接受能力之间的矛盾。另外,对农广播电视节目还在制播体制、传播渠道、运营方式、播出时间等方面存在着一定的问题,这些都与当前的"三农"建设是极不相称的。可以这样说,在广播电视事业百花齐放的今天,农民受众和农村节目却成为被现代传媒人遗忘的角落,农民成为受众中的边缘群体。

这种不容乐观在对农广播电视的学术研究上表现为至今尚无任何专门就这个问题展开研究的著作。我们通过对国内最大的中文期刊数据库——"中国期刊网"进行了搜索,得到有关对农广播电视节目的文献总量为630篇,其中,关于对农广播电视传播研究的文献共220篇,这其中还包括了部分同时谈广播电视的文献的重复计数,并且这六百多篇文章中,许多文章并不具备严格的学术研究意义,更多的是经验性的随感和业务工作中的思考总结。这些思考总结,一方面是所分析的问题欠缺深入性;另一方面是所提出的解决与发展策略欠缺实用性。当前研究性专著和其出版状况及论文的发表状况清楚地表明了对农广播电视节目研究领域不成熟的学术面貌,研究历史短暂,尚不够成熟和深入。

鉴于对农广播电视事业的重要性、对农广播电视事业和相关研究的薄弱现状,本人和课题组成员以国家广电总局重点课题《广播电视对农节目传播策略与创新研究》为依托,针对对农广播电视的相关内容进行了广泛细致地调查,查阅了大量的资料,以实证研究为基础,以理论研究为主导,充分运用政治学、文化学、经济学、战略学、管理学和传播学等多学科的理论和国外对农电视节目研究的成熟经验,采取多角度、多层次的分析方法和手段,展开深入细致的研究,并取得了一系列的成果,其中包括在2009年10月到2010年2月之间,在《中国广播电视学刊》上连续发表的文章《论对农电视节目存在的问题与创新对策》、《发达国家对农电视节目概况及研究》、《发展中国家对农广播电视节目概况与探究》,以及于2010年6月在《现代传播》上发表的文章《建国以来我国对农广播电视研究的再研究》等,在学术界形成了较为重要的影响力。本专著就是在这些工作的基础上开始撰写的,共历时两年时间,是这个阶段本人和课题组成员关于对农广播电视节目调查和研究的结晶。

应该说,本著作是国内第一部从学术研究的视角来系统性思考、讨论我国对农广播电视事业可持续发展的专著,我们本着学术探究的精神,力求切实总结当前我国对农广播电视节目发展的现状,深入地探究发达国家、发展中国家对农广播电视节目的成败得失,理性分析我国对农广播电视节目在宏观、中观、微观方面所存在的问题,切实提出对农广播电视节目可持续发展的各项策略,努力填补我国对农广播电视节目在系统性、整体性、科学性研究方面的空白。我们也期望着通过本专著的出版发行,能促进更多的广播电视学者和广播电视一线的专家把对农广播电视节目的传播发展有进一步的深入研究,从而共同推进中国广播电视对农节目的传播,丰富对农广播电视节目理论及其发展对策的研究。因此,从这个意义上讲,本专著还值得对农广播电视节目的创作者和管理者与高校的广播电视教学者及从事农村工作研究的领导和专家们一读。

具体而言,本著作的讨论是从以下几个方面展开的。

一是我国对农广播电视研究综述。从"中国期刊网"入库的最早为1949年发表的文献开始搜索,我们目前能够检索到的关于对农广播的文献最早出现在1960年。可以说,广播电视人关于对农节目的研究早在20世纪五六十年代就已经开始。而且,它的起步首先是从对农广播的研究与探讨开始的。本专著用整整两章的内容来详尽地梳理我国对农电视研究的整体发展历程,试图通过史、论结合的研究方法,以历史的发展线索,总结归纳出我国对农电视研究的发展演进过程、各研究主题领域的状况、所取得的研究成果以及目前还存在的不足。根据研究发展的具体进展,我们将对农电视传播研究的历史分为三个十年,借助三个十年的历史阶段划分而分别进行探讨。其次,从研究总量、研究的论题、研究的深度等各个方面,对每一个历史阶段的研究情况进行了细致的梳理和总结。最后,反思了我国对农电视传播研究的成绩与不足。

二是我国对农广播电视的发展现状和存在的问题。在这个部分的内容中,从理论梳理和个案分析两个角度来阐述目前我国对农传播的现状与存在的问题。具体探讨了我国对农节目的重要性问题;对农节目宏观层面存在的问题,如频道与节目资源的匮乏、产品性质定位的模糊、政策与资金支持的不足、节目传播渠道的不畅、受众媒介素养的不高等;对农节目中观层面存在的问题,如节目制作理念的落后、节目体制的僵化、市场经营方式的落后、与农业相关部门联动的欠缺、面对面现场活动的缺乏、媒介传播方式的单一等;以及对农节目微观层面存在的问题,如节目内容与三农问题的脱离、节目定位于农民需要的分离、节目表现形式与农民接受能力的失调、时间安排与农民作息时间的错位、农民式话语体系的缺失、编创人员知识结构与创作来源的矛盾,等等。

三是国外对农广播电视研究综述以及对农广播电视节目的发展现状和启示。在深入分析了我国对农广播电视事业和研究现状之后,本部分把目光转向国外,认真总结并深入探究了世界各国特别是建设对农电视节目方面的经验与特点,尤其是美国、英国、日本等发达国家在对农电视频道及其节目建设上的成熟经验,以及印度等发展中国家在对农电视节目建设中的成败得失,进而探究这些经验给国内对农电视节目的启示。这些工作不仅能为国内对农广播电视节目的制作与研究提供参考与借鉴,也能使国内对农广播电视节目的未来发展走向更为清晰和明确。在这部分中,详细介绍了28个国外对农电视节目,在资料梳理和归纳总结上都做了细致的工作。

四是对农广播电视可持续发展、体系建设和产业化发展对策研究。这是本著作的最后一个部分,也是最重要的一个部分,占据了超过1/3的篇幅。这个部分具体分为三章,具体是"对农电视节目可持续发展的策略研究"、"中国对农传播制度体系建设"、"中国特色对农传播产业发展战略",分别从宏观的策略、制度体系和从产业化发展角度来展开对策层面的探讨,在对现状的全面把握的基础上,提出了对农传播方面从宏观理念到微观措施、从产业规划到制度体系完善各个层面的对策建议,有着重要的指导实践的意义和参考价值。

　　总之，本著作从对农广播电视的现状梳理到归纳分析再到策略建议，做了尽可能全面而细致的工作，以期能引起同行的关注，从而激发对本领域研究的兴趣，并起到抛砖引玉的作用，以便吸引更多的专家学者投身于这个领域的研究工作中来，从而为促进对农广播电视事业的繁荣和发展献上一己之力。

　　本著作由项仲平教授担任组织、规划和统稿等总负责的工作。其他参加本著作撰写的还有袁靖华、杜海琼、赵渊、张仁汉、范耀和林羽丰，具体撰写工作分工如下：项仲平撰写第一、十章，袁靖华、项仲平撰写第二、三章，杜海琼撰写第四、六章，林羽丰、项仲平撰写第五章，项仲平、杜海琼撰写第七章，赵渊撰写第八、九章。

　　本书得以顺利出版，有赖清华大学出版社的鼎力支持和国家广电总局专家们的宝贵意见，在此深表感谢。

　　由于对农广播电视研究是一个庞大的系统工程，加上又是国内第一部从学术视角系统研究对农广播电视节目可持续发展的著作，在创新的基础上著书立说，错误和不妥之处在所难免，恳请读者和专家们批评指正。

项仲平

2011 年 4 月于杭州下沙

目录

第四章 对农电视节目存在问题的研究

第五章 从农村信息传播的低效看对农广播电视的缺失——以浙江衢州农村为例完成的调查报告

第六章　国外对农电视节目的研究与启示

第七章 对农电视节目可持续发展的策略研究

第八章　中国对农传播制度体系建设

第九章　中国特色对农传播产业化发展战略

第十章　国内央视、省级和市、县主要对农电视栏目简介

第一章　对农广播电视节目研究的背景

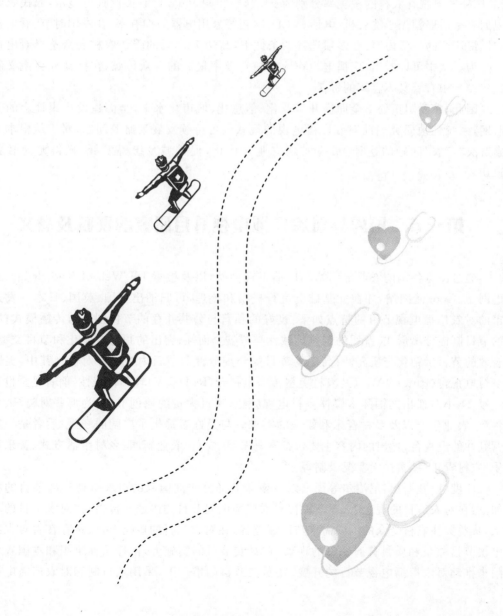

我国是农业大国,农民人口占国民总人口的一半以上,农村面积远超过城镇面积,农业是国民经济的基础与命脉。因此,"三农"问题是关系国家经济社会发展的重大战略性问题。胡锦涛同志在党的十七大报告中明确提出:"解决好农业、农村、农民问题,事关全面建设小康社会大局,必须始终作为全党工作的重中之重。要加强农业基础地位,走中国特色农业现代化道路,建立以工促农、以城带乡长效机制,形成城乡经济社会发展一体化新格局。坚持把发展现代农业、繁荣农村经济作为首要任务,加强农村基础设施建设,健全农村市场和农业服务体系。"这充分表明了党和国家对"三农"问题的高度重视与推进决心。

而在"三农"问题的解决以及社会主义新农村建设的过程当中,对农广播电视承担着促进城乡信息交流、加强农村舆论引导、弘扬中国特色社会主义先进文化、提高农民政治文化科技素养、发展中国农村经济等重要使命。根据国家广电总局 2008 年公布的统计数据可知,广播和电视在农村的覆盖率分别为 94.74% 和 96.06%。有关调查也显示,农民家庭电视拥有率遥遥领先于洗衣机、电话、VCD、冰箱等家用电器的拥有率;在农闲时节,看电视是农民最广泛的生活内容,在多项选择的条件下,高达 78.9% 的受访农村受众选择看电视这一行为。从中可以看出,广播电视作为农村普及率最高的大众传媒,在推动社会主义新农村建设当中有着义不容辞的责任。

因此,在我国正处于全面提升工业化、信息化、城市化水平,全面建设小康社会的关键时期,系统性地研究当前对农广播电视的现状及可持续发展策略等问题,对于从根本上探索解决"三农"问题的途径,最终实现农业现代化,促进城乡统筹发展,显得尤为必要且迫切。

第一节　国内外对农广播电视节目研究的现状及意义

通过浏览各国的农业部网站和广播电视网站,以及检索 ISI Web of Knowledge、亚马逊网站、Google 网站,并在此基础上进行概括和梳理,可归纳出美国、英国、日本等发达国家的对农广播电视节目的特点如下:良好的私营与公共并存的节目创作与传播模式;明晰的节目制播分离形式;鲜明的制作区域性与覆盖全面性;突出的频道专业化和节目类型化;有效的节目量精化与质高性;高度的节目受众细分性与节目内容的针对性。其中,美国的乡村电视台(Rural TV)以及乡村免费传播电视台(RFD-TV)较具代表性,前者是全世界第一家 24 小时播出的国际多媒体乡村电视频道,通过大量的原创节目,为那些对骑马、乡村生活、农业生产以及乡村音乐和娱乐的需求者与爱好者提供了广阔的视野;后者是一家非营利性的电视台,播出的内容主要包括赛马节目、农村/农业新闻、乡村生活方式、音乐和娱乐、农村青年、牲畜拍卖实况录制等。

印度、巴基斯坦、尼泊尔等国家以及南非等部分非洲国家的对农电视广播节目的特点如下:在对农节目的观念上,逐渐重视对农广播电视节目的渗透和传播;在对农节目的对象上,日益关注农村受众的不同需求与区域差异;在对农节目的规模上,依然存在着对农广播电视节目数量和质量普遍缺席的现象;在对农节目的实施上,依托国际组织和本国农业部门来推动对农广播电视节目的开展;在对农节目的推广上,采用项目制和对农广播电视节目播出相结合的策略。

农业问题不但是立本问题,也是现实问题。不少国家的政府和学者已逐步认识到了对农广播电视节目在经济和社会发展当中的地位和作用。有研究表明,印尼的电视观众从8个对农节目中所学到的知识,几乎是非农观众的三倍。目前,对农电视节目已经受到国际社会的重视,形成了一个新的研究领域。

中国的对农电视节目起始于1958年,当时的北京电视台在频道开播的第一天就播出了关于农村题材的新闻纪录片《到农村去》。应该讲中国对农电视节目起步早,伴随着改革开放的脚步,对农电视节目进一步向多样化发展,涌现出了一批对农品牌节目以及专业频道,但存在的问题还是比较多。我国的对农节目研究现在也开始起步,这些研究大致围绕以下三个问题展开。

第一,关于对农节目现状的研究。学者们概括我国对农电视节目的总体情况是:频道数量较少——只有中央电视台农业军事频道,6家省级频道和为数不多的市、县级频道;节目比例较低——电视节目年播出总量1 004万小时,农业节目不超过1%,而1254套电视节目中对农节目仅占0.4%;节目受众较多——农村人口将近9亿,占到总人口数的69.3%。概括起来就是:频道数量较少、节目比例较低、节目受众较多。

第二,关于对农节目存在问题的研究。大部分学者都认为,对农电视节目存在着内外两个方面的大问题。内部问题主要表现为:对农节目内容脱离"三农"主题,重行政信息,轻市场信息;重领导活动,轻民生新闻;重娱乐节目,轻科技节目。对农节目形式简单,未考虑农村受众的特点。外部问题主要表现为:节目生存能力较弱,对农电视节目的经济收益远低于其他节目,因此在市场经济环境下的竞争力不强,边缘化现象严重。资源配置缺失,虽然相关部门在思想上高度重视对农节目,但由于受到市场化因素的影响,致使一些鼓励扶持政策未能真正落实。

第三,关于对农节目发展策略的研究。有学者从政府的角度出发,提出应该在各级政府的主导下,在政策和资金的支持下,组建对农频道,搭建对农信息传播平台,从而培养农民的媒介素养。也有学者从对农节目自身的角度出发,指出在节目内容定位上,必须充分体现"受众为本"的思想,根据农民的需要和喜好来编排节目,将注意力放在扩大信息量上,传播农村受众最需要的政策、法规、技术、市场、娱乐等实用信息。有学者还从市场的角度出发,指出对农电视节目要走品牌发展之路,以品牌个性的展现加深观众对农节目的识别和认同;以品牌影响力吸引住观众眼球,提升品牌价值。还有学者从商业的角度出发,指出对农电视节目要建立制片人负责制度,自负盈亏,迫使对农电视节目加强与企业、社会团体的沟通与合作,从而充分调动社会各界的力量。从总体上看关于对农电视节目的研究仍存在许多薄弱的环节:一是深广度问题,即所分析的问题欠缺深入性和宏观视野;二是现实实用性,即所提出的解决策略尚欠缺实用性。

上述研究表明学界关于对农广播电视节目问题的认识在不断地深化,视野在不断地开阔,但从总体上看,关于对农广播电视节目的研究还存在许多较为薄弱的地方。一方面是所分析的问题欠缺深入性,只是较为笼统地概述了目前对农广播电视节目所存在的问题,在节目内容与受众需求、节目公共性与市场商业性等方面还存在空白;另一方面是所提出的解决与发展策略欠缺实用性,只是较为粗略地阐述了对农广播电视节目的发展应该采取何种策略,并没有与新农村建设的实际情况相结合,进而提出可供操作的方式或方法。

针对这一研究现状,本研究将从传播学、社会学、政治学等方面对农村社会与文化的结构性变动、农村受众的分化情况以及市场因素影响等方面做出理性的分析与概括,切实总结当前我国对农广播电视节目发展的现状,深入探究发达国家、发展中国家对农广播电视节目的成败得失,理性分析我国对农广播电视节目在宏观、中观、微观方面所存在的问题,切实提出对农广播电视节目可持续发展的各项策略,努力填补对农广播电视节目在系统性、整体性、科学性研究方面的空白。因此,本研究具有强烈的时效性、创新性和重要的社会意义,将填补当前传媒理论研究上的欠缺,也能为电视媒体在现实中的传播实践做有效的探索。

第二节　研究的内容与思路和方法

一、研究的主要内容

1. 对农广播电视节目现状研究

本研究项目将运用最新的社会文化理论,针对当下电视等现代传媒的存在环境和传播现状进行分析,描述出整个中国当下社会文化结构的新图景,特别是面临城市化等众多因素冲击的农村社会和其文化构图,从而确定电视受众分化形成的新群体,以及他们对电视等媒体新的接受立场与审美样式等诸种实际需求。从中国社会、文化结构新图景,传播学、社会学、政治学和管理学等方面对农村社会与文化的结构性变动以及农村受众的分化情况做出学理性的分析与概括;农村受众的价值观念、文化特征、接受心理、现实困境、利益诉求等。

2. 对农广播电视节目问题的研究

我国的电视传媒在社会转型中,凭借传统计划经济体制赋予的巨大资源优势,追逐市场经济的利益最大化,抛弃了相应的社会责任和使命。

节目定位与内容、创作理念与手法、传播模式与技巧是影响电视对农节目生存与发展的重要原因。选择实用性与接近性的题材,采用通俗化、故事化、实证化、现场化的形式,使电视对农节目可以在社会主义新农村建设、农业可持续发展、农民脱贫致富等方面发挥更大的作用。

中国作为传统农业大国,而对农电视节目的贫乏和质量的低下形成巨大反差,国家对农业、农村的重视与电视媒体对农村节目的漠视也形成巨大反差。

(1) 政府观念政策与媒体措施执行的错位

国家广电总局把 2005 年确定为"农村服务年",体现了广播电视业的神圣使命和传播优势。然而党中央的重视、政策法规的出台完善与具体落实和传播业者的切实执行存在脱节。

(2) 对农节目内容与农民受众需求的分离

随着市场经济日益成熟,收视率成为广告投入的决定因素,媒体人把目标投向消费能力高的城市居民,以牺牲农民受众需求的方式来取得利益的最大化。而在有限的对农电视节目中,许多节目脱离"三农"实际,使得与"三农"信息息息相关的政策信息、对农民增收致富有帮助的市场和科技信息等内容在节目中比例很小,质量低下,在很大程度上未能及时地、充分地宣传中央的对农政策,反映群众的呼声和满足农民的需求。

（3）节目盲目性与受众多元性的冲突

对农电视节目不考虑受众类型的节目盲目性显得尤为突出,对农民催耕催种、政令宣传和死板说教的传统模式依然普遍存在。事实上,经过30多年的改革开放,农民的概念已不再停留于传统意义上的农耕之人。

（4）节目公共性与市场商业性的对立

当下广播电视由于片面追求与维系收视率而迎合城市大众,节目质量下降,浅俗、一体化的传播与人群收视的多元、分流形成悖反,电视制作与传播面临与受众实质分离的根本问题。对农电视节目本身的公共性与其所处市场的商业性之间的矛盾,直接导致对农电视节目出现了弱化现象。

（5）人才知识结构与节目创作来源的矛盾

在办对农节目上,往往是城里人办节目给农村人看、给农村人听。对农节目要办得有贴近性与可听可视性,对采编人员在对农业、农村、农民的了解和广播电视专业知识、工作作风等方面有着更高的要求。

3. 对农广播电视节目的传播策略

对农电视节目应从中国国情、"三农"实际和中央关于把农村工作放在全党工作"重中之重"的要求出发,在资源配置上强化对农宣传,实现和保障农民群众的基本文化权益,从政策、信息、知识、观念和服务等方面提高对农宣传的饱满度、针对性和有效性,在对农村传播节目的质量提高和充分、有效供应上实现大的跨越。

二、基本思路和方法

本研究的基本思路分四个部分:第一部分是我国对农广播电视研究综述。勾勒出整个中国农村社会与文化结构的波动与变异,同时对对农电视节目的数量、比例、内容以及特点进行描绘。第二部分是研究我国对农广播电视发展现状和存在的问题。从传播学、社会学、政治学等方面对对农电视节目与受众需求、类型等方面所存在的问题做出学理性的概括与分析。第三部分是国外对农广播电视研究综述,以及对农广播电视节目的发展现状和启示。在深入分析了我国对农广播电视事业和研究现状之后,本著作把目光转向国外,认真总结并深入探究世界各国特别是建设对农电视节目方面的经验与特点,尤其是美国、英国、日本等发达国家在对农电视频道及其节目建设上的成熟经验,以及印度等发展中国家在对农电视节目建设的成败得失,进而探究给国内对农电视节目带来的启示。第四部分是对农广播电视可持续发展、体系建设和产业化发展对策研究,深入探讨在新的社会、文化构图中,对农电视节目的传播策略及其与社会主义新农村建设中广播电视产业化发展对策。

本研究主要采取以下方法:坚持理论研究与实证研究相结合,以实证研究为基础,以理论研究为主导,充分运用政治学、文化学、经济学、战略学、管理学和传播学等多学科的理论和国外对农电视节目研究的成熟经验,采取多角度、多层次的分析方法和手段;坚持定量分析与定性分析相结合,以定量分析为基础,以定性分析为主导。在对农电视节目现状方面作一系列实证调查,进行定量研究,为定性研究打好坚实的基础,实现研究方法的科学性、规范性和严谨性。

三、主要观点及创新之处

本研究的研究重点与难点是:全面统计并分析了当前对农电视节目的内容及其特点;农村受众的分化类型、文化特征与现实诉求;如何构建合理且可行的传播策略,将电视节目制作与建构社会主义新农村建设相结合,将先进文化、和谐理念、政治稳定意识、统一行为规范传输给农村受众。

本研究的主要观点是:"三农"问题是关系到国家发展的稳定性、全局性的根本问题。而电视媒体具有覆盖范围广、受众人数多、影响能力大和传播时效性强等特点,理应参与到社会主义新农村建设当中,并发挥出重要作用。但当前的对农电视节目还存在着诸多问题,表现为政策与措施执行的断层;节目内容与受众需求的分离;节目盲目性与受众多元性的冲突;节目公共性与市场商业性的对立;人才知识结构与节目创作来源的矛盾。因此,需要深入探讨在新的社会、文化构图中,对农电视节目的传播策略及其与社会主义新农村建设的紧密关系。

本研究的创新之处是:①研究视野和切入点的创新。立足国内外对农电视节目的现状以及国内对农电视节目发展历程的广阔视野,从中国农村社会和文化结构的波动与变异进行切入,弥补了以往讨论对农电视节目时缺乏社会文化背景阐述的缺陷。②研究内容的创新和突破。本研究的主要着力点是在进行对农电视节目现状调查的基础上分析所存在的问题,从而构建相适应的传播策略,补充了调查对农电视节目时在内容特点调查方面的相对缺失,填补了对农电视节目在传播策略方面的相对空白。③研究方法和手段的突破。充分运用政治学、文化学、经济学、战略学、管理学和传播学等多学科的理论和国外对农电视节目研究的成熟经验,采取多角度、多层次的分析方法和手段进行研究。

第二章 20世纪我国对农广播电视传播研究

自从开办了针对我国农村地区的广播电视节目以来，广播电视人就没有停止过关于对农广播电视问题的思考。应该说，关于对农广播电视的研究与思考，其历史是与我国广播电视事业的发展历程相伴随的。

不过，对农广播与对农电视的发展却并不是同步进行的。其中，"有线广播是新中国建立以来最早进入农村的现代传播媒介"①。因此，有关对农广播的研究其实开始得很早。我国自新中国成立以后，就开始在农村地区铺设广播通信设施，并开展广播服务。与之相应的，对农广播的研究也是从 20 世纪五六十年代开始的。从中国期刊网最早发表于 1949 年的入库文献开始搜索，我们目前能够检索到的关于对农广播的文献最早出现在 1960 年。而且，首先是从对农广播的研究与探讨开始起步的。

其实，出现这种情况并不奇怪。因为，从硬件设施、政策规划、经济条件等各方面的基础准备工作看，对农电视事业的发展在一开始的起步阶段确实远远落后于对农广播。20 世纪八九十年代，相对于广播而言，电视在绝大多数农村还是一种新兴媒介。不过，这种新媒介发展极其迅猛，很快就后来者居上了。相关文献研究发现，与对农广播研究相比，我国关于对农电视传播的研究，是从 20 世纪 90 年代开始的，滞后了大约近 30 年。因此，对农电视自身的专门研究，其历史要比对农广播研究短得多，还不到 30 年。

本著作将用整整两章的内容来详尽地梳理我国对农电视研究的整体发展历程，试图通过史论结合的研究方法，以历史的发展线索，总结归纳出我国对农电视研究的发展演进过程、各研究主题领域的研究状况、我们取得的研究成绩以及目前还存在的不足。因此，我们在接下来的两章当中的安排，主要是借助三个十年的历史阶段划分，全面梳理了新中国成立以来我国对农电视研究的整个发展历程。我们主要是根据研究发展的具体进展，将对农电视传播研究的历史分为三个十年。而后，从研究总量、研究的论题、研究的深度等各个方面，对每一个历史阶段的研究情况进行了细致的梳理和总结。最后，我们反思了我国对农电视传播研究的成绩与不足。

第一节　对农广播——作为对农电视的先声

在我国广大农村地区，电子媒介的传播是"先闻其声，后见其人"的。这个比喻指的是我国农村地区的电子媒介传播是先有广播的发展，而后才有电视的出现。在事业建设和研究领域，从 20 世纪中期的情况看，对农电视要远远滞后于对农广播。这与广播、电视这类电子媒介本身对经济、技术条件的不同依赖情况有密切关系。相比电视，广播相对廉价得多，是当时我国经济、技术条件下可能承受和发展的唯一的农村电子媒体。

我国自新中国成立以后就开始大力发展对农广播事业。正因如此，关于对农广播的相关介绍、经验总结以及理论思考都要远远早于对农电视。某种意义上我们可以这样说，一方面，对农广播既是对农电视的"先声"——因为它是以声音作为最主要的传播介质，是农民首先接触到的电子媒介；另一方面，对农广播又是对农电视的"先生"——因为，后来的对

---

① 柴志明，林勇毅，徐洲赤，汪洋．浙江农村广播 60 年：现状与思考[J]．中国广播电视学刊，2009(10).

农电视在人才队伍、创办思路、体制规划、受众心理、风格类型等方方面面都离不开对农广播的"经验传承"。正是在这一意义上,讨论对农电视是不能绕过对农广播的。

最早关于对农广播研究的三篇文章出现在 1960 年。1960 年,《新闻战线》第 03、06、10 期上分别发表了三篇文章,全部都是关于对农广播的研究,它们的题目分别是:《我们提高"对农村广播"节目质量的三种办法》《办好农村广播更好地为社会主义建设服务》《用高速度建设农村广播网》。这三篇文章既用了很多文字介绍具体的对农广播工作做法,也有部分文字涉及对农广播工作的思考与对策问题等。

发表在 1960 年《新闻战线》第 03 期上,由广东人民广播电台农村组撰稿的《我们提高"对农村广播"节目质量的三种办法》一文,主要介绍了广东人民广播电台如何提高"对农村广播"节目质量的一些办法,文中认为"思想性是检验节目质量的首要标准"。只有加强节目的思想性,准确地宣传党的方针、政策,帮助群众解决思想问题,引导群众不断前进,广播才能起促进作用。

《新闻战线》第 10 期上,中共黑龙江省委员会书记冯纪新的《办好农村广播更好地为社会主义建设服务》一文中指出:发展广播事业是社会主义建设的一项重要事业。无线电广播是:"不要纸张和没有距离的报纸"(列宁语);"非常迅速,不受任何空间限制,所以作用极大,深受党的重视和群众的欢迎,农村广播网的建立,不仅完成了一般的报道任务,而且根据农村各个时期的中心工作,举办广播大会、现场广播和专题节目,有力地促进了人民公社的巩固提高、农业技术革新和技术革命运动的发展、农业生产的全面大跃进";"农村广播网已经成为传播马克思列宁主义真理,贯彻党的路线、方针、政策,普及科学文化,交流先进经验,指导工作和丰富文化生活的有力工具,对于加速农村社会主义建设发挥了重要的作用"。这篇文章主要从政治宣传的视角强调对农广播的传播功能,带有当时特有的时代色彩。

《新闻战线》第 06 期上来自黑龙江广播事业局的《用高速度建设农村广播网》一文主要是介绍当时黑龙江省农村广播网的建设情况。继 1958 年 7 月 5 日黑龙江省提前十年完成了"全国农业发展纲要"第三十二条所规定的普及农村广播网的任务之后,1959 年又全面超额地完成了发展农村广播网的任务。到 1959 年年底,全省已经建成 2 267 座有线广播站,比 1958 年增加了 33%,其中有市、县广播站 60 座,人民公社广播站 538 座,城区广播站31 座,管理区广播站 669 座,林区、工矿、企业、农场、钢铁、水利工地广播站 948 座。此外还有 692 个广播收音站。收听工具也有了飞跃的发展,广播喇叭和收音机已达 1 035 500 余只(架),比 1958 年增加了 50%,平均每三户就有一个收听工具,其中广播喇叭已达到705 500 余只,收音机 33 万多架,全省所有的公社、管理区和 94% 的生产队都通了广播。这从一个地区的视角可以了解到当时对农广播事业在我国已经取得了不小的成就。

上述来自 20 世纪 60 年代的三篇文章,帮助我们大致了解了农村广播在当时的基本发展面貌。而我们知道,当时全中国的电视机还不到百台。对农电视事业的发展以及对农电视的研究那是要到 30 多年之后现如今的事情。

为整体地了解自新中国成立以来至 2009 年我国对农电视传播研究的发展状况,我们对国内最大的中文期刊数据库——中国期刊网进行了搜索。我们从期刊网最早的文献入库时间开始搜索,将搜索时间域设置在最大范畴:1949—2009 年,通过关键词"农村电视"、

"对农电视"、"农村广播"、"对农广播"、"农村节目"、"对农节目",并结合"三农"、"涉农"、"为农"、"兴农"、"乡村"、"广播"、"电视"、"传播"等词汇的多次集合搜索,对关于我国对农广播电视传播研究文献(包括期刊论文、博硕士学位论文在内)通过第一次筛选,初次得到文献为 1079 篇。接着进行了多次的甄别与剔除。首先剔除了出现相关关键词,但与对农广播电视研究无关的文章,如《农村电视共用天线系统的安装与调试》等;其次是剔除了一般的通告性文献,如《农村电视媒介消费风景独好——美兰德第十次全国电视频道覆盖及收视状况调查结果揭晓》等;另外还剔除了重复发表的同题文献。最后,得到自新中国成立以来至今有关对农广播电视研究的文献总量为 630 篇;其中,关于对农电视传播研究的文献共220 篇,这里包括了部分同时谈广播电视的文献的重复计数。在 600 多篇关于对农广播电视传播的论述性文献中,电视所占的比重仅为 1/3,此外 2/3 的研究是关于对农广播的。

就事实而论,我们所获得的大量文献并不具备严格的学术研究意义,更多的是经验性的随感和业务工作中的思考总结。有鉴于对农广播电视研究领域的不成熟的学术面貌,我们把此类关于对农广播电视研究的所有论述性文献均涵盖在搜索范畴当中。相比于狭隘地以纯学术研究的视角搜索这类研究,或许还是这一策略更能够反映该领域研究的实际面貌。

不过,另一方面,通过对文献的搜集和整理也可以看出,对农广播在很大程度上占据了农村广播电视的主角地位,有关对农广播的思考,其历时性要更长,相对而言思考也更为成熟深入。这对于对农电视而言,恰恰是一笔巨型财富,为我国深入发展对农电视事业和制作对农电视节目,打下了扎实的事业基础与群众基础。在这个意义上,对农广播当然是对农电视的"先生",对农广播研究则是对农电视研究的"先声"。

第二节　第一个十年:1981—1990 年的对农广播研究
——为此后的对农电视研究打下了基础

基于历史和现实的思考,对农广播研究和广播实践,无论是在理论思考、业务实践,还是人才培养、体制架构等方面都接触到了后来的对农电视传播当中,两者经常是捆绑在一起的。因此,讨论我国的对农电视传播,从其现实根基上的确是离不开对农广播的研究历史的。

笔者根据文献搜索,按照历时的研究线索进行断代式的划分,将我国对农电视传播的研究历程划分为三个十年,希冀借助对我国对农电视传播研究的历时发展状况的描述和分析,掌握我国对农电视传播研究的整体面貌和历时发展线索。这三个十年分别是:第一个十年——1981—1990 年的对农广播研究,为此后的对农电视研究打下了基础;第二个十年——1991—2000 年,对农电视研究起步,对农广播电视研究逐渐发展;第三个十年——2001 年至今,对农电视传播研究步入了快速发展阶段。

根据时间线索,我们对搜索结果进行了初步分析。在自新中国成立以来至今有关对农广播电视研究文献总量 630 篇中,按照历时的发展、年份的编排顺序看,我国关于对农广播电视的研究在 20 世纪 90 年代之前是比较沉寂的。从 1981—1990 年,每年发表的相关探讨性的文章,包括业务总结性的文章在内,总量只有 15 篇,最多的年份也不过 6 篇——这是在 1990 年。不过,从 1981 年的 1 篇到 1990 年的 6 篇,在第一个十年的研究中,尽管多数文章还是基于业务探讨的层面,仍旧呈现出一个逐渐递增的发展态势。

这 15 篇文章,几乎清一色的是关于对农广播事业的研究,没有专门就对农电视问题进行研究。中央电视台新闻部李海明在《新闻战线》1983 年 12 期上发表了一篇短文为《电视要为农村服务》,最先提出了这样一个问题:电视如何开辟为农民服务的领域?但是,当时的这一疑问始终还只是一个问题,没有得到回答,也没有得到他人的思考接续和研究回响。在整个 80 年代几乎成为空谷传声。唯一的 1 篇有所涉及这一问题的研究是《中国广播电视学刊》1989 年 01 期刊发的、由中共中央宣传部和广播电影电视部联合调查组完成的《适应商品经济形势,发展农村广播电视——不发达地区农村广播电视调查综合报告》。

这篇报告主要介绍了当时中共中央宣传部、广播电影电视部联合调查组会同国家统计局农调总队和有关省、地(州、市)、县的党委宣传部和广播电视厅(局)于 1987 年 6 月至 1988 年 5 月对不发达地区广播电视事业进行的调查研究。这次调查,是改革开放以来我国首次就不发达地区的农村广播电视发展状况进行的全面调查。在对广播电视事业状况和宣传状况进行典型调查的同时,对农村广播电视受众作了一次大规模的抽样调查。以全国 1986 年人均纯收入 150～400 元的 846 县为抽样框,从中分阶段随机抽取了 12 个县,共 1 200 个样本。不仅全面了解了当时不发达地区农村广播电视发展的基本情况,而且也从全局层面更清晰地梳理了如何促进不发达地区农村广播电视事业发展,如何提高农村宣传报道质量等方面的问题。这份调查同时还从指导思想、方针政策、实施措施等方面提出了重要的建议。这份调查报告的影响是深远的,为此后 90 年代国家制定对农广播电视事业发展的方针政策,并全面布局对农广播电视事业的发展规划提供了一个重要的参考。结合 90 年代对农广播电视发展的状况和相关讨论看,这份报告在一定程度上奠定了我国对农广播电视事业发展的基调。

考虑到当时农村电视普及率很低,1985 年“全国农村平均电视普及率只有 3.99％”[①],到 1987 年我国农村人口中仅有 32.58％的电视观众[②]。在这样的基础上,对农电视研究自然还未必能够进入人们的视野。即使对农广播研究也还处在起步阶段,零星地涉及受众调查、传播网络建设与管理、广播的宣传功能、广播语体、广播人素质等方面内容,整体上还处于荒芜、散乱的研究状态。不过,这些早期基于广播的探索在此后将不断渗透到对农电视传播当中。

一、传播功能研究:强调对农村广播的宣传教育功能

这方面的文章多数是从宣传视角来分析对农广播电视的传播功效的。如在《现代传播》1981 年第 01 期上,刘如年的《农村有线广播的宣传特点》一文指出,农村有线广播,作为一种宣传工具,要宣传党的路线、方针和政策,按照新闻工作的基本规律办事,同时也应该根据听众特点建立自己的宣传特点,并认真研究和正确运用这些特点,更好地发挥有线

① 孔昭定. 一九九〇年全国电视机需求预测[J]. 预测,1985(06).

② 卫杰民,贾福中. 电视节目应向农村观众倾斜[J]. 电视研究,1995(07).

广播的作用和力量。

王克珑在《新闻知识》1986 年第 07 期上发文《适应农村变革,改进科技宣传——我们主办〈农业顾问〉节目的体会》,认为办好对农节目的关键是"要坚持三个面向:面向农村、面向基层、面向群众",以及"以农业为主、以普及为主的方针","一定要深入到农村、深入到农民当中才能真正办好对农节目"[①]。

《中国广播电视学刊》1987 年第 01 期上秦跃良的《内地农村听众的心态和广播宣传的对策》一文,对当时商品发展初期内地农村听众的心态进行了初步讨论,对如何通过广播不断地输入商品经济的观念提出对策。

《视听界》1990 年第 05 期高庆华的文章《浅谈农村有线广播与农村基层政权的关系》认为,"农村有线广播的发展与加强农村基层政权建设之间有着密切的联系","农村有线广播是党在农村基层最重要的宣传窗口"[②]。

上述文献围绕广播的主要传播功能——宣传,从不同的视角来谈论对农广播应该如何宣传并提高宣传效果等问题。不过,上述文献关于广播的宣传功能的理解,与五六十年代和改革开放之前相比,显然已经发生了很大的变化。这说明我们对对农广播的宣传重点的理解是在与时俱进的。在 20 世纪 50～70 年代,广播主要还是以体现政治思想与国家意识形态宣传作用为主。而到了 20 世纪 80 年代,随着我国提出全面发展社会主义初级阶段,制定以"经济建设为中心"的政策,农村广播宣传的重点自然就落实到了如何发挥广播在两个文明建设中的宣传教育作用,如何围绕农村经济发展体现宣传服务与导向教育作用等方面。此后,"广播为农民生活服务、为发展农村经济服务",乃至"电视要为农民生活服务、为发展农村服务"的思想也正是从这里开始萌芽的。

二、传播定位研究:思考如何在节目内容上适应农民听众的需要,办好对农广播节目,提高节目传播效果

这方面的文章主要就是围绕如何提高广播宣传效果的角度来思考的。在实践的摸索过程中,农村广播工作者逐渐总结出对农广播的经验,逐渐意识到如何贴近农民的需要、对应农民的特点来创办对农节目才是关键。

江苏溧水县广播事业局在《新闻通讯》1984 年第 04 期上发文《依靠农民办好农村文艺节目》,对农村文艺节目应该怎么办提出了设想,文中指出,"农民希望能从广播里听到丰富多彩的文艺、体育节目,特别是能听到本县农民自己演唱的文艺节目",这为农村文艺节目创办开拓了思路。

严荣工在《新闻通讯》1985 年第 03 期上的文章《科技节目要适应农村变革的需要》,以县广播站创办科技节目为切入点,提出"对农节目的内容选得准与不准、对农民有无帮助,是关系到能否按照办节目的方针完成科技节目宣传任务的关键问题"。而选准内容更是关键,就是"要选农民普遍关心的、迫切需要知道的、能够解决问题的、十分感兴趣的科技内容"。

① 王克珑. 适应农村变革 改进科技宣传——我们主办《农业顾问》节目的体会[J]. 新闻知识,1986(07).

② 高庆华. 浅谈农村有线广播与农村基层政权的关系[J]. 视听界,1990(05).

《新疆新闻界》1990年03期上马荣范的文章《对农村广播要"适销对路"》,结合广播的传播特点,分析广播如何提高对农村受众传播的针对性的问题。"广播对于农民没有任何强制性,它只能吸引农民,而不能强迫农民收听。要吸引农民听众就很有必要认真研究解决适销对路的问题。"尤其是要从帮助农民解决难处和麻烦,了解清楚党在农村的现行政策等方面提供好宣传教育工作和思想引导工作。

上述文献主要是从传播内容的角度,来讨论什么样的内容才能够吸引农民听众收听广播;对农广播节目应该具有怎样的内容定位,才能提高针对性。马荣范的文章《对农村广播要"适销对路"》提出了一个"适销对路"的概念,来比喻如何提高对农村受众传播的针对性的问题。"适销对路"当然是当时发展农村商品经济过程当中人们常说的一个概念,意思是为市场生产的产品如何才能适应消费者的实际需要,从而获得销路。以此来比喻对农广播的节目如何才能够适应农民受众的实际需要,从而实现传播效果。溧水县广播事业局的文章《依靠农民办好农村文艺节目》和严荣工的文章《科技节目要适应农村变革的需要》显然都在思考这一问题——即如何针对农民听众的需要来定位对农广播节目的内容设置。从传播学理论的"使用与满足需要论"角度来看,这应当是当时对农传播研究当中农村广播传播如何实现"使用与满足需要"的一个初步的思考。尽管研究者并没有运用"使用与满足需要论"的概念,但是他们讨论的问题则正是该理论思想的生动呈现。此后,这一基于"适销对路"等本土比喻式的需求满足论传播定位研究,成为后来对农广播和对农电视研究主要的问题领域;对农广播电视的实践也正是基于这一思想不断探索并发展的。

三、传播手段——语言的研究:从广播最主要的传播手段声音出发,专门谈对农广播的语言修辞问题

广播这类电子媒介具有自身的特质,它是以声波作为唯一的传播介质,因此声音就成为广播最主要的传播手段。对传播手段的研究隐含的议题是传播效果研究,这就必须研究声音,也就是要研究有声语言。由此深入讨论的其实就是一个对农广播的语言修辞问题。这方面的研究是比较细致到位的,而且对后来的对农电视的语言修辞、风格特色的形成等具有直接的启发。

这方面的文章诸如杨格君、姜志国在《莱阳农学院学报(哲学社会科学版)》1988年第02期上的文章《农村广播的语言特色例谈》以具体广播节目为例,分析广播如何发挥有声语言的特点,来提高农民听众的收听效果。刘斌在《新闻爱好者》1988年第05期上的文章《浅谈农村广播新闻的通俗化》,提出广播新闻的通俗化,就是要求"宣传报道深入浅出,能为广大农民群众所接受"。《新闻知识》1990年第02期杨格君再发文《对农村广播要适合农民口味——农村广播语言例谈》,指出县(市)广播站的主要听众对象为农村农民,广播节目要尊重农民在语言上的爱好和习惯,来抓住农民听众的心理,"讲农民爱听的家常话","要恰当运用方言土语等"。江苏人民广播电台《农村节目》组在《视听界》1990年第04期上的文章《让"说"的艺术给广播节目添光彩——开办〈老农村说天下事〉专栏的回顾》,则从三个方面总结了办对农节目的经验:"增强新闻性,扩大信息量";"借用评话手法,力求接近生活";"满足当代农民求知、求富、求新、求乐的欲望"。这些研究都主要涉及广播的语言问

题,并分别提出了对农广播语言运用当中的具体要求。

简言之,虽然从研究总量上来看,这一时期的对农广播电视研究不算热闹,但是在有限的文献当中,这些来自一线广播工作者的真知灼见和深刻的工作经验总结,相当朴实无华、实事求是。上述三个方面的研究,分别从传播的功能、传播的定位、传播的手段三个方面,对对农广播进行了初步的探索和思考。这一研究思路,应该说还是切中了对农广播事业发展的关键,尤其为即将起步的对农电视传播和研究奠定了重要的基础,成为 20 世纪 90 年代办好对农电视节目的重要思想滋养。传播的功能、传播的定位、传播的手段三个方面,恰恰也正是 90 年代对农电视传播研究起步初期人们重点讨论的问题。

第三节 第二个十年:1991—2000 年——对农电视研究起步,对农广播电视研究逐渐发展

我们在中国期刊网进行文献搜索时发现,自 20 世纪 90 年代以来,对农广播电视研究的期刊文献量呈现出显著提升的变化趋势。尽管我们搜集的这一文献总量难免有挂一漏万之处,未必是完备无缺的,但能够从主流方面反映我国对农电视传播的基本面貌。新中国成立以来对农广播电视传播研究文献量的年度变化情况,如图 2-1 所示(自制图表)。

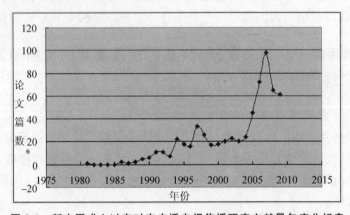

图 2-1 新中国成立以来对农广播电视传播研究文献量年度分析表

我们看到,在上述分析表中,1990 年前的对农广播电视传播研究年文献量均不足 10 篇;自 1990 年之后,原先一直在底部徘徊的文献量开始提升;而后在 1995 年前后出现两个相对高的峰值,年文献量一度有所跃升,达到 20～30 篇;到 2005 年之后,这一增量才开始出现快速的提升,一度年文献量达到近 100 篇,此后就基本稳定在年文献量 60 篇左右。

不过,在上述的研究增量当中,同时包括了对农广播的研究和对农电视的研究。而且研究文献的增加,主要还得归功于这一时期对农广播的研究实现了一个迅速的增量发展。在这个十年里,关于对农广播的研究文献达到了 129 篇,探讨的内容涉及农村广播事业发展遇到的多方面问题。重点集中在两个方面,一是讨论市场经济条件下的农村广播的功能和传播价值问题,提出了服务性和宣传性如何结合的问题;二是由于当时农村广播事业受到电视的冲击,农民开始购买电视,越来越多的农民喜爱收看电视节目,农村广播面临电视

的强力竞争优势，开始逐渐衰退。因此，关于农村广播生存空间的焦虑进一步激发了有关对农广播电视事业经营与管理、事业与发展等方面具体问题的讨论，尤其是在 20 世纪 90 年代早期，这方面的讨论比较集中。

不过更重要的是，在这一时期关于对农电视传播的研究开始真正起步了。在我们的文献搜索范畴内，20 世纪 90 年代之前，几乎没有找到称得上相对集中的关于对农电视节目的研究性文献。1992 年 1 月出版的《江西广播电视年鉴》上有张蓉芝的《经验总结：电视为科技兴农服务大有作为》一文，是我们搜索范畴内看到的最早一篇关于对农电视传播问题的研究文章。该文结合江西电视台宣传农业科技知识的实践，探讨了电视为科技兴农服务的路子到底该怎么走的问题，认为电视为科技兴农服务大有作为。

此后几年，研究文献的期刊发表量继续在个位数徘徊。尽管此时关于电视的其他类型节目，比如社教节目、新闻节目的研究很多，但有分量的关于对农电视的研究很少。1994 年，对当时出现在吉林电视台的一档知名栏目《农村俱乐部》略有介绍的文章出现在《当代电视》1997 年第 12 期上[①]。但遗憾的是，作者报春在文章当中主要介绍的是《农村俱乐部》栏目组成员的先进事迹，比如他们如何深入农家采访，如何开办农村文娱活动来丰富农村文化生活等。该文并没有对《农村俱乐部》这一栏目本身在制作当中遇到的具体问题或者栏目的风格特色等进行阐述。专门针对对农电视节目进行研究的论文直到 1997 年才出现。当年，《中国广播电视学刊》和《当代电视》首度分别发文对中央电视台的对农电视节目《金土地》和《大地红绿蓝》进行介绍和评析[②]。

1997 年，中央电视台经济部为了进一步办好《金土地》栏目，于 10 月 8 日邀请农业宣传部门、农业主管部门的专家举办《金土地》栏目研讨会。这档 1996 年 7 月 1 日推出的栏目，是当时全国唯一的一个对农专栏。节目形态由以细读民情为主旨、新闻调查式风格的《打开信箱》，以介绍有特色的农家农民为主旨、小纪录片风格的《串门》，以向农民朋友报道致富门道和致富信息为主旨、推介式风格的《生财有道》三个小板块构成。与会专家肯定了《金土地》栏目的创办思路，认为它具有受众对象感强、贴近农村观众的文化程度和接受能力强、乡土味浓等优点。而且对该栏目今后的发展从宏观层面提出重要的建设性意见：栏目定位应高远；应着力寻找出经济节目与精神文明宣传的好的结合点；要处理好报道的深度和通俗化的关系；要把抓到的问题谈得既透彻好懂又形象化，能吸引农民观众[③]。在当时我国农村电视栏目刚刚起步不久的时期，这些重要意见对于电视界如何制作对农电视节目是非常重要的创作指导思想。

1996 年 12 月，中央电视台第七套又推出了《大地红绿蓝》这一对农社教类专题栏目。这一栏目主要制作单集专题片和系列专题片。节目内容主要是反映中国农民普遍关心的社会问题，揭示中国农民思想观念及命运的变化，展示中国农村改革的重大举措与成果。谢军的《电视节目也要创名牌——中央电视台第七套农业节目〈大地红绿蓝〉巡礼》一文，主

① 报春. 农民的贴心人——记《农村俱乐部》. 当代电视, 1997(12).

② 刘理, 张激. 办出电视对农节目时代风采——中央电视台邀请专家研讨《金土地》栏目[J]. 中国广播电视学刊, 1997(12); 谢军. 电视节目也要创名牌——中央电视台第七套农业节目《大地红绿蓝》巡礼[J]. 当代电视, 1997(07).

③ 刘理, 张激. 办出电视对农节目时代风采——中央电视台邀请专家研讨《金土地》栏目[J]. 中国广播电视学刊, 1997(12).

要介绍了该栏目系列专题片制作的内容、风格与特色,同时进一步明确了该栏目的定位:就是要摄制反映农村各类人物的大型系列专题片,通过人物命运沉浮映现世事沧桑,通过人物思想遭变折射时代光华。这些栏目制作经验层面的介绍,对于当时的对农电视节目制作同样具有重要的借鉴意义。尤其是在 20 世纪 90 年代我国的电视屏幕上,电视专题片还是主流节目形式,因此,农村专题片怎么制作,同样期待业界进行深入的思考和实践研究。

但是,类似上述的相关研究文章还是非常少的。而且,上述文章并不是来自于研究者个人的成果,而更多意义上是由文章编辑者对参与栏目制作的成员、参与栏目研讨会的与会者等集体意见的汇集。研究者单独思考成文的成果几乎难以觅得。对农电视研究这种非常薄弱的状况持续了整个 90 年代,从 1990—1999 年,整整十年内,关于对农电视节目传播研究的期刊文章总共不到 20 篇。

出现这一状况有其客观制约因素存在。尤其是与硬件方面的条件尚不具备具有密切关系。众所周知,我国的对农广播起步很早。早在 20 世纪五六十年代,我国就根据当时全国农业发展纲要的要求,在全国推行并普及农村广播网[①],由于广播相对廉价,技术要求较低。因此,广播的基础设施和普及率相对要好得多,广播的繁荣状况一直持续到 20 世纪 80 年代中期,直到 90 年代,随着沿海农村经济富裕水平的快速提升,广播开始逐渐衰落,一些富裕的农民开始购买电视。1987 年 10 月,全国广播电视厅局长会议做出"把广播电视建设重点放在基层去,放到农村去"的决策,但是,从全国的情况看,限于经济发展条件和地区发展不平衡,在 90 年代前半期的中国广大农村,除了沿海发达省份,电视并没有实现普及。90 年代农村的广播普及率仍旧要远远超过电视[②]。相应的,20 世纪 90 年代农村的广播节目传播也是远远超过电视的;因此毫不奇怪,在这一段历史时期,关于广播的研究总量也要远远超过电视的研究。尤其是在对农电视研究领域,关于对农广播的研究总量,几乎占据了 90 年代对农广播电视研究的最主要部分。

当然,对农电视这样的研究面貌与 20 世纪 90 年代中国电视业的新闻改革、体制变化、娱乐节目兴起等热闹景象相比,显得更加寂寞。对农电视研究似乎成了一个被遗忘的角落。即使与当时电视在农村的发展相比,也不甚相称。因为"截至 1993 年年底,……农村电视收视率也达到 30%",到 1995 年,我国农村人口中已经有了 63.1% 的电视观众。超过半数农民已经成为电视观众[③],而此时的相关研究却还在个位数徘徊。研究的稀少或许正反映了我们对对农电视传播的长久忽视,这显然非常不利于对农电视事业的发展。90 年代的对对农电视研究,也因此很难为一线的对农节目制作提供更多前瞻性的理论借鉴和思考。

不过,或许正是因为"到 1995 年,我国农村人口中已经有了 63.1% 的电视观众",这一可喜的现实推动了农村电视事业的发展。从 1995 年之后,国家在对农电视事业这一方面开始加快建设步伐。从 1998 年开始,我国启动了对农村地区的电视"村村通"工程,硬件设

---

① 冯纪新. 办好农村广播更好地为社会主义建设服务[J]. 新闻战线,1960(06)。

② 何斌德. 贫困地区农村广播电视管理体制改革新探[J]. 中国广播电视学刊,1994(03).

③ 卫杰民,贾福中. 电视节目应向农村观众倾斜[J]. 电视研究,1995(07).

备逐步完善。而 1999 年 4 月,国家计委和国家广电总局则召开全国会议,会后联合发文《关于进一步加强农村广播电视覆盖工作的通知》,向各省、自治区、直辖市计委(计经委)、广播电视厅(局)传达会议精神,提出:"尽快帮助这些地区的群众解决收听、收看广播电视的问题,已成为当前一项十分迫切的政治任务。"要求各地加快广播电视事业发展,进一步提高农村广播电视覆盖率,确保 2000 年基本实现"村村通"广播电视。会议进一步明确对农广播电视的传播目标与传播功能集中体现在:一是对于宣传贯彻党的路线方针政策,保障政令畅通,推进社会主义精神文明和农村文化事业建设,普及科学文化知识,提高全民素质,促进落后地区经济发展,密切党群关系,切实提高农民生活质量,都具有十分重要的现实意义。二是在当前,提高农村广播电视覆盖率对于进一步扩大内需,开拓农村市场、发展农村经济具有极大的促进作用。在政府的大力推进下,20 世纪 90 年代末,我国农村广播电视事业得到长足发展,尤其是电视在农村的"村村通"普及步伐大大加快。虽然当时还有"10 万个自然村、2 亿农村人口听不到广播、看不到电视"[①],但农村电视机的普及率较过去有了前所未有的大幅提高[②]。由于政府的高度重视和大力投入,对农电视事业在 20 世纪 90 年代后半期迎来了自新中国成立以来最为迅猛的发展势头。

对应的,关于农村电视的传播研究也是从 90 年代中后期开始逐渐进入人们的视野。根据我们的搜索和文献整理,基本可以认定:关于对农电视的研究从 90 年代这一阶段起步。该阶段的研究内容则主要涉及以下几个方面。

一、问题研究:对我国当时农村电视节目发展现状的调查与思考

20 世纪 90 年代的对农电视事业和对农电视研究都处在起步阶段。伴随对农电视事业的同步发展,来自电视实践一线的同志最先感受到了起步阶段的各种困难。来自栏目制作一线的业界首先对当时对农节目的发展现状表示出不满与担忧。

劳发成、唐仲武的《对农电视节目发展的新趋势》[③]一文中指出:我国对农电视节目雷同、僵化的现象不少,娱乐性的内容不足,节目缺乏新意,一些台的节目制作人员已开始呈现出老化的现象,这些对于可持续发展的对农电视节目而言是一大不利的因素。只有紧跟时代的脉搏,不断改变节目的形式和内容以适应时代发展的需求和农民的需要,才是使对农电视节目长寿和常青的法宝。而节目从实用性走向参与性,从单一走向全面,将成为 21 世纪对农电视节目的发展趋势。

唐伏章的《一个县的农村电视节目的现状调查》[④],通过对湖南宁乡县农民电视收视率的调查发现:电视剧是农村电视节目中收视率最高的节目;而本地新闻又是地方台自办电视节目中收视率最高的节目;广告节目是农村电视节目中收视率最低的节目。作者认为,创立电视节目频道品牌,是县(市)级电视台节目收视率走出低谷的战略决策,也是指导农村电视节目健康发展的基本方针。

① 卷首语[J]. 电子世界,2000(02).
② 赵实. 发挥广播影视优势,促进基层文化繁荣[J]. 中国文化报,2002(05).
③ 唐仲武. 对农电视节目发展的新趋势[J]. 中国广播电视学刊,2000(10).
④ 唐伏章. 一个县的农村电视节目的现状调查[J]. 广播电视信息,2000(10).

黄辉的《农村节目形势思索》①提出一个观点认为,"对农节目是办给农民看的。这是认识上的误区,其实,对农节目并不只是给农民看的。一个成功的对农节目应该让农民和城里人手中的遥控器都锁定它。"上述问题的提出都是切中时弊的,确确实实反映了我国当时对农电视节目存在的一些普遍性问题。业界提出的对策和探索也很值得引起重视。

对农电视节目存在的诸多问题,无疑也引起了学界的注意。学界对对农电视节目的介入,力图使得有关对农电视节目问题的思考更加系统化。复旦大学新闻学院王晴川的《对我国农村电视节目现状与未来的思考》②一文对我国当时农村电视节目现状与发展进行了相对深入的思考。指出:占人口总数84％的农村居民的收视兴趣和生存境况被忽略了。八亿农民观众收看的最基本的节目资源就是中央电视台一套节目。当时,央视一套只有一个农村栏目——《田野》。二套和七套的其他农村栏目多数农村地区无法收看到。文章对当时农村电视栏目的特点、节目类型等进行了初步的梳理,重点指出对农电视栏目存在的问题如下。

(1) 对农宣传节目普遍较少,重视不够。许多电视台,包括一些省市级电视台根本就没有设立农村栏目。全国已注册的各类电视台开办农村栏目的只占1％。农村电视节目市场不受电视经营管理人员的关注已是一个不争的事实。

(2) 与冷清的农村电视节目形成鲜明对比的是综艺娱乐类、体育休闲类节目火爆。各级电视台都把基本受众定位在城市观众。不仅城市电视台是这样,中央台和各省、地、县级电视台也都是这样。大多数电视节目从形式到内容都是为了迎合城市居民的收视兴趣与口味。至于广大农民观众,尤其是那些生活在偏远地方的农民,他们的喜怒哀乐、志趣愿望以及他们的生活境况很少得到电视人的关注。这些类型的节目仅为迎合一部分城里人的所好,却远离了农村的现实生活和广大农民观众。

(3) 由于文化水平、生活阅历、理解能力等多方面的原因,大多数农民对"都市节目"看不懂或感到很吃力。这是由于专门面向农民的农村节目形式呆板、内容乏味、不顾及多数农民观众的收视心理和接受能力,一定程度上造成了农民观众对电视的距离感。

(4) 农村电视节目的舆论监督作用发挥不够。作者推断,随着改革开放和农村经济的发展,21世纪的农村电视节目市场潜力巨大。应从六个方面努力做好农村节目:题材内容上宜拓展思路;节目包装要切合农村特点,不断变换;贴近农民的兴趣与口味,多用农民自己的语言;推出使农民观众信服的栏目主持人;各地农村栏目之间应经常交流;给农村节目注入生活气息和人情味。

王晴川先生的这篇文章比较系统地指出了对农电视存在的几大方面问题,也为探索农村电视节目的发展道路提供了重要参考文献。

二、节目与栏目研究:关于当时已有的具体对农电视栏目创办经验的业务交流

20世纪90年代中后期,对农电视节目逐渐丰富多样起来,因此,关于如何制作对农电视节目或者栏目的讨论也多起来了。这方面的研究主要还是体现在栏目主创成员的业务

---

① 黄辉. 农村节目形势思索[J]. 中国广播电视学刊,2000(10).
② 王晴川. 对我国农村电视节目现状与未来的思考[J]. 电视研究,2000(03).

经验交流性、思考感悟性的文章当中。

董育中、石军的《走近农民——创办农村电视栏目〈黄土地〉的思考》[①]一文，谈的是创办山西电视台专门以农村社会背景、农民生活状态、农村变革特色等为主题内容的《黄土地》栏目的感悟。"不仅感悟到对于改革开放，特别是进入 90 年代以来，农村改革进入实质性深化以来，农村变革兴衰、农民生活变迁的真实动态，并从中获取思想、文化的升华。及时发现中国农业问题的症结究竟在哪里，寻找中国农民的永恒魅力，洞察理解农民、认识农村的艰巨性，这样，就必须使从事《黄土地》栏目的电视记者不只具有一颗对于农村、农民的炽烈爱心，一种深沉的民族情感，还要对中国农村有一定的理性认识，否则就会使自己肩上的摄像机镜头模糊，陷入一种不可避免的盲目性。在此状况下，《黄土地》所表现、叙述的农村话题就会显得肤浅、表面化，《黄土地》所采用的纪实手法就会成为一种轻浮的包装。""从一个宏观的社会、文化背景之上去加以严肃的追思。由于作品中渗透进电视记者的理性分析，因而加重了作品的分量。"电视记者的理性认识和深邃视野，从一个个动人的故事、一条条平凡的线索入手，通过一孔之见窥农村的变革全貌，具备了广阔丰厚的社会内涵。这种领悟，为栏目组把握《黄土地》栏目的宗旨，使节目走向宽厚、博大、深沉成为可能。

江苏台王越的《走近农民——创办农村电视栏目〈乡间彩虹〉的断想》[②]说的是江苏电视台创办《乡间彩虹》栏目得到了对电视和农村之间辩证关系的更深的理解和认识：①电视的根在农村。他指出，对于当代中国的电视工作者来说，"电视不去表现占绝大多数人口的农民所思所想、喜怒哀乐，怎能谈其情感的真实？""电视越来越招人批评，最主要的一点就是远离了农村，失去了自己的根。""农村为电视提供了最丰富多彩的素材。电视要创新，要发展，就离不开这个根。"②农民需要电视。"没有什么东西能比电视对农民的影响来得更快、更猛、更大。电视为农村注入了新鲜血液，为农民带来了新思想、新观念，带来了新科学、新技术，带来了从未有过的艺术享受和从未见过的一个崭新的世界，打破了农民传统的作息方式，也实实在在、一点一滴地改变着农民的生活方式。""物质的满足，使越来越多的农民追求精神上的财富。农民迫切要求在电视上反映自己的生活，在电视上农民要有自己说话的地方，作为电视工作者，我们也必须担负起引导农民和帮助农民实现自我改造的历史重担。在改革开放、发展社会主义市场经济的新形势下，要讲政治，要重视宣传农民、教育农民、引导农民。""引导、教育和改造农民是中国电视历史使命感的真正所在。"文章最后总结："电视离不开农村，农村需要电视，可以说这是艺术和生活的关系，两者是互补的、不可分离的。只有理解这一点，我们才能真正走进农民生活当中，他们的喜怒哀乐，都要融入我们的节目。走近农民，融入农村变革发展的社会中，这是我们电视记者在今天这场活跃的电视革命中寻找的最佳切入口。"

唐仲武的《如何提高电视对农节目的竞争力》一文，结合广东台《摇钱树》栏目，概括出提高对农电视节目的竞争力的方法就是"选好题材、形式多变、精益求精、不断创新"：①选题要有维护农民利益的责任心。策划有影响力的重大题材做连续性报道是打响栏目的重要途径。选好题材要求编导人员具备一定的农业知识，没有农业知识做基础，就不能对题

① 董育中,石军. 走近农民——创办农村电视栏目《黄土地》的思考[J]. 电视研究,1996(04).
② 王越. 走近农民——创办农村电视栏目《乡间彩虹》的断想[J]. 视听界,1996(10).

材做出应有的分析和判断,就容易放走有竞争力的好题材。②形式多变,让主持人走出演播厅、回归自然,在田头直接主持,增加节目的可信性、竞争力。穿着朴素的主持人更接近农民,多用通俗易懂的口语,使观众产生亲近感。增加农民的参与性,在节目中留有观众参与的空间,邀请农民主动参与到节目中。增加可视性,农村节目除了报道农业科学知识外,农村的山水、农村的变化、农业的成就、农民的生活都应是报道范围。③精益求精,办短小精悍的节目,不断创新,有机地将节目的参与性、知识性、信息性、服务性糅合起来[①]。

发表在《中国广播电视学刊》1999年第09期上的新疆电视台许晓娟的《小议〈农牧天地〉栏目的定位》一文,结合《农牧天地》栏目,谈的是对农电视节目的定位问题。首先是受众对象定位,给谁看?《农牧天地》的对象是广大的农牧民及农村基层各级领导,同时也照顾到农村中其他各行各业的人们。《农牧天地》不但农牧民喜欢,也适合城里人的口味。其次是内容定位问题,看什么?确定《农牧天地》的内容为:服务农牧民,报道农牧业,向社会各界说明农牧业发展中存在的困难,为农牧民生产、生活出谋划策。最后是表现方式的问题,怎么办?在编排节目时要在表现形式上多动脑筋,如何使农民观众在获得信息的同时,又不觉得枯燥乏味。

发表在《中国广播电视学刊》2000年第12期上的辽宁电视台陶淑莲、胡翎的文章《为农民办节目"实打实"》,结合实践提出办好对农科教电视节目的三个关键:①选材要站在农民的角度上。农民不关心的内容就应放在次要位置,应该仔细考虑题材是否能给农民朋友带来效益,带来多少收益,给予农民明确的指导。②内容贴近农民,摸清农民的喜好,使对农电视节目真正能做到既好看,又实用。农民需要的是具有时间性、实用性与其自身密切相关、简单易学的技术。应该把引起受众兴趣的内容作为重点。介绍能给农民带来便利和效益的切实可行的创新农业技术和项目,采用对比法让农民更新观念、开阔眼界。开辟一些服务性的小栏目,多传递一些项目动态,市场行情、前景分析、供求信息等有指导性和前瞻性的信息,开启农村受众的科学意识和经济意识。③摒弃奢华,形式尽量平实。对农科技节目的受众是朴实无华的农民,因而在节目制作过程中尽量追求平实的风格,少采用包装手法。对于眼花缭乱的特技,农民朋友不认同,也不领情,而那些简简单单的风格能让农民更容易领会内容。

河南电视台刘长伟、郭昕晖的文章《浅析对农电视科教节目的接近性》,提出对农电视科教节目的接近性特点。首先就是根据农民接受信息的特性,农村受众的文化素质普遍较低,目前仍有文盲半文盲存在,这就要求面向农民的科教节目所选的题材、所传递的信息具有和他们生活紧密相关的拉平度。农村受众接触电视的专注性低、目的性弱,收视目的更倾向于娱乐消遣和消磨时间。这就要求对农科教类节目用兴趣点、用有情节的故事来吸引人。其次就是对农电视科教类节目内容的接近性。对农科教节目应该把引起受众兴趣的内容作为重点,如切实可行的创新农业技术能给农民带来什么样的便利和效益,在什么地区什么条件下适合什么样的发展项目、科普常识介绍等。最后是对农电视科教类节目形式的接近性,前提是要有一个平视的视角。语言要通俗化和乡土化,适当运用农谚、歇后语、俗语、顺口溜等的确可以起到很好的"提神儿"作用,增强其趣味性。对农电视科教节目要讲求故事性、情节性。

---

① 唐仲武.如何提高电视对农节目的竞争力[J].中国广播电视学刊,1999(08).

最后,对农电视科教节目中出现的记者或主持人,从形象到语言都要使农村受众有认同感。

发表在《当代电视》2000年第12期上的山西电视台宋献伟的《在黄土地上耕耘,在黄土地上收获——电视农村节目发展趋势刍议》一文,主要结合20世纪90年代创办较早、影响较大的山西电视台《黄土地》栏目,对当时的农村电视节目发展特点进行分析。认为农村电视节目的主要特点体现在:①农村节目的报道内容多样化。改革开放初期,以家庭联产承包责任制为主的农村改革引发了中国改革的大潮,农村的生产关系进行了适时的调整,农业生产力得到了释放,尽管农村工作中依然存在问题和矛盾,但农业发展的大势明朗。因此,全面宣传党的农村政策,让农民及时了解中央关于农业和农村经济发展的政策措施,及时报道农村改革的新形势、新问题,反映农民群众的愿望和呼声,批评、曝光各种违反农村政策的丑恶行为,就成了农村节目首要关注和重视的内容。20世纪90年代后期,发展经济越来越成为农民关心的首要问题,但他们缺少致富门路、实用技术和科技信息,于是,对市场经济知识的渴求与对各种实用技术信息的了解成为农民的迫切需要。面对这一新变化,农村节目也相应地从政策性向经济性转变。《黄土地》栏目分成两个板块:农事版与生活版,前者侧重生产,后者侧重生活;前者侧重物质文明,后者侧重精神文明。②农村节目的观众对象层次化。社会的进步,时代的发展,使农民早已不再是传统意义上的农民,农民阶层出现了分化,而且层次逐渐拉大。作为新时期的电视农村节目工作者,应清醒地正视这一变化,采取相应的对策。③农村节目的表现形式特色化。农村电视节目的发展不可能脱离整个电视事业发展的大趋势,随着纪实性节目、访谈性节目、游戏性节目、侃谈性节目一浪高过一浪的冲击,农村电视节目的发展也相应地产生了裂变,这些节目的合理内核被农村节目有选择地吸收和借鉴,不仅丰富了农村节目的表现形式,更重要的是与日益提高的农村观众的胃口相符,使节目的表现内容更具吸引性。目前,各类型的农村电视栏目正沿着精品化、专卖店化的方向发展,《黄土地》栏目正从内容和形式上不断完善并巩固自己的黄土特色、内陆特色、纪实性述评特色、专题化表现特色。面对农村节目的新的发展特点以及农业发展新阶段的特定要求,作者提出农村电视节目工作者必须确立以下几个理念:①服务功能理念。服务功能一方面体现在喉舌功能上,即要更进一步地宣传党的政策、报道农村改革;另一方面也体现在桥梁功能上,即要更进一步传播农业科技,沟通城乡信息,弘扬农村新风,反映基层呼声。②品牌经营理念。农村电视节目的品牌经营其影响力、辐射力并不逊色。《黄土地》节目作为一个富有内地农业特色的电视节目,无论是在社会各界、普通观众层,还是电视界,均已被广泛认同,而且社会感召力和影响力与日俱增。③社会运作理念。随着电视事业制播分离的趋势日益临近,社会化运作、集团化经营也越来越成为可能,电视农村节目与迅速发展的各项农村事业,越来越具备了社会化运作的可能。农村电视节目的发展更可能隶属于大的专业性的、声望好的农业企业和科技集团,而不是一个综合性的新闻产业集团。

三、主持人研究:主要是对农电视节目主持人素养的研究

专门谈对农电视节目主持人的研究文章很少。但是在关于对农电视节目、栏目的研究与思考总结当中其实都有提到主持人的问题,主要强调如何拉近与农民的距离感,思考农民对主持人的认同感;主持人如何深入了解农民接受心理等问题。山东电视台《乡村季风》

栏目主持人肖东坡的《谈农村电视节目主持人的基本素养》[①]一文是少数研究当中很有见地的一篇。该文就从自身主持对农节目的经历出发,思考农村节目主持人如何用声音去打动观众、用热情去感染观众、用思想去启发观众。作者开宗明义提出这样一个问题:"农村栏目的主持人如何使自己的形象始终保持鲜明的时代感呢?"作者认为首先要做到命题贵远。栏目选取的报道题材,大都以典型事件为由头,力求达到微言宏旨,阐发大义。"一个农村节目的主持人,只有从社会发展的总体上把握当代农村的脉搏,不被现象与概念所左右,才能使题材之意蕴开掘弥深。"其次体现时代感还要求节目主持人贵在求新。这样,才能使农民耳目为之一新,节目的活力永存。再次正确的对象感。节目主持人的基本要求是举止大方、口齿伶俐、善于交流、思维敏捷……但所有的主持人都规范成一个面孔,一个腔调,失去个性,这也是不足取的。个性化的语言才有个性化的形象,才有个性化的魅力。节目主持人同时也必须考虑到新闻规律和政策的要求及栏目定位的要求,对象感要明确,这样才能使自己与主持的节目内容相得益彰。主持农村节目恐怕就得要带点"土"味了。农民要求节目主持人最好以他们的方式把他们需要的东西传达给他们。最后是不懈的追求感,讲好农村节目主持人的语言,必须深入生活,苦练基本功。

四、体制研究:集中思考对农广播电视事业发展的体制问题

值得注意的是,这一时期有多篇文章集中思考对农广播电视事业发展的体制问题,应该算是这一时期在理论探讨层面的一个主要贡献。研究者立足广播电视事业现有的发展基础和在市场经济冲击下面临的挑战,将对农广播电视事业发展遇到的现实问题进一步延伸到对农广播电视管理体制的讨论。重点是讨论在市场经济条件下如何突破原有体制、如何经营管理农村广播电视事业。

研究集中体现在 20 世纪 90 年代中后期连续发表的文章当中,论题都围绕在建立和发展社会主义市场经济的背景之下,如何加强农村广播电视体制建设的问题。党的十三届八中全会指出:办好农村广播电视,是抓好经常性思想政治工作,造就一代"有理想、有道德、有文化、有纪律"的新型农民的途径之一,是建立和完善市场经济的不可缺少的资源。与过去显著的不同在于,对农广播电视事业建设在市场经济发展背景下遇到了更多的挑战,同时也处于与以往不尽相同的发展机遇当中。事业发展遇到了不同以往计划经济体制下的新情况、新问题。另外,农村的广播电视事业处在大力发展与推进的阶段。农村、农民对于广播电视有了不同以往的新需要、新要求。因此,如何适应新的发展形势,如何适应经济体制转换和广播电视事业发展的需要,办好农村广播电视事业,这是当时摆在广播电视人面前的现实课题。研究重点围绕这几个方面问题展开。

第一个问题是对农村广播电视事业走向哪里的问题进行了讨论,进一步强调提出了农村广播电视事业在社会发展和经济发展当中的重要文明建设作用,并进而提出了要求围绕市场经济建设发展农村广播电视的思考。

湖北宜昌县广播电视局李宗喜发表在《中国广播电视学刊》1994 年第 01 期上的文章《农村广播电视事业走向浅探》,针对农村广播电视在 90 年代改革浪潮当中出现的不同走

---

① 肖东坡.谈农村电视节目主持人的基本素养[J].青年记者,2000(12).

向和选择混乱的问题,首先指出,发展社会主义市场经济更需要农村广播电视。首先,农民群众迫切需要致富门路,急需商品信息,追求科学技术,及时了解方针、政策,详知外界形势,这一切,听广播看电视是他们获取信息的主要渠道。其次,基层各级领导需要开展社会化服务内容,唯一有效及时、耗资又少的途径就是农村有线广播。县台、乡(镇)站和村广播室,已成为基层各级领导得心应手的指挥工具。最后中央、省的广播电视节目要覆盖整个农村,其信号传递,绝大部分是靠县、乡(镇)、村投资建立的接收差转(包括卫星接收站)设施转播的。因此,农村广播电视设施是中央台、省台的接力部分。没有农村广播电视的转播,中央台、省台的覆盖面就会大大缩小。因此,当前应该适应市场经济,办好农村广播电视,实现4个转变:①由无偿服务向有偿服务转变。播广告、联办节目试行收费,但新闻节目不能收费,不能搞有偿新闻。②由单一抓事业建设向抓宣传促事业转变。宣传是中心,农民不仅要听要看中央的、省的、县的节目,也要听乡(镇)的、村的节目,要努力办好自办节目,让农民从中得到更多的益处。③由一业为主向多种经营转变。在增强喉舌意识、搞好新闻宣传、精办节目的前提下,要充分发挥人才、行业优势,努力开办第三产业,搞一些社会化服务。④在用人制度上,由固定人员向聘任制转变。采取聘任制,因才用人,双向选择,自由组合;在待遇上,打破档次工资,实行工效挂钩,多劳多得,能者上,劣者汰,形成竞争机制,才会有生气和活力。文章最后提出要充分发挥县级广播电视行政机构的职能作用。作为县政府的职能机构——广播电视局,既要对县委、县政府和上级业务主管部门负责,又要对乡(镇)村和用户负责。农村广播电视的兴衰,县广播电视局有至关重要的责任。

湖南怀化地区广播电视局徐克非发表在《中国广播电视学刊》1994年第01期上的文章《围绕市场经济建设发展农村广播电视的思考》,提出了一个如何围绕建立和发展社会主义市场经济来加强农村广播电视建设的课题。文章认为要充分认识广播电视在发展农村市场经济中的地位和作用。广播电视的性质、功能决定了它对发展农村市场经济有五个方面的重要作用:①促进农村市场的发展。广播电视是上层建筑,广播电视节目是特殊的精神产品,广播电视台站是精神产品生产的主体。它与受众和各级使用部门构成了广播电视市场,成为农村市场的组成部分,并促进农村市场的发展。所以,培育农村市场,不能忽视培育广播电视市场,它们是相辅相成的。②引导农民与市场连接的桥梁。农村广播电视上联全国各地,下联千家万户,构成强大的信息网络。广播电视节目在农村中发挥集体宣传者和组织者的作用,是引导亿万农民走向市场的一座多功能的桥梁。③党政部门实现职能转变的得力助手。广播电视在上述职能转变过程中,能从多方面发挥直接或间接的作用。④农村市场经济保障体系的必要环节。广播电视通过正确的舆论引导和监督,能为市场经济遵循公平性、竞争性、效益性、自由性、法制性道路前进提供有效保障。⑤促进城乡市场经济全面发展的重要资源。农村广播电视同农民群众、农业生产实际有着天然的接近性,是全国多层次广播电视网络的基础,对促进农村市场经济的发展具有其他传播媒介和宣传工具难以比拟的优势。因此,农村广播电视建设搞好了必然对城乡市场经济的全面发展产生重要影响。综上所述,加强农村广播电视建设,是发展农村市场经济的客观需要,市场经济的发展又促进了广播电视事业的发展。研究指出,要正确认识农村广播电视建设的历史和现状,要让农村广播电视更好地为发展市场经济服务,应做到如下几点:①按照市场经济要求,首先要全面理解广播电视的性质和任务。明确广播电视不仅是党委和政府的"喉舌",同时是农村的第三产业;不仅具有文化功能,同时具有经济功能。②要突出建设重点。农村电视建设要根据地形复杂、居住分散等特点,应以建设小型差转台、卫星地面接收站、扩大有效覆盖面为重点。③按市场规律组织广播电视运转,应增强竞争观念、效益观念、人才观念。根据市场经济的多元化特征,积极筹集广播电视经费。④根据市场经济的法制性特征,在广播电视运转实践中,制定严格的岗位责任制,采取竞争、激励机制,全方位地调动各级工作人员的积极性,争创第一流的成绩,以增强农村广播电视为市场经济服务的力度。解放思想、转变观念、采取措施,探索新的管理方法,制定倾斜政策。

第二个问题是针对市场经济体制下农村广播电视事业出现的新问题,对农村广播电视事业如何解决现有困境,如何理清思路、理顺体制关系进行讨论,力图梳理出适合我国农村实际的农村广播电视事业发展取向,并进而探索农村广播电视事业体制改革的方向。

湖北南漳县广播电视局章波发表在《中国广播电视学刊》1994 年第 03 期上的文章《农村广播电视事业在市场经济体制下的取向》,文章开宗明义地指出,当前农村广播电视形势严峻,农村广播电视走到了一个十字路口,尤其是有线广播在部分乡镇濒临死亡边缘。其要害是资金问题,财政逐步减少对广播电视的拨款,使得设备、设施不仅无钱添置,连简单维护也无法进行,有些乡镇广播只得停止运行;对通讯员来稿少得可怜的报酬也无法兑现,致使通讯员队伍减少,稿源枯竭;编辑、记者操心创收,无暇研究宣传的深化改革。"有偿新闻"屡禁不止,宣传质量有所下降;职工的福利待遇低且无保障,有些人因而跳槽,人才外流日趋严重。农村广播电视走到了一个十字路口。作者认为,十字路口应该向前走。人民政权的巩固,社会主义的建设,市场经济体制的建立等都需要农村广播电视。已建的农村广播电视不能倒退,更不能取消。要把农业搞上去,让农民富起来,关键要提高农民的综合素质,提高农民素质固然需要多方面的措施,但广播电视的作用不可忽视。广播电视以其传播迅速、覆盖面广、通俗易懂的特点,潜移默化地启发人的智力,为农村宣传党的路线、方针、政策,提供科学技术知识、经济信息等,这是十多年来改革开放实践所证明了的真理。对于农村广播电视的资金从哪里来的问题,作者认为出路是一主一辅,即以政府拨款为主,自筹资金为辅。之所以应以政府拨款为主,是因为广播电视台为国家所有,是党和政府的宣传舆论机关,而且县以下广播电视的受众是农民。农村,特别是内地一些县、市还不富裕,财政拨款办广播电视,以减轻农民负担是合情合理的。在农村市场还不太活跃的情况下,把农村广播完全推向市场竞争,必然导致其滑坡乃至灭亡;县以下的广播电视,多数时间用于转播上级台节目,政府拨款加以扶持,也是情理所在。综上所述,其结论是:农村广播电视不可无,而且要发展;县以下的广播电视是党委、政府、人民的喉舌及耳目、桥梁,其经费来源应以财政拨款为主,自筹资金为辅。逐步"断奶"或采取"休克疗法",至少在现阶段不可取。文章同时对当时两个认知上出现混乱的问题进行了澄清。①第三产业问题。当时有一种观点认为:"既然广播电视属第三产业,则它有产业属性、商品性质,就得把它推向市场经济轨道,让它在市场竞争中求生存、求发展。"对此,作者认为,广播电视属第三产业,但是,不一定所有第三产业都得参与市场竞争。广播电视作为产业,在有些地区、有些方面、有些时间是不可能一概而论的,不能搞一刀切。②"中央取消说"。针对当时社会舆论说中央主张不办农村广播了,依据是取消了"乡村广播站建设达标"和"乡、镇以下广播网络维护费"。作者认为中央上述两项规定,纯属为了减轻农民负担,而不是取消农村广播电视。发展农村广播电视事业，中央政策不会变。处于县乡广播电视战线上的同志应当坚定信心，努力建设有中国特色的社会主义广播电视事业[①]。

甘肃定西地区广播电视处何斌德发表在《中国广播电视学刊》1994年第03期上的文章《贫困地区农村广播电视管理体制改革新探》，是专门针对贫困地区对农广播电视事业发展的调查与研究文章。经过两个多月时间对甘肃定西地区所辖的7个县进行的调查和这些县农村广播电视工作基础较好的16个乡镇的实地考察，作者基于所见所闻，感触很深，力图探索农村广播电视管理体制的改革问题。作者提出，"贫困地区的农村广播电视工作正处在一个紧要关头：大好机遇与严重困难同在，发展希望与倒退危险并存。只有认真改革长期以来在计划经济体制下形成的旧的农村广播电视管理体制，走同农村经济发展水平相适应、同深化农村经济体制改革相衔接的发展道路，贫困地区的农村广播电视工作才能获得生机，为两个文明建设做出实实在在的贡献"。当时，农村广播电视因为经费严重短缺，"上面给钱少，下面收钱难，自己挣钱没门路，农村广播电视到了头"。出现了类似的悲观论调。作者根据在定西县的调研，大体勾画出了一个农村广播电视管理体制的新轮廓：统一规划，分级筹办；自主适度，注重实效。与当地经济发展水平和农村经济体制相适应，有助于各级政府和各种社会力量增加投入，有助于提高资金投入的效益，有助于广播电视部门自身的发展，能使农村广播电视工作充满活力。具体实现对策：首先，要更新观念，要确立广播电视为发展农村商品经济和丰富农村文化生活服务的观念。要从当前农村经济体制和经济实力的实际情况出发，破除统一筹资集中办的"大一统"计划意识，确立多级投资自主办的观念。要充分估计现代科技进步对广播电视工作的积极影响，破除"有线为主"40年不变的陈旧观念，坚持"广播电视并重、有（线）无（线）结合、扩大覆盖、重在接收"的发展原则。要确立广播电视事业属于第三产业的观念，大力开展创收经营，坚持社会效益与经济效益的统一。这些观念的转变，应当体现在对农村广播电视建设有关政策原则的调整上。其次，要认真抓好乡站下放的工作，使乡镇政府能自主地发展本乡镇的广播电视事业。广播电视行政部门对乡镇广播电视工作的领导，主要通过制订规划、提供信息、技术培训和业务指导来实现。在保证国家广播电视技术政策得以贯彻的前提下，不要在大范围内强求传输与接收形式的统一。对条件太差的乡站，应当给予必要的财政支持。"扶上马，送一程"，不能撒手不管。再次，要坚持"谁受益谁投资"的原则，通过多层次、多渠道筹集资金来维护和改造广播电视网络，力争整体不倒退，局部有发展。地方财政的投入仍然是农村广播电视事业发展资金的主要来源。不仅要有稳定的资金投入，而且要有明确的政策投入。地、县的财政投入应当主要花在扩大广播电视覆盖率上，并且依靠当地的财政投入和社会集资，重点改善三镇（城镇、乡镇、集镇）的播出条件和播出质量，确保中央台和省、地、县台节目在这些地方的优质转播，以此影响和带动整个农村广播电视事业的发展。在乡镇和乡镇以下，主要抓接收工具的配置和更新换代，提高广播电视收听（视）率。要采取"县乡财政拨一点、统筹费中支一点、社会各界捐一点、有偿服务收一点、引导农民购置接收工具花一点"的办法，由各乡镇村社自主确定和分别实施本乡本村的广播电视发展计划。最后就是要帮助县乡广播电视台站引进企业经营管理机制，抓管理、促质量，抓服务、促效益，抓创

① 章波. 农村广播电视事业在市场经济体制下的取向[J]. 中国广播电视学刊，1994(03).

收、促发展,通过不断增强自身的造血功能来弥补事业经费的不足①。

第三个问题是针对农村广播与农村电视之间的竞争关系,提出如何协调发展对农广播与对农电视的问题。随着农村电视的发展和市场经济的冲击下,对农广播开始在20世纪90年代逐渐衰落。这就将一个很尖锐的现实问题摆在行业面前:对农广播还要不要发展? 它和对农电视是什么关系? 通过讨论,大家基本达成的共识是:两者协调发展。

湖北省老河口市广播电视局杨万立发表在《中国广播电视学刊》1995年第03期上的文章《探索农村广播电视事业协调发展的新路子》。作者结合老河口市广播电视事业发展情况指出,20世纪90年代农村广播事业受到了冲击,广播被冷落,经费无来源,人员思想不安定,广播自身经济效益差、无活力。而农村有线电视的发展,促进了农村市场经济的发展,满足了农民的业余文化生活需求,加强了农村两个文明建设,同时,也稳定了农村广播、电视队伍,巩固和扩大了广播电视阵地,遏制了有线广播下滑的趋势,为城乡广播、电视事业再上一个新的台阶奠定了基础。因此,需要"认清形势,把握机遇,走农村广播电视协调发展的新路子","发挥优势,协调发展,促进农村广播电视共存共兴"。

云南省景东县广播电视局刘晓光发表在《西部广播电视》1995年第04期上的《坚持广播与电视并重提高农村"两个"覆盖率》一文,强调了"坚持广播电视并重,努力提高两个覆盖率"的思想。这是当时较为统一的一种认识。其根据则是中央"四级办广播、四级办电视、四级混合覆盖"的事业方针。

江西省修水县广电局陈跃进发表在《声屏世界》1997年第09期上的文章《农村广播电视综合发展的思路》,探讨了农村广播电视综合发展的路子。文中指出,发展农村广播电视事业,一是要以有效的工作取得党政组织对农村广播电视工作的重视和支持。二是要切实协调好广播与电视综合发展的各项工作,如经费的安排、人员的安排,以及如何充分发挥广播的宣传作用等。三是要抓住发展有线电视的契机,融有线电视和广播工作为一体,带动和促进广播的发展。这一方面应该注意防止出现重电视、轻广播的现象,提倡"三台合一,以有线养无线,以电视养广播"。另一方面应该结合农村的实际,发展有线电视比发展广播更具有吸引力,也更能积累资金,从抓有线电视着手,来带动和促进广播的发展,从而达到广播电视双入户。四是县局要加强县域内广播电视发展的技术指导和管理工作,要强化县局在发展农村广播电视事业中的地位和作用。发展农村广播电视,重点要抓好的是县与乡、乡与村两级广播电视网络建设,稳定乡站队伍,加强技术指导,加强行业管理工作,将各项工作的管理一项项抓到实处,才能抓出成效。②

第四个问题是针对农村广播电视事业发展独有的特点和体制规划提出的,这就是关于基层乡镇广播电视单位如何发挥作用的问题。基层广播电视事业的发展是关系到我国农村广播电视事业能否获得可持续发展动力的关键所在。因此,相关的讨论涉及整个对农广播电视体制规划、关系处理、宏观管理与组织行政管理等方方面面的问题。

湖南省郴州市广播电视局李柏雄发表在《广播电视信息》1997年第08期的文章《理顺管理体制,促进农村广播电视事业发展》,是从我国对农广播电视系统的最基层单位乡镇广

---

① 何斌德. 贫困地区农村广播电视管理体制改革新探[J]. 中国广播电视学刊,1994(03).
② 陈跃进. 农村广播电视综合发展的思路[J]. 声屏世界,1997(09).

播电视站建设出发,讨论如何理顺管理体制、促进农村广播电视事业发展的问题。作者认为,"乡镇广播电视站正处在广播电视节目在广大农村落地入户的关键点上,其地位和作用也越来越重要。但是,目前乡镇广播电视站的管理体制却不能适应广播电视发展的需要,过去那种以块块为主的模式逐步暴露出许多弊端,理顺乡镇广播电视站的管理体制成了农村广播电视事业健康发展的当务之急"。作者提出,乡镇广播电视站现行管理体制及存在的问题主要有四个方面:一是条条失控,块块分割,农村广播电视出现许多"散"、"滥"现象,如乱办滥建有线电视。二是建网上的"滥"必然导致宣传上的"散",那些乱办滥建的有线电视,不同程度存在乱播乱放的违纪情况,严重冲击舆论导向。三是财务管理混乱,缺乏必要的积累,事业发展后劲严重不足。四是行业管理困难重重,由于块块分割,体制不顺,上级广播电视部门对乡镇广播电视技术规划、宣传管理、节目管理、卫视管理等方面都遇到许多困难,查处违纪事件更是阻力重重。作者进一步提出,理顺乡镇广播电视站的管理体制是农村广播电视事业健康发展的客观要求。广播电视行业是一个系统性很强的行业,根据行业特点,对乡镇广播电视站,甚至对整个广播电视系统实行以条条为主的管理体制是完全必要的。一定要下决心、花力气,努力争取建立新的管理体制。作者提出了理顺乡镇广播电视站的管理体制,实行以条条管理为主的设想,认为其客观上是可行的、成功的。①

新疆喀什地区广电局曹松坪发表在《广播电视信息》1998年第07期上的文章《把握和处理好农村广播电视宏观管理中的几个关系》一文,从宏观视角谈了农村广播电视事业管理当中的几大关系如何处理的问题。作者从新疆喀什地区广电事业发展情况的调研出发,认为当前"普遍存在的一个突出问题是,重建设轻管理,热衷于上项目铺摊子,忽视现有设施网络的巩固完善和发展,片面强调一时一地的覆盖率,不注意覆盖率的巩固和实际效果"。"这种状况如果不能引起高度重视并得到根本改变,不仅现有的设施网络难以发挥应有的作用,而且今后的建设也将失去意义。"作者提出,加强农村广播电视管理必须要注意处理好几个关系:①正确处理建与管的关系,增强搞好农村广播电视管理的意识;②正确处理质与量的关系,把真正使农牧民群众听到、听好广播及看到、看好电视作为农村广播电视管理的宗旨;③正确处理点与面的关系,用点上的经验推动全地区农村广播电视管理工作;④因势利导,理顺关系,规范行为,正确处理疏与堵的关系,促进农村广播电视事业健康发展;⑤正确处理条与块的关系,依靠各方面的力量强化对农村广播电视的管理。②

江苏省高邮市广电局召笑明发表在《视听界》1998年第04期上的文章《努力开拓农村广播电视事业良性发展的路子》中提出:"如何办好农村广播电视事业,走出条良性发展的路子,这是基层广播电视业务主管部门面临的一项重要而艰巨的任务,也是近年来着力探索解决的一大难题"。作者结合高邮市农村广播电视事业的发展过程,总结提炼了几条经验:第一,在工作的指导思想和总体安排上,始终把办好农村广播电视作为一项基础工作和重点工作来抓。第二,从实际出发,确定适合本地行业发展的工作思路。第三,充分利用党委、政府对广电工作重视和关心的有利条件,发挥部门主观能动作用,自觉地为办好农村广播电视做好服务工作。

① 李柏雄.理顺管理体制,促进农村广播电视事业发展[J].广播电视信息,1997(08).
② 曹松坪.把握和处理好农村广播电视宏观管理中的几个关系[J].广播电视信息,1998(07).

第五个问题是关于农村广播电视属性的讨论。其实在上述讨论当中关于广播电视的体制和属性的问题已经有所涉及。讨论最多的是关于广播电视作为"第三产业"的属性问题的争论。

湖北省南漳县广播电视局章波发表在《中国广播电视学刊》1994年第03期上的文章《农村广播电视事业在市场经济体制下的取向》,对当时关于广播电视属性认知上出现的混乱进行了澄清。当时有一种观点认为:"既然广播电视属第三产业,则它有产业属性、商品性质,就得把它推向市场经济轨道,让它在市场竞争中求生存、求发展。"对此,作者认为,广播电视属第三产业,但是,不一定所有第三产业都得参与市场竞争。广播电视作为产业在有些地区、有些方面、有些时间是不可能一概而论的。不能搞一刀切。①

在这一讨论基础上,有的讨论者进一步对广播电视的属性问题进行了深入的探索,从剖析广播电视的经济属性入手,谈到了如何加快农村广播电视事业建设问题。

江西省南昌县文化广播电视局魏福堂的文章《探索市场经济规律,增加广电事业投入——试论农村广播电视的经济属性》认为,对农广播电视也和其他事业一样具有它独自的政治属性和经济属性。这是较早的关于对农电视体制研究的探索。文章指出,长期以来人们在实践中已体会到:广播电视是党和政府的喉舌,是党和人民群众联系的桥梁和纽带,是搞好两个文明建设的重要宣传工具,是一项重要的宣传文化事业,这是它的政治属性。广播电视同时具有它的经济属性。主要表现在:①广播电视是现代化程度较高的传播工具,可以直接指导经济活动,参与社会生产;②广播电视是重要的信息产业部门,具有较高的经济效益;③广播电视也是一种生产力,是信息社会中形成的一种现代化程度较高的直接生产力;④随着经济的发展、社会的进步和人们生活水平的逐渐提高,人们对广播电视的要求也越来越高,但是国家和集体又一时难以拿出更多的资金增加投入,广播电视部门就必须依靠自己的力量,探索市场经济规律去开展经济活动,筹集资金发展广播电视事业。作者就此提出:"我们要在充分认识其宣传职能的前提下,重新认识其经济职能。并充分利用广播电视的经济属性,努力谋求较高的经济效益,促进农村广播电视事业的发展。"结合南昌县农村广播电视事业建设的实际和摸索,作者进一步提出,在探索市场经济规律,广辟农村广播电视经营渠道的同时,要注意把握好三个关系:一是宣传与经营的关系。宣传是农村广播电视部门的主要职能,这是大局,不容忽视。经营只是加强广播电视事业建设增加投入的一种手段,其目的是为了办好节目,搞好宣传。因此宣传与经营的关系,是主与次的关系,是社会效益与经济效益的关系,是新闻宣传与其他精神产品的关系,两者绝不能混为一谈,更不能颠倒错位。二是国家政策与放开搞活的关系。广播电视是国家垄断性的产业,新闻性的精神产品和广播电视物质产品的生产和经营都受到国家的控制,除此之外的经营活动,可以放开搞活。因此,广播电视经营活动的多样性,要在政策允许的范围内积极开展。三是有偿服务与有偿新闻的关系。有偿服务是广播电视部门在政策范围之内通过加工制作的精神产品和技术服务活动。而有偿新闻是指记者、通讯员在采写过程中,利用职业关系向对方要钱、要物或者其他好处的违纪行为,这是党的新闻工作纪律所不允许的。所以,有偿服务与有偿新闻要严格区分。农村广播电视不仅是一项重装备、高消耗、高投入

---

① 章波. 农村广播电视事业在市场经济体制下的取向[J]. 中国广播电视学刊,1994(03).

的系统工程,同时,又是拥有众多视听用户、经营项目不断拓宽的广阔市场,因此,我们不仅要看到农村广播电视事业建设需要投入大量的资金,同时也要看到由于广播电视事业建设带来的经济效益,有投入,就会有产出,高投入,就会有高产出。我们要把有线电视有偿服务的创收弥补到发展有线与调频广播的无偿服务的事业建设中去,所以,我们不仅要会用钱,而且要会赚钱,不断探索新形势下的市场经济规律,积极开展创收活动,加强农村广播电视事业建设。

综合上述多个方面的有关体制建设问题的讨论,我们发现,对农广播电视事业发展的问题和相关对策、改革设想的提出基本都是来自于对农广播电视事业一线的实际工作当中。由于问题与思考均来自调查与实践,因此,提出的问题切中要害,对于现实工作的指导意义特别突出。这种理论与实际结合的优良传统是对农广播电视研究中的优势,没有假、大、空的学说,有的是真正脚踏实地的问题意识、现实意识。

但是,由于每位讨论者基本都是基于自身一地的具体情况来谈对农广播电视事业的体制改革问题,视野和眼界的局限性,往往使得上述讨论具体性、微观性很显著,但是普适性、宏观性则又过于匮乏。因此,上述讨论更多的是基于某地区对农广播电视事业遇到的瓶颈和困难而提出的具体解决措施与思路对策,却无法从整个对农广播电视事业的宏观布局上,为当时举步维艰但又亟待创新发展的对农广播电视事业提供指导。研究领域过于具体,研究者队伍过于单一,研究力量过于薄弱,这些都造成了20世纪90年代关于对农广播电视的研究总体偏弱势。很多核心的问题并没有得到很好的解决和梳理。一些问题虽然已经提出,当时没有得到深入的讨论。这对于对农电视事业的发展来说,无疑是一大软肋。尽管对农电视事业及其研究都是自20世纪90年代起步的,当时相对城市电视的迅猛发展,对农电视事业的理论的思考和现实的探索都显得步履迟缓。理论的思考和现实的探索,二者之间尚没有形成互相促进的积极发展势头,反而是发展的迟缓与薄弱的理论思考相互制约。20世纪90年代对农电视传播研究的这一发展现状一直到21世纪才得到一定程度的改观。

第三章 21世纪我国对农广播电视传播研究

21 世纪以来,"三农"问题已经成为我国经济、社会实现科学发展、和谐发展的一个关键性、制约性因素。从 2005 年开始,新一届党中央把"三农"问题提升到了全党全国工作的"重中之重"位置,国家广电总局为贯彻"三个代表"重要思想、落实科学发展观、构建和谐社会、实现全面小康建设进行了一系列更具针对性、重要性和现实迫切性的安排、部署,把 2005 年确定为"农村服务年"。同年,行业首席研究期刊《中国广播电视学刊》联合中国广播电视协会对农研委会、北京电视台于 2005 年 4 月初主办了"广播电视服务'三农'高层论坛"。举办这么高规格的广播电视对农服务的论坛尚属首次。来自国家部委、社科研究机构、新闻单位的行政管理、农业经济、广播电视等行业的专家、学者分别作了主题演讲,大家畅所欲言,为加强我国农村广播电视工作建言献策。论坛就许多带有根本性的问题达成了共识,展示了新的科研成果。由于论坛涉及的议题宽泛、内容丰富,与会代表的会议稿在当年的《中国广播电视学刊》第 5、6 两期连续刊发。在广播电视对农服务领域,为广大同仁提供了重要的政策解读和智力支持。此次高峰论坛,使得对农广播电视在我国对农传播当中的重要性得到了非常明确的强调和突出。与之伴随的是,"2004 年全国农村电视覆盖率达到 94.3%,农村电视人口数量高达 6.52 亿"[①],这为对农电视的业务拓展和理论探索都奠定了不可或缺的硬件基础。由此,我们进入了对农电视研究的快速发展阶段。

第一节　第三个十年:2001 年至今——对农电视传播的研究步入了快速发展阶段

21 世纪以来,党和政府、国家广电总局的一系列相关举措,推动了人们对对农电视服务领域的重视,伴随电视业发展的良好势头,大大激发了对农电视传播研究的热潮。如第二章图 2-1 所示,21 世纪以来,关于对农广播电视的研究呈现出明显的快速增长势头,相关研究文献总量达到了 486 篇。经过 2001 年之后一个相对平稳的发展过程,从确定为"农村服务年"的 2005 年开始,关于对农广播电视的研究呈现出非常明显的快速增长势头。到 2007 年,达到一个峰值,当年发表的此方面论文总量为 88 篇。此后至今,每年发表的相关研究仍保持在 60 余篇左右的规模,且相对平稳发展。其中,第三个十年关于对农广播的研究延续了 90 年代以来的增长势头,文献量达到 280 余篇。在研究的量上超过电视。而关于对农电视的研究文献量达到 204 篇,单纯从文献量上看,开始越来越接近对农广播的研究量。

为更清晰地了解我国对农电视传播事业的研究现状,我们对自 20 世纪 80 年代至今的对农广播电视研究文献进行了二次检索和再次梳理,剔除了谈论对农广播的文章,单独列出专门谈论对农电视问题的研究文献。由此,我们发现,我国对农电视传播研究方面的专门论述性文献出现的情况,其历时的分析如图 3-1 所示(自制图表)。

在第三个十年,对农电视传播研究出现了快速增长的发展势头。究其原因,一方面是 21 世纪以来,电视在我国农村的全面普及以及广播的逐步减少,无疑使得越来越多的从业

---

① 李缨,庹继光. 农民平等话语权的实现途径[J]. 当代传播,2007(03).

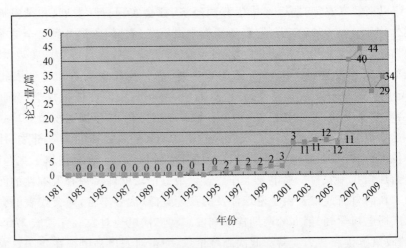

图 3-1　20 世纪 80 年代以来对农电视传播研究文献量年度分析表

者和研究者步入到对农电视的研究与实践当中,研究队伍的组成上与过去相比也有了变化。另一方面,党和政府越来越多地关注农村,并对"三农"给予了一系列倾斜的扶持政策。随着国家对民生问题尤其是"三农"的日益关注,"三农"问题逐渐跃升为 21 世纪第一个十年的社会热点话题。尤其是从 2006 年开始,关于对农电视节目的研究也进入到了一个相对于过去更为热闹的状况。尽管就其论文的年度总量来说,最高峰值也只有 40 余篇,平均为 30 余篇。总量还是很小的。尤其相对于占据我国电视人口六成以上的农村电视观众总量而言,这样的研究量是不相称的。不过,相比过去毕竟已经有了很大的提升。

对这一时期的研究,我们根据已发表论文的论题域进行了主题梳理。这些研究主题不排除一些是对 20 世纪提出的研究问题的老生常谈,但更多的则是对已有研究的进一步拓展和深化。从研究视角、研究范畴、研究内容、研究方法、理论建构等诸多方面都体现出对农电视传播研究的艰难迈进。这一时期着重讨论的主题域主要包括如下几方面。

一、关于农村观众的调查与研究

这一主题域的研究,具体包括三个研究方向:受众研究;传播效果研究;受众市场价值研究。重点还是对农村节目受众市场的收视习惯、收视偏好、收视需求、反馈机制等方面开展了相关的研究,并有调查研究、数据统计分析等实证方法的支撑。

南京师范大学新闻与传播学院方晓红的《对农村受众选择电视节目倾向的研究——江苏农村受众的实证调查》是其时相关实证研究当中的力作。这是作者连续数年对江苏的农村传播情况进行系统调查的一个重要组成部分。2002 年,作者带领媒介调查小组在江苏农村专门就农村受众选择电视节目倾向情况进行了一次大规模的问卷调查。这次调查采取了分层抽样、系统抽样、随机抽样的方式,共抽取了江苏省 45 个县 1 700 户农家,发放问卷 1 700 份,有效问卷回收率为 87.3%。根据所得数据分析得出的结论是:在江苏农村,一方面,作为闲暇时间的主要文化娱乐活动,看电视已成为大多数受众的首选;另一方面,不同性别、年龄、文化层次的受众对于不同的电视节目也有着不同的选择态度。而娱乐性的节目,正是推动农村受众观念变革的主要因素。此次实证研究有三个重要发现。一是农民看电视的主要动机是娱乐消遣。在该次对于电视收视目的的调查中，从苏南受众的选择来看，电视主要被视为一个提供娱乐的大众文化传播工具。当农村受众选择电视节目时，其首要目的是从这种将高科技、商业性娱乐、艺术和景观融为一体的大众文化中得到娱乐快感。二是农民受众的性别、年龄、文化层次与接受的电视节目类型有相关关系。凡是文化娱乐性节目，女性的喜爱程度均大于男性，对于新闻类节目，男性喜爱的比例则相对大于女性（社会新闻除外）。在文化娱乐类节目中，性别因素所起作用最大的是音乐，其次是综艺，最小的是影视。从年龄角度来说，综艺节目是大众性的节目，年龄因素在其中几乎没有什么太大的作用；年龄起着至关重要作用的是对音乐的选择，对待音乐的态度，年轻人与年长者完全处于两极。新闻类节目的喜爱者以社会中坚为主体；而对待影视的态度，则能看到年龄越大兴趣越小的趋势。文化因素在上述四类电视节目的选择中影响甚微。三是对于农村受众而言，娱乐性节目更易影响其观念的变更。作者分析其原因在于：由于生存状态不一样，因此面对相同信息所获取的信息量大小也不同。就今天的中国农村来说，其接触现代文明的主渠道还主要限于大众传播媒介。对于农村受众来说，其接触各类娱乐性活动的机会比城市受众偏少，因此，他们的主娱乐活动便是收看电视。在面对娱乐性节目时，农村受众所能获取的信息常常会大于城市受众，他们的感悟也常常会比城市受众多。根据调查数据所得，江苏农村日常收视时间长度为每天 144.01 分钟。当农村受众每天用两个小时以上的时间去面对电视——这个唯一使他们在自己的家里就能直观地看到外部世界，就能享受到观赏娱乐节目的快感的工具时，他们对于所接受到的外部世界发生的故事，不能不咀嚼，不能不议论，不能不探讨。于是新的、他们未曾获知的思想不能不从电视中"走"出来，"进入乡村并在农民之间蔓延"。换言之，当农村受众每天用两个小时以上的时间去面对传播媒介时，他们将无法拒绝它在观念等方面的引导。处而为其所染的影响。以娱乐性为主要目的接触电视的农村受众，当他们大量接触娱乐性节目时，从娱乐性节目中传播的城市文明能够有效地影响他们，从而发挥更新农民观念的作用。①

中国社会科学院新闻与传播研究所陈崇山的文章《谁为农民说话——农村受众地位分析》，也是以调查数据作为主要论证手段，分析了当前农村受众的地位。作者指出：农村受众是传播领域中的弱势群体，在媒介资源的享受和利用、信息接收工具的拥有量、享受媒介消费的时间、接受信息和自我表达声音的能力等方面，均不如城市受众。①在媒介资源的享受和利用方面，城市里的广播电视网络由政府投资建设，而农村中的有线广播网却要农民自己掏钱铺设，农民不能享有与城里人同等的国民待遇；城乡卫星电视接收率差异大，在农村受众中，只有 41.4% 的人可以享用省级有线公共网接收卫星电视节目，还不及城镇受众的一半。有近半数的农村受众至今仍然靠自备的普通室内（外）天线收看电视（占 48.3%），清晰度和稳定性都不理想，接收的质量和效果都受影响；广播电视少为农村受众服务的专业频率或频道。至今广播电视为农民开通的专业频率或频道极少，中央电视台也只是把为"三农"（农村、农业、农民）服务的节目，同少儿节目和军事节目都挤在一个频道里；城乡受众选择媒介的自由度差距也很大，北京市平均每户能接收到的电视频道高达 33.3 个，而永济县平均每户农民能接收到的电视频道只有 6 个。②在接收工具的拥有量

① 方晓红. 对农村受众选择电视节目倾向的研究——江苏农村受众的实证调查[J]. 电视研究,2003(02).

方面,农村受众不及城市受众。经济实力的匮乏,限制了农村受众购置大众传播的接收工具。③在享受媒介消费的时间方面,农村受众少于城市受众。④在接受信息的能力方面,农村受众弱于城市受众。文化知识的匮乏,限制了农村受众接受现代新知识、新观念、新技术,导致经济发展滞后,形成难以克服的怪圈。⑤在表达意见的自我意识方面,农村受众不如城市受众。农村受众在传统领域里的主客观因素均弱于城市受众,处于弱势地位,属于弱势群体。作者还指出,大量农民离开土地进城打工,成为农民工,居无定所,没有接触媒介的条件。他们中的不少人,已由农村中的现实受众,退化为城镇中既不读报刊,又不看电视不听广播的潜在受众。为使农民由弱变强,实现社会公正、公平,新闻界要多为他们说话,做他们的代言人,沟通党和政府及社会各界同农民的思想情感,了解农民生活的现状,给他们以切实的帮助。①

南京航空航天大学新闻传播系吴志斌、陈青的文章《农业电视在农村经济发展中的作用——从山东农村相关收视调查说起》,就农业电视在山东农村的收视情况进行了访谈调查和问卷调查。共调查了鲁西南、鲁西北和胶东地区的300个行政村,获得了问卷、调查员记录和书面调查报告等大量数据信息。根据调查材料对收视情况进行了一定的数据统计。调查表明,电视虽然是农民目前获取信息最主要的来源,但有效性却不容乐观。农民更倾向于收看本地电视台和中央电视台的农业节目,而对其他省市的农业节目则极少关注。农民普遍与农业栏目没有联系,大众媒体与农民大众之间缺乏互动,其原因主要在于:农业节目的亲和力不足和权威性受到了质疑。大部分农民对电视播放的农业科技信息仍然觉得离自己太遥远,是"电视里的",和自己关系不大。作者认为,如何增加节目的亲和力是当前农业节目应该迫切解决的问题。调查显示农民反映的节目问题包括:技术内容有的看不懂,通俗化仍然是农业节目的老大难问题;播出节目不合农时,节目内容地域分配不合理;内容单一尤其是与节目相应的服务信息少;农民希望调整对农节目的播出时间,最好改在晚上8点左右;节目形式应更活泼。农民比较认同的节目形式有:①科技致富带头人现场演示或科技人员现场讲解示范。②用农民熟悉的通俗语言。③专家咨询热线。④讲故事的形式。调查记录显示,用普通的人、普通的事报道的节目深得人心,农民最爱看的、最愿听的还是那些带着乡音的电视节目,并希望贴近农民采访农民。从另一个侧面分析,农民有"讲述自己、表达自己"的明确愿望,但这一点在很多农业节目中被忽略了,进一步反映出当前农业节目亲和力不足的问题。②

中央电视台辛明的文章《社会变迁并未使农户远离农业节目——农户收视农业节目样本分析》同样是一份基于实地调查的研究成果。研究采取入户问卷调查方法,调查问卷共分为三大部分:人口特征、家庭情况、收视行为,共计35个问题、122个变量。研究发现:学习实用技术并非是农户首选。农户对农业节目的态度是不冷不热。作者进一步提出了改进农业节目的建议:①实现分层传播保证信息的实用性。目前农业节目分布在中央、省、市、县四级,受众规模不同、传播范围各异。各地农时农事也不一致所以农业节目在各自目

① 陈崇山. 谁为农民说话——农村受众地位分析[J]. 现代传播,2003(03).

② 吴志斌,陈青. 农业电视在农村经济发展中的作用——从山东农村相关收视调查说起[J]. 中国广播电视学刊,2004(06).

标观众范围以诉求满足。这样也就实现了农业节目的分层传播。中央台农业节目应该注重方针政策的阐释:预测性的、宏观的信息发布,减少实用技术部分节目。省级台的农业节目应该对中央台所涉及内容进行"本土化"处理,同时还要加强外省市、外国农业中适合本省实际情况的部分为农户开眼界。对于地市农业节目来说,如果县级限于人力、物力等条件没有开办农业节目,可以作为补充。县级农业节目应该加大创办力度加强实用技术部分的制作播出力量同时对中央台、省台中农业节目的内容中涉及本地的部分进行更加细化、可操作化的处理。②加强节目的播后服务。作为节目延续的部分利用电话或回信以及节目中回答的方式建立及时的、有效的反馈来弥补这样的不足应该是一个办法。特别是节目播后服务是十分必要的。③扩大节目的开放程度。节目开放程度的扩大,无疑可以把农户的注意力吸引过来加强节目同农户之间的联系从而培育农户的收视定势。④尽量保持和乡村干部的联系。乡村干部对农业节目的态度,影响了不少农户的收视选择。节目可以通过以下方式保持和乡村干部的联系:其一聘请他们做节目的观察员或通讯员;其二对节目采访过的乡镇、村庄,在节目播出前进行告之。通过乡村干部的组织收看,认识到节目的贴近性,从而引起当地农户的注意。[1]

二、关于对农电视传播体制的探讨

这方面的研究比较突出,产生了很多新的思考。既有强调农村传播的公共服务传播体系、农村电视公共频道公益建设的主张;也有从节目运营角度切入,探讨如何开展对农电视节目市场的经营研究的思考,这类研究虽然没有提出明确的"对农电视产业运营理念",不过其分析思路其实已包含了这样的视角;还有从制度保障层面、从保障农民基本文化权益角度提出"如何构建农村广播影视公共服务法律保障体系"等问题[2]。

提出对农电视传播的公益性与建构公共服务体系的设想,是这方面研究最着力的地方。湖北电视台叶坚、胡向阳的《农村电视节目应突出公益性》一文,结合《致富之道》栏目的创办经验,提出农村电视节目应该从以下四个方面突出其公益性的服务。①农村电视节目的从业人员必须深入基层面向农村、做农民的朋友。电视无疑对提高广大农村群众的综合素质,特别是科技文化素质,改变他们的生活习惯,提高他们的生活质量起着不可低估的作用,农村老百姓热切地盼望更多的记者、编导,以及其他媒体的从业人员把目光投向农村,投身到最基层的农民中去,多做一些解决农民疑难问题、帮助农民发家致富、反映农民精神文化生活方面的报道,帮助和引导农民架起一座面向现代化、面向世界、面向未来的桥。②农村电视节目要深入浅出地说老百姓说的话,报道老百姓做的事,倡导团结向上、奋发图强的精神。农村节目应该抓住来自老百姓生活中的真实故事,用他们常用的语言,加上电视的画面语言,来反映农民的生产和生活,关注农民的利益。③农村电视节目要多传递准确可靠、及时、实用的技术和信息,帮助农民少走弯路,用最少的投入获得尽可能多的精神和物质财富。农村电视节目公益性的核心,就是怎样帮助老百姓尽快实现他们追求的

① 辛明. 社会变迁并未使农户远离农业节目——农户收视农业节目样本分析[J]. 中国广播电视学刊,2004(06).
② 张蕾. 构建农村广播影视公共服务法律保障体系[J]. 中国广播电视学刊,2008(03).

目标。④农村电视节目(栏目)"为农服务"的内涵和外延还要不断延伸和拓展。①

值得注意的是,该文在讨论该问题时,提出了对农电视节目"专业化栏目产业化运作"的设想。作者认为,我国目前的农村电视节目,大多数具有很强的服务性,但仅有这些,实际的传播效果其实是远远不足的。一项技术的普及,电视节目讲得再详细,农民也不可能通过看电视就学得会;农民需要的信息资料,电视一播而过,农民无法保存;单个农户购买的农业资料和种子,没有一个代表他们利益的机构来做保障,等等,这些问题都是我们目前农村电视节目所没有解决的。因此,作者明确提出:专业化的对农电视栏目,只有走产业化的道路,才能真正满足农村电视节目公益性的要求。所谓专业化栏目产业化运作,就是说农村栏目不仅仅要深入基层采制好的节目,提供咨询,还要为农民的生产、生活提供配套的服务,让节目制作、信息提供等形成产业,在这个产业链运作的过程中,提高农民的收益和栏目的收益与生存力。比如,是否可以开办属于栏目的"农民培训学校",设立服务部,提供农民需要的可靠的种子农资,帮助他们收集致富点子和方案等。②

张海涛的文章《农村广播电视公共服务体系建设》从宏观层面高屋建瓴,提出了建设农村广播电视公共服务体系的指导意见。作者认为,农村是我国广播电视发展中的薄弱环节,推进农村广播电视公共服务体系建设是当前我国广播电视发展改革的当务之急和重中之重。农村仍是我国广播电视发展中的薄弱环节,农村广播电视覆盖任务很重,但经费投入不足,基础设施薄弱;广大农民对看电视听广播需求很大,但能接收到的节目套数有限,信号质量不稳定;农村广播电视发展潜力很大,但是重视不够,矛盾突出,影响了发展。我国广播电视节目主要面对城市听众、观众,农村、农业节目比例很小,至今没有专门为广大农民服务的专业频道(频率),而且针对农民科技普及和技能培训的节目很少,农村题材的电视剧很少,特别是对农民的文化娱乐和资讯信息需求重视不够,研究不足,开发不多,缺乏有效的互动机制和政策指导。另外,对广告市场的争夺和对有线电视网络的争夺使广播电视层级之间的矛盾越来越突出,体制上的条块分割和政策上的不稳定性直接影响到了农村广播电视的发展。总之,我国城乡广播电视发展严重失衡,还有八九千万农民听不到广播、看不到电视,70%以上的农村人口只能通过无线方式接收广播电视节目,节目套数很少,只有2~3套,不超过5套,信号质量不好,况且没有针对农村的专业频道(频率),由于经费、设备等原因,很多地方还无法全天候接收到节目信号。鉴于这一严峻的现实,作者提出,推进农村广播电视公共服务体系建设的总体目标,是让党和政府的声音更好、更响、更强地传入千家万户,基本满足广大农村人口普遍的精神文化和资讯信息需求,活跃农村经济,丰富文化生活,促进农村两个文明建设,推进农村广播电视公共服务体系建设,是落实科学发展观、统筹城乡发展的根本要求,是贯彻"两个轮子一起转"、促进公益性文化事业和经营性文化产业协调发展的具体举措。必须转变工作重点和工作方式,按照"多予少取"搞活的方针,从工程建设转到体系建设上来,统筹考虑,点面结合,建立长效机制和公共服务体系。要根据我国农村实际,确定农村广播电视公共服务体系的具体指标,分区域、分阶段、分步骤逐步实施。具体指标如下:一是节目套数指标,农户能够收听3~5套广播节目、

---

①② 叶坚,胡向阳.农村电视节目应突出公益性[J].中国广播电视学刊,2001(06).

8套电视节目(包括中央、省和当地的广播电视节目),开办覆盖全国的为农民服务的专业频道,增加科技普及、技能培训等节目内容,基本满足农户对新闻资讯、文化娱乐、科技培训、生活信息的普遍要求。二是覆盖人口指标,广播电视人口覆盖率达95%以上,自然村实现村村通广播电视。三是长效机制指标,村村通广播电视要有经费保障、技术保障和政策支持。东部发达地区要在完善农村广播电视公共服务体系基础上,大力推进有线电视村村通,大力推进有线电视数字化,大力发展农村广播电视产业,不断满足广大农村人口日益增长的多样化、专业化、个性化的精神文化和资讯信息需求。四是文章规划了推进农村广播电视公共服务体系建设的具体实施步骤:①要将农村广播电视公共服务体系列入党委、政府的议事日程,纳入国民经济和社会发展规划。②要继续贯彻事业建设的重点在覆盖、覆盖的重点在农村的方针,明确分工,团结协作,模拟与数字技术并重,短期任务与长期发展并举,建立良性循环的长效机制。③要调动各方力量,办好农村农业节目频道,让农村农业节目进入农村千家万户。④要研究新时期农村广播电视的经济政策和体制机制,为推进农村广播电视公共服务体系建设创造良好的政策和体制机制环境。文章最后强调指出,推进农村广播电视公共服务体系建设是落实科学发展观、建立和谐社会的重要举措,是广电系统一项长期而紧迫的重要任务。要把农村广播电视公共服务体系建设与城市广播电视数字化、产业化发展有效结合起来,推动我国广播电视全面协调和可持续发展,为解决我国"三农"问题和全面建设小康社会作贡献。①

王承英、陈章楷的文章《如何建立农村广播电视服务体系》则是从农村广播电视的公共性出发,提出如何建立农村广播电视服务体系,提供公共产品和公共服务的问题。作者首先对我国建立农村广播电视公共服务体系的背景和条件进行了深入探讨。指出目前农村广播电视事业发展存在标准低、信号质量较差、融资乱、缺乏资金投入、管理难等诸多问题。而发展的不平衡、农村广播电视基础设施建设投资规模大、自然地理条件复杂、市场经济的局限性等实际国情决定了政府必须承担建立农村广播电视公共服务体系的责任。作者就如何建立适合我国国情的农村广播电视公共服务体系,在具体原则政策制定、内容范围、模式选择、体制、资金、监管等一系列问题上都提出了具体的对策建议。在政策原则方面,一是保持广播电视行业的政治属性,实行国家主导、广电主办、社会参与;二是体现社会公平原则,实现服务对象的最大化,确保所有社会成员都能听到广播看到电视,享受到广播电视带来的文化生活;三是实现服务效率最大化,广播电视公共服务体系的建立和运行要实行科学投资、成本核算和绩效管理,在有限的资金投入水平下,让更多的人享受到更好的公共服务,使农村农民通过广播电视提高精神文化生活水平。在内容方面,农村广播电视公共服务体系应该服务的范围包括三个方面:一是节目内容服务,各级电视台特别是自办节目能力较强的中央和省级广播电台、电视台要有为"三农"服务的频道或栏目;二是网络覆盖服务,要重点帮助解决县至乡镇、村组、农户的有线电视网络建设与维护问题,通过卫星、微波、调频、转播等帮助解决偏远农户收听广播收看电视问题;三是救灾和救助服务。在模式方面,我国适合建立"国家资本控制社会资本参与的农村广播电视公共服务体系"。在这一模式下,农村广播电视服务网络可以根据自身的条件选择建设和经营方式,主要有共建与

---

① 张海涛.农村广播电视公共服务体系建设[J].广播与电视技术,2004(12).

自建两种方式。在体制方面,在制定农村广播电视公共服务体系时要因地制宜灵活多样,在大的原则和框架下,鼓励各地建立适合本地区的管理政策和运行模式。建立省、市、县垂直管理的农村广播电视公共服务体系,省级是关键,重点解决资金问题,县级是基础、是平台,直接面向农户服务。[①]

2006年4月华南师范大学马池珠的博士学位论文《基于受众中心的农业电视传播体系研究》,以系统科学和传播理论为构建体系的方法论基础,通过文献调查、问卷调查、访谈、实证研究、创作实践等多种研究途径,对基于受众中心的农业电视传播体系包括传者体系、内容体系、传播通道体系、受众体系进行了深入系统地研究,构建了基于受众为中心的农业电视传播体系。该文由以下几部分组成:第一部分,通过问卷调查分析阐释了农业电视缺失的成因。从传播学角度看,农业电视传播体系以传者为中心,其弊端为:缺少对受众需求的分析研究,传播者决定所制作播放的节目内容和播放,农业电视传播者以经济效益为重。从电视学角度看,节目制作周期长、成本高、回报率低,节目资源匮乏;在内容方面,存在节目针对性差,主题不鲜明,内容空洞、贫乏等问题。从社会学角度看,长期的城乡二元结构和体制是使城乡电视出现重大差别的社会制度原因;解决农业电视缺失这一难题,根本出路在于建构基于受众中心的农业电视传播体系,使受众成为电视传播系统的主体,在对受众充分研究分析的基础上,以系统论的方法建立适于农业电视传播的传者体系、传播通道体系、传播内容体系和受众体系。第二部分,对农业电视传播的受众体系进行了研究,研究分析了农业电视受众的分类、特点、构成、分化以及收视需求。农业电视传播受众由农业生产者、农业管理与经营人员、农产品消费者、城市市民构成。在当今社会转型期的农民已经分化成五个阶层:农业劳动者阶层、乡镇企业职工、农民工阶层、农村管理者阶层、贫困农民阶层。农业电视的受众除具有一般受众多、杂、散、匿等特点外,整体文化素质较低,思想观念传统,在传播领域属于弱势群体。农村受众需求研究是受众研究的重点。问卷调查表明,农村受众收看农业节目的目的依次是为了解农业政策、学习农业实用技术、获取农业科技信息、娱乐、了解市场信息。获取农业信息渠道主要是中央电视台和省电视台的农业节目、农村远程教育站点。农村受众喜欢农业栏目的主要原因是栏目适合本地生产实际和内容更丰富两大因素。农村受众对农业实用技术的需求呈现多样性,以种植、养殖和劳动技能培训为主。第三部分,对基于受众中心的农业电视传播通道体系进行了研究。农业电视传播通道体系包括:电视台传输体系、农村现代远程教育传输体系、音像出版发行体系三部分。文章对农业电视传播通道体系的形成和发展进行了梳理,回顾了中国农业电视的发展历程。农业电视数字化后,经过两种传输渠道传播,一是农村现代远程教育的农业电视传输体系;二是数字电视与网络电视,这是农业电视传播通道体系实现受众中心的保证。第四部分,对基于受众中心的农业电视传播内容体系进行了研究。利用"多维组合"分类标准对农业节目进行了分类。对农业文化类、农业政策类、农业科技类、农业市场类、农产品消费类的内容和策划进行了研究。作者认为,基于受众中心的农业电视节目定位就是要根据对受众的调研情况决定农业节目的内容,正确把握中国农业的发展趋势,强化节目的服务性,营造全社会关注"三农"的氛围,关注农民的命运,沟通城乡,引导农产品的消

①　王承英,陈章楷.如何建立农村广播电视服务体系[J].中国广播电视学刊,2006(01).

费。在表现形式方面,要以风趣的语言增强节目的娱乐性,以乡土情怀增强节目的贴近性,以纪录片的理念增强节目的可视性。该研究还进行了基于受众中心的农业电视节目创作实践,其中有多部作品获奖,据此提出一部好的农业电视作品需要具备以下几个条件:一是片名有新意;二是切入点新,立意新颖;三是掌握电视节目的结构;四是逻辑缜密,引人入胜;五是精美的画面;六是顺畅的解说词;七是恰当的声音技巧。第五部分,对基于受众中心的农业电视传播体系进行了研究。该体系包括基于受众中心的宏观层面的传媒社会控制体系和农业电视传播个体运作体系。宏观层面的传媒社会控制体系是指传播系统的决策层、组织层、领导层,在这一层面上要实现受众中心,就要树立受众中心的思想,明确受众的权利,根据受众需要合理地配置媒介资源,提高受众媒介素质,实现传播者之间传播内容的整合。农业电视传播个体运作体系是受众中心的关键。个体运作体系实现受众中心包括研究受众,尊重受众,了解受众需求,提高信息质量,重视受众反馈等。基于受众中心的农业电视传播体系的创新包括:组织体系由不均衡向均衡发展,社会属性由事业型向产业型转变,资源配置由分散型向集约型转变,节目生产方式由自给型向市场型转变,节目形态由模式化向多样化转变,传播方式由单向型向互动型转变。最后,对基于受众中心的农业电视传播体系体现比较好的案例山东省电视台农科频道进行了分析。总体来看,这项研究从传播学、电视学、社会学的角度对农业电视传播体系进行了系统的研究,并采用问卷调查等方法,科学而客观地论证了农业电视传播存在的问题。以系统科学的方法,围绕受众中心理论构建了基于受众中心的农业电视传播体系。

新疆省电视台许晓娟的文章《入世后对农电视节目的经营》则提出了对农电视经营的问题。专门研究对农电视经营的文章很少,少数论文中局部有所涉及关于对农电视如何经营的问题的讨论。如前面讲到的叶坚、胡向阳的文章《农村电视节目应突出公益性》,就提出了一个对农电视节目"专业化栏目产业化运作"的设想,因此,这方面的研究总体来看很值得加强。许晓娟的文章《入世后对农电视节目的经营》,结合新疆电视台的《农牧天地》栏目的运作经营情况,在实际工作当中思考:对农电视节目如何在竞争日益激烈的电视荧屏中站稳脚?就必须把对农节目当做一个产品将之市场化、产业化。栏目的采编人员必须改变过去在生产节目过程中只生产不看市场的做法。市场在哪里?从表面上看,用资金买我们产品的是一些涉农企业;而从本质上看,却是那些整天跟农牧业打交道的农牧民们。因为他们是涉农企业的最终消费者。企业投放广告最终看的还是这档节目在农民中的收视情况。因此,对农电视节目必须首先十分清楚地明确自己的定位。随着农村经济的发展,农民也分为两大类,一类是从事农业生产的农、牧民;另一类是离土不离乡、进厂不进城的农村非农产业生产者。他们对对农电视节目的要求必然会因性别、年龄、收入、兴趣爱好等方面而产生差异,这种差异就是我们对农节目定位的重要依据,它决定对农节目将选择哪一部分受众市场来作为自己的对象,开发哪一个层面的市场空间。对农节目的定位一切都要着眼于市场实际需要。要对目标受众不同层面的农民进行扎扎实实、翔实准确的市场调研。对农电视节目应当把农业节目的演播室搬到广阔的田野和牧场去。农民所关心的就是我们节目所关注的,有了一些具有典型性的选题点后,在把握好导向的前提下,必须加大报道的深度和广度。编导在采编过程中应抓住主题采取多样灵活的形式。只要这种形式符合内容的需要又能产生很好的互动性来提高收视率,都可以灵活使用。最后,后期的包装也是必不可少的。栏目组的营销人员要积极主动地与涉农企业分析栏目的优势,和企业共同策划一些大型活动,加强自我形象宣传,还要到基层一线去,到农牧业专家和政府部门获得及时的意见和建议反馈,及时调整。不断探求涉农各个层面的需求,不断修正节目形式、内容,节目才能常变常新。①

三、从不同角度探讨对农电视存在的各类现实困难与问题

这方面的研究带着强烈的问题研究意识,力求从对农节目遇到的具体的现实困境出发,追根溯源,多从当代电视文化、节目市场培育、节目创新、受众心理等角度切入,并由此不仅进一步深入到对农电视节目功能的思考,而且重点围绕对农节目如何更好地为农民服务、为新农村建设、为农村文化生态优化、为农民新型人格塑造和素质提高等展开了诸多讨论。

李玫的文章《电视"三农"报道如何做》,该文开宗明义地指出,一方面,据调查,中国农村居民家庭的电视普及率已达95.2%,绝大部分农村家庭可收看电视节目;另一方面针对农村居民而制作的"三农"节目却办不下去,遭受淘汰的命运。现在国内电视媒体中的"三农"节目可谓处在尴尬境地。2003年6月,中央电视台推行"末位淘汰制","农业新闻"栏目从电视上消失,被淘汰的原因是"收视率低、观众反映差、节目形式陈旧及成本太高"等。对农电视节目的这种尴尬处境在其他省台频道同样普遍存在。同时,不少对农节目由于播出时间不符合农村观众收视习惯,节目的制作理念与现代农村观众的需求不符,制作水平也较低等原因,还不受农民欢迎。作者认为,改变尴尬处境,一是播出时间应符合农村居民作息规律。二是内容应满足现代农村居民的信息需求,为现代农村居民提供政府的各项"三农"路线、方针、政策,提供迅速且实用的市场、经济信息,提供大量道德和法制信息,更丰富的娱乐节目。三是制作理念和包装形式应充满现代"农味",现代"三农"节目要说大白话,要善于讲故事,充分利用电视媒体的传播优势,树立"把演播厅搬到土地上"的操作理念,深入田间地头。②

中国广播电视学会对农电视研究委员会秘书长黄辉的文章《对农电视能否"多予、少取、放活"》,针对当前对农电视存在的显著不足,提出了对农电视如何"多予、少取、放活"的设想。作者指出:在全国省级电视台中,对农专业频道只有山东电视台农科频道和吉林电视台乡村频道,对农电视专栏节目不足20个。而我国有九亿农业人口,这种对象的极大与表现的极小甚至空白无疑是今天电视传媒的尴尬和遗憾。由于我国电视目前采取的是"双轨"制的管理方式,电视、专栏多数自负盈亏,而对农电视的受众的大多数在我国目前还是弱势群体,他们需要的是公益服务,不适宜商业化体制的运作。政府正在利用各种手段减轻农民负担,无疑,关注农村与农民的命运,向这个弱势群体提供服务、扶持和帮助,是电视传媒、是对农电视的责任。对农电视节目的经营空间和领域不在农民这一边。对农电视的性质注定了它与电视产业经营的一般规律相去甚远。另外,农村栏目也很少被广告客户看好。因为广告投入看的是收视率。一些收视调查公司以人口密度决定调查范围。农村栏

① 许晓娟. 入世后对农电视节目的经营[J]. 中国广播电视学刊,2001(10).
② 李玫. 电视"三农"报道如何做[J]. 中国记者. 2004(02).

目收视群体通常不在收视率调查之列,因此很难引导企业合作和广告投入。农村节目事实上无法与新闻类节目、娱乐类节目相提并论,硬要把它们放在同一条起跑线上,本身就不公平。对于对农电视节目来说,它显然仍是电视节目中的弱势群体。全国省级电视台对农电视栏目发展的历史也表明,在激烈的市场竞争和经济利益最大化的现实面前,对农栏目深陷于经营的困境里不能自拔。我们拥有一批面向三农的电视栏目,甚至专业频道,拥有一批兢兢业业、勤奋执著、肯于奉献的面向"三农"的电视人,服务三农也是我们道义上的责任,"多予、少取、放活",就是要扶植并真正地积极支持对农电视节目,在节目的设置和生产方式上有明确的政策保障①。该文的讨论,其实是从对农电视节目市场生存与培育的视角出发,提出了一个尖锐的问题,在电视纷纷追求市场经济效益和电视收视率竞争的背景下,对农节目似乎既难见市场经济效益,亦难获得收视率数据支持,如何生存发展?"多予、少取、放活",积极扶植对农电视节目生产是电视传媒人义不容辞的责任。

河北电视台王海泉、王连贵的文章《三农节目的生存之道》,针对当前对农节目存在的问题,提出了具体的生存之道在于:一是从政策、资金、人员等方面进行扶持与倾斜;二是节目制作在思想观念、电视资源、内容定位、类型选择、形式风格、语言运用等各方面突出"三贴近";三是要提升舆论监督水平,重视农民话语权,使媒体成为政府与农民之间的桥梁;四是要遵循新闻价值规律,谋求指导性与服务性的最佳结合;五是根据主持人的条件合理地采取主播制,强化传播的故事性与新闻性,以增强传播的亲和力;六是提高对农节目从业人员的素质;七是提高节目覆盖率;八是要增强协作意识,提升传播合力。②

杨俊豪的《浅谈农业电视栏目的创新》一文,从三个方面提出了农业电视栏目创新的路径:①精心策划,注重包装,增加信息量,提高收视率;②农业节目应巧设故事情节,增加悬念;③实施品牌战略,打造名牌节目。作者重点谈了对农节目的品牌塑造问题。首先,要对农村电视节目的内容进行明确的品牌定位,节目内容应该具有强烈的"农味"、"乡村气息",和农村轰轰烈烈的改革实践相适应;要不断创新农村节目制作播出的形式,不断强化农村电视节目的现场感,拉近电视媒体与农民朋友的距离,增强节目的亲和力;要突出服务性、实用性、娱乐性、知识性和地方性。地方性是针对农村电视节目的差异性与特色化而言的,它体现了品牌的个性特征。③

2005年5月郑州大学赵芳的硕士学位论文《我国农村电视节目的现状及发展趋势》,试图从阐述农村电视节目对农村变革的重要意义出发,解读电视节目的制作原则,论述电视节目和政治经济的关系,进而展望农村电视节目的发展趋势。该文是建立在对河南18个地区800余户农民的调查基础之上,对当前农村电视节目的现状、优势与劣势进行了描述和分析。该文最后提出,农村电视节目的宗旨是为农村的"城镇化"服务。

四、对农电视节目创办经验总结与学理思考

此方面的研究是大量的,多数由来自一线的电视节目工作者完成。通过对具体的农村

---

① 黄辉. 对农电视能否"多予、少取、放活"[J]. 中国广播电视学刊,2004(06).
② 王海泉,王连贵. 三农节目的生存之道[J]. 中国广播电视学刊,2005(12).
③ 杨俊豪. 浅谈农业电视栏目的创新[J]. 新闻爱好者. 2005(12).

电视节目创办经验的总结,随感式地讨论该类节目成功的原因,总结经验、提升业务水平。研究内容涉及:栏目策划、报道方式、形式创新、选题策划、栏目包装、节目风格等。从节目定位与内容、创作理念与手法、传播模式与技巧等多个方面讨论如何创办好对农电视节目。比如讨论如何"选择实用性与接近性的题材,采用通俗化、故事化、实证化、现场化的形式,使电视对农节目可以在社会主义新农村建设、农业可持续发展、农民脱贫致富等方面发挥更大的作用①。"还有少量研究探讨了对农电视节目主持人的风格定位、基本素质及对农电视节目的风格等。

唐友彪的文章《〈摇钱树〉:"三农"报道的常青树》,就是专门谈开办近 20 年的对农栏目《摇钱树》的创办成功经验的。《摇钱树》是广东电视台当时最受欢迎的一个品牌栏目,自 1987 年开办以来,始终名列广东台专栏节目的前列,成为广东电视的一棵常青树。该文就创办节目过程中的许多经验和教训与电视界的同行分享。一是走一条自下而上办节目的道路。节目的信息来源是省市农业科研部门、从事一线生产的农场企业、乡镇一级的地方政府,这些基层单位的帮助使栏目组可以了解到最新的农业动态,把握农民的需求,从而更好地为观众服务。二是栏目的定位稳中求变。《摇钱树》创办的时候,农村家庭联产承包搞得如火如荼,"传播农业技术、教导农民发家致富"是当时的节目定位。随着农业生产向集约化过渡,《摇钱树》及时调整栏目的定位把"农村、农业、农民"作为新的栏目方针。2001 年后,由于电视媒体的竞争日趋激烈,又将栏目的定位调整为"服务农村观众,占领农业资讯传播制高点",增强服务性,提高权威性,增加与观众的交流互动,打造出一个为农服务、开阔眼界互动的电视平台。该文还就如何寻求节目的收视需求,如何丰富节目资源,如何实现题材拓展,如何突破陈旧节目制作理念,如何开拓海外农业节目,保证节目质量等问题,对该栏目进行细致介绍。②

一些著名的对农电视栏目得到了业内外专家的共同关注,纷纷就栏目的成功发表意见,总结成功经验。除了上文所述的《摇钱树》栏目,还有比如《垄上行》等著名对农电视栏目品牌。关于《垄上行》的专门分析文章就有陆地的《〈垄上行〉成功因素解析》(发表在《现代视听》2007 年第 02 期),王才忠、吕金舫等的《〈垄上行〉栏目解读:把心紧贴在广阔的田野》(发表在《湖北日报》),张君昌的《〈垄上行〉案例的鲜活启示》,侯耀晨的《〈垄上行〉的"突围":把栏目发展成产业聚合体》(发表在《今传媒》2008 年第 07 期),王平的从《〈垄上行〉看对农电视栏目品牌的建构》(发表在《声屏世界》2008 年第 12 期)等一系列文章。分别从节目内容采编制作、节目形式变化、节目品牌战略与品牌拓展、节目产业运作等各个方面深入全面地介绍了湖北荆州电视台的《垄上行》这档著名对农电视科教节目。

来自学术界的研究同样来自相关著名对农栏目的评析当中,并试图从学理角度深化对原有的栏目成功经验的总结。彭菊华、毛震的文章《〈乡村发现〉12 年——对农电视节目的生存与发展探讨》,将研究对象锁定在湖南卫视 1995 年开办的《乡村发现》这一对农电视专栏上。文章回顾了《乡村发现》的创办历程,总结了《乡村发现》栏目在思想主体、选题思路、采编范式、主持人打造、纪实风格等方面取得的成就,尤其对《乡村发现》进入波折发展期、

---

① 严宏伟."二性"、"四化"提升对农电视节目[J]. 青年记者. 2007(18).

② 唐友彪.《摇钱树》:"三农"报道的常青树[J]. 中国广播电视学刊,2003(04).

被多次反复叫停改版的问题进行了深入思考。由《乡村发现》这一对农品牌栏目的曲折遭遇,折射出当下对农电视普遍的困境和发展当中面临的深刻内在矛盾:一是对农电视媒介结构严重失衡,供需矛盾突出。二是对农电视传播主客体均遭受冷遇。文章最后提出了加快发展对农电视传播的具体对策,"三农"问题需要媒体支持,电视不能唯利是图,应建立发展对农电视传播的长效机制并确定相应的制度安排。①

五、更深层次的对农电视节目中生产创新问题的研究

资深研究人员开始从更深层次对对农电视节目生产展开研究,包括对各类对农节目如新闻节目、科教节目、文艺节目、经济节目等的分类研究,从节目创新层面进行的整合研究②。

在这方面颇具代表性的就是张振华的《对农广播电视建言》一文。该文着力探讨对农电视专业频道建设应如何处理好个性与共性、风格与包装、主体工程与配套过程、微观与宏观、名牌栏目与一般节目、内力与外力六大关系③,叙述全面而精辟,为对农专业频道建设鼓劲与呼吁。这些研究推动了对农电视栏目的品牌建设与运作研究;是对对农专业频道建设研究等论题领域的拓展和深化。

张振华关于对农广播电视专业频率频道的建言主要包括六大块。

(1)个性与共性。作者提出,在信息时代信息的快速和广泛流通形成了媒体的同质化竞争。在这种背景下信息产品会因为彼此同质而产生一种相斥和减值效应。如果想胜出,无非是两种选择,一种是质的突围;另一种是追求同质异场或同质异形。"同质异场"是指在保持产品质量标准的情况下,找准和开发市场中相对薄弱的地区。对农广播即是如此,它的受众指向与传播指向对准了信息需求量大而目前却处于信息饥渴状态的农村。所谓"同质异形"是指在坚持产品质量标准的前提下,追求个性与特色。对农广播电视要能立足,要吸引广大听众,就必须追求自己的比较优势、个性与特色。首先对农广播电视专业频率频道要有别于其他专业频率频道打"三农"牌,做"三农"文章。从节目的内容、形式到风格、味道,都要追求乡土味、农家味、山野大棚味、果园味和牛羊圈味,让人一听一看就知它姓"农"。就以节目内容而言,对农广播电视也有新闻但它应不同于新闻频率频道的新闻节目,而应突出言农、涉农的新闻和报道。对农广播电视也有文艺类节目,但它应不同于以城市听众为主的文艺和音乐节目,而应着重提供适合农民口味的音乐、戏剧、曲艺。其次,各台的对农广播电视还应区别于其他省区的对农广播电视,从而使之不仅在本省的诸频率频道中独树一帜,而且在全国所有对农广播电视中也独树一帜。

(2)节目风格与包装。对农广播电视要形成影响力、吸引力,要实现两个效益。首先必须形成品牌,形成独特、统一、协调的风格,为此必须进行必要的内容及形式的规范乃至包装和自我宣传。对农广播电视要突出"农"字,形成独特的内容风格。其次对农广播电视要使用农民乐于接受的节目形态、节目风格和节目节奏,包括适合农民的语言风格。

---

① 彭菊华,毛震《乡村发现》12年——对农电视节目的生存与发展探讨[J]. 新闻界,2007(05).
② 项仲平,杜海琼. 论对农电视节目存在的问题与创新对策[J]. 中国广播电视学刊,2009(10).
③ 张振华. 对农广播电视建言[J]. 中国广播电视学刊,2004(05).

（3）主体工程和配套工程。对农广播电视是一个系统工程，也应有主体工程和配套工程之分。它的主体工程包括新闻类、社教类、咨询服务类节目。新闻节目是电台的龙头和主干是体现党的喉舌和舆论导向的最为重要的部分。因此对农广播电视也必须坚持新闻立台，办好新闻类节目。要集中、突出事关"三农"的信息，改进、压缩一般性的工作新闻、会议新闻和政绩新闻，要提高综合新闻的政策性信息、趋势性信息，提高信息的接近性和可用性。注重办好农村社会新闻和多种形式的深度报道以及舆论监督类节目。该文集中就如何办好对农新闻类节目，提出要注意三点：第一，要发挥广播电视的优势，张扬广播电视的特点；第二，新闻类节目要强调贴近性、可用性、建设性、思辨性和前瞻性；第三，要以"三个代表"重要思想为指导，充分体现新闻报道的人文精神和人文关怀。对农的新闻报道要围绕"人"字做文章，做关怀、关注、关爱的文章，要善于抓取人的故事及有人情味的东西，记者对新闻的陈述要增强故事的味道和色彩，甚至要讲出"情"来。硬新闻、经济新闻要软做。要追求人性化，力避见物不见人。对农广播电视的主体工程中除了新闻性节目，还可以考虑开办法制类节目向农民宣传党的方针、政策、法律、法规及各种社会道德规范，普及法律常识，提高农村干部群众的法制观念。有时，对农广播的法制节目还可以给应受到法律保护而又十分无助的农民以法律救助，做农民的主心骨。在强化和突出对农广播"主体"工程的同时，还应有配套工程和绿地工程，以满足农民对信息、文化和娱乐等多样性的需求。处理好主体工程和配套工程关系的标志是：主色突出，辅色得当，相得益彰，形象完美。主、配套工程追求的目标是：实现服务的最大化、受众的最大化和两个效益的最大化，从而使整套节目实现总体性增值、升值。

（4）微观与宏观。对农广播电视要吸引农民，扩大受众，就必须实行"三贴近"，就必须结合和针对农民遇到的十分具体的问题与困难、疑惑与需求。这种一对一的微观报道和服务是必不可少的，它是吸引和抓住受众的一个个现实的、具体的链环。但是，对农广播电视还必须注意宏观问题的宣传和解读。所有事关"三农"的全局性、趋势性的政策与变化，都应在对农广播电视中加以充分的宣传报道、解读阐释及前瞻性引导。

（5）名牌栏目、大制作与一般节目。办对农广播电视的最高目标应是在台内诸多频率中办成精品频率：在地区整个对农宣传的方阵中办成强势、强效媒体，使之成为本地区对农宣传的龙头和主渠道。首先办出两三个精品栏目便成了当务之急。文章对对农广播电视的记者、编辑和主持人的素质提出具体要求。首先要亲农、爱农，要关心农民的冷暖、喜忧。只有对农民亲情投入、服务投入，才能换取农民的情感回报、收听、收看回报和市场回报。其次对农广播电视工作者还要知农、懂农，即成为一个有关"三农"的专家型广播电视人。再次对农广播电视工作者还要敬农、敬业，舍得下去同农民生活在一起，成为一群住在城里的独特的"广播农民"、"电视农民"。

（6）内力与外力。办好对农广播电视首先要靠内因、内力，即发频率频道一班人的创造和智慧，但同时也要开门办广播、电视，善于借助外力、外脑及外边的信息。外力资源包括三个方面：首先是行政资源，对农广播电视要争取各级党和政府有关部门的支持、指导、参与直至提供适当的财政支持。其次是社会资源，同有关"三农"的科研机构、大院校的专家、学者建立合作网，充分利用他们的政策研资源、信息资源和知识资源；与有关"三农"的各企业、公司建立紧密型合作，如挂牌联办节目等；充分利用县、乡乃至村的市场资源和信息、节目资源。再次是对农广播电视还可以充分利用媒体资源。

该文高屋建瓴，从六组关系深入透彻地分析了我国对农广播电视专业频道频率的建设方向与核心问题。文章不仅涉及对农电视的各类主流节目类型，如新闻节目、科教节目、文艺节目、经济节目等应该如何设置处理的问题，而且从节目创新、节目竞争、节目资源、人才队伍等方面均对如何创新办好对农电视节目发表了真知灼见。

此外，一些硕士学位论文的研究，也力图在关于节目生产的研究领域进行深入挖掘。2001年5月广西大学周文涛的硕士学位论文《试论电视对农节目的创新》，作者指出相关研究一直没能解决电视对农节目普遍雷同、僵化、缺乏个性的问题。"电视对农节目如何创新"是现实提出的亟待解决的重要课题。为了对电视新闻实践有所帮助，作者较详尽地论述了电视对农节目如何创新，进而提高节目竞争力的问题。文章在对我国电视对农节目现状进行介绍的基础上，论述了其创新的必要性和可行性，着重阐述了创新方法这一关键环节，具体包括：电视对农节目应对节目理念进行创新，要树立平民意识，倾注真情实感；应对节目功能进行拓展和优化，增强娱乐功能，开发文化功能以发展农村文化，优化服务功能以提高实效；应调整受众定位，节目既办给农民看又办给城市居民看。同时，电视对农节目在创新中还要培养个性，防止媚俗化倾向，加强经营。最后，作者对电视对农节目创新的趋势做了大略的预测，提出了电视对农节目创新的原则：从现实出发；从受众出发；从效益出发。作者最后提出，"未来几年，观念创新对电视对农节目的影响最大，是电视对农节目创新的核心环节。观念创新、技术创新、体制创新这'三架马车'，一定会拉着满载希望的电视对农节目，向前奋进！"

2003年4月山东师范大学吴志斌的硕士学位论文《农村科教电视节目的时代特点和创作手法研究》，该文对农科节目收视情况所作的调查分析，以及在调查结果基础上所进行的一系列探讨，对于目前发展中的农业电视应该具有一定的现实参考意义。作者通过对农村科教电视节目的收视调查分析，以科学与农民之间的物理距离和心理距离为线索，针对目前农业电视已经取得的成功经验和存在的一些问题进行客观剖析，并作一些尝试性、探讨性的思考，以期对农村科教电视栏目的发展思路和节目的创作实践提供一些参考。

(1) 农村科教电视节目的时代特点研究。主要针对当前农村科教电视节目的收视现状进行调查分析，并在调查结果的基础上，对农科节目与农民之间存在的一些错位现象进行一些探讨性的分析，最后是针对前面分析中的重点、疑点和难点问题进行一些探索性的对策分析。电视是农民当前获取外界信息最主要的来源。处在社会急剧变化的时代背景下，农民一方面对科技信息的需求非常迫切；另一方面又对电视所传播的科技信息大多持一种保守的态度。从农民的角度来看，他们对农科节目的要求正在水涨船高，其中反映最强烈的首先是希望能看到农科节目；其次是希望农科节目要"说得实际、说得明白、说得好看"；再次是希望讲述自己、表达自己。农民有科技需求，农科节目也正在努力适应这一需求，但夹着电视屏幕这层隔膜，农科节目与农民之间仍然存在着一些错位：从农科节目的创作指导思想到节目形式、再到节目内容都有所表现，农科节目与农民之间的物理距离和心理距离仍然相距较远。综合分析来看，当前农科节目的重点是如何提高收视率，难点是如何在无法避开科学功利的情况下传播科学精神，而解决上述问题的关键在于扩大节目的覆盖率和加强节目的针对性、亲和力。由于农科节目的覆盖率直接指向农科节目与农民之间的物理距离,亲和力指向二者之间的心理距离,所以探讨如何提高农科节目的收视率有必要从这两个方面来加以考虑。针对覆盖率问题,作者提出一种"组建农业电视联播网"的思路,并对其进行了具体的可行性分析。对于亲和力问题,文章主要从主持人的亲和力、节目内容的亲和力和节目形式的亲和力三个方面分别进行了探讨,并提出了具体的思路。

(2)农村科教电视节目的创作手法研究。这一部分主要针对农科节目的具体创作手法进行一些个别的探讨。农科节目的收视效果,除了覆盖率因素以外,核心问题是节目本身的针对性和亲和力,而这些最终都要归结到每一个节目的具体创作中。因此,创作手法的创新尤为关键。文章在杂交优势理念的启发下,提出将新闻片、故事片和科教片进行"杂交",并作为一种创作思路,以期利用三者已经成熟的创作理论和实践,集三者之长,成一家之好。针对其具体的创作手法进行相应的探讨,从开拓创作思路的角度出发,以期触类旁通,创作者从中可以尽情挥洒自己的才华,创作出更多、更好的农科节目精品。

2008年5月湖南师范大学李慧玲的硕士学位论文《建国后湖南农村广播电视传播简史》,通过史的梳理,深入探讨了对农电视节目生产当中的一些深层次问题。这是一部基于地域对农广播电视发展历史的史论性研究文献。以新中国成立以来湖南农村广播电视的传播历史为研究对象,按中国政治史的分期法将这段历史分为1949—1965年(创业)、1966—1976年(动乱)、1977—1991年(改革)、1992—2004年(全面发展)四个时期。文章主体部分的四个章节便是按照这四个历史阶段来划分的。每一个章节都详细分析了该段时期农村广播电视事业的建设状况,农民媒介拥有情况,农村广播电视节目的设置和内容,以及广播电视在农村社会发挥的作用。通过对这四个时期各个方面的条分缕析,勾勒出新中国成立以来湖南农村广播电视传播的历史和现状。针对农村受众媒介信号接收状况不理想、对农广播电视节目数量少、传播效果差、媒介功能失衡的现状,文章强调要进一步推动"村村通"工程,真正做到"村村通"、"户户通",确实提高媒介的"入户率"和"有效接收率",并在"量"的基础上追求"质"的提高:加强对农广播电视节目的贴近性,不断扩大"三农"节目比例,切实改善"三农"节目内容,以增强对农传播效果。有了"量"与"质"的结合,广播电视媒介在促进中国农村社会发展,建立和谐社会主义新农村方面将发挥越来越大的作用。作者的研究结论是,湖南农村广播电视的传播历史其实就是新中国成立以来中国农村广播电视发展的缩影。并从社会经济、文化环境的变迁、媒介体制和政府政策的影响、媒介自身的特点以及媒介技术的发展三个方面分析推动农村广播电视的发展深层动因。另外,又从横向比较指出农村的广播电视传播不容乐观的现状,及造成这一现状的成因:农村经济发展水平相对低下;媒体组织的经济利益左右媒体的价值取向;农村受众文化教育水平较低等。作者认为,推动农村广播电视传播事业的发展,必须要在改善农村受众媒介接触状况、平衡对农传播的内容结构、提高对农传播的效果、提高农民媒介素养上面下工夫。

国家广电总局张海涛副局长在"广播电视服务'三农'高层论坛"上的演讲发表在《中国广播电视学刊》2005年第05期上,题目为:《按照科学发展观的要求,全面加强农村广播电视工作》。文章指出,按照科学发展观、构建和谐社会的要求,加强农村广播电视工作,推动农村广播电视公共服务体系建设,不断提高广播电视"村村通"水平,满足广大农民群众听广播、看电视的基本需求,是我国广播、电视两大重中之重的工作之一。他就加强农村广播电视工作谈了两点意见:一是充分认识加强农村广播电视工作的重要性、必要性和紧迫性;

二是加强农村广播电视工作的任务目标和政策措施。文章一方面指出,改革开放以来,我国农村广播电视工作取得了长足的进步,对于农村"三个文明建设、农民脱贫致富发挥了积极作用。广播、电视已成为我国农村最为普及、最为便捷的信息载体和文化娱乐工具。广播、电视具有覆盖面广、传播迅速、形象生动、老少皆宜等优势,深受广大农民的欢迎,看电视、听广播是我国农民群众了解党和国家方针'政策'学习科技知识、了解外面世界提高自身素质的主要渠道和方式,也是广大农民群众的主要休闲方式。另一方面,指出了我国农村广播电视工作还存在很大的差距,农村仍是我国广播、电视发展中的薄弱环节。主要表现在两个方面:一是农村广播电视覆盖任务很重,但经费投入不足,基础设施薄弱。二是广大农民对看电视、听广播需求很大,但能够收到的节目套数少,信号质量不稳定,农村农业节目少。农村农业节目在全国广电节目中所占的比例很小,而且针对农民科技普及和技能培训的节目很少,农村题材的广播剧、电视剧很少。我国城乡广播电视发展严重失衡。加强农村广播电视工作是全国广电系统的当务之急。该文同时还从我国对农广播电视发展事业的长远规划出发,提出了加强农村广播电视工作的任务目标和政策措施。要继续贯彻"事业建设的重点是覆盖、覆盖的重点在农村"的方针,切实加强农村广播电视工作。要把加强农村广播电视工作作为广电为"三农"服务的重中之重。政府主导,因地制宜,积极探索建立农村广播电视公共服务体系,积极研究新时期农村广播电视的经济政策和体制机制,探索建立与我国基本经济制度相适应的、符合农村生产力发展实际的广播电视制度体系。该文是从宏观的政策层面对对农广播电视事业发展与研究提出了新的思路,成为这一研究阶段重要的思想。

第二节　对农电视传播研究方法与研究成绩的反思

前面章节中全面地梳理了自新中国成立以来一直到 21 世纪,我国对农电视传播研究的整个发展历程,并根据研究发展的具体进展,将之分为三个十年。对每一个历史阶段的对农电视研究情况都分别从研究总量、研究的论题、研究的深度等各个方面进行了细致的梳理和总结,尤其侧重介绍了其中一些具有研究代表性、指导性和开拓性价值的重要研究成果。整个的历时文献研究,令我们感慨良多。我们意识到,全面总结并深刻反思我国对农电视传播研究的成绩与不足,是进一步推进该领域研究必须完成的基础工作。下面将从研究队伍、研究方法、研究成果三个方面对此加以总结与反思。

一、研究队伍:两支队伍的融合与壮大

通过对现有研究文献的搜集和整理分析后发现,研究队伍的组成在对农广播电视研究领域具有鲜明的行业特色。一般而言,政策体制的研究人员多数是来自电视界的领导干部;具体节目创办经验一般来自栏目组。这两个方面的文章构成了现有研究文献的主要组成部分。而深层次的学理分析和专业的实证调查研究主要来自高校研究人员,不过,这方面的文章所占的比重偏低。

我们进一步对文献当中的研究者队伍来源进行了梳理和分类,根据其署名单位是学

院、研究所等,还是电视台、广电局、媒介公司等;分为学界和业界两大类,3 人以上署名的,以多数人所在署名单位为依据;2 人署名不同类的,对半分。据此,对 30 年来我国对农电视研究的 220 篇文献的研究人员进行分类梳理后,获得的数据是:来自学界的人员数为 54.5,来自业界的研究人员数为 165.5。从研究队伍看,在对农电视节目研究当中,来自一线的电视工作者承担了主要的研究任务,而来自高校、科研机构等的研究人员并不多。学界和业界的研究力量对比大致为 1∶3。相比其他学科,学界对对农电视传播研究的介入力量远远不足。而且从相关期刊论文发表的时间看,学界的介入也更多集中在 2004 年之后,而之前,学界的研究介入很少。

在当下热闹的电视产业化、节目市场化经营的形势下,对农电视传播仍旧被看做是不具有市场含金量的。在这一相对冷清的实践领域和研究领域当中,来自业界和学界的研究者对对农电视倾注了热情和辛勤的汗水,使得我国的对农电视传播研究从无到有,初步建立起一支学界、业界联合作战的研究队伍和创作队伍。两支队伍的融合有助于理论与实践的更好结合。因此,对农电视传播研究的活力是不容置疑的,始终与对农电视发展的现实保持紧密的联系。

但是,这一队伍构成的现状无疑制约了更多研究方法、更多学术含量和更高研究质量的进一步提高。由于业界对实务的追求,必然更多满足于经验性质的节目创办、节目运营等方面的实用性、操作性、业务性思考。这对于具体的节目制作而言,显然,实务性的研究更具备直接的指导与参考价值。但是,从宏观的政策指导、体制规划视角看,更多深层次学理思考的操作性研究容易掩盖或者忽视很多深层次的问题。对于对农广播电视事业的长远规划而言,尤其需要将实务性的微观研究与宏观研究结合,不断拓展新的研究领域。同时,这也是深入揭示和解决目前对农电视事业深层次矛盾与现实困境必不可少的智力支持。

二、研究方法:从经验总结提升到注重实证调查与理论拓展

在对农电视研究当中,一般的经验总结性论文占据了大部分比重,可以称为经验总结法。不过,从 2004 年之后,出现了更多基于实证调查和量化研究的论文,利用了数据调查、问卷调查统计等实证研究方法。在 220 篇文章当中,有 13 篇采用了该方法。广播电视研究素来注重对受众和收视覆盖区域的调查。早在 1987 年,《中国广播电视学刊》上刊文《中宣部、广播电影电视部联合调查组开展不发达地区农村广播电视调查》,是我们在资料中见到的最早开展对农广播电视调查的文献。1989 年,该刊还刊发了中共中央宣传部、广播电影电视部联合调查组完成的《适应商品经济形势,发展农村广播电视——不发达地区农村广播电视调查综合报告》。在研究当中,对调查研究等方法的使用,既是对对农电视传播研究方法淡薄、过多依赖经验式总结的一个有力修正,同时也是我们更好地了解对农电视节目受众市场的前提,为我国创办创新对农电视节目传播面貌和传播体系打下了一定的基础。

另外,研究当中理论工具开始多样化,与过去相比,运用了更多的理论和新鲜视角,比如从文化研究视角对对农电视与当代电视文化关系进行的探讨。代表性的如于德山的《农村电视传播与中国当代电视文化》一文,将对农电视节目的萎缩,放到中国电视文化传播生

态当中进行文化考察,对农村文化空位与边缘化现象进行了征候分析。作者认为,农村的电视文化传播状况令人担忧,深究起来,这种局面却是长期积蓄而成,蕴涵着中国当代更为复杂的政治、经济与文化等诸多因素。作者从文化研究的宏大视角对此加以分析。改革开放以来,随着现代大众媒介与大众文化的崛起,当代文化的城市化、商业化和娱乐化、媒介化的特征凸显出来,现代都市媒介文化成为一种主导型的文化形式,支配着中国当代文化传播的格局。城市因此成为当代中国媒介文化传播的中心,而"农村"则呈现为明显的边缘化甚至缺位状态。一般来讲,城市象征着现代化文明的繁华、富裕与安逸的生活,本来就是贫困的中国农民的理想之所。因此,城市化的媒介文化也极易在中国当代广大农村中流行。另外,近年来民间宗法礼欲虽然在中国乡村有所回潮,但是并未从根本上改变农村的社会组织关系,也无助于民间权威的重新树立,更谈不上对现行行政权威的制衡。可见,所谓中国当代乡村文化观念实质上只是在置换了原有丰富的生活环境的情况下,某些传播文化观念零散化的复现。这种文化观念不再是为人处世的准则,更不可能成为维系乡村家庭与社会的民间权利。一般情况下,这些文化观念只是表现为乡村自发的怀旧形式或行政与商业(如旅游)驱使中的一种点缀。正是乡村文化这种"虚弱"状态,使城市化的媒介文化成为中国当代农村唯一的文化想象,宣扬着有关财富、权力与美色的未来幸福神话。作者认为,不全面报道中国当代的农村与农民,就无法真正反映当代中国现代化进程中的诸多问题。当以电视为主的现代媒介成为中国广大农村最主要的传播形式时,上述的重要问题就必须由中国当代媒介文化的建设来回答。作者最后提出,要从整个中国电视文化生态的角度,全面架构农村电视节目的传播形态、比重、格局与传播政策,针对中国当代电视文化传播的发展状况,有必要实施电视文化传播的"一国两制",即目前在中国大中城市大力发展有线电视与数字化收费电视传播体系的同时,继续加大广大农村地区电视传播的基础设施建设,从制度上保证农民可以"免费"接收到较为丰富的电视文化产品,实现中国当代电视文化传播的地域与受众的均衡[①]。该文从文化和生态视角来研究对农电视传播问题,触及了当前对农电视传播出现整体失衡的一些深层次根源。

王春霞的文章《加强对报道"三农"电视节目的文化引导》,文章首先研究了农村的文化消费现状,指出农村的五多现象值得忧虑:一是赌博的人增多;二是搞封建迷信的人增多;三是信仰宗教的人增多;四是寻衅闹事、扰乱治安的人增多;五是中学生辍学增多。如此混乱落后的文化现状急需正确、积极的文化活动引导。但是农村的文化消费结构极其单一,看电视基本上就是大多数农村人唯一与文化有关的活动了。然而目前"三农"电视节目的数量和质量却不容乐观。首先,文章重点指出电视在农民中的文化作用。在其他文化设施落后、文化活动贫乏的情况下,电视在农村人生活中越来越成为集娱乐、休闲、文化、信息于一身的多功能载体,是农村人最主要的文娱休闲项目、最重要的信息通道和实用科技的课堂。作者的研究结论是:改进"三农"电视节目,电视的对农宣传必须承担起提升农民素质、引导消费、传达信息等多项社会功能。首先应加强对报道"三农"的电视频道和电视节目的建设,增加数量,提升质量,调动基层电视台对农宣传的积极性。其次应组织专门精干的创作队伍深入农村,专门创作面向农村和农民的电视剧及各种文艺类节目,寓教于乐,让农民

① 于德山. 农村电视传播与中国当代电视文化[J]. 中国电视,2005(07).

在休闲娱乐的同时接受新思想新观念,从而达到潜移默化提高农民素质的目的,重新开展一场"移风易俗"的"农村新文化运动",把农民的文化消费引导到积极健康的轨道上来。电视人应该责无旁贷地担负起对"三农"电视节目的"文化引导"①。应该说,过去更多文章都是从如何加强科技致富、农业信息宣传等角度谈对农节目创作的,王春霞的文章则是从文化建设与文化引导的电视媒体功能出发谈对农电视节目的文化责任,很有见地。

此外还有不少文章从媒介经营管理的视角来探讨对农节目的品牌建构、信息增容、市场定位策略等;从传播学视角开展农村受众研究和传播效果研究等;从公共经济学理论视角来考察对农电视传播的"准公共物品"属性的研究,等等。应该肯定这些研究推动了现有一些问题研究的深化,整体呈现出我国对农电视传播当中良好的发展势头。

如李升科、叶凤英的《公共经济学视野下对农电视传播的公共性特征分析》一文,以公共经济学理论来考察对农电视传播,对之前研究者讨论过的"对农电视传播的公共性"问题进行了进一步的学理深入。文章引入公共经济学关于私人物品和公共物品的区分概念,依据物品"公共性"程度的高低,从高到低将消费品依次分为:纯公共物品→准公共物品→私人物品。结合我国当下社会大背景,研究对农电视传播的公共性特点,文中指出:对农电视是特殊的文化公共物品,具有传播"三农"信息、服务"三农"、为农民能够发出自己的声音提供平台等多种作用,在对"三农"场域的影响方面,有着不可替代的效用,对农电视传播属于准公共物品。作者认为,对农电视传播属于准公共物品。文章进一步根据公共经济学原理,分析了对农电视传播不能简单地市场化的根本原因在于:在市场经济体制的覆盖下,市场行为主体的最大动机是追求利益的最大化,缺乏市场价值的农民消费者最容易被忽视。因此,在现实操作过程中,政府应当从公共物品的社会供给标准出发,实施应有的政策倾斜和财政贴补;在生产和评价上就不能完全依据市场经济理论;不能把准公共物品简单地扔给市场,政府的"补位"不可避免;而电视媒介自身的认识自觉和操作实施,更有着直接的现实意义。②

这样的理论与实际结合的研究自然很难得,深化了原来关于对农传播公共性的一般讨论。不过,在对农电视当中还有很多的论题,尚期待着研究者能够结合更多的、创新的理论工具,加以拓展与深化。

三、研究成果:从业务工作的思考总结逐步走向学术理论探究

对于广大电视工作者来说,对农电视传播是一个实践性突出的业务工作领域。因此,在这一研究领域的探讨始终都具有这样的特征,即:紧密结合实践工作的发展变化,开展业务探讨,总结工作经验,交流思考与探索。比如中央电视台在1996年7月1日推出首个对农专栏节目《金土地》,次年就有相关文章讨论其制作经验。

21世纪以来,随着研究队伍的壮大,研究方法学理性的进一步增强,我国对农电视传播研究的成果开始逐渐厚实起来,行业重点期刊也越来越重视此方面的深入研究与探讨,并开始组织专题讨论。如《中国广播电视学刊》在2005年的《广播电视服务"三农"》(上、

---

① 王春霞. 加强对报道"三农"电视节目的文化引导[J]. 今传媒,2005(07).
② 李升科,叶凤英. 公共经济学视野下对农电视传播的公共性特征分析[J]. 现代传播,2007(05).

下)、《对农电视的生存与发展》三期专栏中,集中发表了21篇广电对农传播的文章。这些文章阐述了重要的思想共识,即加强农村广播电视工作是落实科学发展观、构建和谐社会的重要举措,是广电系统为"三农"服务长期的任务。广播电视媒体要进一步增强责任感、使命感和紧迫感,自觉做好服务"三农"的工作,推动农村广播电视公共服务体系建设。

行业内外对该研究领域的重视,推动了对农电视研究从过去一般的业务工作总结与思考逐步走向了学术理论的探究。这一点,除了体现在上文提到的学界研究者的介入和研究方法、理论视角的拓展之外,还集中体现在:自2001年以来,出现了多篇关于对农电视传播研究的博士、硕士学位论文。迄今此方面的硕士论文为16篇,博士论文为3篇。这些论文不同于业务工作总结,而是着力从学理层面深入探讨对农电视传播存在的问题及其发展创新策略等。

这些论文,较注重针对具体个案进行深度分析,其研究视角已从对农电视节目的受众研究、传播效果研究进一步拓展到话语研究、制度研究、社会研究乃至文化人类学研究等层面,丰富了现有研究的学理内涵。

如2008年湖南师范大学李小艳的硕士学位论文《电视媒介中农民话语权的缺失与重建》,以"话语理论"来研究电视的"三农问题"报道。作者借用福柯的话语理论,引入了该理论研究的主要概念:"话语"与"话语权"等,强调话语本身也体现了一种权力,即所谓的话语权。任何社会中话语的生产,都会按照一定的程序被控制、选择、组织和再传播,其中隐藏着复杂的权力关系,任何话语都是权力关系。话语权实质是一个人在社会上能否维护其合法权益,能否争得做人尊严的重要标志。该论文还基于福柯的话语理论建立起话语分析的框架,包括话语空间、话语内容、话语主体、对话性的分析四个分析层面,以此研究电视媒介中农民话语权缺失的具体表现和深刻成因。通过研究分析发现,农民作为"三农问题"的主体,其话语权在电视媒介中基本上处于缺失和边缘化状态。具体表现在:话语空间的缺失、话语内容的偏失、话语主体的缺席、对话性的缺失。为了探讨媒介农民话语权的重建,作者针对个案具体分析并提出了一些建议,强调电视媒介在重建农民话语权方面的应有行为。该文虽然没有针对具体对农节目创作进行更多评析,但作者能从话语理论出发来分析当前农民受众群体的话语权实现状况,无疑对于我们创作对农电视节目,以及了解如何确立农民话语权问题,具有深刻的启发。[①]

2004年复旦大学戴俊潭的博士学位论文《电视传播与转型期中国农民的意识现代化》从发展传播学的社会研究视角出发,讨论电视传播与转型期中国农民的意识现代化问题。文章集中聚焦中国农民意识的现代化改造阻力,将大众传播技术尤其是电视在中国乡村的普及视为重要的技术因素,讨论了电视媒体视听兼备的技术优势,以及如何逐步占据了当代农民的日常生活。新闻、娱乐、广告等现代信息通过电视传播进入遍布全国各个村落的千万农家。这些信息所蕴涵的现代性内容在日复一日潜移默化地冲刷、消解、改变着当代农民的传统观念。该论文研究的重点是探讨电视媒体在农村农民转型当中的文化角色与社会角色。作者的基本意图是关注农民群体,反思当代中国电视文化,从可持续发展的宏

---

① 李小艳. 电视媒介中农民话语权的缺失与重建[D]. 2008年湖南师范大学硕士学位论文,中国期刊网中国优秀硕士学位论文全文数据库.

观战略上考察电视传播,建构符合中国国情的良性电视文化生态,这对整个国家与社会的发展及对电视媒体本身的发展,都具有不可忽视的现实意义。该项研究结合了发展传播理论与中国语境,考察了大众传播与人的现代化对于当代中国的现实意义。进而从乡土重建的历史视角分析了农民意识现代化的重要性与当前中国农民的传播生态,探讨了当前中国电视传播的文化变革,分析了电视传播与大众文化的关系以及农民的传统意识与现代化内涵。围绕现代性问题,对电视传播中的大众文化与中国农民意识现代化的矛盾进行了分析,并从可持续发展的哲学视角对当代中国电视文化进行了宏观的理论审视,指出重新反思当代电视文化的必要性。同时分别从电视文化建设中的政府角色与传媒创新的角度,分析了在市场失灵的情况下政府对电视传播的宏观调控与合理介入。并就电视对农节目开发农村受众市场的可行性与具体设想进行了探讨。在研究视角上,该项研究从当代中国农民意识现代化的角度切入电视传播研究,从而将其纳入到国家与社会发展战略的宏观框架内,对当前电视文化进行了理性的思考;在分析方法上,利用社会学、文化学的范式与理论工具,以定性思考的方法来探讨发展与传播问题,试图在中国发展传播研究的传统方法之外寻求另外一种思路与假设。对于在经济、思想、文化上仍比较落后的农村居民来说,市场竞争中的电视媒体仍然有责任与义务对其进行现代化的宣传与教育,从而建构一种符合中国国情的良性电视文化生态[①]。该文基于发展传播学理论与中国农村现实语境的讨论,对于我们研究对农电视节目的社会功能问题无疑是一大理论推进。

2003 年复旦大学郭建斌的博士学位论文《电视下乡:社会转型期大众传媒与少数民族社区——独龙江个案的民族志阐释》,则以人类学的视野及调查方法深入少数民族村庄,对电视与农村的关系进行社会学研究。该项研究奠定了国内民族志传播学研究的基础,而且也开创了电视的民族志研究,在国内电视民族志传播研究领域具有填补空白的意义。对于国内电视研究者而言,其新鲜的研究方法尝试,具有很大的开拓创新价值。作者主要是采用"民族志"研究方法,进行了一次有关传播社会学研究的尝试,其研究对象选择的是位于中国云南省西北部的独龙族主要聚居地——独龙江农户的电视收视情况。以此作为研究个案,通过作者为期半年的田野调查,结合相关研究资料,对"中国社会转型期大众传播媒介在少数民族地区所扮演的角色"这样一个问题进行了回答。全文共分三个部分。在第一部分里,主要是对几个基本问题的回答,即要回答为什么要选择这样一个地方进行研究,并对这一研究地点的区位与背景进行介绍。第二部分是研究的核心,围绕"权力的媒介网络"这样一个操作性概念进行分析,首先介绍了这样一个网络如何形成,以及这一网络形成之后如何改变当地社会关系。在这一部分里,作者借用了法国社会学家布迪厄的"象征资本"概念,对由电视建构的乡村社会关系问题进行了较为详尽的分析。其次,作者使用了另一个分析概念——"接近式同情",从传播接受者的角度展开分析,包括"看与不看"、"看懂与看不懂"、"认同与不认同"等几个方面,并对当地人对电视的解读模式(或称"阐释模式")进行了简单的归纳。继而,文章对以电视为主的现代传播媒介所带来的传媒文化与当地原有的地域文化(主要是本民族的传统文化和已经半固化了的西方宗教文化)存在着的张力问

---

① 戴俊潭.电视传播与转型期中国农民的意识现代化[D].2004 年复旦大学博士学位论文,中国期刊网中国博士学位论文全文数据库.

题,也作了相应的回答。这种张力,作者把它归纳为一种"象征性冲突"。文章从语言以及时空观念等方面对此进行了分析。在第三部分里,一方面是对前面分析过的内容作进一步的总结,同时也具有一种"画外音"的意义。由于电视的到来,在改变着当地人的日常生活的同时,也在重新建构着一种新型的"中心与边缘"、"自我、民族与国家"的关系,文章对这些问题也作了简要的回答。该项研究的分析始终是在一种传播社会学的话语中展开的,作者对这方面的问题也做了简要的论述。另一方面,文章中很多的叙述性文字力求的是一种民族志研究的"深描"的效果,作者对此做出了积极的研究尝试。①

　　总之,上述这些学术成果从横向与纵向两个方面深入拓展了对农电视传播研究,在充实已有学界研究成果的同时,不断提升对农电视传播的学理探究水平。不过,总体而言,我国对农电视传播事业和传播研究目前还处在发展阶段,研究历史短暂,尚不够成熟和深入,今后还有更长的道路要走。因此,在研究方法、理论工具、人员队伍等方面都还需要做出更多更扎实的努力,期待更多、更厚实的研究成绩出现。从研究的论题领域看,现有研究虽然涉及了对农电视节目创作、生产和传播的各个不同层面,但在现有的有限研究总量内,每个领域的研究其实都有待进一步深入。尤其是关于对农电视传播当中涉及的人才培养、体制保障、产业运作等方面的研究,还需要更多、更深入的探讨。

---

　　① 　郭建斌. 电视下乡:社会转型期大众传媒与少数民族社区——独龙江个案的民族志阐释[D]. 2003 年复旦大学博士学位论文,中国期刊网中国博士学位论文全文数据库.

第四章 对农电视节目存在问题的研究

对于处于转型时期的中国社会,农村改革的推进和农村人员素质的提高,是建设社会主义新农村的重要基础,更是建设社会主义和谐社会的重要组成部分。而对农电视节目承担着促进农村信息交流、加强农村舆论引导、弘扬先进文化、提高农民政治文化科技素养、发展农村经济等重要使命。

伴随着改革开放的推进,对农电视节目也进一步呈现多样化、多形式化发展的态势,涌现出《关注三农》《乡村发现》等一批对农品牌电视节目以及央视七套的农业军事频道、吉林台乡村频道等专业频道。然而,对农电视节目与蓬勃发展的传媒业以及9亿农村观众数相比,无论是在频道数量、节目比例还是在播出时间上都处于弱势地位,农民受众和农村节目已成为被现代传媒人遗忘的角落,农民成为受众中的边缘群体。因此,进一步明确对农电视节目的重要性及其意义,并深入分析对农电视节目存在的问题,已成为媒体研究当中刻不容缓的任务。

第一节 对农电视节目的重要性与意义

对农电视节目的重要性是由农业重要的历史地位,国家对"三农"发展的重视,以及对农电视节目自身承担的社会责任这三个方面决定的。

一、农业重要的历史地位

农业不仅是各国经济发展最早、规模最大的经济部门,是为人们提供食物和纤维的主要生产部门,更重要的是支持国民经济和其他部门发展的基础部门。尽管随着各个国家生产力以及经济发展水平的提高,农业在国内生产总值中的比重会逐渐下降,但它的重要地位却依然没有动摇。

我国农业发展史也是如此。我国农村为中国的现代政治格局奠定了更为深厚的基础。在封建社会时期,农民经济一直保持持续发展,甚至在封建社会濒临灭亡的晚期,农民经济也保持着发展的余地,甚至越来越有后劲。农耕地区的延伸自东向西、从内地到边疆。农业所供养的人口从汉、唐盛世的五六千万人,增加到鸦片战争前的四亿人。在新民主主义革命时期,中国无产阶级是中国革命的领导者,而农民则是革命的主体和主力军。在毛泽东领导下的党中央,正确地认识到了中国农民在革命中的地位和作用,依靠"农村包围城市"的政策,带领广大人民群众,取得了抗日战争和国内战争的胜利,带领人民翻身得解放。改革开放时期,特别是20世纪80年代以后,中国农村恢复了历史上长期实行的农村承包责任制,极大地解放和激发了农村生产力。中国用占世界耕地7%的面积,养活了占世界人口20%的人群。为此,中国农民从来就是中国历史的主体,推动着中国社会的改革和发展;在中国革命的过程中,农民力量也起着举足轻重的作用。[1]

---

① 马晨.浅析对农电视节目的现状和未来发展[D].长春:东北师范大学,2006.

二、国家对"三农"发展的重视

农业、农村、农民问题始终是我国革命和现代化建设的全局性、根本性问题。中央一再强调,没有农村现代化,就不可能有全国的现代化;没有农村的繁荣,就不可能有全国的繁荣。胡锦涛同志在十七大报告中再次强调"解决好农业、农村、农民问题,事关全面建设小康社会的大局,必须把它始终作为全党工作的重中之重",并明确提出要求:"统筹城乡发展,推进社会主义新农村建设。"近年来,国家为减轻农民的负担,更好地发展农业,采取了免收农业税、给农民发农业补贴款、为农民办理农村合作医疗保险等政策,从中我们可以看到国家对"三农"的高度重视。我们应该要全面贯彻党的十七大精神,坚持科学发展,高度重视"三农"问题,切实加大统筹城乡发展的力度,准确把握、突出抓好重点工作,努力在推进社会主义新农村建设上取得新进展。2005 年年底《中共中央办公厅国务院办公厅关于进一步加强农村文化建设的意见》要求,中央电视台、农业大省的省级电台和电视台、有条件的省级电视台要把面向基层、服务"三农"作为主要任务,视情况开办专门对农频道和对农节目。今后,全国对农电视节目无论从数量规模还是质量、社会影响力方面将得到大幅度的提升。由此,我们可以看到建设社会主义新农村的新形势给对农电视宣传工作带来了新任务和新机遇,同时也表现了对农电视节目的重要性。①

三、自身承担的社会责任

对农电视节目自身承担的社会责任主要包括:维护稳定,为新农村建设营造和谐环境,大力宣传好中央和各级政府的支农、扶农、护农政策,以绝对的舆论强势,宣传报道各地如何因地制宜、大力发展县域经济、全面调整产业布局和结构,要切实发展经济、提高农民收入;努力弘扬正气,提高农民整体素质,培养有理想、有道德、有纪律、有文化、懂技术、会经营的新型农民,是扎实推进社会主义新农村建设的前提和基础;通过卓有成效的宣传,确定全体社会成员共同遵循的价值取向,使广大农民养成良好的社会公德、职业道德和家庭美德习惯,形成团结互助、扶贫济困、理解宽容、融洽和谐的良好社会风气;通过综艺节目、文艺节目和电视剧等,寓教于乐,用贴近农民口味的文艺节目和现实农村题材的电视剧启迪民智,武装民魂,愉悦民心,鼓舞民志。

第二节 对农电视节目宏观层面的问题

宏观层面存在的问题影响着对农电视节目可持续发展过程中的基础和导向。总的来说,主要存在着以下六个问题。

一、频道与节目资源的匮乏

中国的电视事业起步于 20 世纪 50 年代,在"文化大革命"时期曾一度陷入停顿,但随

---

① 孙喜杰. 省(市)级电视台对农电视节目的现状及发展策略研究[D]. 长春:东北师范大学,2008.

着改革开放的推进,全国各省、市、县相继建立了电视台,形成了"四级"电视网络。截至2009年,全国有电视台272座,广播电视台2087座,教育电视台44座,电视综合人口覆盖率为97.23%①。伴随着中国电视事业从起步探索到快速发展,对农电视节目也经历了从无到有、从小到大的发展过程。从1958年5月1日我国第一个电视媒体北京电视台(现在的中央电视台)在开播的第一天即播出了关于农村题材的新闻纪录片《到农村去》,到当前涌现出的《关注三农》、《乡村发现》等一批对农品牌电视节目以及央视七套的农业军事频道、吉林台乡村频道等专业频道,对农电视节目呈现出了多样化、多形式化发展的态势。对农电视节目的发展历程,主要有三个阶段。

第一阶段(1958—1986年)是起步探索期,对农电视节目的零散出现与发展。典型事件是1958年5月1日我国第一个电视媒体北京电视台(现在的中央电视台)成立,在开播的第一天即播出了关于农村题材的新闻纪录片《到农村去》。这一阶段的节目特点是宣传报道国家的方针政策,属于上情下达性质。

第二阶段(1987—2000年)是成长壮大期,对农电视节目呈现多样化、多形式化发展。典型事件是1987年中央电视台与农业部合办、由当时的中国农业电影制片厂(现为中国农业电影电视中心)承办的《农业教育与科技》的播出,以及一些品牌对农节目的涌现。这一阶段的节目特点是以讲述、记录的方式向农民介绍致富信息,属于信息源头性质。

第三阶段(2001年至今)是快速发展期,对农电视节目开始依托专门频道进行播出。典型事件是部分省市开设了专门的对农电视频道,如吉林电视台乡村频道、山东电视台农科频道、河北电视台农民频道等。这一阶段的节目特点是以对话、访谈的形式关注农民各方面的生活,属于交流探讨性质。

然而,对农电视节目所取得的进步和发展与蓬勃发展的传媒业以及9亿农村观众数相比,无论是在频道数量、节目比例还是在播出时间上都处于弱势地位,其频道与节目资源的匮乏已是一个不争的事实。据统计,目前,在全国和省级电视台中开办了农业节目的不到20家,市、县级台更是寥寥无几,而且全国几乎没有独立的农业专业频道,农业节目只能与其他类别节目共同占有一个频道(如央视的军事农业频道,重庆电视台的公共农业频道)。在近400家已注册的各级电视媒介中,开办有农业电视节目的只占4%。在全国电视节目年播出总量的1 000多万小时中,农业节目尚不超过1%,就连中国规模最大、栏目数量最多的央视七套农业节目,播出量也仅占央视的2.4%左右。以如此微小的播出量服务占全国人口2/3多的中国农民,显然,这种资源配置和广大农民的实际需求是不相匹配的。

而更让人担忧的是,由于农业节目广告覆盖相对较少等方面的原因,农业节目设置、编排和播出时段正在萎缩,有的地方干脆停办(如江苏电视台《乡村彩虹》已停办,山西卫视《黄土地》播出次数减少,浙江电视台《新农村》频道整合)。对此,中国广播电视协会副会长张振华认为,媒体的资源配置与我们的国情"极不相称"、"严重错位"。因此,有专家建议,从广大农民群众的巨大需求来看,有必要进一步扩大农业节目的数量和容量,增加独立的

---

① 2009年统计公报[EB/OL].国家广播电影电视总局统计信息. http://gdtj. chinasarft. gov. cn/showtiaomu. aspx? ID=45dd923e-77c5-4104-9406-517bff1cf1e7,2010-07-29.

农业专业频道,甚至可以考虑建立专门的农村电视台或农民电视台。①

二、产品性质定位的模糊

将广播电视的频率、频道与节目属性进行纵向分类,在把频率、频道作为公共资源由国家进行垄断性经营的前提下,对节目资源实行市场化、社会化的定位和开发,这无疑是正确的。然而由于尚未对频率、频道的所有权和使用权实行分离,因而在"管办不分"、频率和频道的所有权与使用权合一以及财政"差额拨款"的体制下,对频率、频道的栏目性质缺乏科学界定和分类的动力。因而追求利益最大化就成为电台、电视台难以避免的行为准则。在大力发展文化产业的指导思想下客观上形成了利用国家频率、频道资源进行创收事实,其结果使公共频道出现了弱化现象。因为公共频道的投入成本高,创收能力弱,市场收益难以弥补其成本支出,在考核评比中如果只用"创收"一把尺子衡量公共频道肯定要败下阵来。这是很多地方对农节目之所以弱化的根本原因。因此,在广播电视改革过程中,对对农电视节目是属于经营性产品还是公共产品进行科学的界定和分类,就显得尤为重要,它是建立相应的管理制度、采取相应的发展策略的基础与前提。

按照公共经济学的理论公共产品是区别于私人产品的集体消费品。其基本特征:一是非竞争性即一个使用者对某一商品或服务的消费不会减少该商品或服务对全社会的供给;二是非排他性,即任何人都无法阻止一个用户对该商品或服务的消费。具有上述两个特点的公共产品属于纯公共产品,其典型例证是经济学家经常用来举证的"国防"和"灯塔"。然而,在现实生活中,同时兼有这两个特点的纯公共产品并不多,更为普遍的是介于公共产品和私人产品之间的混合产品或称为准公共产品。准公共产品又可进一步细分为俱乐部产品和公共资源。前者是指具有公共产品的非竞争性,但在技术手段上可以实现排他性消费的产品和服务,如桥梁、公园、有线电视等;后者是指在消费上具有私人产品的竞争性,但在技术手段上却难以实现排他性消费的产品和服务,如公共草原等。

然而文化产品毕竟与物质产品有所不同。无论是公共文化产品还是一般文化产品,都负载了"非物质性"的意义内容。这种意义内容由于具有人类精神消费的价值诉求、教化理想和审美态度,因而超出了一般物质产品消费的意义,从而对消费者个人产生持久的延伸性影响或消费者群体的扩大性影响。消费任何一件文化产品,都是自觉不自觉地对其中所包含的价值诉求、教化理想和审美态度的接受。文化产品的这种特点使之具有或多或少的"公共性"。如果把一些文化产品所特有的"意识形态"属性也归结为意义内容的公共性,那么文化产品意义内容的公共性从低到高(1~100)可以有无数个节点。因此,可以结合公共经济学的分析框架,依据文化产品意义内容"公共性"的高低、强弱划分公共文化产品和私人文化产品、纯公共文化产品和准公共文化产品的界限。

根据上述分析,对农电视节目应当属于公共文化产品,是广播电视公共服务体系的一个组成部分。从公共文化产品的进一步分类来说,应当是属于准公共文化产品而不是纯公共文化产品。所谓纯公共文化产品,是指其内容意义的"公共性"特别高,直接关系到社会

---

① 电视农业节目的现状分析及改进建议[EB/OL]. 网易新闻. http://news.163.com/09/0507/19/58O197U8000120GR.html,2010-07-29.

稳定或国家文化信息安全的文化产品,如中央人民广播电台的新闻频率、中国国际广播电台的对外频率、中央电视台的新闻频道和对外频道等。这类文化产品由于具有消费的非竞争性和非排他性,市场无法提供,只能由政府进行干预和政府提供。

所谓准公共文化产品,是指其内容意义的"公共性"较高但与国家文化信息安全不直接相关的文化产品。准公共产品也称为"混合产品"。这类产品通常只具备非竞争性或非排他性中的一个,而另一个则表现为不充分。第一类,具有非排他性和不充分的非竞争性的公共产品。例如,教育产品就属于这一类。教育产品是具有非排他性的。因为,对于处于同一教室的学生来说,甲在接受教育的同时,并不会排斥乙听课。就是说,甲在消费教育产品时并不排斥乙的消费,也不排斥乙获得利益。但是,教育产品在非竞争性上表现不充分。因为在一个班级内,随着学生人数的增加,校方需要的课桌椅也相应增加;随学生人数增加,老师批改作业和课外辅导的负担加重,成本增加,故增加边际人数的教育成本并不为零,若学校的在校生超过某一限度,学校还必须进一步增加班级数和教师编制,成本会进一步增加,因而具有一定程度的消费竞争性。由于这类产品具有一定程度的消费竞争性,因而称为准公共产品。另一类是具有非竞争性特征,但非排他性不充分的准公共产品。例如,公共道路和公共桥梁就是属于这种类型。受特定的路面宽度限制,甲车在使用道路的特定路段时,就排斥其他车辆同时占有这一路段,否则会产生拥挤现象,因此,公路的非排他性是不充分的。但是,公共道路又具有非竞争性。它表现为,一是公共道路的车辆通过速度并不决定某人的出价,一旦发生堵塞,无论出价高低,都会被堵塞在那里;二是当道路未达到设计的车流量时,增加一定量的车的行驶的道路边际成本为零,但若达到或超过设计能力,变得非常拥挤时,需要成倍投入资金拓宽,它无法以单辆汽车来计算边际成本。正因为这类公共产品具有非竞争性的和不充分的非排他性,因此也称为准公共产品。[①]

以广播电视对农节目而言,其内容意义的"公共性"较高是指其服务的农民对象目前还属于社会弱势群体,应当由政府进行扶持,而对农节目服务的质量和数量如何,不仅与农村经济、社会和文化的全面发展有关,而且与国家稳定直接相关。与此同时,这类文化产品虽然在消费上具有私人产品的竞争性,但在技术手段上却难以实现排他性消费的服务和收费。因此必须由政府进行干预,并采取由政府和市场混合提供的模式来解决节目的生产和提供问题。[②]

三、政策与资金支持的不足

2004 年起,党中央连续 6 年颁发了以农业、农村和农民为主题的中央"1 号文件";2005 年,国家广电总局设立了"农村服务年";2007 年,中央财政安排专项资金 25 亿元用于实现全国中央广播电视节目覆盖工作;2008 年,"中星九号"广播电视直播卫星给西部边远地区免费传输 47 套高清和标清数字电视节目。在国家政策和资金的积极引导下,部分省份也出台了扶持对农电视发展的政策,例如,江苏省广播电视局曾做出一项硬性规定:"凡是没有创办专门的对农宣传栏目,年度考核评比不得被评为先进单位。"这一规定起到了积

① 公共产品[EB/OL].百度百科.http://baike.baidu.com/view/690748.htm,2010-10-23.
② 齐勇锋.论广播电视对农节目的产品定位和提供方式[J].中国广播电视学刊,2005(5):20-22.

极作用,全省 13 个省辖市电视台都创办了对农栏(节)目。

浙江省广电局出台了《对农节目服务工程建设考核办法》,该文件不仅明确了对农电视节目建设的目标与要求,还安排了专项资金用于鼓励相关的单位和个人,具体内容如下。

1. 广播电视对农节目服务工程建设的基本目标

通过 2008—2010 年三年努力,形成以省台为龙头、县台为主阵地、市台为沟通城乡主桥梁,省、市、县三级分工联动协调,广播电视优势特色明显,最高限度满足我省社会主义新农村建设和广大农村基层群众多层次、多样化需求的对农节目新体系和广播电视服务"三农"新格局,使我省广播电视对农宣传服务工作继续走在全国前列。

2. 广播电视对农节目服务工程建设的基本要求

(1) 浙江电视台公共·新农村频道作为我省唯一以服务"三农"为宗旨的电视专业频道,要办成全省电视对农政策指导、科技宣传、法律咨询、信息服务、文明指导和展示"三农"新面貌等方面的权威性"龙头"平台。要求在自办节目中以面向"三农"为主的专题栏目,2008 年达 40% 以上、2009 年达 50% 以上,2010 年达到 60% 以上;浙江电台广播新闻综合频率要对现有的对农专题栏目进行扩充和改造提升,2010 年办成基本满足全省共性需求的大板块节目,成为全省广播对农宣传服务的龙头。

(2) 县级广播电视台作为广播电视直接面向"三农"的基层播出机构,是广播电视服务新农村建设和广大农村基层群众的主阵地,应每天在黄金时间分别安排播出广播和电视的对农栏目。要求每周自办面向"三农"为主的广播和电视专题栏目,2008 年分别达 1 档以上,2009 年达 2 档以上,2010 年达 3 档以上。

(3) 市级广播电视台要充分利用其所在市对所辖区县在经济文化等方面的辐射力和示范性,成为广播电视沟通城乡、服务城乡一体化的主桥梁。要求每周自办面向"三农"或"涉农"的广播和电视专题栏目,2008 年分别达 1 档以上,2009 年达 2 档以上。

3. 广播电视对农节目服务工程建设考核的分类

广播电视对农节目服务工程建设考核分直接补助类考核和评优类考核。

(1) 直接补助类对象:经济欠发达地区(包括海岛县)市、县(市、区)广播电视台对农栏目。

(2) 评优类考核对象:各级广播电视台制作的优秀对农栏目。

考核扶持补助由省财政安排专项资金,其中优秀对农栏目补助实行以奖代补。专项资金应严格按照有关规定专款专用,受补助单位应将专项资金用于广播电视对农节目服务工程建设。具体专项资金管理办法由省财政厅与省广电局另行制订。

4. 广播电视对农节目服务工程建设直接补助条件

(1) 省财政厅列为财政扶持一类地区的有关市、县(市、区)。

(2) 2008 年 10 月前,每周分别自办 1 档及 1 档以上的广播与电视对农栏目。

(3) 每档栏目时长不少于 10 分钟,并安排在适合农村受众收听、收看的黄金时间播出。

(4) 栏目内容体现新农村建设"生产发展、生活宽裕、乡风文明、村容整洁、管理民主"20 字方针和城乡一体化发展等方面。各地可从当地实际出发,各有侧重、各有特色,要求富有指导性、针对性和实用性。

（5）栏目有相对固定的采、编、播人员。

但是，从对农电视节目所服务的受众数量及其社会效益来看，社会各界给予对农电视节目的政策与资金还较为不足，主要体现为两个方面。从横向上看，区域间较不平衡，东、西部地区有着明显的差异：东部省份的农村人口相对较少，但支持对农电视节目发展的力度却较大，而西部省份有着众多的农村人口，但由于经济条件的限制，给予对农电视节目的政策和资金较少；从纵向上看，各级电视台间较不平衡：省级电视台对开设对农节目的数量和质量有着一定的规定，而市县级电视台则处于一种杂乱无序的状态，没有明确的规定。陕西农村广播副总监曾永强曾经谈道："由于广播基础设施投入不足，陕西省有 2/3 的农村地区人口收听不到农村广播。由于经费紧张，节目只能采用 25 千瓦单机发射，覆盖问题已经成为影响农村广播进一步发展的关键问题。"例如，以一台 50 千瓦的中波机为例，一年的运行费用约为 60 万元，而用 3 台发射机，仅每年的电费就高达 80～90 万元。因此，许多地方由于缺乏足够的经费，广播电视发射台、转播台的开机时间不足，发射功率不足，无法满时间、满功率转播中央台和省级台的节目，农户只能在每天某一段时间里能够收到电视信号。①

四、节目传播渠道的不畅

国家发改委的有关数据显示，2004 年全国尚有八千多万人口不能收听或收看广播、电视，全国自然村电视盲点仍有 57.4 万多个，其中 50 户以上已通电不能收看电视的自然村有 9.3 万多个，20～50 户已通电不能收看电视的自然村有 15 万多个，5～20 户已通电不能收看电视的自然村近 14 万个。长期以来，农村广播电视收入低，投入少，农村广播电视基础设施薄弱，发射台、转播台设备陈旧老化及专业技术人员缺乏等问题普遍存在。

近年来，国家有关部门相继出台"广播电视村村通工程"和"西新工程"等旨在加强电视覆盖率的重要举措，全国无法收看电视的人数已缩减到四千万左右，这为对农电视节目的广泛传播，尤其是对西部地区、少数民族地区、贫困地区的传输和覆盖奠定了坚实的先决条件。

其中，"广播电视村村通工程"是为了解决广播电视信号覆盖"盲区"农民群众收听广播、收看电视问题而由国家组织实施的一项民心工程，从 1998 年开始实施。第一阶段是 1998—2003 年，完成了 11.7 万个已通电行政村"村村通"工程建设。第二阶段从 2004 年开始，完成了 10 万个 50 户以上已通电自然村"村村通"工程建设。第三阶段是"十一五"期间，按照"巩固成果、扩大范围、提高质量、改善服务"的要求，全面实现 20 户以上已通电自然村"村村通"广播电视，全面加强农村广播电视无线覆盖。2006 年加强全国农村中央广播电视节目无线覆盖工作全面展开，中央财政投入资金 5 亿元，更新了各地转播中央第一套广播节目、第一套和第七套电视节目的 470 部调频广播和电视发射机，对 676 部在播的

---

① 受众九亿人节目奇缺　农村节目的明天在哪里[EB/OL]．人民网．http://media. people. com. cn/GB/40699/3314139. html, 2010-07-30.

调频广播、电视发射机给予了运行维护经费补助。①

其中,"西新工程"是为了进一步推广"广播电视村村通工程"的成果,党中央、国务院于2000年9月正式启动的。该项目的实施范围包括了西藏、新疆、内蒙古、宁夏4个自治区和青海、甘肃、四川、云南四省的藏区以及福建、浙江、广西、海南和吉林延边部分地区,涵盖国土面积超过498万平方千米,占全国总面积的51.9%。"西新工程"实施后,西部少数民族地区的广播覆盖能力比过去增加了2.5倍,8省区各地能够收到10套左右短波广播,各地、市、县普遍能较好地收到3套以上中波或调频节目,3~4套中央和当地电视节目。中央人民广播电台和各地电台还开通了民族语言节目,每天播音共增加了98小时,受到了广大群众的热烈欢迎,实现了把党的声音传到千家万户的目标。②

"西新工程"和"村村通"广播电视覆盖工程的实施,使西部地区实验总功率增加4倍,民族语言节目时间增加了一倍多。在广播覆盖任务最艰巨的新疆、西藏等地区的每一个县、村,都可以收听到5套以上的调频、调幅广播。据统计,这两项工程的实施,让全国十万个边远、贫困行政村的一亿人借助着广播电视这一对"顺风耳"和"千里眼",足不出户了解天下事,找到了致富的门路,开阔了眼界,这给地域辽阔、地形复杂、民族众多的西部边远地区的人民群众带来了巨大的实惠。

但农村地区广播电视节目覆盖的难度大、任务重依然存在。一方面,网络覆盖面有限。在广大农村地区居住分散的区域目前更多的是采用无线发射、多路微波等方式覆盖,对农广播电视节目的质量受到影响。仅有的几家专业对农频道,对农节目是少之又少,而少量的对农节目由于覆盖问题农民根本收不到。目前央视七套的入户率不足10%,而且多通过有线覆盖。据调查,绝大部分地区农户只能通过无线方式接收到2~3套、不超过5套的电视节目。另一方面,受发射功率、天气地形等因素的影响,信号质量很不稳定,收视效果也很差。如果说在有线网覆盖的地区收看对农节目难,那么在无线覆盖的广大农村地区接收起来就更难了。

五、受众媒介素养的不高

作为一种面向全体公民的素养教育,媒介素养教育理应涵盖各种人群(不同性别、年龄、族群等)和各个社会阶层的受众。农民,作为媒介受众中人数最庞大却又经常被忽略的一个社会阶层,因其独特的社会处境和面临的艰难的现代化的任务,其媒介素养状况理应受到重视。而农民媒介素养的提高,也是对农电视节目充分发挥其传播影响力的重要保障。

媒介素养就是指正确地、建设性地享用大众传播资源的能力,能够充分利用媒介资源完善自我,参与社会进步。主要包括受众利用媒介资源动机、使用媒介资源的方式方法与态度、利用媒介资源的有效程度以及对传媒的批判能力等。公民的媒介素养应包括四个方面内容:"第一,了解基础的媒介知识以及如何使用媒介;第二,学习判断媒介信息的意义和价值;第三,学习创造和传播信息的知识和技巧;第四,了解如何使用大众传媒发展自己。"

---

① 广播电视村村通工程[EB/OL]. 百度百科 . http://baike. baidu. com/view/979122. htm,2010-10-23.
② 西新工程[EB/OL]. 百度百科 . http://baike. baidu. com/view/929717. htm,2010-10-22.

媒介素养不仅包括接受媒介产品的能力,而且包括用独立的批判的眼光看传播媒介的内容和建设性地利用媒介的能力;媒介素养不仅是使用媒介的需要,还应该是一个现代社会公民素质的一部分。也有学者指出,"媒介素养就是指人们正确地判断和估价媒介信息的意义和作用,有效地创造和传播信息的素养"。①

不少学者都在关注农民与媒体的关系,无论是"失语"还是"传媒歧视",其实都标示了农民在传媒舞台上的弱势地位。段京肃如此概括这种信息传播中的"弱势阶层"的面貌,他们是"缺乏参与传播活动的机会和手段,缺乏接近媒介的条件和能力,主要是被动地、无条件地接受来自大众传播媒介的信息的人群和那些几乎无法得到与自身利益相关的各种信息、也无法发出自己的声音的群体"。概而言之,这种弱势表现在两个方面,一是农民未能成为媒体内容呈现的主体;二是农民未能成为媒体的目标受众,他们不能从媒体中获取自己感兴趣或与自己密切相关的内容,社会学家孙立平对此有着细致的观察,"在社会中处于边缘的群体(比如农民),他们每天观看的电视节目和城里人几乎没有什么不同,但那些电视剧的内容,与他们几乎完全不相干,甚至也不属于他们的时代"。

归根结底,这种弱势地位的形成,一方面是因为农民阶层手中几乎没有掌握组织资源、经济资源与文化资源,他们在对媒体空间控制和使用的争夺中处于劣势,而精英阶层则控制着传媒,并把持着传媒上的话语权这种在现代社会十分稀缺的社会资源。另一方面,传媒将自己看做影响力经济,出于对商业利益的追逐,传媒对于社会阶层关注的程度和角度,围绕着"影响力"和"消费力"展开,这导致了农民等下层社会群体在传媒舞台上的位置:他们尾随于成功人士的后面、尾随于时尚潮流的后面的同时,也将自己的身形隐没在中、上阶层巨大的阴影之中。

在当前中国的政治和社会体制框架下,农民在体制内表达自身利益诉求的渠道相当匮乏,媒体被理所当然地视为重要的表达渠道。而社会精英对传媒的控制与话语权的把持,又使农民在传媒上谋求的"替代性"的利益诉求的通道相当狭窄。社会体制框架的局限和农民过于迫切的表达渴望之间的拉锯,甚至使媒体和农民之间呈现为一种"畸形"状态,媒体被视为第二个信访部门,与此相应的是,这种状态还酝酿着一种社会观念,那就是农民一"说话",就把它等同于"上访"。这是一种极大的偏见,相当于取消了农民声张其正当权益和利益诉求的权利。在事实层面,农民向媒体说话,似乎只能是"申冤"。农民的利益声张,还停留在遭遇利益侵害时的申诉与求助上,而不是日常化的利益表达。这种畸形状态是不理性的,也不应当在一个良好组织的社会体制内长久存在。社会学家孙立平用"断裂"来描述当前中国的社会形态,表现在城市已经迈入工业时代乃至后工业时代,而农村尚且处于前现代阶段,这使得不同社会成分的诉求共存于一时。在这种社会形态下,必须保障处在不同社会发展状态并因此持有截然不同的利益诉求的各个社会阶层都能有正当的体制化的利益表达空间,否则将会埋下社会动荡的种子。②

① 媒介素养[EB/OL]. 百度百科. http://baike.baidu.com/view/360750.htm,2010-11-23.

② 李苓,李红涛. 媒介素养:考察农民与媒体关系的一种视野[EB/OL]. http://xwj.scol.com.cn/swga/20050528/20050528101818.htm,2010-07-31.

六、节目播出结构的不合理

1983 年,按照国家"四级办广播电视,四级混合覆盖"的广播电视发展战略,全国各县(市)有条件、无条件都纷纷上马,一时间,县级电视台在神州大地处处开花,这使我国电视的覆盖率、入户率在当时达到了一个前所未有的高度。经过近二十多年的发展,各县(市)电视台在规模上有了较大发展,为我国的广电事业做出了一定的贡献,实现广播电视集团化、产业化发展。近年来部分学者提出了"二级办电视"的概念,也就是裁撤县级台,合并地市台,使其成为省级台的附属台,只保留中央和省级,但目前还局限于学术研究层面。

毫无疑问,"四级办电视"与"二级办电视"的方针对推动中国电视事业发展曾经发挥的关键性历史作用是毋庸置疑的。也正是在这一体制的推动下,对农电视节目的数量有了一定的增长,使各个地区、各种类型的农民受众都有可能收看到自身所需的对农电视节目。但是,"四级办电视"也带来了一系列的问题,如大量的重复制作、重复播出、重复覆盖导致了重复投入,增大了支出成本,造成了很大的社会浪费。同时,由于各级电视台之间的无序竞争,相互瓜分观众群,致使覆盖效益降低,个别小台为维持生计,从音像市场购买廉价的海外影视剧,乱播滥放,对中央电视台和省级电视台主频道的主导地位形成冲击,"散"、"乱"成为现阶段电视事业发展的一个严重障碍。从宏观的角度看,中国电视事业发展中存在的结构失衡、力量分散、重复建设、效益不高、资源浪费等问题,严重制约了中国电视事业的健康发展。

在此大环境下,对农电视节目的播出也不可避免地存在着类似问题。第一是在对农电视节目数量普遍不足的情况下,却有众多内容相似、形式相同的节目充斥着荧屏;第二是各级电视台的无序竞争,导致了对农电视节目的整体混乱,缺乏统一性的规划和协调;第三是一些地级、县级电视台在严重缺乏制作节目能力和人才的前提下,盲目上马对农电视节目,导致了粗制滥造、侵犯知识产权等一系列问题。

第三节　对农电视节目中观层面的问题

中观层面存在的问题影响着对农电视节目可持续发展过程中的理念和体制。总的来说,主要存在着以下六个问题。

一、节目制作理念的落后

纵观目前的对农报道,描述和表现农民的苦难和愚昧的占了多数。甚至有学者指出,作为拼尽全力挤进城市并为城市建设和发展做出贡献的农民工,也成了媒体妖魔化的对象。因此,农民一边被打上愚昧和苦难的标签,一边又被理所当然地轻视和拒绝。而这种态度和行为最直接的后果,就是节目制作中实行"以传者为中心"的传播理念。新闻媒体就像是挥舞着"魔弹"的"救世主",以为自己"具有横扫一切、难以抵御的传播威力"。而文化水平普遍偏低的农民则"处于被动挨打、不堪一击"的地位。新闻媒介的宣传就是"魔弹",农民只是"应声而倒的'靶子'"。即便是代表中国对农电视节目最高水准的央视,也基本上是把农民作为纯粹的观众及传播的客体,农民被完全定义为受教育的对象。各地方电视台的"三农"节目则更是如此,基本上是不同程度地效仿甚至简单克隆央视模式。在这种传播观念指导下,对农电视节目的模式和内容都鲜有创新。如目前的对农节目,其内容多数是对农政策宣传、农业技术及娱乐这三大板块,而对农业政策,一般都是按文件照读,然后再找个领导讲两句,既缺乏通俗的解读,又缺乏针对性的挖掘,而且还不厌其烦地反复"轰炸",使得农民产生逆反心理;对农业技术这一板块,许多电视台将其做成科普光碟一样,言语晦涩,专业性词语层出不穷,农民很难理解和学习。

事实上,经过30年的改革开放,农民的思想和行为已有了翻天覆地的变化,其概念已不再停留于传统意义上的农耕之人,已逐步走向有文化、懂技术、会经营的新型农民。从经济学角度看,新型农民就是"农商",传统的农民是农夫。农夫与自然经济相契合,日出而作,日落而息,生产的产品主要用于自己消费,是一种典型的自然产品经济。而农商反映了一个新的经济关系,一个以通过市场配置资源,以需求指导农业生产又以新产品引导市场,并以商业活动为舞台的新生产者。党的十七大提出,要"培育有文化、懂技术、会经营的新型农民,发挥亿万农民建设新农村的主体作用"。党的十七届三中全会认为,我国总体上已"进入加快改造传统农业、走中国特色农业现代化道路的关键时刻",并提出"推进中国特色农业现代化"。2010年3月,农业部副部长危朝安在主题为"继续保持农业农村经济持续稳定发展"的记者会上表示,要促进农业劳动者由传统农民向新型农民转变:我国农村人口文化素质、科技素质长期偏低,随着农村劳动力特别是年轻、有文化的劳动力大规模转移到城镇和非农产业,农业劳动者的素质呈结构性的下降,推广先进适用技术、普及现代经营管理知识的难度加大,迫切要求提高农民科技文化素质,培养一批有文化、懂技术、会经营的新型农民,依靠新型农民来发展现代农业。[①]

按照劳动就业形式的不同,新型农民可分化为四种类型:农业劳动者与农业雇工群体,农村个体劳动者与个体工商户群体,农村企业主与乡镇企业管理者,农村管理者与农村知识群体。当下农民呈现出的多样化、多层次的这种趋势,要求对农电视节目更新节目制作理念,按照农民受众的不同类别提供个性化的节目,才能最高限度地吸引并提高受众人数。

二、节目制播体制的僵化

制播分离的概念最早起源于英国,来自于英文 Commission,原意是指电视播出机构将部分节目委托给独立制片人或独立制片公司来制作。由于它顺应了节目生产专业化、集约化的要求,产生后迅速在世界各国推行并形成潮流。关于制播分离的含义,学术界已形成大体一致的观点:指在电视节目的生产、流通与播出的过程中,节目的生产制作与节目的播出分别由不同单位负责的管理制度。在制播合一体制下,节目的制作和播出都是由电台、电视台负责,电台、电视台既是节目的生产者,也是播出者。而在制播分离的体制下,电台、电视台将某些节目的制作交给专门的节目公司,不再负责某些节目的制作,而是把工作的重点放在节目的审查、编排和播出上。制播分离是在培育我国广播电视之外的节目内容生

---

① 农业部将加快促进传统农民向新型农民转变[EB/OL].新浪财经.http://finance.sina.com.cn/roll/20100310/10267535984.shtml,2010-08-02.

产产业,使之逐步成熟壮大,形成产业链。制播分离是广播电视产业化的标志,必然给资本市场带来众多较高回报的投资机会,促进资本和产权的整合,也必将促进节目交易市场的繁荣和兴旺。制播分离意味着电台、电视台全台的运作开始以市场为中心,广播电视媒体将会通过体制创新和市场的力量整合资源,不断发展壮大,赢得与国外传媒抗衡的实力。①

我国的制播分离制度改革开始于 20 世纪 90 年代末,推动了一批优秀电视节目的产生,但由于对农电视节目创收能力较弱,效益回报较慢,市场收益难以弥补其成本支出,导致了其在制播分离的改革上进展缓慢,主要还是采取制播合一的形式进行。这种以自给自足为特征的节目制播体制给对农电视节目带来了严重的影响,具体表现在以下一些方面。②

一是对农电视节目市场的资源配置功能无法得到发挥。首先,这种仍以自产自销、自给自足为主要特征的模式阻碍了市场的基本功能的发挥。市场的功能一般表现为市场在运动过程中存在的资源配置功能、价值实现功能、信息反馈功能、平衡供求功能、中介服务功能和制约监督功能等,但是目前受制播合一体制的影响,在我国对农电视节目交易市场上很难看到这些功能发挥的作用。只有走出自然经济,才能让市场能成为连接生产与消费的纽带,把分散的经营活动和错综复杂的买卖关系结合成一个有机整体,自发调节和平衡产销之间、供求之间的经济利益关系。

二是对农电视节目的内部管理效率低下。制播合一为主体的模式极容易导致"机构臃肿、冗员过多",由于这种体制是行政体制,因此这种体制就算在广电系统推行集团化战略时也未避免,为了安排人员,部门架构复杂,功能重叠,效率低下;大部分的电视台自制节目除了宣传节目外,很大一部分也只成为电视台自己的资料备用,而不是作为商品交易,这导致了在生产上的低水平循环,往往大投入、大生产只能导致低收入低产出。这种封闭系统的现状,造成了对农电视节目市场有价无市的状况。许多电视台制作的对农节目质量也是参差不齐,没有成本意识,存在着极大的浪费和超支现象,制作的节目在千篇一律的同质化怪圈中难以自拔。从管理上来说,事业编制的僵化特色导致节目制作无法吸引到优秀人才的参与,财务上的随意性和盲目性也无法有效控制成本,激励机制和惩罚机制都难以实施并发挥作用。

三是对农电视节目制作机构缺乏谈判议价地位,节目生产能力受到抑制。在以制播分离模式为补充的模式下,对农电视节目市场交易中节目制作机构与播出机构处于极不对等的状态。这种不对等主要体现为双方收益不平等、风险不共担、权益不对等。电视台作为买方,处于相对垄断地位,在某种程度上对电视节目市场的价格拥有一定的控制权。由于电视节目价格的制定比较随意和主观,采购人员可能会掺杂很多个人因素。过度炒作、暗箱操作、草率购买、情感交易等造成平庸劣质节目大行其道,不仅从整体上降低了中国电视节目的质量品位,而且破坏了市场法则,混乱了市场交易。不平等的另一点还体现在版权的归属问题上。由于挂靠在有制作许可证的单位,结果制作公司制作的节目或者是没有署名,或者是联合拥有版权。因为没有版权,节目在交易中遇到了很多困难,很多节目无法进

---

① 朱虹,黎刚.关于推进广播电视制播分离改革的若干思考[J].现代传播.2009(06):5-8.

② 复兴论坛[EB/OL].中国网络电视台.http://bbs.cntv.cn/redirect.php? tid＝13856071&goto＝lastpost,2010-08-04.

行再次销售。

三、市场经营方式的落后

电视节目也是商品,它同样具有商品的属性特征。这是其自身固有的和客观存在的。它完全符合马克思主义经济学原理的特点,即在社会分工的条件下不同所有者之间相互交换的劳动产品。其同样具有商品的两重性,也就是使用价值和价值,是使用价值和价值的矛盾统一体。新闻的价值体现在新闻从选题、采访、摄像等前期投入到后期编辑制作,最后到播出这些所有相关的新闻专业人员工作所付出的体力和脑力劳动。新闻受众为获得新闻必须支付交换价值。如在收看新闻节目时所付出的时间、注意力资源等;如购买电视机等器材、缴纳收视费用等。电视节目是精神产品,同时也是物质的,它用磁带、光盘、发射电波信号,向受众传递新近发生的重大事件,来满足受众对新闻的需求,或通过获得信息为企业或个人已有的资本增值,或通过电视节目的关注来解决现实生活中的具体问题,或满足各种心理需求,或获得资讯和知识、技能等,具有广泛的使用价值。所以说,电视节目是具有存在价值和使用价值的能够用来交换的真正意义上的商品。[①]

当前对农电视节目这一商品的市场经营方式主要有广告推销、节目发行交易和衍生产品营销。对农电视节目的目标观众是农民,拥有极其庞大的观众群,远非其他对象性节目可比,因此理论上广告推销能够取得巨大的经济利润。但实际的问题在于:①农民往往居住分散、收入微薄、消费能力差,更为根本的是他们远没有达到品牌化消费的时候。②我国农业产业化程度低,农产品没有形成规模化生产,商品率低,再加上农产品季节性强,绝大多数的涉农企业和经营户无力做电视广告。③农用物资有很强的地域性及对象性,做电视广告投入与产出不成比例。因此,在现实的国情面前,对农电视节目庞大的收视群体只剩下统计学意义上的一个符号,吸引不了广告商的兴趣,自然也就实现不了能给电视台带来可观收益的目标。

而对于节目发行交易这种市场经营方式而言,由于长期以来我国电视媒体"计划经济"的体制和"自给自足"的运营模式,使节目流通环节严重阻滞,节目产品难以在市场上实现其存在价值和使用价值。与普通商品的流通相比,甚至与其他类型的电视节目相比,对应电视节目的销售平台严重匮乏,主要靠制作单位主办的"看片会"和直接"一对一"的推销活动,连一个常设的交易平台都没有。

除广告推销和节目交易之外,对农电视节目市场经营的一个很重要的方面在于衍生产品的营销,也就是各种转媒体产品(如书刊、画册、VCD、DVD、流媒体、新媒体)和品牌授权商品(如服装、食品、玩具、日用品等)的发行和销售。目前对农电视节目制作商普遍采用直接销售渠道进行销售,由于受地域的限制,绝大多数对农电视节目由于渠道的缺失导致销售网络覆盖不到位,因此很难与消费者见面,节目的价值增值难以实现。节目销售平台的缺失加上营销渠道的不畅,使对农电视节目营销成本居高不下,结果导致独立节目制作商赢利困难。这一方面使节目制作门槛抬高,独立节目制作市场难以拓展;另一方面与之对应的发行主体难以生成,发行市场难以成熟,结果导致节目流通和节目营销困难。如此形

---

① 康力舞. 电视节目进入市场的条件[N]. 山西经济日报,2005-09-21(04).

成恶性循环,严重阻碍了对农电视节目的市场化经营,许多节目因此停留在"自制自播"的原始经营层面。①

目前国内较有影响力的民营电视节目制作机构主要有以下几家。

(1) 北京光线传媒有限公司。光线传媒是中国最大的电视节目制作和发行商,在北京、上海、广州、徐州、香港、台北均设有分公司或办事处,形成了覆盖主要华语地区的内容生产和经营能力。拥有七千平方米办公面积的光线传媒,每天均有明星到访,被称为中国最具观赏价值的传媒娱乐集团办公总部。每天制作超过 6 小时的电视娱乐节目;拥有国内最大的地面节目播出网络,节目每日在全国 1 200 台次播出,同时为全国性数字付费频道《新娱乐》频道提供整频道视频内容;2010 年年中,建成由 150 家全国城市台构成的节目联供网。

此外,光线传媒的新媒体业务也在传媒娱乐业处于领先地位,早在 2000 年光线传媒就创建了国内最大的网上明星俱乐部"E 视网",是首批获得广电总局颁发的网络视听许可证的三家民营企业之一。光线传媒正在计划将库存的 6 万小时娱乐视频素材全部数字化,并在未来两年内建成华语地区最大、最全的数字娱乐传播平台。

(2) 北京欢乐传媒集团公司。北京欢乐传媒集团公司的业务包括制作、发行、媒介广告销售、艺人经纪、市场推广等多项内容,正极力成长为一个国际性影视文化机构。作为以全国华语市场为目标的主流媒体内容供应商与经营商,它拥有一个覆盖全中国、辐射全球华语地区、全方位、多媒体、纵深化的媒体传播网络。欢乐传媒与亚洲的一些主流媒体供应商与经销商结成战略合作联盟,意图共同拓展全球华语市场。

欢乐传媒凭借风靡全国的综艺王牌节目《欢乐总动员》一路攻城略地。此后,欢乐传媒不断丰富其旗下的电视节目类型,制作出:益智类节目《才富大考场》、国内首档时尚类电视模特选秀节目《超级模特》、国内首档极限挑战类节目《勇者总动员》、强档文化资讯类节目《每日文化播报》等多档优秀电视节目。每年制作的娱乐电视节目超过 1 000 小时,发行到全国近 300 家主流电视媒体;收视人群高达 10 亿人次。奠定了其中国最大的电视节目内容制作和发行商的地位,领军中国电视节目制作业。

2006 年,欢乐传媒成功收购著名原创文学网站"榕树下"。这是国内民营传媒企业第一起收购新媒体案。也意味着欢乐传媒开始了一条全新的跨媒体整合营销之路。如今,欢乐传媒已发展成为拥有完整产业链,集电影、电视剧、节目制作、发行、媒介广告销售、跨媒体整合营销、艺人经纪、宣传推广于一身,将触角延伸到娱乐传媒产业各个层面的国际性传媒产业集团。

(3) 唐龙国际传媒集团。唐龙国际传媒集团成立于 1994 年,现下设八家成员单位,全国九大办事处,媒体业务涉及节目制作全球发行、媒体服务投资管理、音像出版宽频特许等方面。唐龙定位于成为中国最具规模的影视节目集群内容提供商以及相关节目各项增值服务,是当前国内最大的版权内容供应商之一。

唐龙构架了全国 300 个大中型城市 600 多主流电视频道的节目发行分销平台,覆盖全国有线用户,国内拥有节目卫星传送网与接收系统,市场垄断、节目丰富,媒体宣传持续、稳定。已制作发行的节目包括:《娱乐纵天下》、《尼克知识乐园》、《机器人大擂台》、《科教剧

---

① 罗自文,陆智舫. 当前我国电视节目经营的问题与对策[J]. 中国广播电视学刊,2006(08):47-48.

场》、《幽默剧场》及《时尚 FOLLOW ME》、《生命》、《生态启示录》、《运动天下》等不同定位的电视栏目。

（4）派格太合环球文化传媒投资有限公司。派格太合环球文化传媒投资有限公司前身系派格环球影视文化公司,创立于 1993 年,首开我国传媒业中外合作之先河,目前在法国、美国、韩国、日本、英国长设办事处,并与欧洲最大的节目调研公司建立了长期合作关系。

派格太合的主要业务是作为影视文化内容提供商,策划和制作电视资讯节目、杂志节目、大型现场综艺节目、游戏节目、大型电视纪录片、谈话节目、室内剧、电视剧级电视晚会,以及进行国际大型文化活动交流、企业公关活动、产品推广活动及国内外商业演出的策划和实施。派格太合策划和制作的知名节目包括:《环球影视》、《春华秋实》、《娱乐任我行》、《游戏任我行》、《东方夜谭》、《青春的选择》、《风行一周》、《健康新时尚》、《概念中国》、《环球点将台》、《流行通天下》、《文化快递》。

（5）其欣然文化创意产业结构。其欣然以"产业化电视媒体的开发商和经销商"为经营定位。自 1998 年成为中央电视台授权的《幸运 52》节目制片公司以来,先后成功地与央视合作开发《幸运 52》、《金苹果》(CCTV-1)、《大风车·玩偶 1 牵 1》(CCTV-1)、《蓝图见证》、《青春做伴》、《健康生活》等创意类节目。其中《幸运 52》作为央视第一个引进国外模式的娱乐节目,《金苹果》作为国内第一个"真人秀"栏目,《玩偶 1 牵 1》作为首创"亲子游戏"概念节目,均创下了收视佳绩,并成为业内可圈可点之例。

其欣然曾在美国 New Jersey 建立 QXR 传播咨询公司,并与索尼娱乐(哥伦比亚三星)开展了业务合作;2003 年又在上海建立了以咨询业务为主的工作站,编辑出版《映像投资》。利用媒体资源优势和丰富的客户资源,其欣然对媒体产业链进行了多方位的深度整合和开发,旨在成为投资商、广告商和媒体之间的桥梁。

四、与农业相关部门联动的欠缺

对农电视节目的专业性要求较高,仅靠媒体从业人员很难深入了解和全面掌握农业的相关知识和技术,也就无法编创出真正符合农民受众需求的对农电视节目。因此,将农业管理部门、农业科技部门、农业研究所等部门引入到对农电视节目的编创过程就显得尤为必要。部分对农电视节目组已开始认识到了农业相关部门的联动在提升节目专业性上所能发挥的重要作用和意义,并采取了一系列的措施来加强与农业相关部门的联动。较为典型的成功案例是中国农业电影电视中心(China Agriculture Film & Television Center)。它隶属于农业部,前身是中国农业电影制片厂(以下简称"农影"),创建于 1949 年 6 月 29 日。农影自成立以来,始终坚持"为农业、农村、农民服务"的宗旨,大力普及农业科学知识,推广业先进技术,传递经济和科技信息,为农业现代化建设及农村两个文明建设做出了显著的成绩。农影现已发展成为集农业影、视、录于一体的事业单位,至今已生产了以农业题材为主的科教片、纪录片、舞台艺术片 804 部,共计 1 424 本。其所属的农影出版社负责发行农业科技题材的录像带、VCD、DVD、录音带。1995 年年底,农影开始负责制作由农业部与中央电视台合办的中央电视台第七套农业节目。自 1996 年元月 1 日正式播出至今,农业节目已发展到每天播出 8 小时,拥有 11 个在播的农业电视栏目。至今,农影生产的影视片中,有近百部影视片获国内、国际奖,在国内外获得很大的荣誉。农影制作的影视作品在社会上,尤其是在广大农村产生了明显的社会效益和经济效益,深受关注"三农"问题的城乡观众所喜爱。①

但从总体上看,对农电视节目与农业相关部门的联动还存在着诸多欠缺,这主要变现为:①还有相当一部分的对农电视节目还处于单干、独干的状态,由节目组内的工作人员一手包办,从不征求农业相关部门的意见或建议,这极易导致节目出现科学性的错误;②在已经与农业相关部门展开联动的对农电视节目中,绝大部分的联动方式都是将农业相关部门作为采访对象或谈话嘉宾,没有让其参与到节目选题、内容编辑和节目播出等流程中去,这较易导致节目在整体性方面缺乏专业性;③部分对农电视节目虽然重视了在节目编创过程中与农业相关部门的联动,但忽略了在节目传播过程中与农业相关部门的联动,也就是说未能与农业相关部门共同搭建服务农民受众的信息化平台,从而导致农民受众只能接受节目传递的信息,却无法在观看节目后向农业相关部门做出及时的反馈。

五、面对面现场活动的缺乏

对农电视节目通过声音和画面的远距离传播,使得绝大多数的农民受众都能获取到节目信息,这极大地促进了农民受众生产的发展和生活的进步。但对农电视节目远距离传播也存在着一定的弊端:一是节目的亲合性较差,由于农民受众无法真切感知和体验节目,因此农民受众对节目始终存在着距离感和陌生感;二是节目编创人员较易疏离农民受众,由于节目编创人员无法与农民受众间形成面对面的沟通与交流,因此节目编创人员较难深入了解农民受众的所思所想,也就无法制做出真正符合农民受众需求的对农电视节目;三是在一定程度上增加了农民受众的经济负担,由于观看对农电视节目必须要有电视设备,这对于一些经济困难的受众来说是一笔不小的费用支出。

因此,对农电视节目在坚持以远距离传播为主的基础上,还应适当地穿插面对面的现场活动,从而消除远距离传播的弊端,进而丰富对农服务的方式。但当前很大一部分对农电视节目还停留在"我播你看"的远距离传播上,未能将面对面现场活动作为节目传播的重要补充形式。事实上,面对面的现场活动不仅能有效弥补远距离传播的缺陷,还能发挥其特殊的作用:一是借助现场活动来提高节目的知名度;二是能借助现场活动这种组织传播的方式来提升节目传播的后续影响力;三是借助现场的交流与沟通来增加与受众之间的互动。面对面现场活动的形式可以有以下几种。②

1. 现场直播

现场直播是指在现场随着事件的发生、发展进程同时制作和播出广播、电视节目的播出方式。现场直播脱离了播音室和演播室,在新闻或其他事件现场,随着事件的发展,把现场图像、音响和现场解说组合成节目,并同时播送出去。现场直播要求采、编、播系统密切有效地进行合作。电视现场直播在报道事件全过程时,一般需配备转播车,车内配备视频切换。

---

① 中心介绍[EB/OL]. 中国农业电影电视中心. http://www.cctv7.com.cn/about_us/center.shtml,2010-08-09.

② 百度百科[EB/OL]. 百度. http://baike.baidu.com/,2010-08-09.

2. 联谊会

联谊会是指以情感交流为手段组织起来的较为松散的群体。联谊会的组织者一般具有隐含的某种目的，但是情感交流是联谊会成员参与活动的主要动机。联谊会成员可以是过去的同学、同事、同乡或曾经有过较密切的交往人员，也可以是现实的同行、朋友。联谊会依靠成员间的活动维持其存在与发展，这些活动大致有演出会、舞会、节日聚会、参观活动，撰写校史、厂史、军史、回忆录，教育青少年等。通过这些活动，联谊会成员可以增进相互间的了解，增进友谊，达到精神保健之目的，同时也为社会进步与发展做出一定的贡献。

3. 座谈会

座谈会是一种圆桌讨论会议，通常是由6~10个人聚到一起在一个主持人的引导下对某一主题进行深入讨论。焦点小组调研的目的在于了解和理解人们对于这一主体的看法以及影响这种看法的背后的原因。座谈会不同于一问一答式的面访。因为是多人讨论，在有经验的主持人的主持下，受访者互相之间有一个互动作用，一个人的反应会成为对其他人的刺激，这种互动作用会产生比同样数量的人做单独陈述时所能提供的更多的信息。

4. 茶话会

茶话会的形式，因内容、人员的不同又有所区别。如与会人员仅几人，可用一张圆桌；几十人乃至几百人，每桌10人左右，或用方桌拼成长方形或其他形式；几百人、上千人的大型茶话会，多用圆桌，团团围坐。关于茶话会的饮品，香茶是必备之物，有条件的还可以增加鲜果、糕点及各色糖果。会场的布置，可以根据茶话会的内容和季节的不同，在席间或室内布置一些鲜花，如在夏季以叶子嫩绿、花朵洁白的茉莉为宜，使人有清幽雅洁之感；如在冬季，则以破绽吐香的腊梅和生机盎然的水仙为宜，使人感受到春天的气息；如果是婚礼茶话会，则以红艳的鲜花为好，以示新婚夫妇的幸福和美满。当然，由于条件所限，对花种的选择会有局限性，但不论选用什么花种，对颜色的选择应与茶话会的内容相协调。在较大的茶话会上，配以轻音乐或小型的文艺节目如小品、相声等曲艺节目，可以增添欢乐气氛。

六、媒介传播方式的单一

对农电视节目的媒介传播方式较为单一，主要是借助传统电视来进行传播。这种传播方式从信息获取方式上看，是按照时间顺序进行线性传播，所有的传播内容都按时间流程编排，农民受众获取信息时有着种种时间、空间上被动的限制；从信息制作的参与方式看，电视台或专业传媒组织是对农电视节目的制作者和播出者，受众则是一个以旁观者姿态出现的被动接受者；从信息流通的渠道上看，是以传者为中心的单向线性传播、传、受双方的角色界定相对比较明确，即使受者能进行一定的信息反馈，也大多是事后的、随机的、缺乏主动性和直接性。

事实上，对农电视节目的传播除了依靠电视媒体外，还可借助网络媒体、手机媒体等新兴媒体进行跨媒体传播，从而扩大节目的覆盖人群和区域，进而提升节目的传播影响力。具体来说，对农电视节目在以电视媒体传播为主的基础上，借助新兴媒体来进行跨媒体传播，其优点在于：①能够扩充对农电视节目的信息承载量，例如，将那些无法通过节目展示或节目中展示不充分的信息放到网络媒体上进行展示；②能够提升对农电视节目信息的送达率,例如,将重点信息通过手机媒体发送到农民受众手中;③能够实现对农电视节目信息的重复获取,例如,借助数字电视的回放功能实现任意时间任意次数的观看;④能够强化对农电视节目信息的互动性,例如,借助博客或播客可实现节目与农民受众间的实时交互。

下面以手机媒体为例来阐述新兴媒体在媒介传播当中的特点与价值。①

手机媒体,是以手机为视听终端、手机上网为平台的个性化信息传播载体,它是以分众为传播目标,以定向为传播效果,以互动为传播应用的大众传播媒介,被公认为继报刊、广播、电视、互联网之后的"第五媒体"。手机媒体的基本特征是数字化,最大的优势是携带和使用方便。手机媒体作为网络媒体的延伸,具有网络媒体互动性强、信息获取快、传播快、更新快、跨地域传播等特性。手机媒体还具有高度的移动性与便携性,信息传播的即时性、互动性,受众资源极其丰富,多媒体传播,私密性、整合性、同步和异步传播有机统一,传播者和受众高度融合等优势。手机媒介对新闻传播方式的重构主要表现为如下方面。

第一,消除了时空维度对新闻传播的限制,实现了传播的随时性、随地性。

手机媒体不仅可以提供线性方式传播,而且可以提供非线性方式的点播和下载,实现了实时性传播和异时性传播的共存,人们不仅可以了解正在发布的新闻,而且可以了解过去发布的新闻。同时手机是一种随身媒体,可以随时随地收听、收看新闻信息。与需要在客厅、卧室、办公室或者汽车等固定地点接收信息的其他媒体相比,其新闻发布与新闻接收之间的时间之差更小,基本做到即时发布、即时接收。在空间上,由于移动通信网实现全球覆盖和全球漫游,手机媒体彻底打破媒介地域性和疆域性,让地球上的距离对新闻传播的影响减小至可以忽略不计的地步。无论身处世界的哪个角落,只要手机用户愿意,都可以获取需要的信息,实现超越空间的沟通。

第二,消除了不同媒介之间的隔断,实现了媒介大融合,使新闻传播走向全媒介化。

手机是数字化多媒体终端,既接收音频、视频,又接收图文、数据。这一卓越的物理性能赋予了手机强大的媒介融合能力。通过一个小小的手机,人们可以借助文字、图片、图像、声音的任何一种或者几种的组合来开展新闻传播活动,可以采用手机报、手机广播、手机电视、手机网站、手机播客等不同的形态实现新闻传播的意图,满足新闻传播的需要。在这里,报纸、广播、电视、互联网之间的区分已模糊,手机集成了它们的各种功能,成为一个全媒介的媒体。

第三,消除了大众传播与人际传播的主从关系,使新闻传播更多地表现为个体性行为。

在传统的新闻传播格局中,大众传播占主导地位,被视为"大道消息",而人际传播处于从属状态,被视为"小道消息"。手机的媒介化改变了这一格局。现在,手机用户之间的人际传播在新闻传播的速度和广度上已经不亚于大众传播。特别是对于社会性突发事件和地震、海啸、疫病等灾害事件,手机用户进行的人际传播常常快于、广于大众传播。这一点,在2008年5月12日发生汶川大地震时表现得特别突出,大多数人是利用手机获得或发布了有关这次地震的消息。

第四,消除了传与受的界线,使新闻传播从单向传播向多向互动传播转变。

传统媒介是单向的,你传我受,所谓的信息反馈只能在一定限度内发生,并且常常是事

---

① 手机媒体[EB/OL]. 百度百科. http://baike.baidu.com/view/1725434.htm,2010-08-09.

后的、延时的，缺乏即时性和直接性。手机不仅是手机报纸、手机广播、手机电视的终端，还是移动电话的终端和无线互联网的终端，可以做到一边收看、收听新闻，一边通过电话、短信和 WAP 网等多种方式与手机媒体的内容运营商进行即时的、直接的交流、沟通和反馈。传、受双方可以随时根据对方的反应修改、调整、补充自己的传播内容，从而实现新闻传播的高质高效。

第四节　对农电视节目微观层面的问题

微观层面存在的问题影响着对农电视节目可持续发展过程中的技术和手段。总的来说，主要存在着以下六个问题。

一、节目内容与"三农"问题的脱离

对农电视节目的主题是农民，展示的主要是农民的生产和生活，涉及"三农"问题的各个方面。所谓"三农"问题，就是指农业、农村、农民这三个问题。研究"三农"问题的目的是要解决农民增收、农业增长、农村稳定等问题。实际上，这是一个居住地域、从事行业和主体身份三位一体的问题，但三者侧重点不一，必须一体化地考虑以上三个问题。中国作为一个农业大国，"三农"问题关系到国民素质、经济发展，关系到社会稳定、国家富强、民族复兴。

农业问题主要是农业产业化的问题。市场经济是以市场为导向、根据市场配置资源的经济形态，农业的购销体制不畅是农业不能快速发展的一个重要原因。产供销形成一条龙是放松当前农业在市场经济中大有作为的一着好棋，党和政府在创设"产—供—销"链条的活动中起着关键作用。农业产业化的另一个问题是中国农业目前基本上属于自给自足的小农经济，没有形成规模经济。

农村问题目前突出表现的一个问题是户籍制度改革，以往户籍制度将城乡予以二元分割，新农村建设形成了城乡之间经济发展、文化水平的较大差异。这种户籍制度在计划经济体制下有自上而下行政管理的必要，在建设社会主义市场经济的今天已经受到理论界的一致质疑。目前，各地兴起的户籍制度改革纷纷向这种不合理的制度"开刀"，希望能够借此进一步解放农村剩余劳动力。还有一个突出的问题就是旧村改造问题，由于配套政策的滞后，尤其是在集体土地流转经营方面的问题，给改造工作带来了很多问题，在旧村改造工作中出现了变相小产权房，缺乏后续资金投入和合同欺诈等问题。农村问题还有很多，它遍及农村发展的方方面面，养老医疗问题和幼儿教育问题也是不容忽视的。

农民问题可以分为素质和减负两个问题。农民素质问题，主要是指文化素质。据统计，截至 2000 年年底，中国普及九年义务教育人口覆盖率达到 85％，在未能普及九年义务教育的人口中，农村人口占大多数。同时，计划生育政策在农村也受到一定抵制，部分地区存在着"越穷越生，越生越穷"的恶性循环。农民问题的另一个重大问题是减负问题。党中央国务院再三强调要减轻农民统筹负担，但个别地方"令不行禁不止"，农民负担照样较重，引发了农民抗交国税和集体上访等事件发生。①

但现有的对农电视节目普遍"农"味不足,内容枯燥单调,有效信息匮乏。一是节目中无实质性的内容:为了应付检查而随便办个对农电视节目,节目中充满着"放之四海而皆准"的大道理,大而空,大而无用。二是城市色彩浓厚:无论是新闻,还是经济、人文、生活等专题节目,多以城市为核心,表现农村题材、农村生活内容的节目不多。即使有些农村报道,其立足点也常常站在城市市民的视角看问题,无法反映农村实际,不能满足广大农民朋友的需求。三是以领导为中心和主体:节目中到处是领导发言,领导参加会议,领导视察农村和慰问农民,即使是一些市县级对农电视节目,也未能发挥接近性强和针对性强的地域优势,未能展示独特的风土人情以及帮助农民处理生活中的切实问题或困惑,也沦为领导展示"个人风采"的舞台。四是对农村生活的描绘概念化:要么将农村塑造为城市的缩影,到处鸟语花香、经济发达、交通便利;要么将农村定义为荒芜之地,思想麻木愚昧、言行粗俗低劣、生活单调困难。

二、节目定位与农民需求的分离

节目定位是指节目制作人员对播出节目的思想内容、目标受众、节目样式、制作风格等的划定,对节目设置的目的和宗旨所作的事先规划。节目定位的方式有全面定位和受众定位两种。全面定位要求在大制作的前提下规范广播电视节目的制作流程,在节目策划、准备过程中,强调人员各司其职、相互合作,消除个性因素影响,突出团队精神及整体化风格,使节目呈现出统一的风格,以独有的节目特色来吸引其稳定的受众群。受众定位要求事前确定节目的目标受众,在周密调查的基础上大致了解目标受众的兴趣与需求,根据节目的宣传宗旨等要素,确定节目的整体风格。节目定位的影响因素有四个。①政治因素。包括一个时期的宣传任务、舆论重点、党和国家的大政方针等,这些因素在新闻时政、纪实类节目中尤为重要,在一般文娱节目中也并非是可以忽略不计的。②环境因素。节目传播范围和地域因素。包括该地域现阶段和未来的经济模式、功能定位、发展趋向概念等;该地区的民族、文化属性和特征;以及地理、历史背景等多方面的地域性因素。③节目的结构因素。以不同结构模式组织编排的节目在定位上必然有不同的要求,在节目定位时必须将节目的结构形式等因素考虑在内。④媒介竞争因素。不同媒体间、同类媒体内的激烈竞争都将影响节目定位的确定。尤其是同一时段播出的其他节目的类型风格,会对节目定位产生较大的影响。②

随着农民群体的分化,他们对节目的需求也更全方位和多元化。而当下的对农电视节目定位中,重行政信息、轻市场信息,重领导活动、轻民生新闻,重娱乐节目、轻科技节目的现象非常普遍,这使得与"三农"息息相关的政策信息、对农民增收致富有帮助的市场和科技信息等内容在节目中比例很小,质量低下。

根据相关调查,现阶段农民所需求的对农电视节目主要包括:以"三农"热点为中心的新闻节目,以提高自身素质为目的的社教节目,以技术指导为核心的科技类节目,以"大农

① 三农[EB/OL].百度百科.http://baike.baidu.com/view/610.htm? fr=ala0_1_1,2010-08-09.
② 节目定位[EB/OL].百度百科.http://baike.baidu.com/view/3161411.htm? fr=ala0_1,2010-08-09.

业"思路为主导的市场信息服务节目,以城市化进程为背景的就业培训、就业指导节目,以喜闻乐见为目标的娱乐类节目。这种节目定位于农民需求的分离,在很大程度上造成了不能及时地、充分地反映中央的对农政策和群众的呼声与需求。

三、节目表现形式与农民接受能力的失调

第二次全国农业普查的数据显示,截至 2006 年,农村劳动力资源总量为 53 100 万人。其中,文盲 3 593 万人,占 6.8%;小学文化程度 17 341 万人,占 32.7%;初中文化程度 26 303 万人,占 49.5%;高中文化程度 5 215 万人,占 9.8%。[①] 从中可以看出农村受众的文化程度普遍偏低,这在一定程度上了影响了对农电视节目功能的正常发挥。目前,大部分的对农电视节目未考虑农村受众的这一特点,特别是对农科技信息类节目的专业色彩过于浓厚,而受众根本无法理解专业化的词语,这就导致农民对节目中的内容一知半解,从而失去收视兴趣,也降低了节目的传播影响力。另外,虽然农民文化程度较低,但同样不喜欢艺术变现形式呆板、节目编排杂乱的节目。因此,对农电视节目同样要注意节目画面的精美、形式的活泼、语言的生动、主持人的亲和,绝不能因为农民文化程度的不高,而粗暴地采用说教式的、宣讲式的节目播报,同样是不考虑农民接受能力的一种表现。

而中央电视台七套的《乡村大腕》和吉林电视台乡村频道《村长办事处》这两档对农电视节目则较好地考虑了农民的接受能力,为其他对农电视节目提供了可供参考的样例。

《乡村大腕》节目形态是以演播室主持、访谈、外景采访及利用虚拟演播室功能进行连线沟通为特点的谈话类节目,它下设《解读成功》、《非常问答》、《真实自我》、《富路联手》四个板块,中间由主持人、嘉宾访谈及外景采访贯穿,一期节目选择一个主要采访嘉宾。在节目当中,以具体个案来表现,个案既具有特殊性,又具有典型性;既能够展示与众不同的成功轨迹,又能够以主人公们相似的进取心、意志力、把握机会的能力感召、启发观众。每一期节目不仅传达了信息和知识,同时也讲述了一个成功人物曲折动人的故事,具有一定的权威性、实用性、可视性。为增加节目的互动性,让农民观众积极参与,《非常问答》板块设置由普通农民通过写信、打电话向《乡村大腕》提出各种事业上、生活中、思想上的问题,由《乡村大腕》来解答。为增加节目的关注度,让农民观众喜闻乐见,《真实自我》板块设置为一个饱含趣味性的模仿秀。通过轻喜剧的形式,让笑星或主持人自己客串,扮成"魅力考官",以一个客户、朋友或其他角色的身份与嘉宾进行现场模拟,再现一段曾经或可能发生的经历,瞧一瞧被采访嘉宾真实应对的情景,体现成功人士处理难题的手段、与人相处的过人之处、有趣之处、独特之处。这样一来,节目便增加了幽默色彩。

《村长办事处》是为农民创办的一档谈话节目,它首开全国农民谈话节目之先河,使中国农民从此有了自己的谈话节目,有了与外界交流和沟通的平台。《村长办事处》谈论的话题都是当地农民的身边事,当地农村生产、生活中农民关心的热点、焦点、难点,紧密联系农村、农业和农民的生产和生活实际。表现形式为通过"你说、我说、他说",把一些看似严肃的问题故事化、具体化、形象化。主持人、嘉宾和观众在这个平台上平等地交流、平等地沟

———————————

① 第二次全国农业普查主要数据公报(第五号)[EB/OL]. 中华人民共和国国家统计局 . http://www.stats.gov.cn/tjgb/nypcgb/qgnypcgb/t20080227_402464718.htm,2010-08-05.

通、平等地表述。由于谈话的主角、嘉宾和观众都是本地农民,偶尔请少数专家、学者和文艺工作者,也都是农民熟悉和喜爱的,这无形中增加了节目的乡土气息,体现了节目的平民化特点。①

四、时间安排与农民作息时间的错位

农民的作息规律和收视时间在农闲和农忙时有着巨大的差异性,呈现出季节性的特点。在农闲时,农民的时间观念相对淡薄,时间利用的随意性较大,因而在收视时间上表现出明显的"随遇而看",此时他们希望获取的是一些关于农业基本知识,农业生产管理经验,以及休闲娱乐等信息;在农忙时,农民的作息规律较为混乱,可支配的自由时间较少,因而收视时间会被大大地压缩,此时他们希望获取的是一些关于天气预报,农作物种植与收割的指导,以及病虫害的治理等实用信息。但无论是农闲还是农忙季节,一旦农民受众认为认为某个节目对自己的生产或生活具有特别重要的意义,那就会想方设法来收看该电视节目,如农忙时收看天气预报、关注农作物病虫害防治等。

然而,目前很少有对农电视节目会根据季节的变化而变更播出时间,结果很多农民因时间原因而无法收看,造成了对农电视节目的传而不受。据 2002 年中央电视台的全国电视观众抽样调查显示,农村观众中途放弃看电视的原因中"节目播出时间和我的时间安排冲突"(占 68.43%)居第二位,仅次于第一位的"节目中插播的广告太多"(占 84.26%)。

2007 年全国电视观众抽样调查的主要内容如下。②

"2007 年全国电视观众抽样调查"是中央电视台委托国家统计局在全国进行的第 5 次全国电视观众抽样调查,前 4 次调查的时间分别是 1987 年、1992 年、1997 年和 2002 年,间隔为5 年。开展全国电视观众抽样调查是为了及时了解全国电视观众和电视事业发展的基本状况,提高中央电视台的节目质量,满足广大电视观众的收视需求。通过历次调查所形成的一系列分析报告为中央电视台的宣传决策、宣传管理、节目制作提供了大量的参考依据。

为了保证调查结果的客观、公正和准确,此次调查的抽样设计以及结果数据的加权由中国科学院系统研究所冯士雍研究员承担,并经过由中国传媒大学、国家统计局、中国人民大学、国家广电总局计财司、央视—索福瑞媒介研究有限公司等单位专家所组成的论证组的论证。试调查、入户访问、问卷审核等项工作由国家统计局承担。调查的总体设计方案、调查问卷是在广泛征求业内人士及社会专家意见的基础上并经反复推敲而成的。调查员入户访问时间是 2007 年5 月 16 日至 6 月 25 日。调查问卷按照 10%的比例进行了电话复核。调查数据的统计分析由中央电视台总编室观众联系处具体负责。整个调查过程历时一年。

本次调查的问卷分为 13 岁以上(包括 13 岁)观众问卷和 4～12 岁观众两套问卷。13 岁以上观众问卷的内容主要包括四个部分:电视接收设备和媒体接触情况;观众对电视的态度和看法;观众的收视选择和行为习惯;被访问对象的背景资料。与上次调查的问卷相比,此次的调查问卷既保留了观众规模、电视接收方式、观众收视习惯、收视需求等方面的内

---

① 曹霞. 浅谈农村电视节目形式的创新[J]. 中国电视,2005(06):54-55.

② 2007 年全国电视观众抽样调查分析报告[EB/OL]. 中国网络电视台. http://cctvenchiridion.cctv.com/special/C20624/20100104/101721.shtml,2010-08-09.

容,又增添了新媒体的发展等具有时代特征的内容。

抽样范围:本次调查覆盖全国 31 个省、自治区、直辖市(港、澳、台除外)中所有电视信号覆盖区域内,城乡家庭中 13 岁以上(包括 13 岁)的居民以及 4～12 岁的儿童。既包括有户籍的正式住户,也包括所有临时的或其他的住户[只要已在本居(村)委会内居住满 6 个月或预计居住 6 个月以上,都包括在内]。本次调查不包括住在军营内的现役军人、集体居住户及无固定住所的人口。

抽样方法:本次调查采用 PPS 抽样方法,将全国所有区、县作为第一级抽样单位,并且确定了所在区县居(村)委会的样本数量以及每个居(村)委会分配的具体样本数量。在 95% 置信度下,设计抽样的绝对误差限为 1.28%。共抽中全国 31 个省、自治区、直辖市(港、澳、台除外)的 11 940 个 13 岁以上观众样本,实际回收有效问卷 11 822 份,有效率为 99.01%。儿童样本按照配额分配给各省,样本量为 2 005 个,问卷有效回收率为 100%。

五、农民式话语体系的缺失

语言是人类交流的工具,不同层次、职业的人语言特点各不相同。对农电视节目要办成农民愿意看、喜欢看的节目,就要说他们听得懂、感兴趣的话,否则就是隔靴抓痒、不着实际。但在当前的部分对农电视节目中,无论是节目的旁白、主持人的语言,甚至嘉宾的谈话,都在不自觉地运用尽量规范的书面语言、尽可能时髦的专业术语,期望以这种正规的话语体系来表现节目的专业性以及嘉宾的权威性。这对于从事"三农"工作的专业技术人员来说,容易看懂也容易理解,但节目在面向农民受众播出时,如果仍用这些书面语言和专业术语去讲,很多人就会听不懂,不明白说的是些什么内容,更不用说理解消化了。而且对农电视节目中这种正规的话语体系往往给农民受众造成一种"家长"和"教育"的口吻,但农民受众没有人喜欢把一个"家长"领回家,更不喜欢所谓的"专家架子"。因此,对农电视节目要把那些农民很少接触过的书面语言、专业术语改换为农民式的语言,那效果肯定就大不一样。首先是他们听得懂,明白你说的是什么,在这个基础上他们就会去思考,进而达到理解的目的。一旦他们真正理解消化之后,反过来他们又会主动自觉地去追求书面语言、专业术语的表达方式。

《苏老三走四方》就在保持与维护农民式话语体系方面做得较为成功。它是河北电视台农民频道主打栏目《三农最前线》中的一个小板块,它的外景主持苏老三,现在已是河北农村妇孺皆知的电视人物。他一身农民穿戴、一口浓重乡音,朴实热情,有很强的亲和力,老乡们都亲切称呼其为"三哥"。他常年奔波于乡间地头,出现在需要帮助的老乡们身旁。他曾在六个月的时间里五次徒步进入太行山深处,探访一个不为人知的小山村——芦芽村,通过他的报道、联络和多方沟通,芦芽村的三户人家十二口人,搬出了荒无人烟的深山沟,得到了政府有关搬迁、通电、扶贫等惠民政策的帮助,广大观众也从荧屏上见证了这三户人家由贫困到富足的变迁……"有事找咱老三兄弟"已成为河北广大农村观众的一句口头禅。苏老三也因自身的淳朴热情和独特个性被有关专家誉为"不可复制的极具个人魅力的外景主持"。①

① 海音.打造三农电视人品牌——以河北电视台农民频道苏老三、大宽为例[J].当代电视.2009(05):23-24.

六、编创人才知识结构与创作来源的矛盾

电视节目创作所遵循的一个重要原则是编创人员需具备与节目相适应的知识结构,以便更好地获取创作来源。对于对农电视节目而言,就是采编人员要具备一定的农业基础知识,能够深入了解"三农"问题,并站在这一立场上去创作农民想要看并看得懂的对农电视节目。尽管县级台相对于省市台来说,与当地农民在空间上距离最近,但在办对农节目上,也往往是"城里人办节目给农村人看、给农村人听"。对农电视节目要办得有贴近性与可听可视性,对采编人员在对农业、农村、农民的了解和广播电视专业知识、工作作风等方面有着更高的要求。目前,不少对农节目采编人员生活在城市,对农民的生产生活以及所思所想缺乏深透的了解和感情,专业知识也比较缺乏和薄弱,有的还存在办对农电视节目既吃苦又吃亏的思想,导致目前不少采编人员跑会议的多、下田间地头的少,跑富户撰写锦上添花的报道多、到基层为农户特别是困难农户提供雪中送炭的服务少。

江苏盐城广播电视台在编创人才知识结构的提升和创作热情的激发方面走在了同类节目中的前列。它实行了对农节目与其他节目同等相近的考核机制,鼓励"好人好马上一线,精兵强将下农村"。全面推行绩效挂钩,在同一起跑线上考核、奖励、问责、处罚,是盐城广播电视台四年前就实施的改革举措,近几年又不断完善、提高。目前,该电视台将从事对农报道的人员,不论内编、外编,不论是台聘、部聘,还是临时来台实习的大学生,都实行同工同酬,以稿定酬、优稿优酬,创优获奖的给予重奖,让大家在同一线上跳起来摘苹果。对农报道要经常下乡、跑边远地区,在交通、通信、中餐、夜餐等方面,经过听证,适当提高补助标准。让肯干、愿干、能干的人,不至于因从事艰苦劳动而减少实际收入。对农报道是节目创优的"富矿",该电视台鼓励大家去开采。凡是外宣用稿和国家、省级年度好新闻评优获奖的,除了上级规定的奖励外,台里再给同额 2~3 倍奖励。除此之外,局(台)每年还专拨80 万元,奖励央视索福瑞调查公司调查实际收视率高于台里收视基数的栏(节)目。这些举措,都有助于调动对农报道从业人员的积极性。与此同时,对节目收视率下降和节目质量长期在低水平上徘徊的从业人员,扣发奖金和待岗培训或离岗培训,直至退出另行安排。仅 2009 年年底,就有 3 名从业人员被问责处罚。这种完全企业化的管理机制,也促使一些人不敢职业倦怠,自觉纠正华而不实的浮躁作风。①

---

① 陈亚军.地方电视媒体对农报道的创新趋势[J].中国广播电视学刊,2010(07):88-90.

第五章 从农村信息传播的低效看对农广播电视的缺失

——以浙江衢州农村为例完成的调查报告

第一节　浙江衢州农村广播电视传播的调查背景

　　"三农"问题始终是中国社会主义建设过程中的重中之重,中央一号文件也已连续六年聚焦"三农"问题。由此可见,拥有 7 亿人口的广大农村地区经济能否发展,不仅事关农民生活品质的提高和农村社会的稳定,也直接关系到农村经济的持续发展,更关乎整个社会的长治久安。然而,从传播学研究的层面看,农村地区一直是该领域的薄弱环节,迄今为止还没有出现过任何针对城乡差异、农村实际的传播学实践和学术探究。就微观层面而言,当前的农业信息传播机制与农村区域的广阔及农民数量的庞大还存在着巨大的落差,关于对农信息传播的研究仿佛是尚未开发的处女地。对此,本课题以 2009 年中央电视台报道的"学费橘"事件为切入口,从农村信息传播的角度针对对农广播电视的缺失做一次区域性的实地调查。

　　2009 年 2 月,浙江传媒学院衢州籍某学生因家里万斤橘子难以销售出去而不得不寻求社会援助来筹措学费,此事吸引了媒体的关注并引发了广受社会关注的"学费橘"事件,最终使得滞销的万斤橘子得以顺利销售。虽然从表象上看,该事件的起因是金融危机之下橘子需求量大幅下降,且 2009 年全国各地普遍迎来橘子收成的"大年",以及四川广元橘蛆事件所带来的负面效果,使得衢州的橘子也遭受到了滞销。但其本质原因却是农村地区信息传播缺位的问题:一方面是广播电视等媒体对农村市场信息把握、获取和传播得不充分;另一方面是橘农获取市场信息渠道的匮乏,从而导致了衢州橘农的经济利益受损。针对这一典型事件,结合对农村广播电视传播的实证考量,课题组从 2009 年暑期开始对衢州的农业生产进行了密切关注,并以浮石、杭埠和石梁这三个经济发展水平相差明显,但均遭遇橘子严重滞销的乡镇为调查对象,根据预先设计的调查问卷,采取结构式访谈的方式,对三个地区的部分农民进行了一对一面访,并由访问者逐一现场代笔填写问卷。以下为问卷样卷。

关于"衢州媒介的传播对农业科技推广影响的研究"调查表——以衢州桔农为例

　　老乡,你好!

　　我们调查的目的主要有以下几个:了解咱们桔农是怎么知道关于柑桔科技方面的信息的;桔农最信任的接受信息的方式是什么;农业技术给桔农带来了什么好处;了解桔农对农业新技术的认识,了解采访现状等。这次调查,答案对错都没关系,也不需要留姓名,调查的结果将作为我们大学生课题研究的一个重要部分,我们希望能从大学生的角度尽力为桔农们做一点力所能及的事情,请大家放心答题。

　　谢谢!

　　基本信息

　　年龄_____　　　　人均年收入_____　　　　文化程度_____

　　请在您认为合适的选项上打钩"√"

　　1. 老乡,你最相信以下哪种媒介告诉你的种植信息呢?（可以多选）

　　① 电视　　　　② 广播　　　　③ 网络　　　　④ 报刊　　　　⑤ 图书

⑥ 宣传册　　　⑦ 熟人　　　⑧ 领导　　　⑨ 种植大户　　　⑩ 手机

⑪ 技术专家　　⑫ 村里的公告栏　⑬ 其他

2. 你决定采用一项新技术时,谁起了关键作用?（可以多选）

① 电视　　　　② 广播　　　　③ 网络　　　　④ 报刊　　　　⑤ 图书

⑥ 宣传册　　　⑦ 熟人　　　⑧ 领导　　　⑨ 种植大户　　　⑩ 手机

⑪ 技术专家　　⑫ 村里的公告栏　⑬ 其他

3. 老乡,你觉得以下哪种方式给你讲解种橘子的技巧你最能听得懂?（可以多选）

① 电视　　　　② 广播　　　　③ 网络　　　　④ 报刊　　　　⑤ 图书

⑥ 宣传册　　　⑦ 熟人讲　　　⑧ 领导　　　⑨ 种植大户　　　⑩ 手机

⑪ 技术专家　　⑫ 看村里的公告栏

4. 种橘子的过程中如果遇到技术问题,你一般会去问谁?

① 技术员　　　　② 邻居　　　　③ 村长　　　　④ 村里的种植大户

⑤政府部门的同志　⑥ 自己看电视　⑦ 自己听广播　⑧ 自己买报刊查阅

5. 老乡,你平时看不看《农技 110 特快》这档节目?

① 必看　　　　② 常看　　　　③ 偶尔看　　　　④ 不看

6. 老乡,你觉得电视节目里的农业节目（以《农技 110 特快》为例）对你实际种植橘子帮助大吗?

① 帮助很大　　② 帮助较大　　③ 帮助很小　　④ 没有帮助

7. 当村里通知听广播时,你会经常去听吗?

① 常听　　　　② 有时听　　　　③ 很少听　　　　④ 不听

8. 老乡,你平时是否阅读《农家报》呢?

① 必看　　　　② 常看　　　　③ 偶尔看　　　　④ 不看

9. 老乡,你觉得《农家报》中讲述的农业知识对你实际种植橘子帮助大吗?

① 作用很大　　② 作用较大　　③ 作用很小　　④ 没有作用

10. 老乡,你家里有计算机吗?

① 有　　　　② 没有　　　　③ 有一台以上

11. 老乡,你会经常使用家里的计算机上网吗?

① 每天都会　　② 偶尔会　　③ 不怎么用　　④ 不会

12. 老乡,你是否会使用计算机来寻找农业信息?

① 会　　　　② 偶尔会　　　　③ 不会

13. 老乡,你相信网上传播的农业知识吗?

① 完全相信　　② 不太相信　　③ 不相信

14. 老乡,你是否有手机?

① 有　　　　② 没有

15. 老乡,你经常使用手机吗?

① 离不开手机　② 经常用　　③ 很少用　　④ 不用

16. 如果有机构天天向您发送有关农业的信息,你乐于接受吗?

① 很愿意　　② 随便　　③ 不太愿意接受　④ 不愿意

本次调查共交付访问者 150 份问卷,完成问卷 147 份,经核实,其中有效问卷为143 份,有效问卷回收率占回收问卷的 95.33％。

本调查总共分为三个部分,以大量访谈得来的资料从上而下地阐述了衢州市政领导下的技术信息传播渠道建设情况,以调查得来的数据和农民真实言论从下而上说明技术信息在农村传播的实际现状,最后以传播学理论知识来分析农业技术信息传播所遇到的现实问题。

第二节　衢州市对农传播的架构与效果分析

一、从自上而下的角度看,对农信息传播的立体覆盖网络和体系已初步形成,作用发挥得很好,潜力巨大

衢州市作为浙江省主要的农业生产地,在全省范围内率先建立了较为成熟的农业技术信息发布渠道。在实地考察中,调查组先后调查和采访了衢州市农业局、衢州市"农技110"、《衢州日报》、衢州电视台、浮石街道村务服务中心 6 个不同的机构、组织,得出衢州地区农业技术信息传播机制的总体情况是:以政府、农业局、"农技 110"为代表的组织传播方式,负责统筹领导整个传播机体的运转;以衢州日报集团《农家报》、衢州广播电视总台新闻综合频道《农技 110 特快》栏目和乡村广播为主的大众传播方式,负责将大部分可以进行媒体操作的农业政策转化为视听节目;另外还有通过手机短信与网络建立的"农民信箱",可进行点对点的传播;此外,还有利用农机专家和农机人员等专业人士的一对一的人际传播等多种传播形式和手段。综上所述,衢州地区的传播体系从组织建构和体系建设上看是完备和健全的,基本上形成了一个自上而下、层次鲜明、受众明确的"树状"的农业技术信息发布机制和传播体系。具体情况如下。

1."农技 110"

衢州市委、市政府于 1998 年 11 月创办的专为农业、农村、农民提供快捷便利和科技信息服务的机构。其特色主要体现在以下三个方面。[①]

(1)"三线一通"咨询平台:"三线"是指农技 110 现场电话热线、网上咨询在线、专家手机连线。市、县、乡三级"农技 110"中心配有农技专家,接收来电、来人咨询和网上在线咨询,同时聘任 200 多名专业农技人员为场外咨询专家,将他们的专业和手机号码向社会公布,手机免费接听来电,随时接受农民咨询。"一通"即 114 号码百事通,农民只要拨打 114,114 号码百事通就会自动转接到有关专家。

(2)"三电一报"信息渠道:"三电"即包括网络发布信息、电话发布信息、电视发布信息。一是利用农技 110 网站、浙江农民信箱和其他有关网站发布各类信息。二是开通了虚拟网、手机上网和手机短信服务。短信发布平台由农技 110 和移动公司、联通公司合作建立。

①　衢州市统计局.2008 衢州统计年鉴[M].北京:中国统计出版社,2009.

短信内容有 28 类,用户根据需要各自选订。三是在衢州电视台播出《农技 110 特快》节目,每周一、三、五首播,二、四、六重播,收视率在衢州电视台自办节目中名列前茅。"一报"即指衢州日报社发行的《农家报》。

(3)"三训一教"培训项目:"三训"是指农业技术培训、职业技能培训和网络培训。具体包括:一是推广先进的无公害技术、农产品质量安全技术、特色绿色农业、动物防疫、计算机操作等实用技术的培训,每年培训 5 万人次以上;二是以转移农村劳动力为目的的农机维修、农村能源技工、厨师等培训,全市农业系统近三年来共培训 5 535 人;三是以扩大培训覆盖面为目的的网络培训。农技 110 网站开通了影视频道,有 121 部农业科教影片和家政服务人员、保安员、餐厅服务员、宾馆服务员、物业管理员、电子操作、电动缝纫工等 7 个工种的多媒体培训教材。所谓的"一教"是指依托农业广播电视学校开展农业方面的学历教育,现有在校生 1 300 多名,以提高农民朋友的文化和农业科技知识。

2.《农家报》

周报制,衢州日报社主办,1999 年创办。单、双周分别为 4、8 版,现为半面彩印。发行量达到 13 万份,订报价格为 13 元/年(52 份)。定位为非营利性报纸,对象是衢州地区的农村、农民和乡村。

3.《农技 110 特快》

该栏目创办于 2010 年,周一至周四每天的 18:50~19:00(时长 10 分钟)播出,并且每天重播 5 次,平均收视率为 1.0 左右①,由衢州电视台主办,市、县农业、林业、水利、药监、气象、粮食等十多个相关部门协办,并由市农技 110 集团的专家组以及众多有丰富实践经验的农技专家提供技术。栏目定位为非营利性节目。现有栏目专供采编人员 4 人,专职主持人 1 人。该节目是衢州电视台在新闻综合频道黄金时段推出的一档专门为当地农业、农村和农民服务的电视社教栏目,较好地满足了广大农民对科技和信息的强烈需求,对当地农村经济的发展、科技进步起到了积极的作用,主要内容包括:宣传对农新政策、介绍农业新技术、推广优新品种、实时农事提醒以及为农民建立市场信息平台。栏目形态为板块组合,设立了《天天农事》、《致富经》、《连心桥》等小栏目。栏目推出后,立刻在全市乃至江西省部分地区、金华市、建德市、遂昌县等周边农村引起强烈反响,受到了广大农民朋友的广泛欢迎和农技干部的一致认可,被称为"天天见面的教授"、"农民伯伯的 110"。针对《农技 110 特快》节目,原衢州市委书记蔡奇(现任浙江省委常委,组织部长)给予较好的评价,蔡奇部长指出:"《农技 110 特快》是农民喜闻乐见的好栏目。"时任浙江省委宣传部部长陈敏尔(现任浙江省常务副省长)也给予充分的肯定:"衢州市创办《农技 110 特快》电视栏目的做法和经验很好。"课题组通过调查发现,自上而下的技术信息通道发展潜力巨大。

可以这么说,衢州市自上而下的技术信息传播的立体覆盖网络和传播体系体系已初具规模,无论是组织传播还是大众传播都在当地农村有效的肩负起了其应尽的责任与义务,发挥着积极的作用。

---

① 数据由衢州电视台提供。

二、从自下而上的角度看,信息传播的实际效果不容乐观

根据经济层次的划分,调查组选择了衢州市的航埠、石梁和浮石这三个镇进行实地考察,此选择依据是来源于当地政府网站提供的各乡镇人口规模、经济水平等数据。其中,航埠镇在 2006 年被评为"经济强镇",在衢州地区属于较发达的一类镇;石梁镇于 2004 年开展"百村整治"工程,到 2007 年时,全镇已有 3 个村基本完成示范村建设任务,是一个正在进行新农村建设发展的镇;而属于衢江区的浮石街道是一个较为落后的镇,经济水平以及发展状况都不如前两个镇,农民的生活水平也相对较低。课题组通过对这三个镇农民进行一对一的面访,了解到衢州农村地区信息传播的实际情况并不十分理想,尤其是针对橘农的技术信息传播与实际接收效果更是不容乐观,具体表现在以下几个方面。

1. 农业政策信息传播力度的不足与深度的不够

政府农业政策在下达后应当不折不扣地执行,但课题组在考察调查中发现农业政策信息传播力度的不足与深度的不够,使得农民并没有切实有效地去执行相关农业政策。例如,当地政府推出了"三疏二改"政策,所谓"三疏"是指疏树、疏枝和疏果,"二改"是指改土和改水。应该讲当地政府十年前就已经意识到农业产品的品质提升和产业转型的必要性问题,并及时提出了"三疏二改"切实可行的方案,但到 2009 年当地民众才开始出现一定程度的响应。更为尴尬的现状是:一方面大部分农民虽已知晓相关政策,但在实际生活中却固守着原有的种橘经验;另一方面大部分农民认为"三疏二改"虽然可以提升柑橘品质、进而拉高出售价格,但在短期内却无法弥补"三疏"所造成的产量上的直接损失,而且当地的土质与灌溉条件不适合于"二改",也没有财力去进行改良土质和转变灌溉方式。可以说,衢州地区对农政策、对农技术信息的传播虽然具有了一定的超前性和覆盖性,但其传播的影响力与渗透力远没达到农民的实际需求层面,缺乏有效的贴近性。另外,关于"农民信箱"这一新媒体,有 80% 的农民对于农民信箱免费发短信的举措毫无所知,在此基础上仅有 11.89% 和 7.69% 的人选择了"愿意"或者"随便",其主要原因是很多年纪较大的农民看不清手机上的短信。可见,政策传播说服力和有效度还没有实现传播应该有的良好效果。

2. 农业技术信息传播公信力的缺失

农业技术信息是农民增产增收的基础与保障,是农民最需要、最愿意获取的信息之一,但衢州地区的农业技术信息却遭遇了公信力缺乏与渠道不畅的问题。例如,《农技 110 特快》的节目与种子公司、化肥店有着密切的合作,其节目的编导们本意是想借助农民对电视媒体的较高信任度,通过节目的介绍与宣传,使农民能更准确、更便捷地到相关商店进行购买。但在农业技术推广过程中,也依然遭遇到了诸多沟壑。据浮石街道农技 110 种子、化肥站的负责人介绍,他们向农民推荐新的品种、化肥时,农民有时也会觉得他们是出于赚钱的目的。而对于人们津津乐道的农技员,在很多欠发达的农村是没有常驻的,有不少村民直接表示"很相信农技员,但没见农技员来过"。在调查中我们感到农民朋友宁可相信相关农技员的片言,也不相信广播电视节目中系统传播的农业科普技术和知识,由于传播的主体广播电视的记者和编导本身对农业技术和农业知识的浅层了解和把握,使节目的传播失去了一定的公信力。

3. 农业信息传播中信息不对称、收费服务问题与公益需求之间存在矛盾

在市场经济的环境下,大部分农民对公共传播的《农技110特快》节目很感兴趣,认为每期节目的内容很充实,但关于衢州农业最为重要的柑橘产业的信息太少,并不总能获得最想知道的信息。与此同时,对于公共传播的对农节目,不少农民觉得有些内容脱离了他们的实际,觉得"电视上的那些要求我们达不到",久而久之也会产生疏离感。从调查结果显示,同电视一样,广播也存在着内容选择不当以及不能有效传递信息的状况。尽管衢州市2004年农村广播入户率已达到45%,2003年已有衢州市柯城区沟溪乡等27个行政村实现了村村通广播,新架广播干线80千米,22个行政村开通有线电视,新增用户3 166户。但当前这些大众媒体对农技信息的针对性和实际传播效果仍然有较大的局限,并且不能为广大农民所用。例如,航埠镇的农民张某举了这样一个例子:"今天我家橘树长虫子了,我不可能马上从电视上、广播里或者是看报纸知道该怎么办,你说要我每天看电视把要点记下来,我们农民这么忙,哪有这个时间啊。所以这些东西我们只能有空的时候看看,但是实际的作用真的不大。"也就是说,在大众信息传播的整个过程中,信息的传播率、针对性与实际有效接受率不相符,存在着严重的脱节现象,由媒介发布或政府通过媒介发布的信息都无法被农民直接接受。此外,广播的播出时间也有待商榷,如果没有针对性的播放信息,不仅起不到传播的作用,更可能会让农民产生厌恶感。尽管政府在广播宣传上下了很大的力度,同时也正努力推广着农村广播系统建设,广播的播出时间以及实际效果仍需因地制宜。另外,还需要特别说明的是,在落后的农村地区,不少村民还是不识字的文盲。如在衢州市航埠镇调查时,不少村民,尤其是上了年纪的中老年妇女,都表示:由于自己并不识字,无法从《农家报》中获取信息。这无疑是农技信息传递的过程中信息不对称传播无法避免的又一个现实问题。

此外,农业信息在传播过程中收取一定的费用是正常之举,可保证相关运营的可持续开展。但我们在调查中发现,农民当前还普遍倾向于接受公益性的服务,对收费服务还没有建立起正确的认识。例如,橘农们普遍喜爱《农家报》,也愿意看《农家报》,但13元一年的定价却阻碍了很大一部分农民浏览《农家报》。省钱、赢利是农民典型的权衡问题的方式。"我希望村委会里订一份,想看的人就去那里看。"这是不少农民的心声。对于低价的《农家报》还好,若是价格高昂的专业农技杂志、书籍,农民们更希望能通过集体购买、相互传阅的方式,让他们能密切接触最新的农业信息。

三、衢州农村信息传播脱节现象的数据分析

从调查的现状来看,在衢州农村区域,众多的传播途径和基于政府农技培训的立体网络结构已解决了农民信息相对空白的问题,衢州农民接受信息的途径以及各传播媒介的普及情况理应是相对完善的。但在实际调查过程中,我们发现有很大一部分的农民还面临着信息缺乏的困境,分析其主要原因是:对农信息传播的低效,使媒介传播在农村传播中不能完全发挥其优势,导致最终农民信息接收率以及运用信息率不高。具体数据分析如下。

1. 电视

在当下的农村地区,电视和广播依然是大众传播的主要载体。在对衢州农民的农业节

目的电视调查中,《农技 110 特快》节目于周一至周六的黄金时段播出,每周 3 期,每天重播 5 次。就播放频率而言,这档节目已经远远超过了其他节目,同时衢州农村约有 75% 的农民知道这档节目。根据课题组的调查,其实际的接收效果如图 5-1 所示。

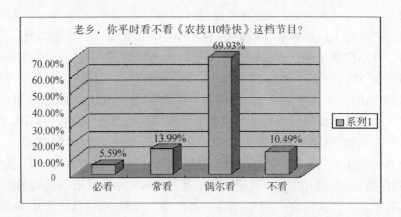

图 5-1 农民收看《农技 110 特快》程度的调查

从图中可看出,必看《农技 110 特快》节目的人占被调查人数总量的 5.59%,常看的有 13.99%,偶尔看的有 69.93%,不看的有 10.49%,这就意味着尽管衢州当地已经拥有比中央电视台的农业节目更有针对性的电视节目,但农民对节目实际接收率仍然很低。

为了更清楚地说明此问题,调查组还对节目的实际收视效果做了问卷调查,具体数据统计与分析如图 5-2 所示。

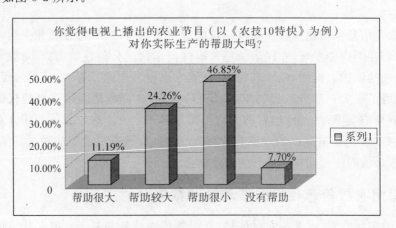

图 5-2 《农技 110 特快》对农民作用的调查

从中可看出,尽管《农技 110 特快》等电视节目已经有广泛的知明度,但是其实际的接收率以及节目效果仍然不高。在我们对部分农民实际访问中了解到,电视上讲授的种植知识对种橘大户比较有效。但作为散户,水源、土质以及农化肥条件都不可能达到电视上的要求,对实际的种植帮助不是很大,只能给大多数散户提供一定的意见,却没有现实模仿的可操作性,因此不会很经常地去看。由此可得出,《农技 110 特快》等电视节目实际上对农民的引导作用依然较小。进而,我们也选取央视和省级频道的一些较有影响的对农电视节目,向农民观众进行面对面、一对一的调查,发现农民观众对这些节目的实际效果并不认同,普遍认为其内容的实际操作性与针对性并不强,并没有切实考虑到大户以及散户的实际需要,没能进行行之有效的帮助、指导和服务。

2. 广播

在农村地区,广播依然是农民获取信息的主要渠道之一。为具体了解村广播实际发挥的作用,调查组对有广播的两个村子进行了村广播使用效果的调查,具体数据如图 5-3 所示。

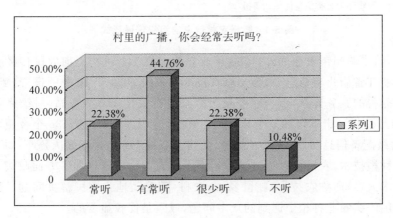

村里的广播,你会经常去听吗?

系列1

图 5-3　农民收听广播程度的调查

从以上数据可以看出,农民"有时"听广播的比例较大,"不听"的很少,也就是说,广播作为跟电视一样比较常见的传播方式,在农村的受众面仍然较广。为了进一步了解农民对广播信息的接收效果,课题组对石梁镇及航埠镇的受访农民进行了进一步深入调查,结果显示:一般村广播播放的内容都是天气预报等与农产品无直接关系的内容,在橘子丰收的时候,也会播放橘子的市场信息,比如村口有人收购橘子等信息。但是,这些信息播出的时候,往往也是家里的主要劳动力在田里农作的时候,消息实际的传递率很低。同时,我们还了解到,大多数农民都嫌装在家里的村广播太吵,且多数时候广播的内容与农业无关。例如,石梁镇一王姓农户,因为觉得广播太吵,将自家的广播线剪了。

3. 组织

组织传播也称团体传播,是指组织成员之间或组织与组织之间的信息交流行为,其方式主要有自上而下、自下而上和横向传播三种。由于组织传播的特性,其包含的传播方式和传播途径最为广泛。从当下的中国农村现状来看,虽然广播电视是对农村、农民普及"三农"政策和信息的主要手段和传播方式,广播电视是对农信息传播的主体,但我们看到除了广播电视的传播,农业机构的组织传播和农技专家、农村种植能手的人际传播也发挥着不可替代的作用。尤其是政府、农业管理部门运用长期形成的统备、统分农资、农技的渠道,如农业机构运用长期形成的完备的农资、农技生产渠道和掌握着一大批农业专家的资料等,在向农民宣传信息和政策方面也有着很大的优势。我们把衢州农村信息的组织传播形式概括如图 5-4 所示。

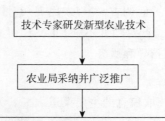

图 5-4　衢州农村信息的组织传播形式

据调查,除了衢州市农业局外,1998 年成立的农技 110 机构是向农民传播信息的重要途径。根据浙江省衢州市信息办、衢州市农技 110 集团 2004 年 10 月的报告:衢州农技 110 已形成比较完善的服务体系,市、县、乡三级全都建有农技 110 服务站,村级终端已覆盖全市 75.2% 的行政村。市本级和 6 个县(市、区)配备专职人员 38 名,136 个乡镇配备信息员 800 多人,村级配备信息员 3112 人。另外,衢州市农技 110 专门组建大篷车,每日在乡镇流动传授农业种植技术,农民可以通过当日培训了解农业种植信息和各方面政策。同时还有大量农业技术人员(通称农技员)驻留乡镇、农村,随时随地为农民解决问题。从组织传播的角度为农民解决农业种植中遇到的众多问题,成效是比较显著的。

4. 人际

在当下的农村地区,尤其是较为落后或封闭的农村地区,在推进农业信息传播过程中,人与人之间的人际传播作用更为有效,朴素的农民还是更愿意接受这种最原始的传播方式。为了更好地研究人际传播的效果,调查组对各种传播媒介的信任度、采用率以及理解度做了横向比较,数据如表 5-1 所示。

表 5-1　各主要传播媒介在衢州农村的信任度、采用率、理解度横向比较表　单位:%

媒介\选项	电视	广播	网络	报刊	图书	宣传册	熟人	领导	种植大户	手机	技术专家	公告栏	其他
信任度	38.46	8.39	11.48	18.18	6.29	3.50	42.66	13.99	4.90	6.99	39.16	2.10	20.28
采用率	16.78	4.89	4.90	2.10	7.69	2.10	47.55	14.69	10.49	1.39	18.18	2.80	20.97
理解度	25.78	8.39	2.10	16.78	3.50	2.10	57.34	14.69	5.59	7.69	18.18	3.50	20.28

注:在"其他"选项中,农民采用农药店、化肥店等农用品销售部门的比率为 17.48%,对其信任度为 18.18%,理解度为 18.88%。

从表 5-1 可以看出,42.66% 的农民更信任"熟人讲解"的方式,比大众传播中信任度最高的电视还高出 4.2 个百分点,且有 47.55% 的农民愿意采用。57.34% 的农民更理解"熟人讲解",最原始的熟人传播在所有的传播媒介中都属最高。而在此之后,除了"电视"传播外,其他最有效的传播方式就是"领导"、"种植大户"以及"技术专家"。也就是说,由于特殊的传播环境以及受众文化素质等原因,在农村,最有效并且最能够让农民听从其意见的方式是人际传播。

还值得关注的是,在上述的"其他"选项中,很大一部分农民都填上了农药店或者化肥店,其比率仅次于"电视"、"熟人讲解"。其原因是:尽管现在已经有了电视、广播甚至是计算机,但是当他们在生产中遇到问题的时候,很难通过这些媒介直接有效地得到技术信息。比如农作物长虫了,该用什么药,这些都只能去农药店问,农药店一般都会向农民朋友提供很好的建议。在衢州的农村,这种最原始的传播方式可能是一种比大众传播更有效的农业信息传播方式。有专家在"两级传播理论"中提出:"通常有关的信息和想法都是首先从某一个信息源(如某一个候选人)那里通过大众媒介达到所谓的'意见领袖'那里;然后再通过意见领袖把信息传播到普通民众那里。前者作为第一个阶段,主要是信息传达的过程;后者作为第二阶段,则主要是人际影响的扩散。"①从目前的情况来看,这些农药店、化肥店等农产品销售机构占较高比率的很大一部分原因是因为农民对他们的信任以及他们为了赢利需要增加农民的好感等,从而使他们在农村充当了农业信息传播"意见领袖"的角色。

第三节　关于农村信息传播的思考

虽然近年来我国对农传播快速发展,但总体上来说我国的对农传播仍然处于一个相对尴尬的境地。一方面对农媒介资源处于传媒机构内部,对农传播政策、对农信息把握、对农技术、对农传播人才知识等资源条件仍然相对匮乏;而与此同时,对农传播市场及其孕育的巨大产业价值又亟待打开和激发,市场体量与媒介资源的配置不成正比。另一方面,农民朋友的迫切期待和对农媒介机构的传播效度、深度以及覆盖面之间存在较大落差,使对农传播机构的公共职能又屡被诟病。探索如何提高我国对农传播的有效性已经成为传媒业界面临的重要课题。

尽管政府、媒体和农业管理部门采用了多种传播方式对农业信息和政策进行多方面宣传,但是对于农民来讲依然存在信息接收空白的现象。这种信息接收的不对称和脱节,造成对农信息的缺失现象,并主要集中显示在传播的最后一个环节。如组织传播一般是由上级通过多层次、多部门,一级一级通过自上而下的传播方式最后将信息传播给农民。但是由于多级传播过程中的烦琐和重叠,导致信息的延迟和不准确。以"三疏"政策的信息传播为例,在"三疏二改"政策的传播过程中,由于组织机构要顾及市场经济的大背景以及所推广的技术可能会产生的不良后果,因此对于那些结果不可预计性或不可准确掌握的信息无法采用强制性手段进行传播,这也导致了一些很好的政策与措施无法大力推行。又因为组织机构因为考虑到砍掉橘树改种经济作物这一建议所可能引发的众多不确定性因素,最终只能作为建议而不能强制实施,致使传播效果大大减弱。这种组织传播到最后效果并不理想,农民对如何实施"二改"还都是一知半解,更不知如何去做。综上所述,在组织传播的实际操作过程中,存在严重的断层。又比如,现在尽管也有科技下乡活动,但是时间性的传播效果相对较弱。再如浮石街道以及航埠镇等乡镇,农技员的实际指导作用很弱。在竹蓬头村调查时还发现,尽管我们在农技110看到了现场的农技员忙碌的情景,但是有近一半的农民不知道村内是否有农技员,知道农技员的农民也很少知道该怎么样去找农技员。综合

---

① ［美］弥尔顿等．西方新闻传播学名著选译［M］．顾孝华译．上海:上海社会科学院出版社,2008.

上述调查和研究,我们感受到的最重要一项的信息是:建立一个比较完善正规的对农信息传播平台,保持信息的上下通畅,进而发挥这一平台的桥梁作用,使其积极主动地做好市场与农民之间的沟通作用,把市场的需求传达给农民,将农民的需求与事实情况传达给市场,真正使农民能够安心完成生产环节,又不会与市场和销售环节脱轨,是实现对农信息有效传播的关键与核心环节。

1. 建立一个比较完善正规的对农信息传播平台,保持信息的上下通畅,进而发挥这一平台的桥梁的作用是至关重要的

必须建立市场信息通过有效途径传达给农民的有效渠道。在面临着强大的市场经济时,散户型的小群体很难适应市场规律,一旦买方市场不平稳,出现比较大的波动,农民们很难在第一时间收到,而当农民意识到时,已经出现较大的亏损。即使信息及时传达给农民,对于农业这种周期较长的产业来说,也很难做出第一时间的调整来应对市场变化,衢州地区柑橘滞销就是最有力的证明。我们大家都知道柑橘树长成需要三年的时间,而这三年时间中市场对橘子的需求变化就很大。由于市场需求变化很快,即使让农民知道现在和未来的市场信息,也不可能把刚种的橘树马上砍了。其实这就是市场信息流通不通畅、传播不到位,致使农民与市场脱节,长期导致农民只管种植不管市场需求,最后形成丰产不丰"收"的格局。调查时,农技员和农业种植能手说现在他们主要是将学习方向转为市场信息方面,而问到他们获取信息的方式时,他们说主要是通过互联网,对于外出考察这种形式几乎没有。其中原因主要是因为人员比较少,而办事处的工作量又较大,他们一是没有时间;二是没有这个平台告诉他们去哪里调查。这就说明了农技员了解市场信息的渠道非常少,主要依赖于互联网。尽管互联网这个平台是非常开放的,只要能上网的人都可以共享很多信息,但有些信息是被垄断的,这就导致了信息的不全面、信息的闭塞等问题。所以在当今技术信息传播成效较好的情况下,怎样加强农技员与农业种植能手对于市场信息的迅速获取是当务之急的事情。

2. 应加强与农民、生产和销售专家等的直接接触,提高参与广播电视的工作人员的农业知识,以提高广播电视节目传播的公信力

通过调查我们体会到,农民较为信赖的人群有:专业农业专家、农技员和农药店(种子店等)老板,而这些人正是与农民进行生产和销售接触最为直接的。农业专家和农技员给予农民最科学、最直观的技术支持;而农民要生产、要种植就必须与农药店、种子店接触,他们会听从农药店老板的建议,比如哪种药水卖得好等;等到果子成熟丰收了他们就要接触在销售上联系最紧密的代办人。不难看出,对农信息传播的效果与农民朋友的接触度、信任度有着直接的关系,农民越信任的人,他们所传播的信息对农民生产与生活的影响就越大。

3. 强化对农传播的信息与农民的实际需求的对接,以提高广播电视节目指导的针对性

通过调查我们了解到,当下对农信息的传播与农民的实际需求存在着较大的脱节,许多对农节目中所传播的内容很难被农民所模仿并操作,更无法解决农民的燃眉之急。另外,对农信息的传播者,即编导和记者都在一定程度上存在着脱离"三农一线"的问题。以橘子相关的对农节目为例,农技节目的主要内容集中在种值技术等信息上,而对市场风险

防范信息等涉及甚少,只有遭遇市场经济规律的惩罚后,人们才意识到要加强市场信息的宣传。

4. 普及市场信息观念和市场运作手段是非常重要的对策和途径

通过对农技员的访谈,我们了解到近年来农民在柑橘技术上已经掌握的比较全面,但在市场信息的掌握方面比较欠缺。而且农民主动联系市场的意识比较缺乏,大多数散户基本上是只管种植,待橘子有了收成后会被动等待地方经纪人或者一些橘子老板来收橘子。这种销售模式过于陈旧,由于农民很大程度上依赖于这些经纪人以及老板,一旦经纪人或者老板有什么变动,对农民的冲击就非常大。所以这些经纪人或者代办人很大程度上成为了他们的意见领袖。经纪人和代办人可以说在其势力范围内掌握着所有市场信息,但这种市场信息也存在着很多偶然性,缺乏完善、直观的市场信息平台,只有农技人员了解了市场需求之后,才能给农民第一时间的指导,将市场需求尽早地告诉农民,使农民在生产上不至于如此被动。农技员并不只是单纯地告诉农民该怎么种,而应该告诉农民市场需求什么,农民该种什么,然后再告诉农民应该结合市场需求去生产。代办人或者贩销户应该加强对市场信息的系统掌握,变被动为主动,变大老板联系为自己主动联系,主动将农民的生产情况反映给市场,也主动将市场需求等信息传达给农民。强化农民对市场的认识,加强农民主动获取市场信息的观念。

基于农村的现状,让所有人都掌握市场信息在目前来说还不太可能,因为这关系到农民自身素质与认识的问题,那么在少数人掌握市场信息的这种现状下,我们要积极发挥这部分人的优势,做到使这部分意见领袖先系统和较完善地熟悉并掌握市场信息,这是普及市场信息观念非常重要的一条途径。

第六章 国外对农电视节目的研究与启示

伴随着改革开放的推进及和谐社会的建构,对农电视在农村现代化建设的推进、农民科技文化素质的提高及农村生活水平的改善等方面的作用不断彰显,引起了政府的高度重视和媒体人士的密切关注。对农电视节目已开始呈现多样化、多形式化发展的态势,涌现出了一批对农品牌节目和专业频道,并取得了一定的学术研究成果。但从总体上看,国内对农电视节目盲目性和随意性的问题依然存在,对农节目的创新和对农节目学术研究的广度和深度也有待加强。

在此背景下,认真总结并深入探究世界各国特别是建设对农电视节目方面的经验与特点,尤其是美国、英国、日本等发达国家在对农电视频道及其节目建设上的成熟经验,以及印度等发展中国家在对农电视节目建设的成败得失,进而探究给予国内对农电视节目的启示,不仅能为国内对农广播电视节目的制作和研究提供参考与借鉴,也能使国内对农广播电视节目的未来发展走向更为清晰和明确。

第一节　发达国家对农电视节目概况及研究

通过梳理可知,美国、英国、日本等发达国家在对农电视频道及其节目的制播形式、运营属性、专业化和类型化等方面表现出了明显的成熟性和先进性,对我国的对农电视节目具有较强的借鉴意义。具体来说,发达国家对农电视频道及其节目大体可以有以下几个方面的特征。

一、良好的私营和公共并存的节目创作与传播模式

在电视机构的创作与传播模式上,发达国家基本上是采取私营与公共并存的双轨制模式,而在实施上又各有侧重。但无论是私营属性还是公共属性的电视机构,它们都承担着传播对农节目的功能和履行社会公益的职责。例如,美国是私人商业电视台占主导地位的国家,著名的美国广播公司(ABC)、全国广播公司(NBC)、哥伦比亚广播公司(CBC)都是商业电视台。美国乡村电视台(RFD-TV)也属于私营商业电视台,是美国乡村最重要的电视网,其创始人兼总裁 Patrick Gottsch 主要采用自己出资的方式,筹集了 1.9 万美元在美国得州的 Fort Worth 建立了这家电视台。值得一提的是,虽然 RFD-TV 属于私营商业性质,但做的却是公益性质的事情,这不仅表现为 Patrick Gottsch 创建该台的原因是感到其他电视台忽视了美国农村的情况,还表现为该台的节目是免费向观众播出的。① 美国公共广播网(PBS)是一家民间的非营利性公司,属于公共电视台性质,其制作或购买对农电视节目的资金来源主要是联邦、州和地方政府资助和通过捐赠等方式向民间筹集。② 该台的《美国的中心地带》(America's Heartland)是一档杂志类的对农电视系列节目,倾向于关注农业的未来发展走向,并试图向农民传播农业的企业化经营理念。

英国是运行公共电视模式较典型的国家,如英国广播公司(BBC),该台曾就口蹄疫、禽

①　美国乡村电视台[EB/OL]. RFD-TV. http://www.rfdtv.com/,2009-09-12.

②　美国的中心地带[EB/OL]. America's Heartland. http://www.americasheartland.org/,2009-09-16.

流感等重大涉农事件进行过深入报道。但英国也有私营的对农传播的电视台,如乡村电视台(RURAL TV)就是一家私营商业电视台。该台以节目的针对性和频道的覆盖面为依托,吸引了众多广告商在其频道上展示产品,推销服务。[①]

日本广播协会(NHK),是日本唯一的公共广播电视机构,其运营经费的主要来源之一是所收取的收视费。NHK虽然没有专门的农业频道,但是经常播放一些农业专题节目。如NHK-BSI频道曾播出专题节目《21世纪我们吃什么》,此外《周日论坛》、《彩云之南》等节目也会关注农业方面的信息。日本设有专门的农业电视台,主要特点是靠广告收入来支持,采取股份制运作,属于私营商业性质,如日本农林水产台(GREEN CHANNEL)。该台播出的内容有农业新闻、农业政策、各地食材、特产介绍、畜牧养殖、宠物饲养、环保等。[②]

二、明晰的节目制播分离形式

发达国家的对农电视制作播出形式不是由一个独立的电视台完成,而是由电视台网完成。例如,美国对农节目的生产与营销采用辛迪加的形式。电视节目辛迪加(Syndicate)是一个节目分销系统,在该系统中对农电视节目分销商把同一个新节目或旧节目的播出权分别卖给不同电视台,以"一稿多投"的办法来扩大对农电视节目的影响,增加对农电视节目的价值。辛迪加节目中最重要的形态是首播辛迪加节目,在美国,分销商(通常是节目的制作公司)每天或每周在一个固定时间通过卫星把从来没问世过的新节目传送给购买了播出权的电视台,各电视台一般也会在当天,常常是在接到节目的第一时间把节目播出去。[③]

例如,《美国的中心地带》节目不仅安排在PBS美国公共广播网播出,同时又在RFD-TV美国乡村电视台进行播出。[④] 而节目制播形式的分离在RFD-TV和RURAL TV美国乡村电视台之间表现得尤为明显,如表6-1所示。从表中可以看到,RURAL TV与RFD-TV各类型在节目的分销传播上有较高的重合度,总体上达到了83.33%,这说明对农电视节目的制作和播出有较高的分离度。但是这两个电视台的发展并未受到节目重合度高的影响,由于播出范围的不同,不但未影响节目收视率,反而增加了节目的观众数和知名度。这种制播有效分离的体制为对农电视节目的发展做出了较大的贡献并提供了切实可行的途径。

表 6-1 RFD-TV 和 RURAL TV 的节目重合情况

类 型	RFD-TV 节目数	RURAL TV 节目数	重合数	重合率
农业	23	6	5	83.33%
乡村生活	26	11	10	90.91%
马的资讯	23	8	8	100.00%
音乐和娱乐	18	11	7	63.64%
总 和	90	36	30	83.33%

注:本表的数据来源于 RFD-TV 和 RURAL TV 的官方网站。

---

① 乡村电视台[EB/OL]. RURALTV. http://www.ruraltv.tv/,2009-09-20.
② 日本农林水产电视台[EB/OL]. GREEN CHANNEL. http://www.gch.jrao.ne.jp,2009-09-20.
③ 马池珠. 基于受众中心的农业电视传播体系研究[D]. 广州:华南师范大学,2006.
④ 美国公共广播网[EB/OL]. PBS. http://www.pbs.org/,2009-09-20.

三、鲜明的制作区域性与覆盖全面性

发达国家的产业布局相对来说较为合理,各产业的区域性特点较为突出,例如,美国的康涅狄格州海运保险业较发达,马里兰州的经济主要为第三产业,加利福尼亚州的经济主体之一是农业,密西西比州近年来农业所占经济的比重不断提高。这种区域性产业布局也反映了对农电视节目制作的布局。通过在 ISI Web of Knowledge、亚马逊网站、Google 网站上的关键字检索及相关文献查找,未发现以海运保险业为主体的康涅狄格州和以第三产业为主的马里兰州有涉及对农的电视节目,而后两个州则有《加利福尼亚乡村》(California Country)和《农业周刊》(Farmweek)。另外,在以农业经济为主的弗吉尼亚州,有两个对农节目 Down Home Virginia 和 Virginia Farming。

虽然对农电视节目在制作上具有区域性的特点,但在覆盖上都力求尽可能的全面。例如,RFD-TV 的节目制作在田纳西州的纳什维尔,从 2000 年 12 月开始播出,现在已经可以在全美各地 800 个有线电视网及卫星电视上收看到,观众覆盖了 3 000 万以上的家庭。RURAL TV 位于伦敦,它的观众覆盖了英国、爱尔兰和欧洲其他地区的 1 000 多万的家庭。《农业周刊》节目由密西西比州州立大学创办于 1977 年,借助在 RFD-TV 的播出,全美的观众都能收看到该节目。《美国的中心地带》(America's Heartland)节目位于加利福尼亚州,播出区域为美国的 50 个州,迄今为止已播出了 400 多期关于粮食生产、动物饲养、服装消费方面的内容。

四、突出的频道专业化和节目类型化

虽然发达国家的公共电视台会播出一些对农电视节目,如美国 PBS 有 1 档对农电视节目、日本的 NHK 有 1 档对农电视节目、澳大利亚的 ABC 有 2 档对农电视节目,但大部分的对农电视节目还是集中在专业化的对农电视台进行播出,如美国的 RFD-TV 有 90 档对农电视节目、英国的 RURAL TV 有 36 档对农电视节目,日本的 GREEN CHANNEL 也有多个对农电视节目。出现这种现象的原因在于这些频道具有较高的专业性,具体表现为:①对农电视频道的观众群较为清晰。②对农电视频道具有较强的科技实力,例如,GREEN CHANNEL 通过卫星向全日本播送节目。③管理层具有较强的运营能力,例如,RURAL TV 的管理层是一群经验丰富的广播电视专业工作者,有着 8 年以上成功播出和运营对农电视节目的良好纪录,在节目的创作、转播和运营方面形成了一整套专业化的流程。

基于频道专业化的良好基础,发达国家对农节目的类型化工作也走在了世界前列。考察 RFD-TV 和 RURAL TV 这两个典型的对农电视频道以及《阿拉斯加电视杂志》、《乡村的家庭团聚》等对农电视节目,发达国家的对农电视节目大体可划分为四类:《农业》(Agriculture)、《乡村生活》(Rural Lifestyle)、《马的资讯》(Equine)、《音乐和娱乐》(Music & Entertainment)。"农业"类节目介绍了政策、技术和市场等方面的信息;"乡村生活"类节目介绍了食品烹饪、乡村旅游等信息;"马的资讯"类节目集中展示了马匹饲养、马术活动等信息;"音乐和娱乐"类节目关注并丰富了适合于乡村观众的精神文化生活。这种类型化的节目设置,不仅突出了对农电视频道的特点,也体现了对农电视节目的样态和个性,还稳定了节目的收视率和收视习惯。

五、有效的节目量应精且质高

发达国家的对农电视节目数量与其他类型的节目数量相比,在总体上处于偏少的状态,美国大约有 100 个对农电视节目,日本有几十个对农电视节目,澳大利亚也有数个对农电视节目。虽然发达国家的对农电视节目数量较少,但其节目质量却较高。例如,《美国的》节目所发布的意见和建议在观众当中具有很大的权威性;《农业周刊》节目曾参与了"阳光农业博览会"、"棉花会议"、"玉米会议"等重大农业事件的直播报道;《澳大利亚故事》(Australian Story)因其众多的杰出纪录片而获得过"Logie 奖",还获得过美国"媒体和平奖"。

探究发达国家对农电视节目高质量的原因,主要集中在以下几个方面:①大部分对农电视节目借助专业化的对农电视频道进行播出是节目高质量的前提,这不仅有利于拓宽节目的覆盖面,也有利于锁定节目的受众群体。②在创办对农电视节目时吸纳专业化的机构和研究人员的参与是节目高质量的基础,例如,《农业周刊》的创办得到了密西西比州州立大学众多农业研究人员的支持,《美国的中心地带》是由孟山都公司和美国联邦农业局联合创办的。③拥有一批乐于从事对农节目制作并愿意扎根基层创作的专业化人员是节目高质量的关键,例如,《澳大利亚故事》节目的工作人员获得过沃克利的杰出记者奖和摄像奖,播音员卡罗林·琼也为该节目的成功付出了诸多努力。

六、高度的节目受众细分性与节目内容针对性

发达国家的对农电视节目往往将受众群体与节目内容紧密联系在一起,有时甚至会邀请专业公司来调查节目的收视率与受众群体类型,以此来确定节目内容的选取角度和调整方向。他们一般认为受众群体划分得越细致,节目内容的针对性就会越强,而节目内容选取得越细致,则受众群体的细分就会越到位。

例如,《农业周刊》节目的创建初衷是推广并服务于农业部门的各项活动与政策,但随着农业在密西西比州经济中所占比重的不断提高以及现代化农民的不断发展,该节目的重心也逐渐转向为普通农民提供农业背景知识,为商业化农民提供经济信息;[①]《Wide World of Horses》和《Equestrian Nation》等节目则只关注对马术活动和马匹饲养感兴趣的观众;澳大利亚的《重游大乡村》节目则持续关注之前节目中播出的成功人物及其生活。从中可以看出,虽然这些节目的受众群体较为单一,受众数量也较少,但凭借着节目内容针对性强的特点,不仅扎实地维系了原有的固定受众群体,而且稳步地提升了节目的影响力与知名度。

综观发达国家的对农电视节目,它们实施私营属性与公共属性并存的体制模式,推行制播形式的有效分离,注重节目的全面覆盖,强调频道专业化和节目类型化,强化节目质量而非数量,关注受众的细分和内容的针对性。相信这些特点可以为国内对农电视节目提供参考与借鉴,从而走出一条更成熟、更完善的对农电视节目发展的新道路。

---

① 农业周刊[EB/OL]. Farmweek. http://www.rfdtv.com/shows/farmweek.asp,2009-09-15.

第二节　印度等发展中国家对农广播电视节目概况及探究

认真总结并深入探究世界各国特别是发展中国家在建设对农广播电视节目方面的经验与特点,对于同处于发展中国家的中国来说,显得尤为迫切和有价值。通过浏览印度、巴基斯坦、尼泊尔以及南非等部分非洲国家的农业部网站和广播电视网站,以及检索 ISI Web of Knowledge、亚马逊网站、Google 网站,并在此基础上进行概括和梳理,可以看出发展中国家在对农广播电视节目的观念、对象、规模、实施方式、推广策略等方面都处在逐步提高和进步的过程之中,大致可概述为以下几个方面。

一、在对农节目的观念上,逐渐重视对农广播电视节目的渗透和传播

农业在发展中国家的国民经济中占据着重要位置,但其在对农广播电视节目发展观念上长期以来是一种随意放任的态度,既没有在政策上予以有效倾斜,也没有在资金上给予大力支持,致使绝大多数的发展中国家没有专门的对农广播电视频道,对农广播电视节目数量和播出时间与其他类型节目相比也相对较少,进而导致了农民获取信息的匮乏和农业生产技术的薄弱。像印度这样一个国家,2/3 的人依靠农业,1/4 的国内生产总值由农业贡献,但包括印刷和电子媒体在内的农业报道却不到 2%。[①] 究其轻视对农广播电视节目作用和意义的深层原因,是发展中国家受经济文化水平普遍较差和广播电视技术手段普遍较弱等客观因素的制约,从而无能力甚至无法意识到对农广播电视节目能够在农业推广和农民素质提升方面产生积极和深远的影响。

进入 21 世纪后,伴随着经济的全球化和信息技术的日新月异,发展中国家逐渐认识到大众媒体具有推动农业发展的作用以及大众媒体在农业传播中依然冷漠的事实。为此,印度、南非、菲律宾等发展中国家进行了自上而下的推进,由国家农业部门牵头,利用庞大的电视广播网络来加强对农节目在农业中的渗透和传播。例如,南非政府在农村地区电信设施不足的情况下,借助无线电广播和卫星电视着重向农村妇女提供农业信息,并在南非广播公司 2 台(SABC-2)设立了《今日农业》(Agriculture Today)电视节目,主要目的是教育和培训具有现代意识的农民。[②] 菲律宾为了鼓励从事农业报道的新闻工作者而设置了"BRIGHTLEAF 农业新闻奖",包括最佳农业电视节目奖、最佳农业广播节目奖等十个奖项,目前已举办了三届。[③] 巴基斯坦农业部门把大众媒体支持农业经济繁荣作为政府农业政策的重要组成部分,并认为通过电视、广播、报纸和杂志等大众媒体向农民传播农业技术

---

①　Mass Media Supportto Agriculture Extension[EB/OL]. Government of India. http://agricoop. nic. in/NOTE%20ON%20MASS%20MEDIA%20SCHEME. htm,2009-11-12.

②　Agriculture Today[EB/OL]. SABC-2. http://www. sabc2. co. za/show_details. cfm? iid=6054&pid=18289,2009-11-12.

③　About The Awards [EB/OL]. The Bright Leaf Agriculture Journalism Awards. http://www. brightleafawards. com/about. html,2009-11-12.

是较有效的传播方式,其中借助电视媒体传播最为普遍和有效。① 这些国家所做出的努力与尝试表明,对农广播电视节目能够推动农民、农业和农村的进步已逐渐成为发展中国家的共识。

二、在对农节目的对象上,日益关注农村受众的不同需求与区域差异

发展中国家的农村有着人口众多且分散、地域广阔但偏远的特殊性,这给对农广播电视节目的传播带来了巨大的挑战。因此,各个国家都把满足农村受众的不同需求和克服农村区域的差异作为发展对农广播电视节目时优先考虑的目标。从具体国家来看,印度的"基于大众媒体支持的农业推广"项目设定了五个目标:①要建立覆盖全国性和农业议题广泛性的广播节目,并突出对边远地区和边缘人员的重点关照;②要在不同时段重复播出对农节目,从而实现为不同的受众群体提供相应的便利;③要根据传播区域的语言差异,有针对性地开设方言类对农节目;④要发挥电话在直播中的功能与作用,以便观众直接参与到节目的直播中来,形成有效的互动;⑤要执行能力体系建设和培训的方案,以提高节目编创人员、农业推广人员、农业基层工作者以及其他相关人员的知识和技能。②

巴基斯坦当前的对农节目主要是在巴基斯坦电视台和巴基斯坦广播公司等公共机构进行播出,其未来的发展方向是创建公私合营的播出模式,并设立对农电视频道和广播电台。它在大众媒体支持农业推广上所制定的目标也包含了印度项目制形式中所提出的五个具体目标,但又在此基础上增加了宏观层面的目标,可归纳为:①利用电视和广播的巨大影响力,并将其打造为农业推广的重要媒介;②通过电视和广播等大众媒体来传播农业科学研究的成果,从而促进农业生产的繁荣并妥善处理粮价上涨等诸多挑战;③向科研工作者提供讨论粮价波动、气候变化和水资源短缺等农业重大问题的平台与机会。③ 这种以农村受众为中心而制定的对农广播电视节目发展目标,能够使节目更具针对性和贴近性,从而实现节目收视率和受众素质提升的双赢局面。

三、在对农节目的规模上,依然存在着对农广播电视节目数量和质量普遍缺席的现象

从外部整个世界来看,发展中国家的对农节目无论在数量上还是在质量上都与发达国家存在着较大的差距,尤其是马里、几内亚等一些非洲国家只有一两档对农节目,而刚果、苏丹等国家几乎很难听到或看到对农节目。从发展中国家内部来看,也普遍存在数量少和质量低的现象,但相对来说,印度、巴基斯坦、尼泊尔等国的对农节目还具有一些本国的特色。例如,巴基斯坦创办了《Sohni Dharti》对农电视专业频道,该频道是巴基斯坦第一家私

① General Overview of Agriculture Sector of Pakistan[EB/OL]. The Veterinary News & Views. http://www. agrilive. com. pk/downloads/index. htm,2009-11-12.

② Mass Media Support to Agriculture Extension[EB/OL]. Government Of India. http://agricoop. nic. in/NOTE%20ON%20MASS%20MEDIA%20SCHEME. htm,2009-11-12.

③ General Overview of Agriculture Sector of Pakistan[EB/OL]. The Veterinary News & Views. http://www. agrilive. com. pk/downloads/index. htm,2009-11-12.

营性质的对农电视频道,通过网罗国内外最新的农业研究成果和科技信息来帮助农民更好地实现自身的发展,也开创了巴基斯坦对农广播电视节目的私营体制。该频道的节目形式也较为丰富,包括:对话与访谈节目、农业研究节目、农民培训节目、农业新闻节目、天气预报节目和娱乐节目等。菲律宾也非常重视对农节目的质量,在"BRIGHTLEAF 农业新闻奖"中详细规定了对农广播电视节目的评价标准,推选出了"玉米工艺"、"农民的最好时光"等一大批优秀对农广播电视节目。

尼泊尔则在拓展对农节目的数量方面做出了积极的努力。目前,尼泊尔国家电台每天都会播出 15 分钟的农业节目,而一些地方电台及私人电台也会播送自己制作的农业节目;尼泊尔国家电视台从 2006 年 7 月开始,将原本每天 15 分钟的对农电视节目延长至 20 分钟;另外,农业信息交流中心的视频部门每年还制作一系列的农业专题节目,通过尼泊尔电视台播出。尼泊尔对农广播电视节目的具体情况如表 6-2 所示。①

表 6-2　尼泊尔广播电视节目表

日期	电视节目(18:30~18:50)	广播节目(18:40~18:55)
周一	成功故事	你问我答
周二	农民的问题及专家的答复	农业研究及发展
周三	农业技术	农民和专家访谈
周四	外国农业	畜牧业广播杂志
周五	农业新闻	JTA 与老太太的对话
周六	农业故事连载	商业性农业生产
周日	农业焦点讨论	农业新闻

注:本表的数据来源于巴基斯坦农业部的官方网站。

四、在对农节目的实施上,依托国际组织和本国农业部门来推动对农广播电视节目的开展

鉴于各发展中国家之间经济水平的巨大差异,各国在实施对农广播电视节目的开展方面表现出两种不同的方式。一些欠发达国家尤其是部分非洲国家开展对农广播电视节目主要是由国际组织或发达国家等外部力量进行推动。例如,联合国粮食农业组织为"马里南部农村广播复兴"项目提供资金支持,帮助马里国家制订了短期和长期相结合的农村广播发展计划,创建了 102 座地方性电视台,培训了 106 家电台的工作人员,明确了农村广播业务的运营方式。国际农业发展基金与贝宁政府国际基金会进行合作,资助了"小额信贷和市场营销计划",在该计划中广播电台被认为是面向农村人口传递营销信息的主要渠道,通过滚动播出玉米、高粱等农作物的实时价格,为农民提供最新的市场信息。英国国际开发部赞助了一项关于肯尼亚农村的媒体传播研究,用以支持和改善肯尼亚农村观众的沟通

①　Media[EB/OL]. Ministry of Agriculture and Cooperatives. http://www. moac. gov. np/media/index. php,2009-11-12.

与交流,该研究表明连续剧和新闻杂志节目最受农村观众的欢迎,也是农村观众获取外界信息的重要渠道。①

而一些经济实力相对较强的发展中国家开展对农广播电视节目则主要是由本国的农业部门进行内部推动。印度农业部门倡导借助大众媒体来进行农业的推广,为实施这一倡议,印度农业部门将向农村社区制作和传达农业节目的责任落实到了具体的相关人员身上,包括农业部工作人员、农业大学和农业研究所的科研人员,以及全印电视台和广播电台的官员。尼泊尔农业节目的制作与播出主要在农业部下设的农业信息交流中心的指导下进行。该中心主要负责向农民、农业从业人员及相关团体提供农业消息,并通过广播、电视、纸媒、网络、手机等形式传播农业信息。同时,该中心力图通过现代传播技术提升组织效率,增进农民、推广人员、专家、企业主之间的联系,从而实现以知识为基础的农业体系的合理构建。② 虽然,国际组织和各国农业部门在实施对农广播电视节目的开展上各有侧重,但从全局上看,它们分别从外部推力和内部动力上为发展中国家对农广播电视节目的普及做出了各自的努力和贡献。

五、在对农节目的推广上,采用项目制和对农广播电视节目播出相结合的策略

印度是各发展中国家当中落实对农广播电视节目传播较好的国家,这一方面是因为印度在通信技术、空间技术和远程遥感技术等方面有着相对优势;另一方面也是因为印度在落实对农广播电视节目传播时采用了项目制的形式。印度的信息技术管理部门,喀拉拉邦农业部门和喀拉拉邦农业大学共同发起了"KISSAN-Kerala"项目,主要目的是为农业推广提供相应的信息技术支持,从而更好地服务于农业的增产和农民的增收,其中创作并播出《Krishi Deepam》对农电视节目就是一项重要的信息技术服务手段。该对农电视节目在亚太电视频道每周播出一期,主要目的是提高农民文化水平,回答农民普遍关心的问题,以及向农民提供农作物收割、农业市场行情等动态信息。通过该对农节目,农民受众不仅得到了继续教育的机会,也实现了农作物出口收益的提升。③ 同时,印度还实行了"基于大众媒体支持的农业推广"项目,设想利用现有的基础设施——全印度电视台和全印度广播电台来制作和传输涵盖农业各个领域的广播电视节目,从而为农村社区带来最新的知识和信息。该项目共由四个部分组成:使用全印度电视台的高低功率发射器进行窄带播出,并借助全印度电视台的地面传输系统进行区域性和全国性的播送对农节目,在使用全印度广播电台播出《Kisanvani》对农广播节目的同时,监测和支持各类对农节目。印度"基于大众媒体支持的农业推广"项目的总投资高达 20 亿美元,能使 3 870 万农村电视家庭从中受益,也

---

① Classification by Country[EB/OL]. International Workshop on Farm Radio Broadcasting. http://www.fao.org/sd/2001/radio/country.htm#10,2009-11-12.

② Mass Media Support to Agriculture Extension [EB/OL]. Government Of India. http://agricoop.nic.in/NOTE%20ON%20MASS%20MEDIA%20SCHEME.htm,2009-11-12.

③ K. R. Srivathsan. Strategy Focussed It Facilitation of Agriculture Extension Services [J]. Indian Institute of Information Technology and Management -Kerala,2004(02):1-11.

能使 1.1 亿农村广播家庭从中得到帮助,同时也能满足畜牧业、环境、社会福利等部门的相关信息需求。在该项目中,《Kisanvani》对农广播节目在周一到周六的 17:00~18:00 之间通过全印度广播电台播出,其目的是促使印度到 2020 年时成为发达国家,根据印度广播公司的调查,有 93.2% 的人知道该节目,有 68.6% 的人经常收听该节目。《Annadata》对农电视节目采用的是孟加拉语,在每天的 6:30 播出,重点讨论与农民现实生活相关的问题,如谷物播种、温室效应等。① 印度采用项目制和对农节目播出相结合的策略来推广对农电视广播节目,较具系统性、针对性和科学性,实现了从前期节目制作、中期人员培训到后期节目监管的连续和统一。

诚然,发展中国家受到经济水平和技术条件的制约,在对农广播电视节目的发展上虽落后于发达国家,但随着各国在观念上的逐渐重视、发展目标的清晰制定以及推动策略的有效制定,并经过一定周期的努力与实践后,相信发展中国家的对农广播电视节目的数量和质量会发生改变,从而促进广播电视在推动农村面貌改观、农民素质提升、农业生产提高等方面发挥积极的作用。

第三节　国外对农电视节目传播对我国对农电视节目的启示

国外一些优秀对农电视节目所经历的实践及其所取得经验,带给我们的启示大致可概括为以下几个方面。

一、制播形式的分离,保障了节目制作和传播的有效性

美国对农电视节目的制作和播出是相对分离的,是通过"辛迪加"节目分销系统形式来完成的。这种借助"辛迪加"形式而形成的制播分离制度,能够减少播出机构在制作大量对农电视节目上所要耗费的时间与资源,便于将更多的精力投入到管理优质节目的制作、传播及甄别上来,也能促进私营节目制作机构以及个人加入到对农电视节目市场的竞争中来,拓展节目的数量和质量,最终形成对农电视节目市场"百家争鸣"、"百花齐放"的繁荣局面。

我国的制播分离制度改革开始于 20 世纪 90 年代末,推动了一批优秀电视节目的产生,但也带来了节目政治指向性模糊和内容低俗化等问题。而对农电视节目主要是服务于农民的生产和生活,较少涉及政治层面和低俗内容,这就为制播分离制度在对农电视节目中实施奠定了良好的基础。但是,由于对农电视节目创收能力较弱,效益回报较慢,市场收益难以弥补其成本支出,导致了其在制播分离上的改革进展缓慢,主要还是由节目播出机构采取制播合一的形式进行。因此,借鉴国外对农电视节目在制播方面所取得经验,国内的对农电视节目可考虑采取如下措施:①在对农电视节目交易市场的建设上,借鉴"辛迪

---

① Annadata on ETV Bangla-Agriculture And Modern Farming[EB/OL]. Calcutta Tube. http://calcuttatube.com/annadata-on-etv-bangla-agriculture-and-modern-farming/45360/,2009-11-12.

加"的形式,形成首轮、二轮、多轮以及多种节目类型、多个市场区域的对农电视节目交易网络,促使流通环节的专业化市场。②在对农电视节目创作体制上,大力推行节目制片人制度,充分发挥制片人的主观能动性,风险自负,并最终催生各种形式的对农电视节目制作公司。

二、农业专家全程参与制作,保证了节目的专业性和针对性

《农业周刊》(Farmweek)由美国密西西比州州立大学创办于 1977 年,是该州最悠久且唯一的一档对农电视节目,同时也是密西西比州州立大学以及其他机构的专家直接向农民提供有价值信息和土地管理建议的重要媒介。该节目高质量的原因在于密西西比州州立大学的农业专家参与了从节目选题、内容选择、素材编辑到节目播出的整个流程,甚至在节目播出后,农民受众还可以就如何具体实施节目中所介绍的内容而直接联系相应的农业专家。《美国的中心地带》是一档杂志类的对农电视系列节目,所发表的农业意见或建议在农民受众中间具有广泛的影响力,这一方面是因为创办该节目的机构是在业内具有较高权威性的孟山都公司和美国联邦农业局;另一方面是因为这两个机构投入了大量的农业专家参与到节目的制作过程当中。另外,澳大利亚的《重游大乡村》(A Big Country Revisited)、《澳大利亚故事》(Australian Story)等对农电视节目在制作过程中也都有农业专家的参与或协助。这种农业专家全程参与对农电视节目制作的做法,保证了节目内容的专业性,从而能更有效地服务农民受众的生产与生活。

国内的对农电视节目也非常重视农业专家的作用和地位,并且很多节目都安排过农业专家开展农业知识讲座或农业政策解读等形式的专题内容,例如,央视的《每日农经》和《聚焦三农》多次邀请中国农业大学和农业部的专家在节目中做客。但国内对农电视节目的这种做法只是单纯的重视了农业专家在节目内容呈现方式上带给受众的信赖感和权威感,而在节目选题、内容选择、素材编辑等环节则往往由不具备农业专业知识的编创人员代劳,这也就忽略了农业专家在对农电视节目整体编创过程中的不可或缺性和不可替代性,致使许多节目内容无法满足农民的实际需求,无法解决农民的现实问题。因此,借鉴国外对农电视节目在农业专家参与方面所进行的实践,国内对农电视节目可考虑采取以下措施:①加强与高校、农业研究所等科研机构的交流与合作,使对农电视节目有一个扎实的专业基础。②引进农业专家参与节目制作的全过程,使对农电视节目有一个坚强的专业保障。③建立与农业专家长期合作的关系,将农业专家与受众的互动延伸到节目播出时间之外,使对农电视节目有一个良好的受众满意度。

三、制作区域性和覆盖广泛性的结合,避免了节目创办与传播的"一刀切"现象

国外对农电视节目制作的区域分布与该区域的产业布局有着密切的联系。以美国为例,以海运保险业为主体的康涅狄格州和以第三产业为主的马里兰州没有涉及对农的电视节目,而经济主体之一是农业的加利福尼亚州和密西西比州则分别有《加利福尼亚乡村》(California Country)和《农业周刊》(Farmweek)。另外,农业经济占较大的比重的弗吉尼亚州,有《Down Home Virginia》和《Virginia Farming》两档对农节目。虽然对农电视节在

制作上具有区域性的特点,但在覆盖上都力求尽可能的全面。例如,RFD-TV 的节目制作在田纳西州,但观众可以在全美各地 800 个有线电视网及卫星电视上收看到,覆盖了 3 000 万以上的家庭;RURAL TV 位于伦敦,它的观众覆盖了英国、爱尔兰和欧洲其他地区的 1 000 多万的家庭。这种在节目制作时与区域产业布局相联系,但在节目覆盖时却力求广泛和全面的特点,避免了各地区在创办对农电视节目时不切实际地蜂拥而上,从而使人力、物力、财力等各种有限的资源能得到合适且充分的利用。

国内各区域对农电视节目的创办与传播往往是在上级部门"一刀切"的行政指令下建立的,因此,对农电视节目制作的区域分布与该区域的产业布局并无直接联系,无论是以农业经济为主的地区或是以第一、第二产业为主的地区都会有对农电视节目的存在。这种"一刀切"的做法虽然能保证区域内处于相对弱势的农民受众获取到所需的农业信息,但也带来了两方面的问题:一是在一定程度上了造成了农业经济地区节目数量严重不足与非农业经济地区节目形同虚设的两难矛盾;二是大部分的对农电视节目受到技术和资金等诸多因素的限制,只能在本区域内传播,导致了资源的浪费。因此,借鉴国外对农电视节目制作区域性和覆盖全面性相结合的特点,国内对农电视节目可考虑采取以下措施:①适当减轻乃至取消对于非农业经济地区建立对农电视节目的要求或规定,强化对农业经济地区建立对农电视节目数量与质量的要求与规定,从而促使对农电视节目的区域分布与该区域的产业布局之间的合理对应。②挑选一批质量高、代表性广的对农节目,在政策、技术和资金等方面予以重点扶持,帮助其扩大节目的覆盖范围,使更多的农民受众能够收看到优秀的对农电视节目。

四、受众类型与区域差异的关注,促进了节目的贴近性和人性化

发展中国家的农村有着人口众多且分散、地域广阔但偏远的特殊性,这就造成了对农电视节目受众的群体类型较为多样,区域差异较为明显。因此,发展中国家在满足不同受众群体类型的需求以及克服受众群体的区域差异方面予以了重点关注。从具体国家来看,印度与巴基斯坦都实施了大众媒体支持农业推广的相关项目,并设定了相似的目标:①要建立覆盖全国性和农业议题广泛性的广播电视节目,并突出对边远地区和边缘人员的重点关照。②要在不同时段重复播出对农节目,从而实现为不同的受众群体提供相应的便利。③要根据传播区域的语言差异,有针对性地开设方言类对农节目。④要发挥电话在直播中的功能与作用,以便观众直接参与到节目的直播中来,形成有效的互动。这种以农村受众为中心而制定的发展目标,能够使对农电视节目更具贴近性和人性化,从而实现节目收视率提高和受众群体素质提升的双赢局面。

我国的人口分布和地域特点与印度、巴基斯坦有着许多相似之处,因而也存在农村受众群体类型多样和区域差异明显的问题。另外,伴随着国内经济的蓬勃发展,农民的概念已从传统意义上农耕之人演变为当下的现代农民,这就意味着他们的群体更加多样化,需求更加多元化。然而国内很大一部分对农电视节目对这一客观事实还未能真正地把握,导致节目处于一种"形而上"的状态,无法近距离地贴近农民受众群体,无法人性化地服务于农民受众群体。因此,借鉴国外对农电视节目在农村受众方面所展现出来的理念,国内对农电视节目可考虑采取以下措施:①借助卫星、电话、网络等多种信息化手段,在拓宽频道

的传送范围的同时,创造双向沟通与交流的互动渠道。②细分农村受众类型。仔细研究各类农村受众生活的特点、焦点,把握各类农村受众的新变化,进而准确掌握农村受众群体的类型及其特点,从而为"量身定做"分众化对农电视节目奠定坚实的基础。③关照边远地区和边缘人员。通过重复播出,尽可能地使边远地区的受众看得到对农电视节目;或通过方言类节目的制作,尽可能地使边缘人员看得懂对农电视节目。

五、内容的集约型丰富,弱化了对节目数量的要求

从数量上看,国外对农电视节目数要少于国内,但它通过节目内容的集约型丰富,还是满足了受众的多层次需求。这种内容的集约型丰富首先表现为节目体系的合理架构。例如,属于发展中国家的尼泊尔,其国家电视台从周一到周日的对农电视节目分别是:成功故事、农民的问题与专家的答复、农业技术、外国农业、农业新闻、农业故事连载、农业焦点讨论。从中可以看出,这一节目体系在范围上包含了国内与国外,在内容上包含了农业技术、新闻、故事等,在形式上包含了互动与交流,从而弥补了节目数量不足的缺陷。内容的集约型丰富还表现为节目内容的类型化。例如,RFD-TV 的对农电视节目大致被划归为四个大的类型,这种类型化的节目,可以将节目建设的重心从节目数量转移到节目质量上来,避免内容的冗余和资源的浪费,从而更好地体现对农电视节目的样态和个性。

国内对农电视节目伴随着改革开放的不断深入,其数量有了较大幅度的增长,进而带动了节目内容的丰富。但从总体上看,这种丰富还是一种节目数量膨胀后的粗放型丰富,存在着节目之间内容重合度高、叠合度大等问题。这就造成对农电视节目无法被划分为几种清晰的可概括的类型,极易导致受众处在纷繁杂乱的对农节目环境中,很难快速而准确地寻找到符合自身需求的节目内容。因此,借鉴国外对农电视节目在内容集约型丰富这一方面的经验,国内对农电视节目可考虑采取以下措施:①梳理现有的对农电视节目,将内容相似或形式相近的节目进行归类,使受众能从宏观上了解和把握某一类对农电视节目,从而扩大节目的影响力和收视率。②整合内容相似和相近的对农电视节目,摒弃粗劣节目,集中资源向受众推广优质节目。③开展广泛而深入的调查,准确掌握某一类受众的特点与需求,并将其作为节目内容选取的基础与依据,打造"个性化"对农电视节目。

六、激励与培训措施的推行,提高了节目编创人员的素质

国外对农电视节目高度重视编创人员的素质,将其视为对农电视节目发展的核心要素,例如,RURAL TV 的管理层就是一群经验丰富的广播电视专业工作者,在节目的创作、转播和运营方面拥有一整套专业化的流程;《澳大利亚故事》节目能取得成功的原因之一就是优秀的播音员卡罗林·琼为该节目立下了汗马功劳。在此理念的指导下,各国采取了多种举措来激励与培训对农电视节目的编创人员。例如,菲律宾为了鼓励从事农业报道的新闻工作者而设置了"BRIGHTLEAF 农业新闻奖",包括最佳农业电视节目奖、最佳农业广播节目奖等十个奖项,目前已举办了三届。而印度则在培训方面投入了大量的资源,在其实施的"大众媒体支持农业推广"项目中,一个重要内容就是对编创人员进行系统的培训。目前,这一培训每年一期,目前已开展了四期,培训对象包括管理者和普通工作人员,培训内容包括农业知识培训,节目制作技能培训以及节目质量评估培训等内容。另外,在培训

结束时，还会组织学员进行研讨，共同回顾一年来对农广播电视节目的经验与不足。

国内有关对农电视节目的奖项包括由农业部和国家广播电影电视总局联合主办的全国农业电影电视"神农奖"，中国电视艺术家协会主办的"社会主义新农村建设——小康电视节目工程"奖等。这些奖项的设置对于国内对农电视节目编创人员素质提高具有重要的激励作用，但这还远远不够，因为目前国内对农电视节目的编创人员基本上是从其他类别的节目中转行过来的，在对农专业知识方面较为缺乏和薄弱；在对农节目的情感方面，存在着办对农电视节目既吃苦又吃亏的思想。此外，相关部门也没有提供常规性和系统性的培训计划来帮助编创人员再提高、再发展。这些因素都极大地制约了节目编创人员的素质提高。因此，借鉴国外在节目编创人员的激励与培训方面的措施，国内对农电视节目考虑采取以下措施：①继续发挥奖项在激励与支持编创人员的素质提高方面的作用，一些有条件的市县甚至可以增设一些专门的对农电视节目奖项。②引进一批乐于从事并善于从事对农电视节目的人才，使节目的管理与创作更具专业水平。③系统地培养与培训一批愿意扎根基层、能够"因地制宜"的开展节目编创的人才，包括在加强对管理层培训的同时，更要注重对工作在对农一线的普通电视工作者的培养与培训。

诚然，挑选国外较成功的对农电视节目去比照我国对农电视节目整体的建设与发展，难免会更多地看到国外的优秀和我国的不足，也不可避免地会出现一些偏颇和不对等，因为现实情况是国外的对农电视节目发展也存在诸多的问题，而我国的对农电视节目也有许多独特的优势与经验。但总结和分析国外一些优秀对农电视节目的经验与实践，并深入探究它们给予我们的思考与启示，必将能使国内对农电视节目得到一些有益的参考和借鉴，从而走出一条更成熟、更完善的对农电视节目发展的新道路。

第四节　国外对农电视节目介绍

1998 年，沙特农业部与沙特农业大学共同开展了一项旨在调查研究对农电视节目对沙特 Kharj 地区影响的项目。此项目通过研究农民关注对农电视节目的目的，对农电视节目区别于其他农业知识传播方式的优势，对农电视节目对农民的受益程度与社会经济变化的关联等方式来探究对农电视节目对农业生产技能、知识以及农民态度的影响。此项调查研究的主要结论有以下几个方面：[①]

（1）对农电视节目是农民获取农业知识的第二大农业信息资源。

（2）绝大多数的农民（几乎是 100%）都不同程度地收看对农电视节目。几乎有一半农民（49.7%）经常性收看对农电视节目。其中最重要的收视原因是获取新的农业知识和建议（87.8%）。但超过 3/4（77.3%）的收视观众认为节目并不适合。

（3）对于对农电视节目的形式内容，农民的选择也是多样性的。85.1%的受访农民选择农业领域的视频节目，62.4%的受访农民认为对农业节目进行戏剧性的包装更有利于节

① SALEH A. S. AL-NAMLAH. The Impact of The Agricultural TelevisionP rogram on nowledge，Skilts and Attitudes of Farmers in Kharj Region in The Kingdom of Saudi Arabia. 1998.

目的收看,另外有将近一半的农民(49.7%)倾向于电视新闻节目。

(4)受访农民最想看到的电视节目主题是如何处理近期遇到的实际问题、农业知识、市场信息以及农业互助合作。超过 3/4(78.5%)的农民对现有农业节目表示满意。

(5)对农电视节目收视率同农民年龄、家庭大小成反比;与家庭年收入、农田面积、农业活动数量成正比。

(6)在所有的农业生产进程中,观看对农电视节目在增加农民农业技能方面都起到作用。当然,农业知识的增加在程度上有所不同。在以下方面对农民的农业知识有显著影响:每种农作物的合适种植时间和收获时间。当然在其他一些知识领域也有微弱的影响,比如农业增产的最好方式和动物养殖方式、农业组织所扮演的角色、蜜蜂养殖的最好方式等。

(7)对农电视节目在提高农民灌溉技能方面起到了巨大作用。但对于另一些技能提升的帮助却是微弱的,比如,如何计划、管理、经营农业项目。

(8)总体上农民对对农电视节目持有积极态度。确切地说,70.2%的农民持有比较肯定的态度,19.9%的农民持有略微肯定的态度,只有 9.9%的受访农民抱有消极态度。影响到农民对对农电视节目看法的最重要因素是信息资源的多样性、年收入、受教育水平、家庭的大小以及农业活动。

(9)受访农民对农业电视节目的发展也提出了自己的意见和建议。这些建议包括:拍摄节目时,在田地里对农民进行访问;考虑他们提出的关于解决农业问题的意见(85.1%);使得节目更广泛、更有综合性,能够覆盖所有层面和所有的农业活动(72.9%);在节目中使用简单、清晰、直白的语句与农民沟通交流。

从中可看出,许多国家高度重视对农电视节目的作用及其所产生的影响,并开展了一系列的研究工作。下面列举了一些国外的对农电视节目频道与节目,期望能为有志于从事对农电视节目研究的学者提供一些可供参考的资料。

一、乡村电视台(RURAL TV)

乡村电视台(RURAL TV)在乡村传媒集团(Rural Media Group Inc.)旗下运营,为广大乡村人群的需求和利益服务,并为他们勾画心目中的乡村生活。该电视频道于 2009 年 3 月实现了在总部伦敦向全球播出电视节目,其观众覆盖了英国、爱尔兰和欧洲其他地区的 1 000 多万的家庭,通过大量的原创节目为观众提供了广阔的视野。

RURAL TV 的节目安排是根据播出地观众的兴趣以及收视时间习惯进行安排的。在周一到周五的中午,会重播前一晚黄金时间段内播出的节目,同时,这些节目也会在第二天的上午进行再次播出,以照顾那些有迫切需求的观众的时间。在周六和周日,RURAL TV 更是提供了长达 30 小时的节目,以便能更好地迎合每个人的收视习惯。RURAL TV 的管理层是一群经验丰富的广播电视专业工作者,有着 8 年以上成功播出和运营节目的良好记录。凭借着细致深入的节目内容以及高效专业的节目制作与管理,RURAL TV 吸引了众多的广告商在其频道上展示产品、推销服务,这也为广告商和消费者搭建了一个良好的沟通平台。

二、乡村免费传播电视台(RFD-TV)

乡村传媒集团(Rural Media Group Inc.)创建于 2000 年 12 月,总部位于内布拉斯加州的欧马哈市。该公司在 2003 年的 7 月创办了双月刊物《RFD-TV The Magazine》,内容包括节目时间表、独家新闻、公告、专题报道等。RFD-TV 是其旗下的一家非营利性的电视台,同时也是美国首个 24 小时的电视网络,为美国农村和农业的需求和利益服务。该频道通过卫星上行链路制作,从位于田纳西州纳什维尔市的北星工作室(NorthStar Studios)向美国的 50 个州播送,经由天空数字高速网络(DISH)、远程卫星服务(DISH)、时代华纳电视系统,以及新加入的有线电视系统的传送,成功地向全美范围扩散发布。RFD-TV 播出的主要节目内容有以下六个方面。

1. 赛马节目(Horses on RFD-TV)

这是一档每天有 2 小时播出时间的节目,服务于整个赛马产业,并为其提供各种不同训练机会和现场报道。该节目每天都会有一个全美最受欢迎兽医的专题报道,这些兽医在节目中亲身指导马主人和爱马人士,为他们提供一些小建议,传授一些技能。另外,直播中还会覆盖马的品种信息和各种难得的马术表演,同时还会有篝火烧烤、牛仔诗歌和其他专题节目,来满足那些有着西方国家生活方式的观众。

2. 农村/农业新闻(Rural/Agricultural News)

RFD-TV 每天都会从美国、加拿大甚至世界各地的农村、商业组织,以及美国农业部发布的新闻视频中收集大量有深度的新闻素材并予以整合,从而报道影响美国农村和农业的大小事件。其中,最具影响力的是 RED-TV 的《现场》(LIVE)和《商品包装》(Commodity Wrap)两档节目,它们通过现场观众提问或场外观众电话连线的方式,为乡村新闻工作人员、企业高层和新产品发布者提供与观众直接交流对话的机会。

3. 乡村生活方式(Rural Lifestyle)

RFD-TV 最大份额的收视效益来源于拥有小面积农场的农场主。为使美国乡村生活更加品质化,RFD-TV 为这个逐渐兴起的市场制作了一系列不同的节目和专题报道,尤其会涉及人们的日常爱好,包括流行的古董农机展示节目、蒸汽火车模型专题、家禽饲养和庄稼种植小贴士,甚至是那些以城镇为基础的网络和工作站都未报道的重大事件。

4. 音乐和娱乐(Music & Entertainment)

音乐是美国乡村文化不可或缺的部分,但电视媒体当中只有 RFD-TV 始终注重传统乡村音乐的魅力。它每天都会播送从人们的聚会地点、各个乡村原创而来的仍带有原始音乐特色的传统乡村音乐,例如,人们传统上最爱的蓝草音乐、福音音乐、波尔卡舞曲。另外,无论是古典音乐剧如《The Porter Wagner Show》、《Pop Goes The Country》,还是全新风格的音乐如《Crook&Chase》、《Ralph Emery Live》、《The Marty Stuart Show》,RFD-TV 都会为观众播放。

5. 农村青年(Rural Youth)

RFD-TV 为年轻的农民和牧场主(Farmers & Ranchers)、全国高中牛仔竞技联合会(The National High School Rodeo Association)、州立学院和大学(Land Grant Colleges and University)提供大量的节目时段和广阔的覆盖范围,并从全美各个角落收集与其相关的新闻,从而支持这些优秀青年组织的发展。

6. 牲畜拍卖实况录制(Video Livestock Auctions)

RFD-TV 的现场(LIVE)节目为所有北美养牛业者提供实价拍卖会的实况,而且还能够直播所有较高级别的牲畜拍卖会。来自全美顶尖养殖地的肉牛、人工育种牛和特种牛的拍摄方案频繁地出现在该节目计划表中。此外,拍卖各种马的实况录制现在也出现在了该频道中。

在该电视节目中的网站首页点击任何一个栏目,就可以浏览到各个节目的详细内容。RFD-TV 及其赞助商还致力于节目的高品质,打造面向所有家庭并适应家庭需要的广播新闻节目,要让整个家庭在任何时候,无论白天或夜晚都能收看到新闻。自节目播出以来,RFD-TV 收到了成千上万的邮件和来信,大致表达了以下两个方面的内容:

(1) RFD-TV 为所有人提供了关注美国乡村的好机会。

(2) 感谢 RFD-TV 始终如一地播放适合农村家庭的优质节目。

RFD-TV 在回复来信时感谢了广大观众对乡村电视网络的支持和喜爱,表达了被观众手中的遥控器选中的荣幸,并表示会继续努力向前迈进,一如既往地为广大观众服务。

三、农业专家(Ag PhD)

《Ag PhD》节目已有 6 年的历史。经常收看该节目的观众会发现,他们在 RFD-TV 电视台上看到的新闻、天气、谷物市场信息等节目往往超出了其控制和理解的范围,但在看《Ag PhD》节目时不会出现这样的状况。这是因为《Ag PhD》节目关注的是那些人们所能掌握和理解的内容,其目标是如何让农民丰收及钱袋子更加充实。

四、每日农经(AgDay)

《AgDay》节目由著名广播公司 Al Pell 创办于 1982 年,每个周末在 RFD-TV 上播出。农民和农场主通过《AgDay》来获取有关新闻、天气和市场方面的信息,并借助节目提供的实时新闻及分析,为自己的农业生产做出更好的决策。

《AgDay》节目是由一流的气象学者 Mike Hoffman 以及数支报道特定区域的节目队伍共同制作完成的,如在北部大平原的 Michelle Rook 队伍和在棉花生产带的 Erica Goss 队伍。作为农业新闻传媒的一部分,《AgDay》节目还需整理全公司的新闻资源,包括来源自农业新闻(Farm Journal)、顶尖制杂志作(Top Produce),以及 Agweb 网站的信息。

为了使每时段新闻以及一些市场动态更好地进入受众的视野,《AgDay》每天都会向消费者播送"食物和家庭"的报告。从食品安全到健康生活,该报告用各种方式展示了农业对每个人的影响。另外,该节目中的《In the country》(行走在乡村)板块通过展示美国各个乡村地区的风情和特色,吸引了越来越多的人来乡村居住和探索。

五、美国的中心地带(America's Heartland)

《America's Heartland》是一档由萨克拉曼多市的 KVIE 负责制作并由美国公共电视台发布的时长半小时的节目,其赞助方是 Monsanto 公司和美国农业局联合会(American Farm Bureau Federation)。而其他的制作和促销支持则由美国大豆协会、国家 FFA(国外货运代理)组织、全国谷物生产者协会、美国棉花理事会、全国小麦生产者协会、美国大豆委员会和美国谷物理事会提供。该系列节目促进了加利福尼亚中心地带的发展,也成为 KVIE 制作八年来颇受欢迎和赞许的节目。

《America's Heartland》节目目前已播出了五季。在整个五季的节目中,节目组的工作人员从美国以及世界的各个角落收集到了大量的信息。其中,第四季度完成了全美50个州的首次报道,在这环美拍摄过程中,不断地有令人难忘的人物和极具农业特色的地方出现。而在第五季中,该节目达到了一个新的里程碑:播出了第100集节目。事实上,该节目除了对美国农业做出积极的探索之外,也将自身的视野扩展到了更远的地方,如中国、埃及、摩洛哥等国家。因为这些国家与美国生产的小麦、谷物、饲料以及其他农产品有着紧密的联系。《America's Heartland》节目的工作人员甚至会参与到农民当中去,听他们谈论有关食品安全、可持续发展以及与第三世界国家的农民伙伴合作带来的收益等各个方面的问题。

在 2005 年,节目组开拍第一集时,就将《America's Heartland》定位为不仅仅只是一个地方,更是一种精神、一种深邃的思想所在的节目。直到现在拍摄了 100 多集和 500 多部故事后,节目组仍坚持这种定位。从堪萨斯州到摩洛哥,从阿拉斯加州到埃及,甚至是在飞机、火车和轮船上,都留下了节目组的足迹。而且,无论农民和农场主拥有的田地规模大或小、农业生产专业化或是非专业化,节目组都尽心尽力地为其提供粮食、燃料、纤维等方面的信息。在第五季中,节目组还会向这些农场主们提供给巨额的资金支持。

六、巴西农业报道(Brazil Ag Report)

巴西圣保罗班代兰蒂集团(Grupo Bandeirantes de Communicacao)和内布拉斯加州欧马哈市的乡村传媒集团(Rural Media Group Inc.)合作,推出了一项极具挑战性的电视节目计划——巴西农业报道。该计划通过 Terraviva 和 RFD-TV 这两个 24 小时的乡村电视网络,向美国南、北部所有观众报道农业新闻、重要信息以及乡村方面的专题。

巴西农业报道被安排在 RFD-TV 电视台的黄金时段播出,同时也由 Terraviva 电视台通过卫星和有线传输频道向巴西 1 亿 6 千万电视家庭播送。例如,在时长半小时的《巴西一周》(This Week in Brazil)新闻节目中,会播放来自巴西的农业新闻,而该农业新闻也会出现在 RFD-TV 的专题报道中。两家集团都从各自国家的主要农场、牲畜、赛马节目中获取信息制作成富有特色的节目,旨在通过相互播送节目来使农民和农场主获得最新的技术信息。

班代兰蒂集团总裁 Johnny Saad 表示:通过 Terraviva 和 RFD-TV 两家电视台的有效合作,使得世界上两个最大农业生产国之间建立了重要的信息交流平台,而且这种信息的互换是史无前例的。

乡村传媒集团的总裁 Patrick Gottsch 也表示：这是首次农民和农场主在自家的起居室就能自由地观看来自另一个国家的农业新闻、乡村信息以及富有深度的专题报道。他还认为与班代兰蒂集团合作是一种荣幸，因为他们共同拥有对于农业的热忱和对农村文化的关注。

通过卫星传输合作播放节目，使得收看 Terraviva 和 RFD-TV 的观众家庭数扩展到 4 亿 4 千万，而加上有线电视的即时传播，将会增加更多观众。作为协议的一方，RFD-TV 将在圣保罗建立全时段新闻部，以便与美国农业部的国外农业服务部门就近交流工作，而它在巴西设立的公司也将保障新闻报道等符合美国观众的需求。

七、养牛户节目(Cattlemen to Cattlemen)

《Cattlemen to Cattlemen》是由美国养牛户牛肉协会(The National Cattlemen's Beef Association)专门为养牛户制作的节目。该节目关注的是养牛产业、生产者教育程度和一周新闻头条以及市场动态。不管是发生在中西部的运作问题，还是发生在 Capitol Hill 上的政治问题，只要是对养牛户有着重大影响的事件，都是节目关注的焦点。《Cattlemen to Cattlemen》节目的话题包括牧群健康、牛脾气的控制、成功的高产量、矿物质的营养补充、什么是对牧群的非法妨害、牛肉新品种等。

八、加州农村(California Country)

《California Country》是一个由加州农业局联合会发布信息来源的电视节目，每周 30 分钟，自 RFD-TV 电视台开播时起，该节目就在 RFD-TV 上播出，至今已收到来自美国 50 个州和波多黎各的成千上万的观众来信和响应。它是加州发展史上一颗闪亮的新星，它为观众提供关于农民和农场主这些人们的信息和其他娱乐消遣。该节目通过绘声绘色的描述，带观众走进加州的农村社会，为观众讲食物如何从农场里来到你的餐桌上，还会邀请加州极具天赋的厨师来参与烹饪节目，同时也会增加园艺时段的节目来教授观众基本的园艺知识，例如，教观众如何采摘最好的草莓来装饰自己的花园。

《California Country》节目在 1964 年创立之初时被称为《The Voice Of Agriculture》(农业之声)，但在 1996 年时为吸引城市观众和确立一个新的发展方向而进行更名。除了 RFD-TV 电视台，加州和亚利桑那州的其他 200 多个电视台也播放该节目。目前，《California Country》节目已制作了 2 300 多集，产生了积极而重大的影响。节目组每星期都会收到大约 150 名观众关于节目评论或建议的电话和电子邮件，而且许多观众已成为《California Country》赠阅的双月刊杂志的忠实读者。

整个《California Country》团队非常享受队友间亲密合作和跨越全州到处旅行的乐趣。他们广泛收集新闻的目的是为了以一个新鲜的和令人激动的方式向农民播送信息，并确保信息传递方式的有趣，使得城市观众也愿意花时间去关注。Scott Monaco 创造了这个节目，他自 17 年前加入农业局以来就一直坚守在这个岗位上。作为节目的编辑，他的技术以及对音乐和节奏的驾驭能力，使得节目在过去几年赢得了大量的奖项。Tracy Sellers 从 2003 年开始参与节目的制作，并负责节目的主持报道，他为节目注入了活力与热情，但又不乏深度。Todd Popple 负责节目的后期工作，为每一个小节增加必要的补充。电视录影制作人 Kevin Burke,Jeff Dethlefson 以及 Elbert Mock 帮助录制所有节目过程。

九、弗吉尼亚之路(Down Home Virginia)

《Down Home Virginia》是弗吉尼亚农业局联合会(The Virginia Farm Bureau Federation,VFBF)创办的一档月播电视新闻节目,力求为观众带来重要的农业发展前景方面的观点、教育和娱乐信息。《Down Home Virginia》以实实在在地传达农民们的心声著称,过去8年来,通过 RFD-TV 上的有线电视和卫星传送,它的名字被弗吉尼亚乃至全美地区的人所熟知。VFBF 的总裁 Wayne Pryor 表示,节目宗旨是让每个在弗吉尼亚甚至是美国居住的人都能明白农业仍然是他们日常生活中非常重要的一部分,农业仍占据着整个州最大部分的产业比率,农业支持着整个世界,农业故事值得述说,而观众似乎也非常喜欢看。

《Down Home Virginia》节目的话题包括弗吉尼亚农场产业的变迁,农业旅游业的成长发展,本地粮食种植的选择性,生态环境自然规律面临的挑战以及动物权益问题对整个农业造成的极端性影响等。其他专题还包括立法问题以及农民和农业局分别谴责或支持某项提案的原因。当然,该节目也提供热议话题的专题报道,如农场家庭的遗留问题,还有一些有趣的家庭旅游建议。另外,该节目还会挑选采用大量来自弗吉尼亚州中最资深专家们的建议。例如,由弗吉尼亚农业局成员同时也是弗吉尼亚州最著名的园艺专家 Mark Viette 主持的园艺节目;弗吉尼亚种植业部门的新闻发言人,为弗吉尼亚本土农产品在餐桌的食用带去丰富的烹饪表演。

《Down Home Virginia》节目总是以"新闻时段"为开始,由 Sherri McKinney 和 Norm Hyde 共同主持报道影响农业社会的重要事件,同时他们也都要负责找寻热点,撰写文稿,编辑节目。Hyde 表示,他们只想让每个人都认识到农业对于整个州的经济仍保持着重要的影响,农业与每一位弗吉尼亚人的生活息息相关,而不仅仅只是与那些农民有关。McKinney 则表示他们会尽所能地呈现事件的本来面貌,通过多角度和多维度的报道使得观众更加容易理解和欣赏。节目执行导演 Greg Hicks 解释说:这个节目的产生首先是要引起对农业的更多关注和认识,并提供一些与农场有关的信息,例如,园艺、烹饪和天气的有效建议,他还说,给观众带来可以加以学习、利用的新闻是节目最注重的方面。

《Down Home Virginia》在过去几年间一直努力促进本地粮食种植业的发展,这也是农业局自办的拯救粮食(Save Our Food)比赛活动和弗吉尼亚农业种植部门计划的一部分。该节目制作的许多视频信息都能在 Save Our Food. org、VaFarmBureau. org 和 YouTube 网站上找到。

十、今日农业局(Farm Bureau Today)

今日农业局播出的内容是来自各州的关于农业局的新闻、专题报道及故事类新闻。每个月的第一个星期,由弗吉尼亚农业局制作的《Down Home Virginia》会播出半小时的节目,其他各州农业局包括得克萨斯州、阿肯色州、印第安纳州、伊利诺斯州、田纳西州、纽约以及来自华盛顿的农业局则在不同的星期做专题报道。

十一、农业周刊（Farmweek）

《Farmweek》由密西西比州州立大学创办，在美国 RFD-TVD 电视台进行播出。[①] 其创建初衷是推广并服务于农业部门的各项活动与政策，但随着农业在密西西比州经济中所占比重的不断提高，该节目的重心也逐渐转向为普通农民提供农业背景知识，以及为商业化农民提供经济信息。

虽然在过去的 33 年时间里，电视技术不断地发展，制作理念不断地更新，但《农业周刊》的节目形式始终未做大幅度的调整，节目内容也一直秉持着以农业为中心，主要包括传统农业、土地管理、木材加工、水产养殖等与农业相关的经济生产活动。在此基础上，每期节目还会有针对性地设立"南方园艺"、"市场分析"、"榜样人物"、"日程提醒"等新板块。其中，"南方园艺"板块主要是指导北方农民在冬季时如何在南部开展园艺活动；"榜样人物"板块主要是报道优秀的土地管理者和农业创新带头人的事迹，是最受农民喜爱的板块；"日程提醒"板块主要是告知农民"田间参观"、"短期课程培训"等活动信息。

当然，《Farmweek》在延续一贯风格的同时，也会为一些重大的农业事件而适当地做出改变。例如，在 2003 年乔治亚州举办"阳光农业博览会"时，该节目就出动了所有的员工并动用了远程制作车；在新奥尔良州召开"棉花会议"、在纳什维尔市举办"玉米会议"、在孟菲斯市召开"南方大豆会议"时，该节目也都进行了远程实况直播；有次甚至将节目的录制现场放在了密西西比州中部的一个大豆地里。

《Farmweek》的高质量来源于该节目依托各类农业组织和研究人员，并得到了农业联合会等很多专业机构的高度认可。该节目的高效率来源于其农民受众经常会为如何具体实施节目中所介绍的内容而主动联系节目制作人员，或者直接向节目中所介绍的优秀人物讨教经验。

十二、格鲁吉亚的农场监控（The Georgia Farm Monitor）

《The Georgia Farm Monitor》节目是唯一一档针对格鲁吉亚最大的产业——农业而开办的每周新闻节目。这档节目是由格鲁吉亚农业局与哥伦比亚广播公司（CBS affiliate）共同录制的，目前已持续直播了 44 年了。节目创办初期的录制地点是在哥伦比亚广播公司的录影棚，到 1978 年时，格鲁吉亚农业局有了自己的录影棚。

这些年来，先后有 16 家传播机构加入到该节目的转播队伍当中，因此格鲁吉亚的各个地区，以及美国的阿拉巴马、佛罗里达、南卡莱罗纳州、田纳西州等许多地区都能收看到该节目。在 2000 年时，这档节目开始在 RFD-TV 电视台进行一周几次的播出，这更加拓展了节目的传播范围。

格鲁吉亚农业局全国农业局（GFB）总裁 Wayne Dollar 表示：《The Georgia Farm Monitor》节目是由农业局发起的，是为了给农业工作者提供信息，给消费者讲述农业工作者的故事，他们一直沿袭着一个传统，即工作人员旅行各州，走访全国的其他地方，为农业工作者和消费者报道各种有趣的故事，一直到现在他们仍能感受到这一传统的重大作用。他还

---

① RFD-TV. Farmweek[EB/OL]. http://www.rfdtv.com/shows/farmweek.asp, 2010-11-15.

补充说："该节目能够出现在 RFD-TV 电视台——报道整个美国农村的电视网络，既是一种荣誉，也是一种重大的机会和挑战。

虽然节目关注的焦点是格鲁吉亚的农民，但全国的农业事件、消费者信息，以及乡村生活和有趣人物的专题报道也同样是节目的重要组成内容。

十三、路易斯安那州农业周刊（This Week in Louisiana Agriculture）

1981 年 9 月 22 日，《This Week in Louisiana Agriculture》与哥伦比亚广播公司（CBS affiliate）签约，于每天早上的 5：30 播出。这个由路易斯安那州农业局联盟公共关系部门制作的 30 分钟的农业节目在三个地方台播出，包括 Monroe 的 KNOE-TV8、Alexandria 的 KALB-TV 5 和 Lafayette 的 KPLV-TV 3。在 1984 年和 1986 年，Shreveport 电视台的 KTAL-TV 6 和 Lafayette 的 KPLC-TV 7 也分别开始播出该节目。如今，该节目能够同时出现在五个直播频道、三个附属有线电视台、一个直播网站（at www.cenlaweather.com），以及 RFD-TV、DISH 和 Direct TV 电视网络。在路易斯安那州制作的该节目是传输播送路线最长的电视节目。2011 年，该节目将迎来它的第 30 个周年纪念日。

《This Week in Louisiana Agriculture》的主管 Michael Danna 说："在这些年的发展过程中，虽然节目的形式有了很大的变化，但节目的宗旨和任务始终未变，那就是使观众知道农业在他们的日常生活中有着极大的重要性，即使那些不是农民的观众，也能从我们的节目中获取到有用或者他所感兴趣的信息。"

十四、俄克拉何马州地平线（Oklahoma Horizon）

《Oklahoma Horizon》是一档每周 30 分钟的节目，是俄克拉何马州农业部、粮食和森林协会以及俄克拉何马州职业技术教育部门合作推出的。节目的摄制场地位于俄克拉何马州 Stillwater 的职业技术教育部。

节目的行政制片 Rob McClendon 表示：农业正在逐渐发生改变，支持农业发展的整个社会也在变化。因此，该节目每周都会跟踪报道世界头条新闻，尝试提供潜藏在某些地方或人背后的故事，力求向观众展现世界正在发生的变化。

Oklahoma Horizon 录制了一些国际化的系列节目。例如，工作人员为了拍摄关于国际粮食的节目，从位于俄克拉何马州的公司前往波多黎各，还把前往其他国家如古巴和中国的行程放在了重要位置；McClendon 还曾飞往曾经的敌对国——越南进行采访；节目组也制作过一期关于以色列面临恐怖主义的报道。

十五、美国农场报道（U. S. Farm Report）

《U. S. Farm Report》创办于 1975 年，是一档全国性的周末主打节目，所作的报道几乎涵盖了所有能影响乡村农场各个角落的人、地、事，吸引了众多大小农场的业主，以及部分想与乡村生活和农业经济保持联系的城市观众。

《U. S. Farm Report》除了播出新闻、天气和市场头条外，还围绕全美最受欢迎和尊敬的分析家们展开专题报道和采访，此外还通过"农机轶事"、"乡村教堂"、"美国谷仓"等内容来展示美国乡村的文化遗产。

十六、古董农机展示(Classic Tractor Showcase)

《Classic Tractor Showcase》是一个长达一小时的展示节目,主要是播出美国古董农机的拉动、试开、拍卖,拥有者和一些收藏家的故事,农机模型玩具和复制品的介绍,以及一些著名的古董农机展示会等,是每一个农机狂热者必看的节目。

除了典型的农场设备,该节目还会专题报道农业行动——犁田、栽植、耕地、脱粒等。

十七、牛仔礼拜堂(Cowboy Church)

《Cowboy Church》是由著名乡村音乐歌手 Susie McEntire、她的妹妹 Reba McEntire,以及牧师 russ weaver 合作主持的一档每周 30 分钟的节目。当观众想进入专门为牛仔们开放的礼拜堂时,节目会提供长筒靴、马靴甚至牛仔帽等着装建议。Susie 和 russ 每周都会带给观众各种新奇的感受,如观看骑术表演、欣赏音乐表演、聆听令人振奋的故事,而这些都是与日渐变化的生活息息相关的。该节目的理念是:音乐会使人的心情舒畅,使心灵受到鼓舞,对上帝的爱和信任也会上升到新的高度。

十八、农民年鉴(FARMERS' ALMANAC TV)

《FARMERS' ALMANAC TV》是一档每周 30 分钟的专题节目,其主要内容涉及天气、园艺、烹饪、药品、家政、环保等知识。如今,该节目所发表的建议、忠告已超过普通专家的水平,成为观众信息获取的权威来源。同时,这些建议和忠告都能在一年年累积下来的年鉴中查到。

十九、被遗忘的遗产(Hidden Heritage)

《Hidden Heritage》节目由 Paul LaRoche 主持创作,于 2009 年 9 月在 RFD-TV 播出。该节目的选题来源于 Paul 的个人旅行经历及其与美国各行各业的人的接触。节目的主题包括:幽默事件、重要的历史元素、各种音乐元素。

二十、享受乡村生活(Living the Country Life)

《Living the Country Life》节目为观众在乡村生活的定位提供观点,并给予灵感。节目的主题涵盖了乡村居民所感兴趣的各个方面,包括:娱乐消遣、机器设备保养、烹饪和食物、园艺、庭院设计小建议、宠物与牲畜、环境美化等。

二十一、内布拉斯加州的明信片(Postcards from Nebraska)

《Postcards from Nebraska》已制作完成了接近 200 集的有着特殊意义的故事内容。虽然节目是以发生在内布拉斯加州的人物、地点和故事为背景,但美国的任何一个小城镇都能从中找到自身的影子,因此这些故事与乡村居民相关,与家庭价值取向相关,与乡村特有的幽默相关,具有较大的普遍性。当前,该节目试图吸引以内布拉斯加为总部的集团组织和商家以及当地的一些旅行社向其提高赞助和广告,从而实现向全美国的观众展现内布拉斯加州积极而美好的生活。一旦该计划成功,《Postcards from Nebraska》节目就能从全美各州搜集资料,并能每周播出一期电视节目。

二十二、欢乐时光(Time Well Spent)

《Time Well Spent》是一档由亚拉巴马州农民合作组织(Alabama Farmers Cooperative)制作的节目,每周一期,每期 30 分钟。该节目被划分为不同的节目段,分别从不同角度介绍亚拉巴马州的乡村。其中的一个节目段由 Grace Smith 主持,他带领观众了解亚拉巴马州乡村青年的朝气与活力,了解年轻一代生活的方式,以及如何从农村和农业活动中学习传统价值理念。还有一个节目段的内容涉及对特殊园艺才能的挖掘,主要是提供建议和技术指导,让园艺爱好者从简单的培植学起,通过精心修剪打理,最后收获成果。

二十三、古老的乡村生活方式(Vintage Country Ways)

《Vintage Country Ways》节目以缓慢宁静的镜头拍摄下田间以蒸汽为动力的农机、以马为畜力的耕作、翻新的泥土以及农民辛勤劳作的场景,还会以一个特殊角度展现农民们对独创理念孜孜以求的精神,从而向观众更好地展现发生在英国乡村的许多有趣故事。

《Vintage Country Ways》的每一期节目都会被剪辑成影片,由 Eddie 负责影片的编辑和叙述。一直在农场工作并在乡村生活和成长起来的 Eddie,能够准确地掌握当地人的喜好,对乡村幽默有着深厚的了解,同时又能根据客观因素和实际情况去挖掘看待特殊故事的角度,这些都使得 Eddie 能更好地运用他全新的叙述方式来吸引观众的收视兴趣。

《Vintage Country Ways》节目还制作了大量关于文化遗产的专题,这些专题会帮助观众回忆起过去的年代,感受到与现代生活节奏完全不同的一种生活方式,深度思考镜头中的风景、人、农机和动物,从而使观众完全沉浸在过去的时光当中。

二十四、赛马周刊(All Around Performance Horse Weekly)

观众在每周观看由 Sean Koehler、John Klam 和 Scott Cobb 主持的《All Around Performance Horse Weekly》节目时,都会听到这句话:"和我们一起去骑马吧。"这三位牛仔出身的主持人会带领观众,无论是生手还是专业人士,进入到有趣而又充满激情的赛马行业。

该节目以教育和娱乐为目的,为每一位对赛马技术和这种优雅的比赛项目甚至是生活方式热衷的观众提供精彩节目。除了对马术专业选手和一流马术表演者的采访外,节目还会提供合适的意见和建议,使观众能从节目中学习到如何更好地提高自身技术水平,如何更好地照看和训练自己的马。该节目深受观众喜爱,一方面是因为节目能真实而全面地展现每一位马术选手的风采;另一方面的原因是三个主持人的主持风格在给观众带来了真正的乐趣和娱乐刺激的同时,又能对赛马行业做出公正客观的评价。

二十五、骑马胜地(Best of American by Horseback)

《Best of American by Horseback》是一档带领观众领略骑马胜地的电视系列节目。该节目每周都会专门报道一个不同的骑马胜地,告诉观众如何去那里,以及观众和马匹需要携带的设备。主持人 Tom 会踏着各大胜地的足迹,向观众展现沿途的风景、走过的路途,以及旅途中经历的困难,他还会给观众指示牲畜栏、小牧场、捆绑线的位置。同时,该节目每期都会专门播出一些关于骑马旅行、马术用品等方面的信息。

二十六、HEE HAW

《HEE HAW》节目在 EST 的晚八点、CST 的晚七点、MST 的晚六点、PST 晚五点以及 RFD-TV 周日晚上播出,它为乡村音乐的发展做出了巨大的贡献,并成为一种"美国传统"。该节目创办于 1969 年 6 月 15 日,是历史上运营最久的电视节目之一,在同类型的电视节目中,它是全美国收视率第一的非网络性节目。《HEE HAW》节目最抢眼的部分是每期都会有音乐表演。表演形式有主持人之间的合作,也有众多著名歌手的演出,音乐类型有乡村音乐、现代音乐、信教音乐、蓝草音乐。

二十七、澳大利亚故事(Australian Story)

《Australian Story》是由澳大利亚广播公司(ABC)的一档节目,在星期一 20:00 首播,星期天 00:30 重播,是记录澳大利亚人故事的纪录片。这些故事主题有局限,但是注重表现澳大利亚乡村地区和临时居民的生活以及澳大利亚人。自从 1996 年 5 月 29 日开播以来,这种个人讲述故事的方法深受观众的欢迎,节目获得了很多专业方面的奖项,其中包括沃克利的杰出记者奖和摄像奖。优秀的播音员卡罗林·琼为该节目的成功立下了汗马功劳。在 2003 年电视周,《澳大利亚故事》因其众多的杰出纪录片而获得了"Logie 奖",还获得了美国"媒体和平奖"。

二十八、重游大乡村(A Big Country Revisited)

《A Big Country Revisited》是澳大利亚广播公司(ABC)第二季每周五播出的一档节目,是《A Big Country》的续版。它对在《A Big Country》节目中播出的一些成功人物及其生活进行更深层次的展现,展示的是 20 世纪 60 年代晚期到 70 年代早期澳大利亚乡村人的生活,关注的是他们对自我的人生定位和人生规划,充满着浓郁的乡土气息。从牧马人到业主,从政府官员到土木工程师,这个广播系列无所不包,对整个澳大利亚及其人民的过去和现在的情况进行了一种再现和审视。

第七章　对农电视节目可持续发展的策略研究

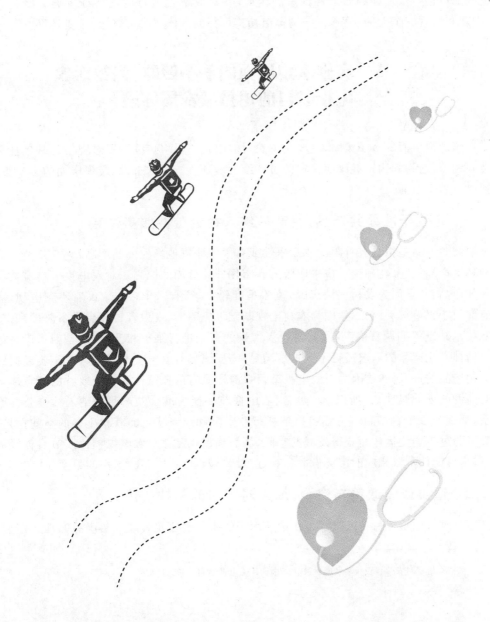

解决好、发展好"三农"工作是党和国家工作的重中之重,也是经济建设和经济体制改革的一个战略重点。而对农电视节目在这一过程中起着不可或缺的积极意义,它承担着促进城乡信息交流,加强农村舆论引导,弘扬中国特色社会主义先进文化,提高农民政治文化科技素养,发展中国农村经济等重要使命。因此,着力保持并努力促进对农电视节目的可持续发展,已成为政府相关部门以及电视媒体行业的一项重要责任。

经过几十年的建设与发展,我国初步建立了现代农业电视传播体系,产生了一些优秀的对农电视专业频道与节目,涌现了一批为广大农村受众所喜爱的节目主持人,这为解决好和发展好"三农"工作提供了强有力的支持。但在对农电视节目取得长足发展的同时,我们也应该清醒地认识到:宏观层面的政策支持、资金扶持等措施的不足;中观层面的制播方式、市场运行等思路的固化;微观层面的节目内容、节目形式等手段的单一,已成为制约对农电视节目进一步发展的瓶颈性问题。因此,将对农电视节目的可持续发展策略分为宏观、中观和微观三个大的层面,并分别提出切实可行的具体解决策略,是必要且紧迫的。

第一节 实施宏观层面的多予策略,构筑对农电视节目的可持续发展环境

实施宏观层面的多予策略,主要是解决对农电视节目可持续发展过程中的基础性和导向性问题,从而为其构筑健康而稳定的可持续发展环境。总的来说,宏观层面的多予策略,包括以下六个方面。

一、定位于准公共产品,将节目纳入社会公共服务体系

准公共产品是指具有有限的非竞争性或有限的非排他性的公共产品,它介于纯公共产品和私人产品之间,在理论上应采取政府和市场共同分担的原则。对农电视节目应被视为准公共产品,一是因为农村地域广阔,覆盖难度较大,还有八千多万农民看不到电视,需要政府部门予以重点关照;二是因为农村电视基础设施薄弱、发射台转播台设备陈旧和老化、专业技术缺乏等问题普遍存在,需要投入大量的资金进行维护和升级;三是因为广大的农村对精神文化产品的需求还得不到根本满足,需要诸如对农电视节目等具有正确导向的先进文化产品的进入;四是因为对农电视节目自身所具有的公益性和社会效益的特点决定其具有高度的公共属性[①]。所以,如果将对农电视节目视为准公共产品而纳入社会公共服务体系,那么对农电视节目一方面可以依托行政支配和政府扶持而获得生存的空间;另一方面又可通过市场化运作而获得发展的空间,从而确保在专业对农电视频道或节目创设的前提下,尽可能地争取相应的市场份额和利益,最终增强服务"三农"工作的力度和广度。

二、适度倾斜政策与资金,加大对节目的帮扶力度

鉴于对农电视节目在"三农"工作中所承担的重要责任及其准公共产品的社会定位,因

---

① 吴杰. 电视对农节目现状和发展对策[J]. 中国广播电视学刊,2005(12):36-37.

此必须加大对对农电视节目的支持、扶持和帮助力度。2005 年被国家广电总局定为"农村服务年";2007 年,中央财政安排专项资金 25 亿元用于实现全国中央广播电视节目覆盖工作;2008 年,"中星九号"广播电视直播卫星给西部边远地区免费传输 47 套高清和标清数字电视节目。而对于各级地方政府而言,可考虑将对农电视节目的发展资金纳入财政预算或进行差额补助;要求对本行政辖区无偿解决农业电视频道落地和覆盖问题;将涉农内容多寡、播出效果、形式创新等作为决定性考察因素之一。对各级电视台而言,可对制作涉农节目的记者进行稿酬上的倾斜,以弥补其采访条件的相对艰苦;上级电视台在接收下级台记者投稿时也可加大涉农内容的考核比重[①]。当然,在市场经济的环境下,在各类电视节目均有其不可替代作用的实际情况下过度的政策与资金倾斜是不合理的,也是不现实的,需要注意"适度"问题。但从总体上看,政府部门以及电视台对于对农电视节目政策和资金的倾斜力度还远远不够,还不存在"过度"的问题。

三、推进传播渠道的工程建设,延伸节目的覆盖范围

近年来,国家有关部门相继出台"广播电视村村通工程"和"西新工程"等旨在加强电视覆盖的重要举措,这为对农电视节目的广泛传播,尤其是对西部地区、少数民族地区、贫困地区的传输和覆盖奠定了坚实的先决条件。目前,这两项工程进展顺利,已使大部分的人民群众"耳朵有听头,眼睛有看头,农闲有学头,生活有奔头",但受到农村经济条件以及自然地理条件的限制,要真正实现广播电视的"户户通"和"长期通"依然存在较多的阻力。因此,考虑与其他工程如"光明工程"相结合,做到电通到哪里,广播电视就通到哪里,或者寻找其他可行的技术方案,如在覆盖盲区要采用"村村通"补点,通过卫星接收、小功率转发、小片网分配等方式,数台卫星接收机集中接收信号后,再通过多道小功率电视和调频广播发射机将接收机输出的基带信号转换成射频信号无线发射,农村用户采用开路方式接收等措施,是今后加强对农电视节目传播渠道畅通的重点和焦点。

四、提升农民的媒介素养,使利用节目致富成为农民的一种本能

农民的媒介素养指农民所具有的获取、分析、评价和传输各种形式信息的能力,是其发展的关键因素,是其有效支配有限的信息资源的根本保障。但当前有相当一部分农民的信息意识呈现出一定封闭性,主要表现为情报嗅觉迟钝,对新生事物多数持怀疑和不信任态度,认识不到信息的巨大作用,缺乏应用信息的积极性。而电视作为农民的第一媒介,在担负农民媒介素养教育方面有着不可推卸的责任,但面对着 9 亿农民受众,某一档对农电视频道或节目显然无法承担如此大的重任。这就一方面要求政府部门在整体上对对农电视节目进行综合组织和协调;另一方面也要求政府部门通过各种方式组织农民进行学习,培养他们的媒介素养,帮助他们学会分析和利用对农电视节目中的农业信息。例如,各级基层政府可以请外地的相关专家培训农民,教会他们如何判断和利用媒介信息为自己服务。另外,当地政府也应加强宣传,将媒介素养意识根植于农民的头脑当中,使利用对农电视节

---

① 薛涛,方晓红.电视媒介服务三农的途径及对策[J].新闻与传播评论,2007(12):120-124.

目致富成为农民的一种本能。[①]

五、构建金字塔形的播出结构，完善对农电视节目的布局与管理体系

目前已开通的对农电视专业频道有：中央电视台第七套农业军事频道、河北电视台农民频道、黑龙江电视台农业频道、浙江电视台公共新农村频道等 10 个频道，占全国 1853 套电视频道的 0.5％。从理论上说，中央、省以及市县开通的专业频道越多，越能系统性、立体化地传播对农知识。但在实际操作过程中，对农电视专业频道的设立需要平衡好"尽可能减少资金的消耗"与"对农民服务效果最好"两者间的矛盾。从前者看，全国设立一家即可，但这存在着针对性弱的缺陷；从后者看，县、市级最好也能建立对农电视专业频道，但这会使得耗资成几何倍数放大。因此，对农电视节目合理的播出结构应该是金字塔形的，中央电视台第七套从宏观层面传递、发布国家的方针政策，并就某些典型事件进行解读剖析；省级对农频道从中观层面宣传报道本省的"三农"信息，并与其他省份进行交换交流；市、县级对农专栏节目从微观上收集整理当地的"三农"信息，并做好上下沟通工作。所以，当前对农电视播出结构的构建应是在维护好中央电视台第七套品质的同时，推动更多省级频道的开设，以及促进更多市、县级对农电视节目的制作。

六、扶植纯专业性的对农电视频道，强化服务"三农"工作的本质属性

我国现有几个频道都是地方相关部门及领导为支持地方"三农"工作而给的特殊政策、特殊关照下办起来的，但这种特殊性往往止于频道成立。而后，对农频道就与其他类型的频道同台竞技，以收视率论成败，以创收论英雄。长此以往，其结果就是对农频道要么苦苦支撑，要么演变为"挂羊头卖狗肉"，在内容上与其他频道并无本质区别。因此，扶植纯专业性的对农电视频道，着力强化服务"三农"工作本质属性，就显得尤为迫切和必要。纯专业性的对农电视频道是指在服务对象上能以农民为中心，在内容上能紧扣"三农"问题，在形式能以农民喜闻乐见的方式呈现，在体制上能与商业性质的频道相独立。为实现这种纯专业性，一方面要加强对现有对农电视频道的监督和管理，避免其本质属性的错位或丧失；另一方面要单独设立关于对农电视频道的考核评价机制，确保其纯专业性的真正发挥与落实。

2010 年，吉林省电视台乡村频道与北方 10 省区对农电视频道联合，并借助各省区"12316 新农村"热线平台，打造对农新闻联盟，走出了一条对农电视频道专业化建设的新路子。目前，吉林电视台乡村频道已与山东、河北、陕西、甘肃等省区对农电视频道达成初步协议，于 2010 年实现北方 10 省区农村频道新闻联盟全国首创的新模式。据了解，2009 年 9 月 15 日中央电视台《新闻联播》用近 3 分钟的时间报道了吉林电视台乡村频道与联通吉林分公司、吉林省农委等单位强强合作，共同搭建对农综合信息化服务平台，并指出这一模式将首先在北方 10 省区推广。目前，北方 10 省区正在积极筹划"12316 吉林模式"的建设。[②]

---

① 张发扬. 政府为主导的对农传播模式探索[J]. 当代传播，2007(06)：108-110.
② 王占武. 北方 10 省对农电视频道组新闻联盟[N]. 中国经济时报，2010-08-07(3).

第二节 实施中观层面的放活策略，拓宽对农
电视节目的可持续发展空间

实施中观层面的放活策略，主要是解决对农电视节目可持续发展过程中的理念性和体制性问题，从而为其拓宽自由而有序的可持续发展空间。总的来说，中观层面的放活策略，包括以下六个方面。

一、不断更新节目理念，同农民受众与时俱进

经过30多年的改革开放，农民的概念已从农耕之人演变为现代化农民，农民的需求从如何解决温饱发展为如何发家致富，农民的兴趣也从休闲娱乐进步为素质提升。农民的这些深刻变化也促使对农电视节目的理念必须与时俱进，要跟得上其至适当赶超农民受众前进的步伐。所以，对农电视节目的理念要从催耕催种转向服务农民的生产生活；从简单政令的宣传转向解读党中央、国务院和地方党委、政府的各项惠民政策；从教农民致富转向引导帮助农民进行市场调研，找准致富项目；从单纯宣传支农转向注重启动农村发展的造血机能和经济社会的全面建设；从报道科技文化部门"三下乡"的活动形式转向广泛深入地传播农业科技知识；从教育农民规范行为转向积极倡导民风民俗，促进社会主义新农村建设。[①]

其中，由湖北省荆州电视台创办于2002年的《垄上行》对农电视节目在更新节目理念，同农民受众与时俱进方面做出了较好的表率。它是湖北省广电局作为品牌战略在全省推广开办的重点电视栏目。该节目坚持"三贴近"的原则与"三下乡"要求，全力服务农村、农业、农民，赢得了当地及周边外省的广大地区农村观众的盛赞。《垄上行》还与黄冈地区最大的综合性信息门户《鄂东网》合作，每周发布新农村建设的最新报道，提供各地新农村建设动态、农业产品市场信息、农资及农业科技信息等，《垄上行》已成为各级政府形象展示的最佳平台。AC尼尔森调查数据显示，《垄上行》在城市的收视率达7点，在农村则高达了41点，这一收视率远远高出当地的其他任何节目。截至2006年，栏目共收到热线电话7万多个，观众来信20 000多封。2004年开通了短信互动平台后，观众的短信参与性很高，达到了近40万条。[②]

二、借鉴国外的成熟模式，实施节目制播分离体制

实施对农电视节目制播分离制度，能够减少播出机构在制作大量对农电视节目上所要耗费的时间与资源，便于将更多的精力投入到管理优质节目的制作、传播及甄别上来，也能促进私营节目制作机构以及个人加入到对农电视节目市场的竞争中来，拓展节目的数量和质量，最终形成对农电视节目市场"百家争鸣"、"百花齐放"的繁荣局面。例如，美国乡村电

① 周芃. 新时期对农广播的节目内容定位[J]. 中国广播电视学刊，2007(11)：71-72.
② 垄上行[EB/OL]. 百度百科. http://baike. baidu. com/view/1557870. htm? fr=ala0_1,2010-08-10.

视台(RFD-TV)以及英国乡村电视台(RURAL TV)所播出的节目大部分是以市场购买的形式来获得的。我国的制播分离制度改革开始于20世纪90年代末,推动了一批优秀电视节目的产生,但由于对农电视节目创收能力较弱,效益回报较慢,市场收益难以弥补其成本支出,导致了其在制播分离的改革上进展缓慢,主要还是采取制播合一的形式进行。① 因此,我国对农电视节目制播分离体制的实施可考虑采取如下措施:在对农电视节目交易市场的建设上,借鉴国外对农电视节目在制播方面所取得经验,形成首轮、二轮、多轮以及多种节目类型、多个市场区域的对农电视节目交易网络,促使流通环节的专业化市场;在对农电视节目创作体制上,大力推行节目制片人制度,充分发挥制片人的主观能动性,风险自负,并最终催生各种形式的对农电视节目制作公司。

2009年8月27日,国家广播电影电视总局办公厅下发了《关于认真做好广播电视制播分离改革的意见》,为我国的电视节目的制播分离指明了方向,其主要内容如下。②

(1)制播分离改革的总体要求。制播分离是电台电视台深化改革的重要内容。实施制播分离改革,对于改变电台电视台单纯的自制自播模式,降低节目成本,提高节目质量,转换运营机制、增强发展活力,对于充分调动社会力量,发展壮大节目内容生产能力,提高规模化、集约化生产水平,具有十分重要的意义。

(2)推进制播分离改革,必须坚持中国广播电视的政治属性和正确的舆论导向,确保节目内容积极健康向上,充分发挥引导社会、教育人民、促进发展的作用;必须坚持把社会效益放在首位,实现社会效益和经济效益的统一计划必须坚持分类指导、循序渐进、积极稳妥、逐步推开。

(3)制播分离改革的范围。实施制播分离改革的重点是中央电视台、中央人民广播电台和省级、副省级电台电视台,当前,主要在以上电台电视台的影视剧、影视动画、体育科技、娱乐等节目栏目中进行。

(4)制播分离改革的方式。制播分离应从实际出发,采取多种形式。电台电视台可以采用"先台内、后社会"的办法,按照现代企业制度要求组建影视剧等节目制作公司,也可采取委托制作、联合制作、社会招标采购等方式,调动社会力量加强节目制作生产。

(5)积极培育新型市场主体。积极推进电台电视台经营性的节目制作单位和部门转企改制。中国电视剧制作中心年底前要完成转企,各省级电台电视台所属的电视剧制作机构要加快转企步伐。电台电视台所属节目制作公司除向本台制作机构提供节目外,还要积极面向其他电台电视台,面向网络、音像、移动等多媒体市场,面向海外市场开展节目营销。电台电视台所属节目制作公司可吸纳社会资本,但电台电视台必须确保控股权、重大事项决策权、资产配置控制权、主要领导干部任免权。条件成熟的节目制作公司经批准可上市融资。鼓励节目制作公司联合、兼并、重组,实现规模化、跨区域发展。

三、依托品牌与市场,走产业化发展的道路

在市场经济环境下,电视行业作为一个成本核算的独立体,必然会通过产业化的方式

---

① 项仲平,杜海琼. 发达国家对农电视节目概况及研究[J]. 中国广播电视学刊,2010(12):71-72.
② 国家广播电影电视总局办公厅. 关于认真做好广播电视制播分离改革的意见[Z]. 2009-08-27.

来追求利益的最大化。而对农电视节目作为电视行业的一个子体，单靠政府的政策和资金支持，显然无法获得足够的可持续发展的动力和源泉，产业化也必然是其发展的路径选择。对农电视节目的产业化发展可分为两种方式：一是"横向一体化"方式；二是"纵向一体化"方式。"横向一体化"方式是指以中心节目为核心，水平方向拓展节目影响力，就是在节目品牌、主持人品牌、频道品牌的基础上横向延伸推广品牌。例如，吉林电视台乡村频道与中国网通公司等组织合作，建立了"12316新农村"热线，利用电视、电台、计算机、电话等多种媒体，在农民和专家之间搭建一个信息沟通的平台。双方合作实现了互利共赢："12316新农村"热线借助乡村频道的品牌栏目和省内双网无缝覆盖的优势扩大传播范围；乡村频道借助"12316新农村"热线的公信力来提升收视人气，无形中既扩大了乡村频道的品牌影响力，又开拓了市场，形成了联合品牌节目。"纵向一体化"方式是指以核心节目为中心，向上游和下游的经营环节拓展。例如，对农电视节目可将节目中信息进行综合，发行对农科教节目光盘及图书，或者与涉农部门合作，大胆发展涉农经营和餐饮休闲娱乐，推广农业和农副产品，并参与农副产品的经营、推销及加工，走实业发展的路子。

四、加强与农业相关部门的交互联动，增强节目的科学性和权威性

将农业管理部门、农业科技部门、农业研究所等部门引入到对农电视节目的编创过程，这在国外已是一种较为通行的做法。例如，印度农业部门将向农村社区制作和传达农业节目的责任落实到了具体人员身上，包括农业部工作人员、农业大学和农业研究所的科研人员，以及全印度电视台和广播电台的官员。尼泊尔农业节目的制作与播出主要在农业部下设的农业信息交流中心的指导下进行。该中心主力图通过现代传播技术来提升组织效率，增进农民、推广人员、专家、企业主之间的联系，从而实现以知识为基础的农业体系的合理构建。我国央视第七套农业军事频道与是由农业部和中央电视台合办的，这充分肯定了农业相关部门在对农电视节目整体编创过程中的不可或缺性和不可替代性。但其他省、市级的对农电视节目编创基本上还是由电视台自行负责，很少有农业相关部门的参与，这就极易导致节目无法满足农民的实际需求，无法解决农民的现实问题。因此，引入农业相关部门参与到节目选题、内容选择、素材编辑以及节目播出的整个流程中去，能够增强节目的科学性和权威性，从而能更有效地服务农民受众的生产与生活。

五、组织面对面的现场活动，丰富对农服务的方式

对农电视节目为农民受众提供服务的方式，不应局限于只通过声音和画面进行远距离的传递或反馈，而应适时地借助面对面的现场活动，来丰富对农服务的方式。辽宁广播电台《今日黑土地》的实践也证明，组织对农服务的现场活动是有效的辅助方式。例如，该节目举办了慰问听友的现场直播活动，邀请众多农业专家现场为农民做咨询服务，吸引了一万多名听友的参与。另外，该节目还主办了辽宁省首届蘑菇大会暨《今日黑土地》听友联谊会，让来自省内外不同地区的近两千名农民朋友和数十位全国各地的专家面对面近距离地交流。因此，对农电视节目可借鉴《今日黑土地》广播节目的做法，在以远距离传播为主要方式的基础上，辅之以一系列的现场活动，能够拓宽对农服务的领域和方式，加深节目编创队伍对农民的了解和感情，提高节目的宣传质量，扩大节目在农民中的影响，对营造服务

"三农"氛围、强化服务意识、让农民感受党和政府关怀、使农民得到实惠都有重要作用。

六、实施跨媒体传播，拓展节目的传播影响力

对农电视节目有着巨大的收视群体但其影响力却较弱，是一个不争的事实。从外部环境看，是综艺类和都市类电视节目的强势发展转移了其潜在受众；从内部环境看，是中央级和省级对农电视节目的特殊优势挤压了绝大部分市县级对农电视节目的传播空间。因此，借助网络媒体、手机媒体、印刷媒体的各自优势，实施跨媒体传播，成了对农电视节目拓展传播影响力的必由路径。例如，《致富经》对农电视节目成立了官方网站，不仅公布了电话、电子邮箱、主持人播客等联系方式，还定时发布新闻动态以及往期的节目视频，增加受众对栏目的了解和认知，延伸栏目的影响。同时，该节目还于 5 月 17 日推出了手机报服务，周一到周五每天一期，每期都将为用户提供具有时代感的真实致富案例，和涉农经济发展过程中涌现出的致富经验、创新做法，旨在启迪智慧、更新观念，推广如何把握身边商机的经验。

第三节　实施微观层面的创新策略，创造对农 电视节目的可持续发展方式

实施微观层面的创新策略，主要是解决对农电视节目可持续发展过程中的技术性和手段性问题，从而为其创造灵活而有效的可持续发展方式。总的来说，微观层面的放活策略，包括以下六个方面。

一、强化内容为主，夯实各类节目的信息

不管是何种媒体，其受众都非常重视内容，没有内容的丰富和新颖，这一媒体必将会被市场淘汰。因此，内容为主，是每个媒体所必须遵循的基本规律。而对于对农电视节目来说，好的内容就是要与农业增效、农民增收、农村社会经济繁荣紧密相结合。具体来说，就是对农电视新闻节目要关注"三农"的难点、热点问题，突出反映当前农村的突出问题和农民的心声，及时帮助农民朋友解决问题；社教类节目要倡导民主法治、公平正义、诚信友爱的价值诉求，逐步提升农村人口的道德、法律素质；科技类节目要传递能给农民受众便利和效益的、切实可行的创新技术和项目；信息服务类节目要站在大农业的高度、站在市场经济的角度去引导农民的生产行为；娱乐类节目要既拥有浓郁的地方特色，保持自身乡土文化的风格，又能兼具外来文化特别是城市文化的特点。例如，央视第七套的《农广天地》是一档农民科技教育培训节目，该节目较为关注各类农产品的生产技术，以及能够提高产品附加值的加工技术，制作和播出了很多农业实用技术推广节目，引导农民发展适度规模的种植、养殖和加工产业，满足了众多农民受众的技术需求。

二、细分农民受众群体，"量身定做"分众化节目

对农电视节目的受众数量众多，且分布在不同的区域，文化层次和需求状况也大相径

庭,因此需要按受众的发展历程将农村受众划分为现在受众、未来受众和潜在受众。仔细研究各类农村受众生活的特点、焦点以及涌现出来的新情况、新现象、新事物、新问题,了解各类农村受众的社会心理和个性心理、需求状况,把握各类农村受众的新思想、新动机、新需求。把农村生产生活状况、农村受众需求和对农节目创作联系起来,不断调整节目的内容,不断创新节目的形式,使对农节目发展与农村社会发展同步,与农村受众的心理和审美情趣需求状况相适应,从而在细分农村受众市场的基础上"量身定做"分众化对农节目。例如,《乡村季风》是山东电视台的名牌对农栏目,该栏目根据农村观众不同的层次充分考虑到了当代中国农村观众的多项需求,但又都围绕着服务"三农"为主题,周一至周四以消息和专题形式播出的农业资讯,周五以演播室访谈为特色的"专家热线",周六以介绍世界农业发展情况的"海外版",周日则是以农民工为主要对象的"打工在线"节目。正因这种对受众市场的细分,为该栏目吸引了更多的受众,并连续四年被列为山东电视台实用性、服务性栏目观众忠实度第一名。[①]

三、巧妙策划编排节目形式,增强节目的丰富性和欣赏性

对农电视节目要想增强吸引力,就必须在节目形式上多下工夫。首先,节目的编排要综合考虑地区文化因素、受众收视习惯、其他类型节目的编排特色,从而让有限的电视节目资源实现最优配置,取得最佳播出效果和最高收视率。例如,吉林电视台视乡村频道有针对性地综合运用了"板块编排"、"正向编排"、"反向编排"、"无缝隙编排"、"周边效应编排"等策略,实现了乡村频道的收视份额在吉林电视台各专业地面频道中一直名列前茅。其次,主持人更要注重自己的亲和力和口语化表达方式,多走出演播室,亲临现场感受乡村的变化,与农民朋友直接对话,让他们真实表达自己的情感,这样既反映了农民的呼声,又拉近了电视与农民朋友的距离。[②] 例如,湖南电视台《乡村发现》栏目主持人李兵、央视第七套《乡约》主持人肖东坡因为深入农村实地采访,主持节目风格活泼生动,而荣获了"金话筒奖"。最后,节目的呈现方式要充分借助新技术手段来表现主题,创造特殊的视觉效果,使节目更具吸引力和欣赏性。例如,《三农直通车》栏目组在拍摄制作节能沼气池专题时就采用了简单的平面图和二维动画,使农村节能沼气池这样一不容易生动表现的画面看起来如同动画片,方便了农民受众的欣赏与理解。

四、注重传播乡土化的大众语言,提高节目的沟通能力

沟通的前提是听得懂、易接受,让那些少数人才能听懂的专业语言,变成广大农民都能听得懂的乡土化大众语言,才能使对农电视节目成为农民朋友自己的节目、成为农民朋友的知音。对农节目非常重要的一点是语言问题,无论是解说词还是人物采访都要追求语言的通俗化和幽默感,尽量让农民听得清楚、看得明白、觉得有趣,这样才能使对农电视节目成为农民朋友自己的节目、成为农民朋友的知音。例如,《致富经》节目语言以画外解说词和主人公及相关人物的访谈为主,在现场用带有乡土气息的、通俗的语言讲述农民自己的

① 项仲平,杜海琼. 论对农电视节目存在的问题与创新对策[J]. 中国广播电视学刊,2009(10):24-26.
② 杨光,郑树柏. 对农专业电视频道的品牌化突围策略[J]. 现代传播,2009(04):138-139.

故事,给人以亲切感。栏目中记者的访问语言出现得很少,主持人也只是在栏目的开始引出悬念,在栏目结束时作总结,避免了强势话语的影响。《致富经》节目重视农民话语权,让农民在镜头前讲话,用自己的语言说出自己的故事;以平实角度与观众交流,增加了故事的真实性和感染力。

五、合理安排节目播出时间,展现节目的人文情怀

与城市观众"朝九晚五"的程式化生活习惯不同,农民的作息时间相对缺乏规律性,往往随着季节的不同而有所变化。对农电视节目要根据农民受众不同的作息时间,适当安排不同的收视时间,直接从事农业劳动者的农忙与农闲季节就要分开时间段播出,非直接从事农业劳动的受众又可根据其不同的职业特点、作息时间,设定不同栏目或首播时间,以便不同层次、职业的农民观众收看到节目,更好地体现出对农电视节目的人文情怀。例如,美国乡村电视台(RURAL TV)的节目安排考虑了观众的收视时间与习惯,在周一到周五的中午,会重播前一晚黄金时间段内播出的节目,同时,这些节目也会在第二天的上午进行再次播出,以照顾那些有迫切需求的观众。在周六和周日,RURAL TV 更是提供了长达 30 小时的节目,以便能更好地迎合每个人的收视习惯。

六、重视对农编创人才培养,推动优才培育机制

编创人员的素质将直接影响节目内容的安排和形式的选择,编创人才是实现对农电视节目创新的基础,也是实现其可持续发展的关键。这就对采编人员农村生产生活的了解力度、广播电视专业知识的掌握深度、工作作风的实施强度等方面提出了更高的要求。因此,一方面需要培养一批乐于从事对农节目制作,并愿意扎根基层的创作人才,推动"因地制宜"的创作人才培养和选拔制度。例如,河北省在保定农校开设了农业电视节目制作专业,为农业科技电视节目输送专门的人才。另一方面,需要从政策和机制上培育和扶植对农编创人才,实行以"优才计划"为核心的人才资源的优先培育,鼓励并倡导编创人员深入农村生产生活,提供培训与再教育的机会,奖励表现优秀的对农电视节目工作人员,制定"经济效益与社会效益权重比配置合理"的对农节目以及对农编创人员考核机制等。例如,浙江省广电局出台了《对农节目服务工程建设考核办法》,该文件不仅明确了对农电视节目的地位与意义,还安排了专项资金用于鼓励相关的单位和个人。[①]

总之,解决对农电视节目发展进程中的瓶颈性问题进而推动其可持续发展,是一项庞大而复杂的系统工程,需要社会各方从多个角度,采取多种策略予以支持和配合。而从宏观层面构筑可持续发展环境,中观层面拓宽可持续发展空间,微观层面创造可持续发展方式,正是对这一系统工程的概括与提炼。随着上述策略的及时实施与有效落实,对农电视节目必将在社会主义新农村建设中担负起更大的责任,做出更大的贡献。

---

① 项仲平,杜海琼. 论对农电视节目存在的问题与创新对策[J]. 中国广播电视学刊,2009(10):24-26.

第八章 中国对农传播制度体系建设

对农传播制度体系的建立与健全是实现我国对农传播可持续发展最基本的机制保障。这项工作的最大挑战与特点在于,对农传播制度体系的建立与健全既要与现有的广播电视制度体系形成良好的嫁接机制,不能与现有的管理秩序形成冲突,而同时也必须与农村社会政治经济文化的变革、农村受众知识结构、文化心理特征的演变紧密结合起来,进而构建起具有鲜明特色的对农传播制度体系,对于这种制度体系的探索与实践过程,对新时期我国对农传播事业的可持续发展与农村经济、农村社会的可持续发展都具有重要的启迪意义。

第一节 当前我国对农传播制度体系的现状

"三农"问题是我国社会主义现代化建设的根本性问题。党中央明确提出要把解决"三农"问题作为当前全党全国工作的重中之重。近几年来党中央、国务院的 1 号文件都是以加强农村农业工作为主题,"三农"工作在全党全国工作大局中占有重要地位。党中央和国务院在文件中都曾明确提出要不断提高广播电视"村村通"水平,占领农村宣传文化活动阵地。胡锦涛同志、温家宝同志、李长春同志、刘云山同志都明确要求提高广播电视"村村通"水平,建立起覆盖全社会的公共文化服务体系。李长春同志多次指示要求采取有力措施,使全国 70% 以上的农村人口能够看到 8 套以上的电视节目。国家广电总局确定 2005 年为"农村服务年",明确要求把加强农村广电工作作为广电为"三农"服务的重中之重,明确提出采取有力措施确保广播电视"村村通"、长期通,最终实现户户通。

当前,我国对农传播制度建设按照层次从总体上分为两类,一是在中央对于对农传播工作的部署和要求;另外一类是各个地方对于对农传播工作的政策探索和创新做法等。

2005 年 12 月 12 日,《人民日报》全文刊登了《中共中央办公厅国务院办公厅关于进一步加强农村文化建设的意见》(以下简称《意见》)。关于农村文化建设的基本政策和目标,《意见》提出:"要坚持'多予少取放活',加大政府投入,调整资源配置,深化体制改革,加强文化基础设施建设,构建公共文化服务体系,实现和保障农民群众的基本文化权益。"这无疑也是构建农村广播电视公共服务体系的政策与目标。关于农村文化公共服务体系对广播电视的要求,《意见》提出,要"大力推进广播电视入村入户。以提高中央台和省台广播电视节目入户率为重点,采取多种技术手段,大力实施广播电视"村村通"的力度,争取到2010 年基本实现 20 户以上的已通电自然村全部通广播电视。重视完善和发挥现有无线转播台站的作用,利用无线、有线和卫星多种技术手段,力争使农民群众收听收看到套数更多、质量更好的广播电视节目"。要"完善农村广播电视公共服务覆盖体系,做好农村接收广播电视的服务工作,积极探索适合当地实际的运行服务机制,确保"村村通"长期有效运行"。《意见》还就对农广播电视的资源配置提出了明确要求,要"加大文化资源向农村倾斜。对重要的公共文化资源进行合理调整,逐步增加为农服务的文化总量"。"中央人民广播电台、中央电视台增加农村节目、栏目和播出时间。农业大省的省级党报要开设农村版,电台、电视台要开办农村频率、频道,有条件的省级党报和电台、电视台也可开办专门的农村版和农村频率、频道。市(地)党报和市(地)县广播电台、电视台要把面向基层、服务'三农'作为主要任务。"

2006年9月20日,国务院办公厅发布了《关于进一步做好新时期广播电视"村村通"工作的通知》。进一步明确了新时期"村村通"工作的目标任务。即要求按照"巩固成果,扩大范围,提高质量,改善服务"的要求,进一步巩固农村广播电视建设成果,完善农村广播电视基础设施建设,大力提高农村广播电视无线覆盖水平,逐步消灭"盲区",增加收听、收看广播电视节目套数,丰富服务"三农"的广播电视节目内容,建立、健全"村村通"工作的长效机制,构建农村广播电视公共服务体系。到2010年年底,全面实现20户以上已通电自然村通广播电视的目标。要按照"技术先进,安全可靠,经济可行,保证长效"的原则,因地制宜地采取适合本地特点的技术手段实现"村村通"。鼓励距离城镇较近、有条件的农村采取有线光缆联网方式进行建设,边远、居住分散地区采取共用卫星接收(俗称"村锅")方式进行建设,使"盲村"的农民能够收听、收看到包括中央和本省的4套以上的广播节目和8套以上的电视节目。坚持贴近农村实际、贴近农村生活、贴近农民群众的原则,逐步增加节目播出时间,提高节目制作质量。各级广播电视部门要加强与科技、教育、司法、文化、卫生、体育、农业、林业、水利、气象等部门的合作,不断丰富节目资源,增加科技兴农、法律知识、卫生防疫、文化娱乐等服务"三农"的广播电视节目。少数民族地区要提高译制能力。文件对推进新时期"村村通"工程建设提出了明确要求,指出要继续加大对"村村通"工程建设的资金投入。省、市两级政府负责解决20户以上已通电自然村"盲村"收看、收听包括中央和省级的4套以上的广播节目、8套以上的电视节目的"村村通"工程建设资金,并切实落实修复"返盲"设施资金;省、市、县级政府分别负责解决转播本级广播电视节目的无线发射转播台(站)的机房和设备的更新改造资金。中央政府负责组织"村村通"卫星平台建设,对中部地区国家扶贫开发工作重点县、贫困人口集中分布地区、革命老区、少数民族地区和西部地区"村村通"工程建设给予一定资金补助,对全国县及县以上转播中央第一套广播节目、中央第一套和第七套电视节目的大中功率无线发射设备的更新改造给予一定补助。继续加大对"村村通"工程建设的政策支持。国家对建设、经营县级以下农村有线电视网络的单位给予一定期限的税收政策扶持。对用于覆盖农村地区的广播电视节目发射台(站)、转播台(站)和监测台(站)的用电,执行国家规定的非普工业类电价标准,不执行峰谷分时电价政策。在国家广播电视机构控股51%以上的前提下,鼓励其他国有、非公有资本投资参股县级以下新建有线电视分配网和有线电视接收端数字化改造。文件提出了建立、健全推进"村村通"工作的长效机制,即按照中央关于深化文化体制改革的要求,建立和完善农村公共文化服务体系,加强县、乡(镇)广播电视机构的公共服务职能,建立、健全以县为中心、乡(镇)为基础、面向农户的农村广播电视公共服务体系,努力提高服务水平。要积极推进县、乡(镇)广播电视管理体制改革,保障农村地区广播电视事业的健康持续发展。按照分级负责原则,地方各级政府负责农村广播电视管理维护机构日常经费,并按有关规定转播好中央广播电视节目。省、市、县级政府分别负责解决转播本级广播电视节目的无线发射转播台(站)的机房和设备的运行维护经费。中央政府保障"村村通"卫星平台运行维护经费,对原"西新工程"范围内的新疆、内蒙古、宁夏回族自治区和青海、甘肃、云南、四川省藏区"村村通"工程维护经费给予适当补助;对全国县及县以上转播中央第一套广播节目、中央第一套和第七套电视节目的大中功率无线发射设备的运行维护经费给予一定补助。因地制宜,采取各种有效措施,建立完善"村村通"公共设施设备运行维护机制。要加强维护,巩固成果,充分发挥已完成"村村通"工程作用,坚决防止"返盲"现象发生。已有的县、乡(镇)两级维护中心或维护站要加强管理,配备专门的广播电视管理力量,也可委托社会广播电视维修机构代为维护,带动和促进"村村通"运行维护机制的建立和完善。《通知》明确指出,要切实把做好"村村通"工作纳入地方各级政府工作的重要议事日程,纳入地方经济社会发展和社会主义新农村建设的总体规划,纳入公共财政支出预算,纳入扶贫攻坚计划,纳入干部考核的内容,确保"村村通"工作顺利推进。

2007 年 6 月 1 日,广电总局发布了关于印发《农村数字电影发行放映实施细则》的通知。明确提出探索"企业经营、市场运作、政府买服务"的新思路,加快农村电影数字化进程,加快体制机制创新,大力推进院线制、股份制和公司制改革,促进农村电影的繁荣发展,不断满足农民群众日益增长的文化需求。要求加大公共服务投入力度,重点用于购置数字电影放映设备和提供放映场次补贴。所需经费按中央和地方分担的原则核定。原则上东部地区由本省(区、市)各级财政自筹解决,中西部地区由中央和地方按不同比例分担,地方分担部分由本省各级财政解决。各地要确保地方财政配套资金及时到位,确保影片充足供应,确保资助设备有效使用,确保政府场次补贴按时到位,确保一村一月看一场电影的公益放映到位。

各级地方政府也结合实际,出台对农传播的相关政策措施。2008 年 8 月 28 日,浙江省广播电视局印发了《浙江省广播电视对农节目服务工程建设考核办法》,要求通过 2008—2010 年三年努力,形成以省台为龙头、县台为主阵地、市台为沟通城乡主桥梁,省、市、县三级分工联动协调,广播电视优势特色明显,最大限度满足我省社会主义新农村建设和广大农村基层群众多层次、多样化需求的对农节目新体系和广播电视服务"三农"新格局,使浙江省广播电视对农宣传服务工作继续走在全国前列。会议明确了浙江电视台公共·新农村频道作为浙江省唯一以服务"三农"为宗旨的电视专业频道,要办成全省电视对农政策指导、科技宣传、法律咨询、信息服务、文明指导和展示"三农"新貌等方面的权威性"龙头"平台。要求在自办节目中以面向"三农"为主的专题栏目 2008 年达 40%以上、2009 年达 50%以上,2010 年达到 60%以上;浙江电视台广播新闻综合频率要对现有的对农专题栏目进行扩充和改造提升,2010 年办成基本满足全省共性需求的大板块节目,成为全省广播对农宣传服务的龙头。县级广播电视台作为广播电视直接面向"三农"的基层播出机构,是广播电视服务新农村建设和广大农村基层群众的主阵地,应每天在黄金时间分别安排播出广播和电视的对农栏目。要求每周自办面向"三农"为主的广播和电视专题栏目 2008 年分别达1 档以上,2009 年达 2 档以上,2010 年达 3 档以上。市级广播电视台要充分利用其所在市对所辖区县在经济文化等方面的辐射力和示范性,成为广播电视沟通城乡、服务城乡一体化的主要桥梁。要求每周自办面向"三农"或"涉农"的广播和电视专题栏目 2008 年分别达1 档以上,2009 年达 2 档以上。明确了广播电视对农节目服务工程建设直接补助条件:省财政厅列为财政扶持一类地区的有关市、县(市、区);2008 年 10 月前,每周分别自办 1 档及1 档以上的广播与电视对农栏目;每档栏目时长不少于 10 分钟,并安排在适合农村受众收听、收看的黄金时间播出;各地可从当地实际出发,各有侧重、各有特色,要求富有指导性、针对性和实用性;栏目有相对固定的采编播人员。广播电视对农节目服务工程建设评优条件：每周自办的广播和电视对农栏目档数分别达 1 档以上；栏目时长不少于 10 分钟，并安排在适合农村受众收听、收看的黄金时间播出；栏目形态完整，制作精良。善于利用并较好发挥广播电视的特色与优势，形式生动活泼，可听、可看性强；栏目有固定且较强的采编播人员；栏目的制作播出与农口等部门形成固定的协作机制。

2008 年 12 月 10 日，浙江省委出台《关于认真贯彻党的十七届三中全会精神加快推进农村改革发展的实施意见》，广播电视有五项工程被列入其中，分别是：广播电视"村村通"工程、"村村响"工程、中央农村广播电视节目无线覆盖工程、"广电低保工程"、广播电视对农节目服务工程。2009 年 11 月 17 日，浙江广电局又制定了《关于加强全省广播电视新闻、对农、少儿频道及节目建设意见》。意见指出，一是加强新闻主阵地建设。各级广播电视播出机构必须牢牢把握正确舆论导向，为充分发挥新闻综合频道、新闻节目的功能作用提供有效保障。要加强省、市、县三级播出机构新闻类节目及有关活动的协作，更好发挥省级频道龙头示范和市、县台快捷采送重要新闻的作用。要加强新闻类节目的互联网等新媒体传输覆盖。二是建设农村、少儿频道等广电节目公共服务体系。各级广播电视播出机构要进一步加大新农村建设的宣传报道力度，继续加强全省广播电视对农频道和对农栏目建设，不断创新内容形式，切实服务好"三农"。要加强广播影视少儿节目的创作生产和播出，在内部人、财、物配置和考核等方面对农村、少儿频道及栏目实行政策扶持。三是为新闻综合、农村、少儿频道及节目的健康发展提供必要的保障。要抓好频道覆盖，确保新闻综合频道有线、无线广电网络（含数字网）的全省、全市覆盖，实现优质安全播出。要争取扩大扶持资金数额和有关扶持性政策支持。要推动农村、少儿频道节目与相关影视节目制作机构协作，争取与政府有关部门和社会团体合作，利用多方资源提高节目采制编播投入与水平，扩大节目影响力。

江苏广电局重视做好广播电视新农村建设宣传工作，采取四大举措进一步提高广播电视对农宣传服务水平。进一步加大投入，增强涉农节目的扶持力度。要求各播出机构加大涉农节目的资金投入，经费保障和节目制作队伍的经常性培训，增加涉农节目的播出量。

同时，在新的历史时期，各级政府也就做好对农传播工作提出了许多创新性举措。2008 年 9 月 28 日，浙江省广播电视对农节目服务工程联席会第一次会议在杭州召开，标志着浙江省对农节目服务工程联席会议制度开始正式实施。该联席会议由浙江省广电局和省农办共同召集 15 家成员单位参加，是各职能部门运用广播电视为农村基层群众服务的重要传播平台。这一平台建立以后，15 家成员单位将整合资源，齐手合作，形成以党委政府为主导，"三农"为服务对象，广播电视与各部门协作联动，社会各界积极参与的对农节目服务新格局，使广播电视的公共服务功能在政府各部门推动新农村建设的各项工作中得到更充分运用。2009 年 12 月 5 日，"河北省对农宣传协作体"在石家庄市成立。该"协作体"由河北广播电视协会联合河北电视台农民频道发起成立，由全省各地电视传播机构和省内各级涉农报刊、网站等上百家媒体，以及省直主要涉农厅局的新闻信息发布机构组成。100 余名协作体成员共同签署《河北省对农宣传协作体成员协议书》。同时，会议还制定了《河北省对农宣传协作体章程》，通过建立全省对农宣传资源交流平台，最高限度地整合对农宣传报道力量和信息资源，使全省涉农宣传得到更广泛、及时的传播。同时，通过密切协作体成员之间的合作,增强在重大题材、主题策划等方面的联动,扩大河北对农宣传的传播力和影响力。这不仅是河北省涉农媒体和相关机构整体首次"抱团"尝试,也是目前国内迄今为止仅有的对农传播制度体系整合建设的报道。

第二节　我国对农传播制度体系建设的制约因素

当前我国对农传播制度从总体上而言仍然有待加强。我国对农传播制度体系存在的问题有着多方面的原因,既有对农传播媒介自我整合、自我发展能力不足带来整体实力的代际落差,使其在广电媒介内部的资源占有比、经济效益贡献率、话语权重等相对式微,在目前以市场为主要导向的资源赋予和倾斜机制下,对农传播在媒介内部实现制度倾斜扶持的可能性就相对较小。而同时,从外在的政策层面,无论是对农传播的资源整合、市场定位、运行模式等,都需要进行新的厘清和界定,相关政府职能部门无论是在对农传播栏目和媒介设备、资金、人员、场地等软、硬件支持方面,还是在对农传播媒介资源的整体整合与优化等各个方面都有大量工作可以做。

一、对农传播的政策赋予有待更好地实现体制适配性,强化政策张力

对农媒介是走"公共服务"、"公益服务"的渠道,还是以相对独立的市场主体,通过差异化竞争策略,在与其他媒介栏目竞争中获取市场份额是两种不同指向的发展模式,所带来的将是完全不同内容的政策激励机制和手段。如果立足于产业发展的角度,则在于使对农媒介成为完全独立竞争的市场主体,赋予这种竞争相应的政策激励措施,进而发挥其差异化的产业优势,探讨与其他媒介的竞合之道,获取对农传播独特的生存和成长空间。

当前,我们对于对农传播的基本定位是走"公共服务"、"公益服务"的渠道,政府公共财政及相关职能部门对对农传播事业实行保障性、全额性供给。对农传播成为公共媒介,实现对部分政府职能、社会团体职能、科研院校职能的媒介拓展、外化与集成。但是由于限于地方财力、管理以及其他因素的制约,在现实中对农媒介很难在公益性和市场化之间形成良好的自我定位。一方面要承担相应的公益和公共服务的角色,同时又要以相对独立主体参与市场竞争,参与媒介娱乐化盛潮、电视剧狂潮下市场份额的切割,使其在始终处于两种环境、两种政策的夹缝中,既不能充分激发公共服务政策恩惠以及政策张力,又缺乏市场竞争所导致的对于主流媒介的资源利用,导致出现政策扶持在实践层面的出现不对称性落差,客观上形成了对农传播政策的体制适配性不足和市场化政策隔离的政策体系缺失。

所以在新的历史时期,我们要充分强调对农传播政策的体制适配性,即在确保其公益性的基本定位的前提下,更好地明确这种公益性在当前媒介市场竞争力中的附着力,探讨公益性媒介在市场竞争中的可持续发展路径,探讨对农媒介在公益性整体定位背景下,在部分领域试行产业化发展自我造血机制的可行性。

二、政府职能部门合力机制的缺失是对农传播制度不健全的重要原因

对农传播是具有一定专业背景的传播,既有娱乐化、欣赏性、消遣性特色,又具有一定

的知识性、科学性，还兼具有市场化特征。作为一个具有相对独特门类的传播类型，对农传播与农业、农村市场的发育、农业新技术的培育与传播、农村文化资源的提炼、农村新文化形态的开发、农民认知结构的改善与优化、农村经济结构的转型、新兴农业制度的实施等密切相关。对农传播的资讯源以及内容平台等要充分依附于政府农办、农业厅（局）、文化厅（局）、农业科研团体、农业市场主体、农村演艺团体等。这些不同主体、角色团体之间合力机制的形成以及相关制度的明确的建立是对农传播制度体系的基本内容之一。缺乏这些基本的制度内容的维系，对农传播所依赖的内容源、信息源等仅仅依靠个案性质或者自发性关系所连接而成的合作架构，缺乏可持续发展的内容供给与制度保障，也难以最终支撑起对农传播的可持续发展。同时，对农传播主要面对广大的农村市场和农民受众，但是，我国各级政府对农传播的支持力度仍然有待加强，尤其是我国县、乡镇一级的基层政权对对农传播普遍重视和支持力度不够，没有把媒介作用的发挥与基层执政能力的提升、农业以及农村经济的转型升级、农村文化的繁荣、农民认识水平和知识水平的提高紧密结合起来，导致对于对农传播的政策以及相关支持明显力度不足，限制了对农传播实力的提升以及可持续发展。当前我国部分地区已经就建立联合多个主体的对农传播合力作用机制进行了积极尝试，但是这些个案性质的合作有待在更广的层面上进行推广及系统性的政策梳理和规制。

三、对农媒介自身的弱势发展状态也是对农传播政策支持乏力的重要原因

我们一直说，有为才能有位。当前，从整体上来说，我国对农传播发展层次较低、发展速度较慢、发展水平较差，发展布局与结构不合理，发展亮点缺乏，与快速发展的农村经济、数量巨大的农村受众之间存在着巨大的落差，对农传播市场只能说处于初级孕育阶段。与之相对应的是，我国对农传播媒介人力资源建设、硬件建设、文化积淀、创意水平、敬业精神、产业开发与运作能力的缺失。很多编导、记者不愿意跑农村线，不愿意做农业新闻及各级涉农栏目，认为涉农媒介效益低、工作辛苦、成名率与出境率低，没有其他媒体从业者待遇好，生活丰富多彩。导致在媒介娱乐化、时尚化大潮中对农传播的份额、影响力持续式微，人力资源及各项资源供给的低迷不振。尤其是在当前各级媒体的收视份额竞争中，从电视剧"首播"、"独播"到"抢播"，从各个卫视争先恐后开展自制剧竞争，到婚恋节目"克隆之风"红遍大江南北，民生新闻一枝独秀。媒介焦点的频繁转移，对农传播却始终的默默地站在一边的弱势群体。甚至于在部分农业县，对农节目的比例仍然屈指可数，也纷纷热衷于推动娱乐转型。甚至有部分媒介从业者认为，通过电视剧以及其他娱乐类栏目同样可以充分开发农村广告市场，兑现农民购买力。媒介可以同化农民受众的欣赏习惯和审美爱好，通过对农节目的开发来获取农村市场反而是走了长线投资路径。在这种背景下，部分对农栏目纷纷改版，摘农帽、推农性，对农媒介的工作人员纷纷选择环境更好、条件更优越的栏目工作。在一些媒体内部，对农栏目成为的无人问津的媒介孤岛。由此对农传播的生存空间越发被挤压，各项资源投入更加不足，对农媒介在全社会甚至是农村市场上的影响力和号召力更加式微，而这显然更加影响了政府职能部门对对农媒介政策的供给热情和投

入力度。

第三节 我国对农传播制度体系建设的动力机制

对农传播制度体系建设动力机制的明确,旨在厘清对农传播制度体系建设的现实依据与逻辑缘由。使对农传播制度体系的建设能够与实践更为紧密地结合,更能体现其适用性和可持续发展性等。

一、对农传播制度体系的制定必须着眼于如何最高限度激发媒介从业人员的工作积极性

人力资源建设是实现对农传播可持续发展的根本保障。当前我国对农传播的整体弱势主要在于对农媒介对高素质传媒人才的吸引力弱化,对农媒介整体素质参差不齐,对农媒介人力资源队伍建设有待进一步提升。目前,基于曝光率、成名率以及现实的社会地位、经济收益等方面的原因,对农媒介很难吸引到一些具有扎实的专业技术与背景、良好的创意与制作能力、具有良好的产业运作能力、肯吃苦的专业传媒人才参与对农媒介的运作。一些专业传媒人才参与对农传播后,基于现有的体制束缚和资源禀赋的约束,也很难真正实现其作为一个传媒人的职业理想。要确定基于政府保障式抑或是市场竞争式的人力资源建设模式。但是无论是基于哪种路径走向的对农传媒人力资源建设模式,对农传播制度体系建设必须要解决的问题是对农媒介人力资源的来源问题,区别于其他媒介类型,对农媒介还是具有一定专业化背景的传播类型,其人力资源结构中除开相关传媒专业人才以外,还必须适当兼顾其农业学科的相关背景,要探讨建立媒介与涉农政府部门、科研院校、群众团体之间的人力资源的互通交流体系,尝试对农媒介与相关涉农政府部门、企业、社会团体之间互派挂职的可行性等;探讨如何建立对农传播队伍的遴选、优化、培训体系。当前由于对农传播在媒介内部处于整体弱势状态,对农媒介的人力资源建设整体上处于组织调配的状态中,流动性不足,整体活力不足。要解决对农传播人才的匹配性待遇设计问题。不可否认,待遇也是吸引人才、留住人才、提升人才质量的重要手段。对农媒介要充分兼顾到传媒从业者在艰苦环境中工作的经济收益保障,在其职称晋升、职务提拔等实现差异化的业绩考核。同时政府职能部门赋予其良好的政策环境与体制,提升其在整体媒介经营收益中激励收益的权重比例,更好地激励其开拓市场,拓展事业。

二、对农传播制度体系的制定必须着眼于更好地厘清对农传播的现实路径走向

当前我国对农传播的尴尬在于在"公益"定位与现实"市场"竞争的冲突。要解决好对农传播的可持续发展问题,就必须首先厘清对农传播的现实路径走向,对农传播制度体系建设必须要首先解决这个问题。对此,就必须建立科学、全面的政策论证与比照模型。通过对当前我国传媒发展现状格局的深入分析、我国农村传媒市场体量、潜力以及发育程度

的科学研判,对农传播现有基础、布局的盘整,以及我国传媒管理制度体系以及相关产业发展制度的梳理和分析,更好地建立对农传播走公益路线政策走向。同时,制定对农传播在若干领域的市场化发展方案,通过对相关数据的分析与比对,积极探讨对农传播发展可以尝试市场化发展的领域,尝试建立起产业运营的基本框架和赢利模式,形成完善的可行性预测方案。同时,基于我国社会政治经济文化发展不平衡的现状,探讨建立分层设计、因地制宜政策模型的可行性。即不搞一刀切,在经济发展水平较差的农业县乡镇,在市场化程度较高的东部地区,可以采取不同走向的政策设计,或者试行梯级过渡的模式,一开始由政府扶持、逐步催动市场发育、进而走对农媒介自我造血的道路。在对农传播的制度体系设计中,需要确立每一种政策指向的依据,进而为建立适合我国国情的对农传播发展道路提供强有力的制度佐证。

三、对农传播制度体系的制定必须着眼于现有媒介发展格局的科学判断

当前,我国传媒发展一日千里,正处于一个快速变革的时期。随着电信网、广电网和互联网"三网融合"加快和3G时代、Web 3.0时代的到来,网络广播影视、手机广播电视等新兴文化业态方兴未艾。数字化、网络化不仅为广播影视提供了新的发展动力和空间,还为广播电视的传播理念、方式方法、业务形态、体制机制带来革命性影响,为打破广播影视传统的层级分割和分散格局创造了条件。省级卫视竞争呈现出白热化状态。时尚、娱乐、人文等成为各个卫视的热衷标识,继一轮风起云涌的电视剧独播、首播、抢播浪潮后,婚恋节目热又席卷各个卫视和地面频道。当前,国内各强势卫视又举起自制剧大旗,2010年,湖南卫视就接连投拍了《一起来看流星雨2》、《新还珠格格》、《丑女无敌4》、《麻辣女主播》、《丝丝心动》、《爱情果冻》、《传闻中的七公主》、《小时代》等自制剧。江苏卫视翻拍海岩经典三部曲《玉观音》、《拿什么拯救你,我的爱人》、《永不瞑目》,三部剧累计投资达8 000万~1亿元。浙江卫视也投入巨资8 000万元拍摄《爱上女主播》、《歌舞青春》、《我的野蛮女友》、《我爱记歌词》等四部自制剧。东方卫视也推出《加油,优雅!2》、《杜拉拉升职记》、《网球王子3》等自制剧。素有"电视剧大卖场"之称的安徽卫视引进台湾制作力量拍摄自制剧《幸福一定强》和《就想赖着你》。一时间,各卫视的自制剧竞争呈现"井喷状"。而一些地面频道牢牢抓住"民生牌"、"电视剧"、"方言本土化"等,固化区域受众群体。一些市级、县级媒介也在尝试向娱乐化转型。纵观此起彼伏、硝烟四起的媒介收视竞争,对农传播却始终处于寂寞的边缘化境地。所以在新时期对农媒介的定位设计中,对农传播的运营机制与市场策略建构中,必须要深入思考对农媒介如何确立差异化竞争策略。即对农传播如何适应媒介融合带来的全新机遇和挑战,抓住科技革命浪潮的先机,把握竞争的主动权。在媒介娱乐化浪潮中,在卫视与地面频道的双层夹缝中如何实现自我的生存和发展。对农媒介真正依附的受众载体是什么,竞争的内容与渠道优势又是什么,以什么样的特色与优势去引发农村受众的收视兴奋点,实现对非农群体辐射与影响的可行性等。对农媒介的赢利模式是什么,对农媒介参与竞争的切入点在哪里?对农媒介的核心竞争力在哪里?对农媒介究竟应该走怎样的竞合道路。

四、对农传播制度体系的制定必须以农业、农村经济和农民素质的提升为依据

农业的发展、农村经济结构的转型、农民认知结构的完善和素质的提升、农村社会政治经济文化的全面进步,直接决定着对农传播的市场容量、潜力及其传播内容设计与形式建构等。当前我国对农传播弱势状况的形成在一定程度上的原因是对农媒介从业者本身的工作环境和工作内容脱离农业和农村一线的发展,而又缺乏深入农村社会经济文化发展最前沿的欲望和动力,导致对农媒介制作的节目内容与形式脱离农村受众的现实需要和审美需求,而不被农村受众所接受。对农传播只有深刻把握农业发展的最新状况与需求,立足于农业经济结构转型的最新特点与趋势,立足于农村受众认知结构、文化水平、审美倾向和价值诉求的演变特点,立足于农村社会政治经济文化发展的最新状态,实现节目内容、形态、话语方式等匹配性、创新性设计,才能真正扎根与占领农村市场,实现其可持续发展。这些要去折射到对农传播制度体系的建构上,就是要明确,通过什么样的制度创设与引导,建立一支既富于时代精神、又能深入农村社会一线的对农媒介工作队伍,建立什么样的队伍遴选、培训以及相关的保障机制等;如何克服对农节目的"本土不适应性"等城市病,建立科学、合理、符合实际的栏目创意与生成机制,如何实现对农村受众分层化的认识结构、消费能力、审美倾向的把握,对农传播舆情分析机制如何布点和设计,如何建立对农媒介与农村经济实体、基层政权之间的常态化联系通道和模式,创新媒介与农村经济实体、政府组织以及其他社会团体之间的合作机制与模式等。

第四节　我国对农传播制度体系建设的分类及内容

对农传播制度体系建设的主要目的是制定对农传播的发展战略、方针、政策和具体规划,对对农传播制度体系进行超前性设计。形成和优化对农传播事业发展的市场环境以及社会经济环境,为对农传播事业的发展提供优惠政策措施。通过传媒法律、法规和制度的建立,保护对农传播的知识产权以及其他相关文化和市场利益。从整体上讲,我国对农传播制度体系应该分为宏观和微观两个层面。

在宏观层面,国家在出台加强农业改革、推进农村发展等"三农"建设文件时,进一步加强对农村文化发展,对农传播的关注与重视。把对农传播与促进农业新技术开发、农业经济结构转型、农村市场培育、农民文化素质提升和农村社会和谐更加紧密地结合起来,把如何推动对农传播发展、提高对农传播质量和水平提升更高的层面加以强调和重视,切实发挥对农传播在新农村建设中的作用。

建议国家在适当的时候可以就加强对农传播出台专题文件,对我国对农传播的重要意义、性质、运行机制与方式、相关要求和各项保障条件进行进一步的系统强调。鉴于对农传播架构组成、覆盖面、影响力的特殊性,可否尝试由国务院办公厅发文,或者由国家广播电影电视总局联合农业部等部门发文。

在对农传播的重要意义部分,要充分关注到对农媒介对宣传国家对农政策、农业新技术的开发与推广、农业产销信息交互、农业特色产业带的培育、农村专业市场的建设与品牌推广、农业龙头企业的孕育与发展、农民群体文化知识水平的提升、农村文化的繁荣以及农村社会和谐的积极意义。要充分关注到,对农传播不仅仅关系到农村文化发展的软实力建构,同样直接关系到农村经济结构转型等实体经济的可持续发展;不仅仅是农村媒介受众资源的有效开拓问题,更是直接关系到农民、农业、农村等社会经济文化发展全局的系统性问题。

对农传播的定位和性质界定,主要就是在对农传播的"公益性"定位的制度适配性和完善性上做好文章。在制度建设上的重点,就是要确保政府广电、财政、劳动与社会保障、人事、农业、文化等职能部门给予对农传播媒介强有力的支持,构建独特的渠道、内容平台优势,通过政府干预确保对农资讯及相关节目的保障性覆盖,确保其履行职能的能力与水平的不断提升。同时,要积极探讨在公益性定位背景下市场化竞争策略的选择。探讨通过政策引导与政策优化,鼓励对农媒介以最合理的市场运营与组织形式参与市场竞争,探索与形成差异化的竞争路径,进而实现对农传播核心竞争力的建构,形成其独特的赢利模式。

在对农传播公益性定位背景下,对农栏目和频道必须从现有的媒介一体化市场竞争中隔离出来,不能任由娱乐化、时尚化等媒介内容对对农传播形成平台、渠道、时段的挤压与冲撞。要在制度上确保对农栏目与频道的播出平台和播出时间,不能简单地以广告收益和经营效益作为栏目生存、频道建设扶持力度的依据,允许对农栏目和频道有更多的孕育和成长期。政府财政部门可以把对农传播作为整体惠农政策的一部分,在条件允许的情况下,通过专项资金支持对农传播事业的发展,允许通过事业化运行方式给予对农传播更多的资金等各个方面的支持等。基于对农传播的较强专业性,农业部门应该与对农媒介保持更为密切的联系,更好地参与栏目内容的设计、栏目风格的定位等,将党和政府最新的惠农政策、最新的农业市场信息、最新的农业技术发展信息等更好、更快地传递给农民受众,为对农传播提供更为专业性的指导。对农媒介可以与政府对农职能部门共建栏目,建立人员的双向挂职交流机制等。在当前媒介普遍实行灵活性用工制度的背景下,人事与社会保障部门给予适当的人力资源引进和培养的政策优惠,尤其是对于长期在一线艰苦地区工作的媒体从业者,在职称待遇、编制类别等方面给予适当照顾,更好地稳定对农传播的人才队伍,创造出良好的"事业留人、感情留人、待遇留人"的环境。政府文化职能部门要与对农媒介建立更为紧密的合作关系,包括对农文化资源和文化特色的提炼、开发等,对农村文化发展现状的全面把握等,将为对农媒介的栏目创意、风格定位取向等提供有效的参考。

同时,要积极探讨在公益性定位背景下市场化竞争策略的选择。在现有的媒介娱乐化浪潮中,对农媒介依靠现有的栏目与频道建设规模,现有的人员配置与软硬件实力、现有竞争格局中的地位排序,要能够得到可持续发展是非常困难的。对农媒介必须要改变现有的"节目播出——农村受众接收"等单向联系方式,充分发挥自身的媒介内容、渠道和平台优势,参与农业技术推广、农村市场培育与品牌塑造、农业产销信息交互、农村文化发展与繁荣等,培养与农业和农村经济发展深度结合、一体化发展的稳定农村受众市场,进而实现其广告客户资源的开发,同时,对农媒介也以适当的媒介方式与手段获得农业经济增值的收益,形成其独特赢利模式的建构,走与其他卫视和地面频道娱乐路线差异化的竞争道路。

对农媒介复合型市场化道路,在某种程度上超越了原有的媒介获得广告市场份额竞争的市场化运作概念,而走了一条与产业发展深度结合的道路。这样的尝试,既是基于现有媒介市场竞争格局的创新性选择,也是对农媒介自我造血道路探索的无奈抉择。而有赖于在政府政策层面进行有效配套引导、保护与风险规制。既要最大化地放大对农媒介的功能与作用,又要寻求媒介效能与农业生产力激发的合力机制,同时又要有效克服媒介渠道、内容控制的垄断化、利益化趋势。政府在政策配套和执行上,要对对农媒介参与农业产业运营的手段、方式等进行规制。比如,对于对媒介参与农业产业运营参股比例的限制,股权及其收益实现方式等的限制等。对农媒介要发挥媒介优势,承担农业新技术推广、专业化农业市场的品牌营建、农村文化市场与特色演艺团体的培育等,其参与农业产业发展的方式与手段必须与媒介自身的特色与特长紧密结合,而不应该盲目介入其所不熟悉的农业资本运作等,为媒体经营带来不必要的风险。同时,对农传播在若干领域走市场化道路,必须要积极推动自身资源的优化组合,在当前对农传播规模小、栏目分散、整体力量较弱,与其他媒介栏目和频道相比,存在着不对称的实力落差。政府相关职能部门要提供一定的政策支持,允许对农媒介尝试跨地域、跨媒体等的重组,实现对农传播资源的集聚,迅速壮大对农传播的规模与实力,并迎合当前媒介融合的趋势,迅速抢占传媒新技术革命发展的机遇,实现对农传播质量、效益质的提升。

在对农传播微观制度建设层面,其一是要加强人力资源队伍的建设。包括对农媒介人力资源队伍的来源、遴选、培训、素质优化制度建设。比如人力资源队伍的来源上,既要从相关传媒专业中选拔、也要积极从经济、农业、管理类专业选拔高素质人才加入对农传播队伍,要建立起完善的培训和素质优化机制,通过定期培训、挂职体验等,不断提升对农传播队伍的媒介专业素质和对农工作的专业化素质,培养一批专业化、专家化媒介从业人员。开展柔性人才流动,积极吸纳社会相关人才加入到对农传播队伍中来。开展栏目制片人制度、栏目招标制的等创新制度建设,不拘一格地吸纳高素质人才参与对农传播工作,扩大经营业绩激励的权重。最终建立起一直适应新时期农村经济和文化发展的需求,素质较高、队伍稳定、能吃苦、会创意、善经营的对农传播队伍。

其二是加强栏目创意、栏目内容建设、节目形态创新等制度的建设。对农传播最终能否被广大农村受众所接受,能够形成自我造血的创新机制,能否实现可持续发展,栏目创意、栏目内容建设、节目形态创新是关键。无论是走公益性道路还是市场化机制,失去了"栏目吸引受众"的引擎作用,对农传播必然就很难真正提升实力。事实上,目前国内经营较好、群众反响较好、整体实力较强的若干的对农节目,往往就是在内容上贴近农村受众的需求,风格设计上接近农村受众的审美爱好和接受习惯的节目,在栏目创意、栏目内容建设、节目形态创新等做得较为成功的典型。比如山东电视台《乡村季风》中对"关于解决农民工问题若干意见"的政策解读的节目,编导并不是从《意见》本身着手做枯燥的讲、播,而是选取大量同期声,以一个个鲜活的农民工人物入手,讲他们的愿望需求,讲他们眼中想要的《意见》,从一个个故事着手,一点一点地讲述新闻,讲述政策。这种故事化的叙述,是最容易被农民朋友接受理解的。同时节目要采用新颖的表达方式,比如主持人走出演播室,亲临现场感受乡村的变化,与农民朋友直接对话,让他们真实表达自己的情感等。而这有赖于一整套对农传播栏目创意、研发、实验制度与机制的健全。而这一块在目前是我国对农传播的短板。对农栏目创新机制僵化、栏目内容脱离农业生产和农民生活一线,内容陈旧、时效性差是目前对农媒介在农村受众中吸引力不强、对农传播市场发育迟缓的主要原因。对农传播栏目创意、研发、实验制度与机制的健全需要组建相关的专业化的研究队伍,或者委托某些专业高校开展该项工作。通过对国内外对农传播创新样本与案例的分析,对农村受众信息诉求、文化爱好等方面的样本分析,结合区域经济文化发展特色,积极创新对农传播栏目形态和节目形式,要对在播节目进行市场追踪和分析,不断优化和改进节目内容与方式,建立起节目创意、优化完善、提升再造的良性循环机制。

其三是加强对农传播硬件保障体系的建设。由于当前我国对农传播的整体弱势,对农传播硬件保障的整体不足是不争的事实。做好对农传播硬件保障体系的建设,要坚持多点开花、多条腿走路。在争取政策扶持加大投入的同时,可以尝试建立与其他频道硬件资源的共享机制;建立市、县、乡镇等对农媒介硬件设备的统一使用制度,进一步优化资源配置,提高使用效益;建立社会化资金筹集渠道,积极引入社会公益支持及专项资金扶持,不断提升对农媒介的硬件水平。只有做好了"盘活与优化存量、提高与放大变量"的这个文章,对农传播的硬件建设水平和保障能力才能获得质的提高。

第五节　我国对农传播制度建设需要注意的问题

对农传播制度的探索与建立在我国属于全新的尝试。因此这项工作也必将是一个不断探索、不断优化的过程。本节所提出的对农传播制度建设需要注意的问题,从本质上讲,就是指我国在对农传播制度建设中始终要把握与注意的若干原则,尽管农业发展和农村经济社会文化的发展快速变革、媒介竞争格局不断演变,但是,这些基本原则是具有相对稳定性的,对于不断建立、健全我国对农传播制度,实现对农传播制度的科学化具有重要意义。

一、对农传播制度的建立是一个梯度推进的过程,具有分层设计与区域特色性

对农传播制度的建立是一项社会系统工程,不仅仅局限在媒介范畴内,它涉及媒介、政府部分、科研院校、农业企业、社会团体等各个主体。农业在我国国民经济中具有基础地位,农业进步和农村经济发展对社会政治经济文化发展起着重要作用,农村稳定对国泰民安具有重要意义。我国对农传播面对着的是一个受众人数庞大、受众结构和文化层次差异化明显、市场体量巨大而又媒介素养普遍较低的复杂群体。尤其是在当前农业和农村改革深入推进的大背景下,农村经济和农民生活面临的革命性变革,他们对媒介的需求类型、层次等都存在着巨大的变数。

作为一项全新的尝试,对农传播制度的建立是一个梯度推进的过程,是一个由实验、论证再推广的一个渐进、复杂的过程。无论是对于公益性定位背景下"市场化"机制的探索,还是在微观层面人力资源的遴选、培训,相应配套激励制度的设计都是一个不断探索的过程。不同区域经济文化发展水平的差异、农业经济发展的特色、媒介发展原有的基础等都

直接决定着完全不同的政策供给。比如在西部地区整体经济发展水平较为落后的农业县、乡,市场化发展程度相对较低,对农传播市场化手段的运用就会相对乏力。主要依靠通过政府扶持机制的建立和扶持手段的完善,实现对农传播的做大、做强,为农业发展、农村经济进步、农民素质提升提供强有力的保障。而在经济相对发达的东部地区,农业现代化、集约化经营相对较高,农业龙头企业、出口经济较为发达,农民文化层次相对较高,农村生活水平相对较高,购买力较强,推动对农传播的产业化就具有更好的基础。所以在对农传播制度的设计中,千万不能搞一刀切或统一标准,必须根据具体区域的文化经济发展水平、媒介发展基础科学合理地建立对农传播的制度体系。公益性定位背景下要根据具体的区域经济发展特色来确定,公益与市场的比例是动态推动的过程,是一个梯度推进的过程,是一个分层设计与具有区域特色性的制度建构过程。包括在具体的人员激励、硬件支持等匹配性制度体系设计中,也是一个不断优化并趋于合理的过程。

二、对农传播制度必须注意与媒介制度及其他相关制度的兼容性

对农传播制度严格意义上来说属于媒介管理制度的范畴,但它又远远超越了单纯媒介资源的框架界定。涉及协调相关政府部门、社会团体、农业企业、农村受众等各个主体。对农传播制度的建立在我国属于全新的尝试,它不仅仅对于媒介制度创新和发展具有重要意义,同样对于进一步深化与拓展媒介功能、促进媒介与其他社会资源的整合将发挥重要的先导实践作用。

在对农传播制度的制定中,要避免两个倾向,即制度"过大"和"过窄"的问题。一种观点认为,对农传播最终将发展成为一种复合型产业体系,参股农业新技术开发、农业技术推广和产品交流,培育专业农业市场,建设农村专业文艺院团等,媒介只是其中的某一杠杆因素。对农传播将最终脱离单一传媒产业范畴,传媒制度规制不适宜对农传播的可持续发展。又有观点认为,对农传播只是媒介传播类别的一种,产业化介入将异化对农传播的媒介属性,对其公共话语表达和公共利益输送带来不良影响。所以要避免对农传播与相关产业之间的合作关系,只需要在媒介制度内部对对农传播实现有效引导与管理。这种关于对农传播制度"过大"或"过窄"的争论,本质上不是对农传播公益性抑或产业化的矛盾交集和放大。作为一种具有特殊受众对象的专业传播门类,对农传播都必须始终考虑与传媒制度和相关制度的兼容性。对农传播在本质上就是以农业、农村、农民为主要对象载体的传播类型,其根本目的是服务农业技术进步、农村经济发展、农民文化素质水平提升、农村社会和谐。即使对农媒介参与农村产业化经营,也必须在现有的媒介管理制度和体制范畴内,以适当的方式共享农业经济发展的成果,最终更好地促进农业发展和农村进步。脱离媒介属性,凭借媒介话语权优势和渠道优势,作为独立市场主体参与对农产业的竞争与发展不符合对农传播的可持续发展诉求,也必然与现有的规制约束相冲撞。当然,我们可以以对农传播这一特殊的媒介载体,开展若干媒介介入产业运营的先锋实践,更好地获取相关经验,但这同样必须遵循媒介本身所承载的规律性要求。同样,基于对农传播对象的特殊性、复杂性,对农媒介需要进一步加强与政府、社会团体、农业企业等的联系,建立人力资源、硬件资源等的交流沟通渠道,但是这些同样必须遵循政府、社会团体、农业企业的本身运作和经营的特性。比如对农媒介可以参与专业化农业市场的培育,农业产品的宣传,农业品牌

形象的建构,农业新技术的推广,通过媒介优势的集成和发挥推动农业经济发展,但是必须同样防范买断性的市场转嫁风险,只有扬己媒介渠道和特性之长,克己市场专业之短,才能形成相得益彰的双赢结局。

三、要建立与对农传播制度相符合的对农传播文化,实现对农传播制度的"溢出效应"

一种创新制度的建立只有与文化形成一体,才能真正发挥出制度的效应。对农传播事业的开拓,除开制度层面的科学合理设计以外,观念的改变与创新也是真正激发出媒介生产力的重要因素之一。文化是制度建设的土壤,直接决定着制度的向心力和执行效率。尤其是对农传播事业,要求服务农村、扎根农村、和农村受众结为一体,去亲身感受他们的快乐、难过,感受他们的诉求和愿望,更需要特别能吃苦、特别能奉献的精神。而这不仅仅是简单制度层面能够解决的问题。建立新时期对农传播文化,宣扬一种奉献、进取的精神是对农传播制度建设的不可忽视的组成部分,是对农传播制度的"题中之意"。

对农传播文化要体现对农传播鲜明的文化内涵和价值取向。对农传播是一项任重道远的工作,承载着巨大的社会责任和历史使命。在当前文化界、娱乐界拜金主义、享受主义在一定氛围内存在的背景下,在文化快餐、追求媒介短期效应泛滥的背景下,对农传播要传达一种怎样的理念,传播人文关怀、绿色关怀、全面发展的理念、黑土地情节、奉献精神以及扎根农村发展的志向等,这是实现对农传播可持续发展的文化密码和精神动力。也只有形成了对农传播有效的文化积淀与价值理念,才能最高限度地激发对农传播制度所孕育的文化生产力及经济推动力。

对农传播文化要形成对农传播鲜明的符号标识和社会影响力、感召力。鲜明的文化标识是一个强势媒介必须具备的重要因素之一。当然这种标识的具体存在方式和内涵具有一定的差异性。比如湖南卫视芒果台的外在标识,快乐中国的文化理念,浙江卫视中国蓝的内涵界定与表达,安徽卫视以电视剧大卖场为主题的风格塑造,江苏卫视的情感路线等。当前,一些地面频道也纷纷进行特色化定位,打造其独特的文化标识。浙江电视台民生休闲频道定位为"6频道",浙江教育科技频道定位为"青年频道",浙江电视台钱江频道定位为"潮起钱江台"。对农传播要打造媒介核心竞争力,扩大其在全社会尤其是农村受众中的直接印象和精神感召力,就必须建立自己的综合形象标识系统。这种标识既是一种文化凝聚力,也覆盖到栏目、频道所属工作人员、软硬件设施的外在形象展示上。比如对农传播可以定位为"绿色频道"、"黄金台"等,这些都不失为具有积极意义的重要尝试。在这个过程中,我们尤其要注意的是,媒介本身就是先进文化的弘扬者、提炼者和推广者,对农媒介更是在农村基层文化建设中发挥着举足轻重的重要作用。所以在对农传播文化标识的塑造和建构中,必须充分注重对农文化的总结与提炼,充分尊重对农媒介的特色属性和文化基因,让农村受众感受到更多的亲和力和亲近感,更容易接纳这种文化标识,而不是简单移植时尚、享受、娱乐等文化内容和内涵。

第九章　中国特色对农传播产业化发展战略

建立中国特色对农传播产业化运营机制的考察基点在于，在建立公益性的对农传播整体定位和运行格局的背景下，探讨在对农传播媒介的若干领域和若干环节试行产业化运营的可能性。通过产业化运营，建立和形成对农传播媒介自我造血的发展机制，壮大对农传播媒介的整体实力，更好地服务于我国农业经济结构的转型、农民文化水平和整体素质的提升、农村社会政治经济文化的全面发展、农村社会的和谐等。

对于这个命题，我们首先必须厘清的是对农传播产业化是在公益性定位背景下的产业化，产业化不能改变我国对农传播公益性的整体定位，而是通过在相关领域的产业化尝试，赋予公益性更强的可持续发展的能力。对农传播产业化的类型、形式、评价机制、风险防范机制等在我国具有重要的开创性意义。

对农传播产业化是指通过对农传播资源的有效整合方式，实现对农传播的信息集成、节目内容的选择与编排、栏目创意与设置、媒介风格与定位与媒介管理运行的整合优化，实现对农传播资源的高度共享，形成集群优势，打造核心竞争力。并且使这种媒介优势与农业和农村发展深度对接，使对农传播不仅仅满足于简单的涉农信息的传递，而是通过媒介与农村经济的聚合发展，承担农业技术与信息集成、转化与推介；农村产业门类与产业形态咨询与论证；对农市场推广与策划；农村文化生产力的开发等职能。媒介作为产业主体参与农村产业发展和农业经济发展，进而打造以媒介作为中枢特色对农传媒产业链，实现新形势下对农媒介与农业产业的渗透性、一体化、复合型发展。

推动中国特色对农传播产业化，是实现对农传播可持续发展的战略选择。产业化将真正在体制机制上解决中国对农传播的造血问题，为对农传播的可持续发展提供强有力的体制机制保障，使对农传播更好地适应中国国情、更为有效地促进农业发展、农村文化繁荣和农村和谐。

第一节　中国特色对农传播产业化现状

当前我国特色对农传播产业化处于个案的自发实践阶段，主要表现在对农媒介依托自身的媒介平台，介入农业产业经营和文化运营等，共享农业产业发展的增值效益。2006 年，中国权威媒体行业杂志《市场观察·媒介》在北京发布了"2006 年中国原创电视栏目 20 佳"名单，中央电视台《百家讲坛》与湖北荆州电视台《垄上行》同时入选中国原创栏目"20 佳"中的科教类栏目"双佳"。作为一个市级电视台栏目，《垄上行》能在中央电视台及众多省级电视台等节目中占有一席之位十分难能可贵。经过多年的发展和探索，《垄上行》逐渐形成了自己的独特风格，已成为当地乃至周边外省的广大地区农村观众心目中的品牌栏目，自开播以来，在城市的收视率曾高达 7％，在农村创下 41％的收视纪录，逐渐成为湖北地区电视媒体服务"三农"的典范和唯一一个登上全国广播电视服务"三农"高层论坛的地、市级电视栏目。在建设和发展中，《垄上行》栏目除高度重视品牌建设、优化节目制作方式以外，很重要的一点，就是积极推动了对农传播的产业化。该栏目已经与网络、报纸、杂志、列车电视多家媒体长期合作，形成立体传播网络，其品牌效应延伸到 SP 电信增值业务的短信打包订制、手机报、纸媒的发售，并且正打算向成立农资公司、信息服务公司、农民剧团等经营方向发展,同时积极与其他区域媒体合作,期冀建立强势媒体形象,以实现品牌价值的最大化和多元化;由《垄上行》派生出来的"春天垄上行"、"金秋垄上行"等大型活动已经成为一个集中送农业科技、农用物资、通信服务、医疗卫生下乡兼有文化娱乐、扶弱助困等功能的当代农村大集。除大型媒体活动外,栏目还大量组织系列活动,谋求"大中小型"活动常态化,把服务送到农民家中,成为农民心中"没有围墙的农技学校,没有舞台的农家乐园,没有挂牌的农村福利院"。而湖南卫视《乡村发现》栏目则借助湖南卫视良好的产业运作经验,注重通过活动营销,组织、策划或参与具有新闻价值的事件,吸引受众的关注和参与,从而扩大市场占有率和市场影响力。2007 年 8 月,《乡村发现》栏目组参与开展湖南省"十大明星村,十大魅力乡镇,十大新闻人物"评选活动,旨在宣传新农村建设中涌现出来的优秀人物和先进经验,树立新农村建设的标杆乡(镇)村和带头人,激发全省人民对新农村建设的热情。之前,《乡村发现》栏目举办"湖南卫视乡村发现'美丽村姑'大比拼"活动。一开始就有来自全国 20 多个省的 2 000 多名选手报名参加,为栏目品牌提供了广泛的成长空间,突破了区域性限制。整个节目分为"美丽村姑进城"、"美丽村姑逛大街"、"美丽村姑生财有道"、"美丽村姑做客搜狐网站"、"美丽村姑总决赛"等几个阶段。节目全程由李兵担任主持人,《三湘都市报》、搜狐网等不同介质媒体共同参与,联手打造了一个对农传播精品活动。比如山东电视台《乡村季风》栏目针对农副产品需求趋势,提供专家建议,组织货源,优先供给种植、林果、畜牧优良品种和有关肥料,包销合格产品,与农民逐步建立起风险共担、资源共享的新型合作模式。河南省科技协会主办的《农家参谋》杂志与多家企业实体联合创办郑州农家参谋农资营销连锁有限公司,从事农药、种子、化肥、农膜、饲料等农产品的营销推广和技术服务。通过《农家参谋》媒体品牌与企业技术优势的有效整合,取得了良好的经营业绩,实现了媒体、农业企业和农民利益的共赢。《中国家禽》杂志社改变了传统期刊以发行和广告为基础的经营模式,推出了网络版和电子杂志,使杂志网站成为杂志社的重要收入来源;利用杂志和网站的专业知识优势开展行业咨询与调查,如为肯德基提供市场调研;挺进会展业,有计划地组织行业的展览会,由该杂志举办的系列家禽、畜牧、饲料交易会等已经成为行业的著名品牌。另外,杂志社还充分发挥杂志的内容优势和专家团的智囊作用,定期举办各种研讨会、论坛活动,吸引行业企业参加。对农业产业化的发展起到了良好的推动作用。辽宁人民广播电台新闻率《今日黑土地》栏目会同省农业厅和耘垦养殖公司举办了听友现场直播,活动举办科普大集。为满足农民对食用菌致富技术的需求,《今日黑土地》节目在开办《食用菌致富之声》专栏基础上,联合省食用菌协会主办了辽宁省首届蘑菇大会暨辽宁电台新闻台(今日黑土地)听友联谊会。整个听友联谊会以《今日黑土地》特别节目的形式出现,让来自省内外不同地区的近 2 000 名农民朋友和数十位全国各地的专家面对面近距离地交流。活动中食用菌专家和农民致富典型现场给农民致富支招,取得了良好的社会效益和经济效益。同时,《今日黑土地》还积极出版发行涉农类"致富类图书"、举办培训班、交流会、电话热线、节目网站附加广告以及进行农资产品销售代理等相关产业的开发。引入商业化节目制作机构参与节目的制作与销售利用广播电台的自身优势参与节目市场的交易,在更广阔的领域寻求新的利润增长点。由单纯的对农广播节目衍生出更多的节目制作机构,组建农业报刊、农资销售公司、培训机构,把节目制作成书籍杂志或者社教、专题、文艺、影视、科普等多种形式的音像制品出版发行,使节目增值,在扩大传播效果的同时促进创收。

从总体上说，目前对农传播产业化尚未正式进入政府决策部门的视野，尚未进入大多数对农媒介发展战略的考量。但是不可否认，对农媒介自发性的产业化实践对推动我国特色对农传播的产业化积累了一定的经验。

第二节　中国特色对农传播产业化的现实障碍

当前我国对农传播产业化的现实障碍主要集中在产业化发展的基础薄弱、思想观念有待进一步解放、相关的政策配套措施有待进一步健全等。

一、对农传播产业化基础薄弱

当前我国对农传播产业化基础薄弱主要集中在两个方面。一是农业发展不平衡，总体上基础仍然薄弱，农业产业化程度仍然有待提高，对农传播产业化的推进面临较为匮乏的资源平台。改革开放以来，中国农村经济发展取得重大成就，特别是随着农业税、牧业税、特产税全部取消，各种支农惠农政策不断加强和农村综合改革逐步深化，农民的收入在逐年增加，一些地区已经实现了农业的产业化经营，农业经济进入了一个新的发展阶段。但大部分地区尚未摆脱自给自足的自然经济的影响，依然停留在传统农业的发展阶段，其表现为以人力和畜力为主要动力的耕作方式在农村仍然占据主体地位，农业工具的简陋和"日出而作，日落而息"的劳作方式并没有多大的改变。大量农业剩余劳动力的存在进一步加剧了稀缺的耕地资源与庞大的农业人口之间的矛盾，这一矛盾已经成为阻碍农村经济乃至整个中国经济发展的"瓶颈"。农产品商品率低，自给自足的特征十分明显，70％左右的人口在农业部门的巨量沉积和耕地资源的紧缺，使我国呈现出明显的"口粮农业"的特征。农民收入增长缓慢，隐性失业严重，全球金融危机带来的民工回流潮以及全球经济一体化进程的加快，使中国的农业面临着更加严峻的挑战。正如党的十七大报告指出的那样："经济增长的资源环境代价过大；城乡和区域、经济社会发展仍然不平衡；农业稳定发展和农民持续增收难度加大。""农业基础薄弱、农村发展滞后的局面尚未改变。"这些现状使对农传播产业化面临着更多的现实困难。二是当前我国对农传播总体上仍处于起步阶段，涉农栏目和专业化频道相对较少，整体资源权重比、经营和使用效益相对较差，对农传播的影响力还相对不足。而且针对农民科技普及和技能培训的节目很少，农村题材的广播剧、电视剧很少。对农传播产业化的驱动主体是对农媒介，只有对农媒介自身具备了较强的综合竞争力，才能更好地分析和研判市场，才能更好地发挥媒介优势，促进农业产业化发展。当前对农媒介自身发展的薄弱使对农媒介履行自身媒介职能尚显乏力，通过媒介要素激发农业产业化发展，仍有非常长的一段路要走。

二、思想观念有待进一步解放

当前我国对农媒介的发展主要依赖于政府的政策扶持，由于限于政府财力因素以及被其他强势内容频道的挤压，对农栏目和频道在广电企业内部所支配的资源权重相对稀缺，影响力和综合实力相对较弱,对农传播的自我造血和发展能力亟待加强。要实现对农传播的可持续发展,就要努力改变当前单一的政府公益性投入模式,在对农媒介可以试行产业化的领域推动产业化建设与发展,积极尝试建立与政府公益性投入互补的产业化运行模式,建立中国特色的对农传播产业化发展机制。而这项工作的推进,首先要改变的是政府和对农媒介的传统观念。当前,部分对农媒介从业人员认为作为公益性定位的对农媒介,只需要通过政府投入以及其他支持力度的增强来提升自我综合实力,而无须通过产业化运营来谋求自我发展。这样的观念既是对新时期对农传播发展路径的狭隘理解,也直接阻碍了对农传播产业化的推进。

三、相关政策配套措施处于空白状态

当前我国对农传播产业化的实践仍然处于个别媒体自发性的个案摸索阶段。现有的案例既缺乏广泛的宣传与推广,也缺乏有效、全面的经验梳理和总结。对农传播产业化的政策配套措施整体上处于空白阶段,同时学术界对对农传播产业化的研究也整体处于起步阶段。在各级各类学术期刊中,在对农传播相关的硕士博士论文中,鲜有论及对农传播产业化发展的。理论研究和实践的不足严重制约了对农传播产业化的推进和发展。

第三节　中国特色对农传播产业化的必要性与可行性

一、目前对农传播的发展现状需要在若干领域引入产业化增强其发展的动力

改革开放以来,我国农村广播电视取得了长足的进步,对于农村"三个文明"建设、农民脱贫致富发挥了积极作用。CCTV-7 自开办以来,坚持"服务三农、沟通城乡"的宗旨,已经成为全国农业节目体系中的"领头羊"。CCTV-7 拥有《致富经》、《聚焦三农》、《乡村大世界》、《法制编辑部》、《每日农经》等一批名牌栏目,稳定的可接收家庭超过 2 亿户,可接收人口达 7 亿多。同时,经过多年的探索发展,各地涌现出一大批有特色的对农专栏节目。如吉林台的《乡村四季》、湖南台的《乡村发现》、山东台的《乡村季风》、广东台的《摇钱树》、北京台的《京郊大地》、辽宁台的《黑土地》、河北台的《三农最前线》、湖北荆州台《垄上行》等。广播电视已成为我国农村最为普及、最为便捷的信息载体和文化娱乐工具。据 2007 年 12 月 19 日中央电视台举行的"全国电视观众抽样调查"新闻发布会上公布的数据显示,截至 2007 年 9 月,我国四岁以上电视观众总数为 12.05 亿人,占四岁以上全国人口的 93.9%,其中 99.89% 的家庭拥有电视机,电视机在居民家庭基本普及;有线网络和卫星天线接收进入更多家庭,观众户均收看的频道数量为 32.4 个,比 5 年前增加一倍;93.72% 观众闲暇选择看电视,比 5 年前增加 2.64%。全国电视观众中,农村观众比率为 55.31%,城镇观众比率为 44.69%。电视观众在城市人口中所占比率为 99.29%,在农村人口中所占比率为 98.74%。我国是农业大国,有 7 亿多农民在农村,农村要发展,农民要致富,不能离开信

息,而据调查显示,电视是农民获得信息的主要渠道。但是不可否认,我国对农传播整体上处于基础差、实力弱、影响力差、发展后劲不足的境地。据统计,目前经国家广电总局批准的对农广播频率只有 10 套(陕西、山西、山东、河南、江西以及广西南宁、河北张家口、浙江嘉兴、广东茂名和揭阳电台),对农电视频道只有五套(包括中央电视台第七套少儿军事农业频道、河北电视台农民频道、吉林电视台乡村频道、山东电视台农村科普频道、山东临沂电视台农村科普频道),仅占全国频道总数的 0.4%。对农节目更是微不足道。中央电视台第七套节目中的 1/3 的时间和第二套节目中的很少一部分时间播出与"三农"有关的节目;省级卫视频道的"三农"栏目大多每周播出一期,只有辽宁卫视和山东卫视的"三农"栏目播出频率最高,每日播出一期。省级卫视频道的"三农"栏目,节目长度一般为 20~30 分钟,最长一般不超过 50 分钟(含广告)。在这样的背景下,要通过公益化路径,实现对农媒介发展层次、数量、规模以及传播效能、经营效益根本性的提升,改变其现有的覆盖面、影响力状况,无论是中央财政还是地方财政都很难在短时间或者一定时期内完成这样的建设任务。更为现实和理想的建设方式是,通过制度设计的优化,以创新性制度设计为杠杆,撬动当前对农传播相对僵化的版图结构。通过鼓励对农传播在若干个领域走市场化发展路径,允许其采用灵活的经营和发展方式,积极吸纳市场资源和要素发展自我,走与市场紧密结合的发展道路,同时实现对农传播与区域农业发展特色、区域经济发展特色的全面嫁接,解决对农传播生根发芽的问题。

二、我国传媒发展现状与趋势适宜推动对农传播产业化

2004 年至今,中国传媒产业取得了巨大发展。2004 年,中国传媒产业的规模为 2 108.97 亿元,而到了 2009 年,这一数字已经达到 4 907.96 亿元。2009 年 8 月,国家广电总局下发了《关于认真做好广播电视制播分离改革的意见》,制播分离改革在 2009 年全面铺开,制播分离政策的推出,让众多体制内的广电机构看到了实现产业资本和金融资本融合的可能性,进而推动产业升级发展。电视市场竞争中,央视的收视率仍占据绝对优势,但各省卫视纷纷跨出区域市场,不断扩大影响力范围,争夺内容资源并求新求变。湖南卫视的《快乐女声》、江苏卫视的《绝对唱响》和东方卫视的《加油!东方天使》等选秀节目继续发酵,浙江卫视《我爱记歌词》、《爱唱才会赢》等节目打造了独特的娱乐节目纵贯线,其他省、市的卫视也推出各种求新求变的节目,形成了全方位立体化的娱乐竞争格局。中央电视台 2010 年黄金资源广告招标再创历史新高,广告招标总额 109.6645 亿元,较去年的 92.5627 亿元增长了 17.1 亿元,增幅为 18.5%。2009 年上半年,浙江卫视成功改版,通过与广告主的互动营销,广告同比增长 50%。贵州卫视品牌广告价格提升,同时调整了广告结构,广告创收同比增长 30%。在品牌营销方面,山东卫视率先提出了"中国二三线市场的领跑者"的主张,以覆盖优势深耕中国二三线市场的营销传播;而河北卫视立足自身的优势,提出"品牌全国化,营销区域化",而在广播市场上,城市广播收听市场呈现稳中有升的发展态势,区域电台优势明显,省级电台、市级电台分别引领省会和非省会城市市场的竞争格局。2009 年 7 月 22 日,国务院总理温家宝在《文化产业振兴规划》八项重点工作中明确提出,要"推进有线电视网络、电影院线、数字电影院线和出版物发行的跨地区整合",这是国家级文件中首次列入有线网络的跨地域整合问题。2009 年 7 月 29 日,上海文广集团(下称 SMG)

与江苏省广电信息网络公司签署沪苏"下一代广播电视网"(以下称 NGB)战略合作协议。目前,NGB 已先期在上海、杭州、南京进行互联,建成了我国第一个真正实现三网融合的高性能宽带信息网,覆盖用户达 3 万户,成为全球规模最大、能够提供包括高清晰视频服务在内的宽带流媒体互动业务示范网络。新媒体融合积极打造广电产业新的经济增长点,移动多媒体广播电视和网络视频业务的发展,将形成广电产业新的经济增长点,使新媒体业务成为广电产业继广告、收视费之后的第三大创收来源。

所以说,我国广播电视产业已经成为我国市场化手段相对丰富、市场化机制相对完善、市场化程度发育相对健全的产业门类,已经积累了良好的产业化发展的经验,积累了良好的经济条件,这为对农传播产业化的推进提供了良好的发展经验、文化土壤和经济基础。通过合理的创新型制度的设计、制度杠杆作用的激发,对农传播完全能借鉴业已成熟的传媒产业的运营和发展经验,走与农业市场和农村社会深度对接的道路,也能够有效地通过市场机制的协调,实现对农传播在传媒产业内部的资源流动与集聚。

三、我国农村经济和农村社会发展的现状适合对农传播产业化

改革开放 30 年来我国的农业生产和农村生活都发生了历史性巨变。特别是随着农业税、牧业税、特产税全部取消,各种支农惠农政策不断加强。无论是农民的生产生活方式,还是农村经济的增长方式都发生了很大的变化。农业综合生产能力的显著提高,农业科技取得了历史性进步,农业和农村经济体制发生了重大变革,农村综合改革逐步深化,农业和农村经济市场化进程不断加快,农业和农村经济结构不断优化,一些地区已经实现了农业的产业化经营,全方位农业对外开放格局已经形成,农民收入不断增加,农业经济进入了一个新的发展阶段。农村面貌发生了实质性变化。农民人均纯收入和人均生活费支出成倍增长,反映消费结构和消费水平的恩格尔系数由 54% 下降到 47.7%,进入小康区间。贫困人口由 9 600 万人减少到 2 926 万人,占农村总人口的比重由 11% 降到 3% 以下。虽然不可否认,我国农村社会和农业经济发展还存在着尚未完全摆脱自给自足的自然经济的影响,大量农业剩余劳动力的存在进一步加剧了稀缺的耕地资源与庞大的农业人口之间的矛盾,农产品商品率低,农业产业化经营发展很不平衡等问题。但是客观上农村经济的发展和农村社会的繁荣为对农传播产业化的推进提供了良好的经济基础和条件,也为在农业经济相对发达的地区探索一条对农传播产业化的创新道路提供了现实的可能。

四、对农传播产业化是推动对农传播可持续发展的内在动力

对农传播的产业化有助于实现对农传播的差异化定位。对农传播有其自身的传播对象、传播形态和传播使命。对农传播所要形成和巩固的是具有生产力拉动效应的专业化对农传播市场,即对农媒介资源与农村经济深度对接的一体化发展格局以及由此形成的稳定受众市场和受众群体。它的核心竞争力在于农村经济发展中的影响力和贡献力,农村文化发展中的引导力。对农传播要从媒介内部平行收视份额竞争中走出来,通过对农媒介的差异化定位、差异化收视格局、差异化运行模式的确立,改变此消彼长的"蛋糕效应"为共存叠加"积木效应",探索媒介同质化竞争中独特竞合之道。

对农传播产业化是对农传播造血机制和新运行体制的基本要义。对农传播的可持续

发展取决于对农媒介在农业产业发展中的介入深度、与农村产业发展的对接程度、农村受众群体的稳定程度。农村受众群体、农村市场体量巨大而又发展迅速。对农媒介以自身独特的媒介优势介入农村产业发展,共享农村产业升级带来的增值效益,而产业介入与对农传播话语主题、话语方式、节目形态、栏目设计等的一体化发展,使对农媒介形成与农村市场、受众群体之间相对稳定的渗透发展状态。以产业介入获利兼及媒介市场拓展的运行方式将形成新时期我国对农媒介独特的赢利结构。

对农传播产业化有助于探讨一条具有中国特色的对农传播的创新路子。对农传播体制改革也是我国媒介管理体制改革的重要组成部分。我国的中央省市县四级媒体中大都有对农频道或者对农栏目的存在,但总体呈现出资源分散、权重比例低、影响力相对较弱的状况。对农传播产业化概念的介入,将为对农传媒管理模式、运行方式等各方面变革带来一定的契机。比如在传统省市县三级办台体制中尝试对农栏目的整合运营和一体化管理等;探讨区域性对农出版、广播电视、网络乃至企业等组建跨行业对农传媒集团的可能性等,这些都将为我国传媒改革提供重要的经验。

第四节　中国特色对农传播产业化的模式抉择

中国特色对农传播产业化的道路,其本质上还是类同于文化体制改革的方向,建立事业与产业的双轨运行机制。通过事业运行机制的建立,确保对农传播"公共惠农"的基本定位,确保对农传播话语渠道、内容资讯等的公益共享性,使对农传播在最大限度上服务农村经济结构的调整、农村文化的繁荣和农村社会的和谐等。通过产业机制的建立,把允许面向市场经营的资产、资源和业务从目前的事业体制中剥离出来,挖掘对农传播自身所孕育的产业潜力和活力,放大对农传播中适应于产业化的领域和环节,建立新时期对农传播自我造血机制。通过企业转制或重组,做大对农传播产业,更好地提升对农媒介的综合竞争实力,更好地服务农业和农村社会发展。

目前对农传播产业化的主要门类和类型可以界定为如下几种。

一、对农传播产业化的项目内容

1. 为农业产业结构调整和产业布局提供规划服务与决策咨询

当前我国农村经济快速发展,农业结构调整不断走向深入,农业产业发展面临着全新的背景、趋势和要求。在这样的历史背景下,更好地编制农业产业发展规划成为各级基层政府面临的重要课题。但是现实发展中面临的尴尬往往是:相关专业的公关策略公司、规划企业或者高等院校科研院所等从实施成本和效益价值比的角度考量,往往更愿意为大型企业集团、大中型城市或者主流行业提供发展策略评估和政策建议,往往鲜有关注到某一区域农业产业结构调整规划或农业某一产业结构门类的对策研究;相关的高等院校或科研院所有一定的研究力量和研究基础,但是要能够深刻把握某一区域农业经济发展现状特征并提出意见建议,还存在着一定的适应期和中间过程;基层政府对当地农业产业发展情况较为熟悉,但是依靠自我力量,通过专业化角度科学预测和制定农村产业发展规划还存在着一定的研究水平和力量的落差。从总体上而言,针对我国农业产业结构和产业布局调整的相关规划的制订与农业产业发展的实际需求存在落差,这项工作和市场有待进一步深入开掘。而我国对农媒介是党和国家涉农政策的主要宣传载体,对党和国家涉农政策的要求、内涵以及走向等有着独特的深刻理解和把握。同时对农媒介又是农业产业发展、农村经济结构调整、农村社会政治文化等改革的信息中枢,对于农村产业结构调整与农村经济发展有着良好的宏观了解和微观研究,它是农业发展和农村改革等新鲜资讯的第一把握和梳理者,是党和国家政策和一线农业发展实践的最好嫁接桥梁,存在着先天的政策和资讯优势。对农媒介可以充分发挥自身的这些优势,对发展某一农业产业门类的现实基础、市场前景、竞争策略、发展目标等提出完善的对策建议,对某一区域农业产业结构和产业布局规划编制详细的发展规划,为农业产业发展和农村经济结构调整提供"智库服务",为政府决策提供第一手的资料。

2. 参与农业专业市场的培育和产业拓展

伴随着我国农业现代化的推进,我国农业生产由原来的分散型、粗放型、技术相对落后、靠天吃饭为主的传统农业逐步向现代农业转型。农业产业化成为农业现代化的重要内容。1997年9月12日党的十五大开幕式上,江泽民同志在政治报告中就明确指出:"积极发展农业产业化经营,形成生产、加工、销售有机结合和相互促进的机制,推进农业向商品化、专业化、现代化转变。"农业产业化改变了原来零散型的农业生产模式,建立起以农户为成员单位、以市场为导向、农业企业或农业经济合作组织为纽带的产业运营模式,贯穿起农业生产、产品流通、增值服务等产业运营的各个流程,形成区域化布局、专业化生产、规模化建设、系列化加工、社会化服务、企业化管理的完整农业产业系统,有效促进了农业专业化和规模经营的发展,促进了农业新技术的运用,提升了农业发展水平和质量。当前对农媒介的作用仍然主要集中在农业新闻的报道、农业新风尚的报道等方面,在我国农业产业化进程中对农媒介的职能有待进一步发挥,它需要更加深入地发挥媒介本身所负载的信息以及通联平台的作用,更深地介入到农业产业化运营的具体环节,为农业产业化的发展注入强大的生机与活力。例如,对农媒介在农业专业市场培育和产业拓展方面具有独特的功能。对农媒介可以直接参与农业专业市场的定位设计、萃取特色和重点门类,承担网上农业商城建设任务、开展品牌塑造活动等,构建与区域农业产业特色紧密结合的差异化的产业竞争格局。同时对农媒介本身承担着重要的舆论宣传职能,这对于进一步扩大区域农业产业的影响,提升区域农业产业的辐射面,提升产业流通性,做大、做强区域农业产业发挥着重要的作用。而且对农媒介又是农业产业发展重要的交互通联平台,它可以进一步密切农户、农业企业、农业市场流通主体、政府等之间的关系,有效联系起农业生产、加工、流通、销售等渠道,这对于进一步完善和巩固农业产业链将发挥重要的作用。

3. 对农业新技术的宣传和推广承担独特的使命

当前我国农业生产技术不断进步、农业生产更多地转移到依靠技术进步提高生产力的轨道上。在新的历史时期,农业技术的内涵得到新的丰富,它既包括如何通过农业新技术的引入不断改良品种,提升农作物抗病能力、提升农作物产量等,也包括了新的农业生产管理方式的引入、新的集约化质量监控体系的引入等,比如农业专家智能系统、农业动态数据库、互联网农业体系、大宗农产品现货交易咨询系统的建立和使用等方面。在我国农业发展进程中,无论是在农业新技术研发还是在现代管理方式的引入等方面,媒介大多只是停留在对于该新闻现象和新闻事件的报道上,也即是在新闻事件存在或出现后,媒介再对此加以介入报道,存在着一定程度的"滞后性"。在新的历史时期,对农媒介可以凭借自身的平台优势和渠道优势,积极介入农业新技术的宣传推广,积极介入农业网络宣传平台的构建,建立立体化农业品牌形象的塑造体系,积极参与互联网农业体系的建设等,变事后报道为事前事中参与,变简单的媒介宣传为农业新技术新理念的实践推广和实施者,现实地推动农业技术进步和农业产业的转型升级。

4. 以多样的方式参与农村文化建设

大力加强农村文化建设是对农媒介承担的重要职能之一。在过去,我国对农媒介更多地通过编辑、制作、播放一些农村群众喜闻乐见的文艺节目的方式参与农村文化建设。但存在的问题是,由于对农媒介从业人员本身与农村环境之间的相对疏离,对农村受众文化程度、审美爱好、文化接受习惯等相对缺乏更深程度地了解,导致在有些文艺节目不能很好地适应农村受众的文化需求。这里面需要重点解决的是农村文艺节目与农村受众的审美结合问题。而这就需要改变传统的媒介——受众单向的节目审美传达方式,让农村受众更好地参与到文艺节目制作中,要更好地挖掘群众喜闻乐见的节目形态、节目内容和节目方式。除开在节目制作方式和流程上的改革之外,还需要对农媒介以更加多样化的方式去促进农村文化的生根发芽与可持续繁荣。比如对农媒介可以尝试收购具有活力并且受到农村受众广泛文化认同的文艺团体等,积极参股民营文艺院团等。目前民营院团已经成为增加农民收入、促进农业发展、调整农村产业结构的重要力量。例如,河南省宝丰县全县48万人口,就有5万多农民从事文艺表演,年收入近4亿元,成为当地农村经济和社会发展的重要支柱。浙江有民营剧团450多个,从业人员1.5万人左右,年收入约3亿元,在全省演出市场的占有率约为90%,服务对象是近80%的浙江人口,95%以上的农村常住人口和大量的农村流动人口,每年演出在15万场以上,平均使每个农民每年至少能看上2场戏。江苏省徐州马庄农民乐团20年累计演出6 000余场,2006年演出450多场,其中公益性演出120多场。如皋市现有113个民营团体,从业人员1 000多人,年均演出2.5万场次,观众达800多万人次,年演出及相关产业收入超过1.5亿元。但是当前民营院团发展也存在一些问题,大多民营院团处于分散的单兵作战的状态,民营院团与政府管理部门、行业协会之间的沟通和交流很少。而对农媒介参股民营文艺院团可以进一步壮大民营文艺院团,在保留其艺术特色的同时,对其人员架构、组织运行等进行现代化的管理改革等,同时介于其本身的媒介背景,可以有效地加强民营文艺院团与政府、行业协会之间的关系。同时对农媒介要积极挖掘、发扬农村传统文化和特色艺术的精髓,通过市场化手段加以包装和推广,这样既实现了对农村传统文化的保护提升,又为农村文化市场的开拓注入了强劲的动力,而这种动力,则是以农村受众长期的审美认同作为基础,具有相当的可持续发展性。

二、对农传播产业化的方式

1. 参股或购买方式

参股和购买方式是使对农媒介以部分所有权或者全部所有权方式实质性地参与农业产业发展。从理论上讲,这种参股和购买方式可以扩散到农业产业园区的经营与建设、农业龙头企业的建设与发展、农业流通企业的运营与发展、农业技术的开发与转化、农村文化团体的经营等。但是从当前以及今后一个历史时期我国对农媒介的发展基础和综合经营实力而言,我国对农媒介要以购买或自我培育方式等独立承担某农业产业园区的经营与建设、农业龙头企业的建设与发展、农业流通企业的运营与发展、农业技术的开发与转化职能,尚存在着相当的差距,且不符合媒介自身的风险控制原则。通过发挥媒介自身的信息集成、组织通联、品牌塑造、营销策划等渠道平台优势,以参股方式介入到农业产业园区、农业龙头企业、农业流通与交易载体、农业技术的开发与转化企业的建设和发展中,既可以最大化地发挥对农媒介自身的专业特长,也可以有效规避参与市场竞争的现实风险,并同时共享农业产业增值带来的收益。对农媒介作为文化事业和文化产业发展的重要组成部分,在农村文化发展中承担着特殊的重要职能。在某种程度上,它也是农村文化的发展引擎和助力器。在新的历史时期,对农媒介可以根据区域文化特色开展有重点的经营性活动,根据区域农村文化发展状况和文化企业经营情况,以收购、控股或者参股等方式盘活人民群众喜闻乐见的地方戏剧文化艺术团体,创新其艺术形式与运营机制,更好地激活和发展特色农村文化。在大型卫视及其他频道大众化覆盖背景下寻求分众化的区域收视热点,又可以形成特色的赢利平台。控股或者参股方式的运用取决于区域对农媒介的发展基础和综合实力,也取决于对农传播市场的发育程度和市场化机制的演进状况,取决于农村文艺院团的综合经营状况和竞争力实际。对于市场化发育程度较好、农村文艺院团发展较为成熟的地区,对农媒介可以以参股方式实现与农村文艺院团的强强联合,优势互补,实现其更高层次、更好水平的发展;对于市场化程度较差、农村文化团体发展较为落后的地区,对农媒介可以通过购买、控股的方式赋予农村文艺院团强有力的政策扶持、资金支持和运营机制的升级再造,迅速提升其综合实力,扩大其在农村受众中的影响力,为实现农村文化大发展大繁荣服务。

2. 自我培育方式

自我培育方式是对农媒介通过发挥自身的优势和特色,培育介入农村产业发展的接入点和产业生长平台。从某种程度上说,会用钱的文化组织才会获得惊人的利润,不会用钱的文化组织难于在残酷的市场竞争中立足。自我培育的方式必须要处理好投资的方向、投资的期限、投资的金额、投资的收益、投资的风险等。在第三节中讲到,当前对农媒介要独立承担农业产业园区的经营与建设、农业龙头企业的建设与发展、农业流通企业的运营与发展、农业技术的开发与转化职能尚存在着相当的差距,且不符合风险规避原则。同样,我国对农媒介的发展现状也不适宜去独立培育农业产业园区、农业龙头企业、农业流通企业、农业技术的开发与转化企业,而更适合培育基于媒介优势的传媒产业衍生公司,开展包括农业产业发展战略咨询、产业品牌塑造和公共关系建构、农业技术转化与推广、农村文化产业发展等业务。以整体公司名义参股农业产业园区、农业龙头企业建设等。我们在这里尤其要重点强调的是，自我培育要挖掘发挥农业产业的新的增长点。比如农产品广播电视、网络等三维立体信息交互和产品流通平台的建设不仅将为农户带来现实的收益，同时也将为对农媒介开拓巨大的产业增值的中间市场。自我培育的基点在于要善于发掘农业产业发展现实需要、媒介具有独特优势、现实发展存在缺失的产业生长点，通过新的产业要素的催动和介入，实现对现有农业产业内容、产业质量、产业运营和发展方式的质的升级，也培育出对农媒介介入对农产业运营的全新路径。

在这里，重点要推出一种资信交易的理念。资信交易理念的基点在于更好地规避产业运营的现实风险，最高限度地激发对农媒介的优势与潜力。资信交易方式是当前农业频道介入农村产业运营、打造对农传播产业链的有效选择方式。所谓资信交易方式，是指农业频道不以资本投入介入农村实体经济的农业新技术开发与转化、农业生产与销售的投资等经营行为中，而是通过"媒介要素"的开发，以"资信互授"方式将"媒介要素"折合股权，形成企业主体与对农媒介之间的权利和义务关系，实现对产业链上、中、下游的物质贯通与流动。比如在某一农业新技术开发过程中，通过"资信互授"，技术开发企业对媒体承担技术可靠性、有效性保证并承诺相应经济和法律责任；对农媒介利用自身的媒介渠道和平台优势对技术开发企业承担推广、策划和宣传责任，提供决策参考等智力支持，两者对该新技术转化和推广承担联结责任并享受利益分成。比如在农业专业市场打造过程中，对农媒介可以利用自身的平台和渠道优势，以"资信互授"方式折合适当股权，承担相应利益和责任。对农媒介通过信息渠道，对市场建设的规模、定位、特色门类等提供建设性意见，参与市场的整体包装和策划，参与市场推广与营销，并最终通过市场发展的绩效来实现合同约定的价值回报或者承担一定风险。"资信互授"方式有效规避了对农媒介以资本参与农村实体经济运营带来的经营风险和对媒介自身职能和导向异化的忧虑。通过"资信互授"，有效盘活了媒介资产，使对农媒介最高限度地放大自身的信息渠道和平台等优势，通过自己所擅长的媒介职能的发挥，参与农业产业化发展，介入农业新技术开发、农业生产与销售、特色农业培育等过程中，有效激活各种产业要素，实现对农业经济结构调整和农业产业化的现实推动。在这个过程中，通过制度化的利益共享与分成，对农媒介也丰盈了自我造血能力，实现了自我发展。同时，"资信互授"也有效确保了媒介公共话语权的表达，通过法律制约与保证，确保对农媒介参与市场行为的社会公平性和正义性，确保了媒介自身的社会"公共责任"和"公共使命"。同时，对农媒介是处于特殊环境和市场背景下的媒体。基于频道类别的特殊性，对农媒介需要与地方政府部门保持密切联系，积极参与区域农村规划设计、产业结构调整、产业门类的优化与萃取等工作，为政府部门决策提供建设性意见和建议。

三、组建对农传媒集团：对于一种未来趋势的可行性探讨

2005 年 12 月，中央发布《关于深化文化体制改革的若干意见》明确提出："新闻媒体中的广告、印刷、发行、传输网络部分，以及影视剧等节目制作与销售部门，可以从事业体制中剥离出来，转制为企业，进行市场运作，为主业服务。"同时，为了提高产业化水平，在坚持"区别对待、分类指导、循序渐进、逐步推开"的前提下，要"运用市场机制，以资本为纽带，实行联合、重组，重点培养一批实力雄厚、具有较强竞争力和影响力的大型文化企业和企业集

团"，"支持和鼓励大型文化企业和企业集团跨地区、跨行业兼并重组。有条件的可组建多媒体文化企业集团。"并在健全市场体系和财政、投融资、工商、税务等方面出台了一系列政策,鼓励吸收多种社会力量参与大众传播公共服务的生产和供给。在意见出台后,我国传媒管理体制改革不断走向深入,一批广电集团或者文化传媒集团先后成立。但是基于对农媒介原有的发展基础,改革的触角尚未深入到对农媒介。

新时期组建区域性对农传媒集团是推动对农传播产业化、提升对农传播核心竞争力的重要路径抉择,是一项具有重要创新意义的尝试。对农传媒集团以"引领农村文化发展、引导农业产业升级、发展农业生产力"为己任,盘活、整合、重组与集聚对农传媒资源,引入新的产业要素,打造具有高度专业性的对农媒介集团。

当前,媒介跨区域运作已经成为国际潮流。例如,福克斯娱乐集团旗下的福克斯电视网包括全美各地近两百家电视台,还有35家福克斯拥有的电视台,覆盖了美国40%多的电视观众,在2000年成为美国最大的电视台集团。2000年成立的天空环球网络集团整合了英国天空广播公司、香港卫视电视公司、意大利溪流电视、巴西天空电视、墨西哥天空电视、天空电视多国伙伴、天空完美电视等卫星电视传输平台的资产。美国在线——时代华纳公司于2001年10月22日成为首个进入中国内地广电市场的外国广电集团。2002年,星空卫视正式开播,这是星空传媒集团全心为中国观众打造的电视频道,在珠江三角洲地区极受欢迎,开播之初便成功进入到10万收视家庭。一年后,星空获准在全国范围内"有限落地"。这些例子标明,跨区域传播与扩张已是国外电视传媒企业发展过程中的必要手段。2003年10月,上海文广新闻传媒集团又推出东方卫视,这也是其为跨区域传播而设计的新品牌。上海东方卫视以江浙沪经济圈为频道核心市场,提出"全面开放、对等落地、规范管理、市场运作"的方针,在4个直辖市、27个省会城市、290多个地市级城市、澳大利亚、北美落地,成为省级卫视覆盖率的第一名,仅次于中央电视台,在地理范围上率先成为全国性媒体。2004年1月,南方传媒集团挂牌成立,先后整合了省级三大台、网络公司和省内19个地市级成员单位,是国内第一个"由省、市、县广播电视系统企事业单位联合组成"的全省性广电集团。有"西部黄金卫视"之称的贵州电视台利用卫星频道资源,并结合其在西部地区的收视、覆盖、广告需求等优势,将自己定位为区域性卫视——"做给西部人看的"节目,成为国内第一个定位于区域的省级卫视。贵州卫视目前已成功覆盖西部12个省区,在节目方面,贵州卫视计划突破贵州省域,立足于西部大平台进行传播,着眼点从发展贵州推广到发展西部。2001年8月组建的上海文广新闻传媒集团(SMG),本着"资源整合、品牌经营、产业链接、市场内驱、合作共赢"的思想,先后进入音乐事业领域,与维亚康姆成立儿童节目合资公司,与韩国CJ频道成立东方CJ商务有限公司,成功获得IPTV、手机电视集成运营机构的拍照,并于2004年11月,与《广州日报》《北京青年报》合作发行《第一财经日报》,将"第一财经"品牌成功地从电视、广播延伸到了平面媒体。这些实践客观上为推动对农传媒集团的建立提供了良好的实践经验。

区域性对农传媒集团具有高度的"整合性"特点。一是对现有对农媒介管理体制的重组与整合,即实现"跨区域运作"。当前我国的对农媒介资源都分别列属于省、市、县、各级媒体,属于"分散型、粗放型"的横向管理模式。区域性对农传媒集团以省市广电媒体中具有较强综合实力的对农频道为基干,打破区域界限,通过兼并、收购、联合等方式,盘活、吸纳和优化重组省、市、县三级对农媒介资源，建立对农传播"一体化、垂直型"管理和运营体制，实现对农媒介资源的集聚。二是新媒介要素的介入与重组，即实现"跨媒体运作"。当前我国三网融合战略正稳步推进。同时伴随着农村经济的快速发展，农村信息化水平快速提高，部分经济发达地区农村受众的手机拥有率和网络覆盖率已经达到了较高的水平。在总体经济发展水平较高的东南沿海地区，数字付费电视、宽频网络电视、移动电视、手机电视等已经进入农村受众的生活，这对于进一步拓展对农传播的平台将发挥革命性的影响。对农传媒集团在保持原有的广播电视等媒介优势基础上，可以积极促成与对农专业出版社、报纸、杂志、涉农专业网站、手机运营商等的跨媒体合作，形成对农传播信息资源、人力资源、硬件资源等的集约化使用，有利于形成对农村不同类型受众的全方位、多层次的覆盖，提高传播效能，有利于增强对农传媒集团综合竞争力。山东电视台《乡村季风》就是一个很好的例子，该栏目以"说农村农业政策、找发家致富窍门、传四面八方信息、扬齐鲁农业美名"为定位，集新闻性、知识性、服务性于一体。为提升竞争力，该栏目在营销策略上进行了一些调整：一是与山东农业大学音像出版社合作，正式出版《乡村季风》的电子版光盘以及一本小杂志。同时栏目组联合《乡村季风》杂志社设立的科技信息联络点，加深该栏目对山区农业发展现状的认识了解，并针对实际需要给予相关农业技术支持和市场信息反馈。江苏省丹阳市以多媒体联合方式开展对农传播进行了有益的探索。该市于 2007 年被农业部定为"三电合一"项目试建单位。通过电视节目、计算机网络、电话语音联网，建立起复合、立体的对农传播信息平台，有效地丰富了信息资源，加强了信息交流，增强了传受互动，提高了信息效用。在电视节目播出后，受众如果有兴趣可以通过电话热线咨询，电话的另一端有市场行情、政策、法规、专家坐席咨询等服务项目；还可以登录该市农林信息网，查询或发布供求信息，该农林信息网与中国农林信息网之间则实现数据互通、资源共享。三是新行业要素的"合纵连横"，即实现"跨行业运作"。浙江日报集团联合中国烟草总公司浙江省公司和浙江省财务开发公司等国有资本，组建东方星空文化基金，培育发展文化传播产业骨干企业和新兴文化；浙江广电集团在探索吸纳和控制社会资本进入经营性企业的同时，积极进军影视业；华数数字电视公司与杭州、嘉兴等 6 个市及 32 个县实施了资产重组、联合发展，覆盖用户 600 多万户，约占全省有线电视用户的 60%；宁波广电集团参与宁波大剧院的建设和经营；温州日报报业集团进入创意设计、视屏点播、咨询培训等多个领域发展。新时期农村社会呈现出许多新的文化特征和经济现象。观赏农业的出现、农家游的火爆、农村物流业的发展、农村新文化社团的兴盛、农村民间艺人和传统工艺的传承等都展现了农村独特的文化魅力和新的经济增长点。对农传媒集团可以在充分发挥自己媒介特色和优势的基础上，通过多种形式参与农村旅游业、会展业、物流业、文化产业的开发，实现媒介在关联产业的深入附着，创新产业形态、拓展产业平台，提升产业效益。

区域性对农传媒集团具有高度的"专业化"特点。这种专业化体现在两个层面。首先是"定位与职能的专业化"。对农传媒集团始终以"繁荣农村文化，发展农业生产力，促进农村和谐"为己任。对农节目内容的选择、节目话语方式的建立、栏目开发及其风格创意设计、频道定位和建设目标等都紧紧围绕农业和农村主题，围绕农村文化和社会经济发展的热点，想群众之所想，急群众之所急，解群众之所难，通过节目内容的生动性、现实性、活泼性、有效性，建立起具有相对稳定性的农村受众群体和受众市场，通过"专业化"实现"差异化发展道路。其次是"运行方式与过程的专业化"。农业经济发展、农村经济转型有其鲜明的特点。尤其是当前在农村和农业改革不断走向深入,新情况新问题层出不穷,各种复杂矛盾不断交集过程中,对农媒介要真正地被农村受众所接受,真正在农村社会经济文化建设中发挥作用,需要对农业经济发展和结构转型有专业化地判断和深入了解,需要对农村的社会结构变革以及农村受众价值观念、思想意识的发展轨迹有专业化的判断和剖析。只有通过专业化的视野、专业化的判断、专业化的媒介执行,才能更好地履行对农传播的职能,也只有真正放下身段、扎根农村,对农传播才能实现其自身的价值,实现自身的可持续发展。

区域性对农传媒集团具有向周边产业辐射的"产业张力"。对农传媒集团的效益生成方式有两种路径。一是通过节目内容与形式的专业化设计,建立稳定的农村受众群体所带来的广告效益。二是发挥媒介特色与优势,通过适当形式参与农业产业发展,共享农业产业增值的效益。比如对农媒介可以发挥自身智力集成和信息集成的优势,对于农业产业带的规划、特色农业产业门类的建设、农业园区的设计等提供咨询论证;对农传媒集团可以依赖媒介的信息和渠道优势,参股组建农业物流市场和集散地建设等;对农传媒集团可以收购某些具有发展前景的农村文艺院团;对农传媒集团也可以参与某一高新农业高新技术的转化与推广等,以适当的方式体现股权比例,共享农业产业发展的效益等。而与此同时,农业龙头企业等也可以以参股等方式注资对农传媒集团,壮大对农传媒集团的综合实力,更好地反哺农业和农村发展。伴随着国家文化体制改革的深入,对农传媒集团在条件成熟时也可以尝试上市融资,为其可持续发展提供强有力的支持。

从整体上说,对农传播集团的建立,提供了更高层次发展的可能性。在现实生活中,即使对农传播集团的组建尚不成熟,但是其中所涉及的对农媒介的跨区域运作、跨媒体运作、跨行业运作等都可以作为个案有效地拓展对农媒介发展的思路,这对于推动对农媒介的产业化进程,实现对农传播的又好又快发展将发挥重要的作用。

第五节　中国特色对农传播产业化的战略选择

探索中国特色对农传播产业化的发展路径,必须要明晰中国特色对农传播产业化的战略抉择。

一、品牌战略

陈兵博士在《媒介品牌论:基于文化与商业契合的核心竞争力培育》一书中明确提出,媒介品牌不只是用广告语、宣传片、形象设计(如报头、台标、版面风格等)、主持人或每一个媒介产品来树立的形象,更为重要的是,它实际上是受众与媒介机构之间的一种紧密关系与深刻体验,更多地表现为精神体验以及所体现出来的文化价值。当前面对着激烈竞争的传媒市场,我国传媒更加注重传媒品牌的构建。通过多种形式营建具有不同文化内涵和外在标识的品牌形象。比如江苏卫视的"情感"定位、"婚恋"品牌;湖南卫视的"快乐中国"的价值定位;浙江卫视的"中国蓝"的形象建构等。虽然各个卫视品牌定位的内涵不一样,品牌定位的内容框定与指向存在差异,但无不都饱含着在媒介同质化竞争中"剑出偏锋、奇招制胜"的热切期待。同样,品牌建构也是实现对农媒介可持续发展的必由之路。对农媒介只有真正建立起适应农村受众审美爱好、欣赏水平,符合他们的价值追求与现实需要的节目群,形成对农媒介独特的文化内涵和价值定位,才能真正获得农村受众的支持,形成稳定的收视群体。而这有赖于媒介机构在精神与文化层面与受众建立良好的互动依赖关系,有赖于媒介对于区域农情、民情的深刻理解和把握,而这些是推动中国特色对农传播产业化的前提条件。

推动中国特色对农传播产业化需要合理的品牌定位。产业化不是面面俱到,对农传播产业化必须构建对农媒介在产业化某一领域的品牌,形成在产业化某一领域的核心竞争力。无论是为农业产业结构调整和产业布局提供规划服务和决策咨询、参与农业专业市场的培育和产业拓展、对农业新技术的宣传和推广承担独特的使命,还是以多样的方式参与农村文化建设。对农媒介必须要根据区域经济文化发展的特点、农村受众的现实诉求以及自身实力的权衡对比,明确一个重点突破方向。比如面对某一地区农业产业发展基础较好、综合经济实力较强,但在新的历史背景下亟须转型升级的发展背景,对农媒介就必须着力在"规划"上做好文章;面对某一区域农业产业化初始推进,产业特色和产业竞争力亟须培育的背景,对农媒介就要打好农业产业的"培育牌"、"孵化牌"和"推广牌"。面对某一地区相对丰富的民间文化资源,对农媒介就必须在文化生产力构建、文化输出和品牌辐射上下大工夫。通过凝练产业方向,构建品牌,更好地推动对农传播产业化的进程。同时我们强调对农媒介必须要形成和建立自己独特的企业文化,包括对于农民生活和生存状况、农业经济发展状况、农村社会和谐进步的深切关注等。这种关注和文化情怀体现在媒介行为的各个方面,无论在节目制作等传媒业务本身,还是媒介产业化的延伸发展上,它都提供了一体化的独特竞争力。

二、创新战略

对农传播产业化的探索在我国尚处于起步阶段。有很多现实的困难需要面对,许多现实的问题需要解决。产业化的运行机制和模式需要厘清,如何处理好产业化与公益性之间的关系,如何实现产业化发展与区域经济文化发展的紧密结合,都是推动中国特色对农传播产业化必须要解决的突出问题。创新首先是一种思想观念的创新,对农媒介对于农村经济发展和社会进步的贡献方式不应该仅仅局限在广播电视节目本身,而必须实现其产业功能的延伸开发,最高限度地激发媒介效能;同时也是一种机制创新。当前我国传媒改革正在不断走向深入,如何更好地界定事业性质和企业行为,如何更好地区分和界定公益性媒介与经营性媒介之间的关系,成为实现亟须解决的重要问题。中国特色对农传播产业化的机制与运行模式探索,将为更好地厘清公益性媒介与经营性媒介之间的关系起到重要的参考作用。同时对农传播产业化的机制创新也必然连带起新时期如何更好地处理媒介与地方政府、产业组织、公益性社会团体之间的关系等重要命题,如何防范和化解媒介的产业运营风险以及保证媒介渠道话语公平性等命题,这些都将对新时期我国媒介改革和可持续发展发挥重要的启示作用。

三、人才战略

人才是媒介发展的决定性资源。近几年来湖南卫视、江苏卫视、浙江卫视、安徽卫视等快速发展无不得益于一支具有创新精神的高素质人才队伍。长期以来,我国对农传播的相对弱势也正是因为对农传播很难真正吸引和聚集起一批开拓精神和创新意识强、精于业务、安心岗位、热爱农村的媒体骨干。当然这里面存在着重要的体制和机制的原因。要积极推动对农传播产业化,必须建立起一支强有力的人才队伍,必须探索和形成一整套相对完善的人才资源建设的机制。在这其中我们必须要注意的是多元化灵活用工机制的形成。基于对农传播的相对专业性,可以尝试建立对农媒介从业人员与地方政府分管农业工作的领导和工作人员、农业企业的相关人员、农业科技团体的相关人员的互派挂职等交流共享机制,积极拓宽对农媒介人力资源的使用渠道与平台。要加快专业化经营性人才队伍的建设。要积极吸收善于经营、懂得产业运营、对农业经济和农村市场相对熟悉专业人才加入对农媒介,这也有助于实现对农传播产业化的"专业化"。同时,要加大将优秀人才吸引到对农传播队伍的力度。既要以事业待遇、发展空间等提升对农媒介自身的吸引力,更要注重严格选人,将不怕苦、不怕累、业务精湛、有志于服务对农传播的优秀媒介从业人员选拔到对农媒介中。

四、辐射战略

在过去我们一直强调对农传播的主要阵地在农村,这没有错。但是在新的历史时期,我们要把眼光放得更高、更远。对农传播也要以其独特的文化魅力和内容展示很好地向城市受众传递农村发展的信息,让城市受众感受农业和农村发展的最新成果,更好地连接起农村与城市发展的脉络与轨道,拉近农村受众和城市居民之间的心理距离等。比如赵本山导演和主演的电视剧《刘老根》就很好地展示了新时期农民创业富民的良好形象,它的叙述内容、风格设计也获得了大批城市受众的好评。中央电视台第一套在 2008 年播出的《乡村爱情》、2009 年播出的《喜耕田的故事 1》、《喜耕田的故事 2》红透了大江南北。农村题材、东北题材的电视剧不约而同地在电视台黄金档挑大梁。尤其是在当前改革不断走向深入的过程中,新农村社区建设、卫星城镇建设大力推进,很多城市居民开始选择去城市郊区居住。城乡一体化对传统对农媒介的发展提出了更高的要求。坚持"立足农村、辐射城市"将是发掘对农媒介发展潜力的重要渠道选择。尤其在对农传播产业化进程中,农业特色产业带的培育、农业产业结构升级、新兴农村文艺社团的建设等,都不仅仅只立足农村市场,必须系统关注产业发展的全局、城市居民生活消费水平的变化等各个方面,才能更好地做好农业产业发展这篇大文章。在这一点上,媒介也有自己的优势,对农媒介可以充分发挥母体广电集团以及其兄弟频道的资讯优势等,尤其是经济栏目、经济频道等资源平台,建立起兄弟频道之间多方位的合作机制等,更好地把握产业发展中的商业契机、更好地了解社会政治经济文化发展的走向、更好地站在社会政治经济文化发展全局中审视对农传播及对农传播产业的发展趋势和要求,这将起到事半功倍的效果。同时,我们也要积极推动对农传播国际化。当前,中外农业的交流和联系正日益紧密,中国的农业走出国门也成为一种潮流。对农媒介必须要有国际化意识,从维护我国农业生产安全,促进我国农业发展、农村进步的角度,宣传好我国农业发展的成绩,不断扩大我国农业产业发展的影响力。

五、连横战略

在推进对农传播产业化进程中,要努力建立对农媒介与政府机构、市场主体之间的优势互补的合作关系。福建省广播影视集团电视公共频道已有八年对农服务历史的《农村新事》栏目与福建省农业厅、福建省供销合作社、福建省农资集团公司、福建团省委和省艺术馆实现了紧密合作。几家单位充分发挥自身完善的组织优势,熟悉农民生产、生活状况的信息优势,以及拥有庞大的专家队伍的人力资源优势,组织演员和编排文艺节目的文化优势,组织了融合科技服务咨询、技术转化与推广、农业生产与营销、文艺表演等内容的"海西新农村大篷车巡回服务"活动,取得了良好的社会效益和经济效益。

第六节　中国特色对农传播产业的绩效评价体系

对农传播产业绩效评价体系的建立在于通过现实的模型和参数设计,能够更好地指导与影响对农传播产业的可持续发展。

一、对农传播产业发展绩效评价体系的制定原则

一是特色性原则。制定对农传播产业发展绩效评价体系,必须要充分注重对农传播所覆盖对象的购买力差异以及购买力价值形成的多元化特征,注重对农传播产业本身所承载的跨行业复合型的产业构成以及对其中产业权重的合理分析与界定。

二是典型性原则。对农传播产业所涉及受众人口多,产业覆盖面大,具体的发展类型与模式也趋于多样化。在建立对农传播产业绩效评价体系时,要积极选取具有典型意义的指标体系,避免指标体系的多全、繁复而影响评价体系的快速客观呈现,也弱化了其中核心要素的表达。

三是关联性原则。在对农传播产业绩效评价体系设计中,要充分关注到对农传播产业发展与传媒产业发展绩效评价之间的关联性因素,积极将传媒产业发展中新的技术要素、发展理念、运营手段、管理机制、赢利模式等引入到对农传播产业发展中,实现对农传播产业的快速稳健发展。同时,要积极吸收西方发达国家、发展中国家发展对农传播产业的先进经验,为我所用。

四是实践性原则。一种指标体系的最大症结和问题在于在理论设计上的完善却与实践相脱离,尤其是对农传播产业这样的与一线产业发展密切相关的产业门类,在绩效评价体系设计中,必须要与实践紧密结合,相关要素的采集点必须寻求在实践中最容易显现、最具有相关标示的指针内容,要具有良好的可操作性,而不要为了寻求理论上的创新片面追求绩效评价体系的新、奇、特。

五是客观性原则。在对农传播产业绩效评价体系设计中必须坚持客观性原则,必须立足农业产业发展的实际,避免刻意人为放大某一内容要素,要避免在体系采集点上的臆断,科学分析指标内容呈现背后的相关经济要素和产业发展特征。

二、对农传播产业发展绩效评价体系的内容设计

一是外生性要素。主要包括政府政策匹配度和完好率、财政支持力度、媒介传播硬件建设水平三个方面。政府政策匹配度和完好率主要考察政府对农传播的政策制度的建立与完善情况,考察对农传播的外在政策环境与社会条件等;财政支持力度重点考察政府对对农传播在资金上的投入力度;媒介传播硬件建设水平则重点考察某一区域媒介覆盖程度以及硬件建设水平,总体的传媒产业发展的质量与水平,重在厘清对农传播产业发展所依附的媒介硬件基础。

二是内生性要素。主要包括对农媒介的生产能力、对农媒介的产品质量以及受众影响效度、对农媒介的运行机制与赢利模式的建立、对农媒介发展潜力监测四个方面。内生性要素主要立足考察对农媒介发展的内在基础和实力。很难想象,发展状况相对堪忧、实力相对匮乏的对农媒介是很少能有精力去兼顾对农传播产业化的发展的。只有夯实了对农媒介内在的发展基础,对农传播产业化才能成为有源之水。

三是衍生性要素。包括对农媒介参与农业产业化的模式评估、经营绩效综合评价、可持续发展能力评估、对农媒介对于农村文化建设贡献率评估、社会贡献率及影响力因子分析等各个方面。通过建立融合对农媒介资产保值增值安全性、产业贡献率及经济效益、经营模式优选及发展潜力建构、社会效益四个方面因素的特色评估模式,实现对农传播产业化的科学评价,并以此为标杆,有效地引导和促进对农传播产业的可持续发展。

三、对农传播产业发展绩效评价体系的模型建构

对农传播产业发展绩效评价体系的模型旨在通过定性设计,建立起直观的可供测算的模型框架。基于目前国内学术界对于该领域研究整体尚处于起步阶段,在模型的内容要素界定、权重分配都处于探索阶段。

对农传播产业发展绩效评价体系模型分为二级层次。一级层次分别由外生性要素、内生性要素和衍生性要素组成。其中外生性要素、内生性要素分别占整体权重的30%,衍生性要素占整体权重的40%。因为在对农传播整体处于孕育和探索阶段的背景下,对农传播产业化的推进有赖于政府政策层面的有效扶持,形成强有力的外在支撑;有赖于在媒介内部建立起良好的运行管理机制,形成良好的自我发展能力,有赖于媒介良好的自身实力的铺垫和基础。所以在权重设计中,对于对农传播产业化的内在和外在基础的权重予以适当倾斜。衍生性要素是对农媒介产业运营能力的直接指标体现。我们赋予其40%权重。值得注意的是,这是一项阶段性指标标志,在对农媒介产业化逐步步入正轨,走上规模化发展轨道时,衍生性要素的权重将会被必然放大。二级层次则分别由外生性要素、内生性要素和衍生性要素的具体分配要素所组成。对农传播产业发展绩效评价系树状图如图 9-1 所示。

1. 外生性要素

外生性要素由政府政策匹配度和完好率、财政支持力度、媒介传播硬件建设水平三个方面组成。具体如表 9-1 所示。

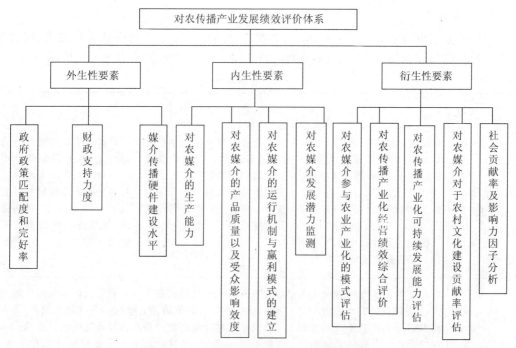

图 9-1　对农传播产业发展绩效评价树状图

表 9-1　外生性要素之评价表

外生性要素	A	B	C
政府政策匹配度和完好率	具备较为完备的对农传播产业化的指导性意见、发展规划和配套政策措施,对农传播产业化纳入对农媒介一体化发展的战略考量	对农传播产业化纳入政府和媒介决策视野,具备对农传播产业化的政策雏形或者政策储备,在对农传播产业化的若干个方面或者若干个领域形成文本框架和执行方案	对农传播产业化政策和执行整体处于空白阶段,对农传播产业化尚未纳入政府决策视野和媒介实施计划
财政支持力度	政府对对农媒介给予较为有力的扶持,政府经费支持能够有效满足对农媒介当前事业发展以及事业可持续发展的需要,为对农媒介产业化提供较好的基础和条件	政府对对农媒介的财政支持能够基本满足当前对农媒介发展的需要	政府对对农媒介的财政支持相对匮乏,不能满足当前对农媒介事业发展的需求
媒介传播硬件建设水平	对农媒介的硬件建设水平能够较好地满足对农传播事业的发展需求,硬件整体建设水平与当前传播技术进步同步,与其他频道形成良好的竞合发展态势。为对农媒介进一步扩大影响,增强实力,涉足对农传播产业化提供良好的基础	对农媒介的硬件建设水平基本能够满足对农媒介事业发展的需求,为对农传播产业化的推进储备了相应的基本条件	对农媒介的硬件建设水平相对较差,很难满足当前对农传播事业发展的需求,推动对农传播产业化更缺乏基本的硬件支撑

2. 内生性要素

内生性要素由对农媒介的生产能力、对农媒介的产品质量以及受众影响效度、对农媒介的运行机制与赢利模式的建立、对农媒介发展潜力监测四个方面，如表 9-2 所示。

表 9-2　内生性要素评价表

内生性要素	A	B	C
对农媒介的生产能力	对农媒介具备较强的生产能力，节目内容与形式能够很好地满足农业产业转型升级、农村经济发展、农民文化生活和农村社会和谐的需求，建立了可持续发展的生产模式。为对农传播产业化提供了良好的基础和条件	对农媒介具备一定的生产能力，能基本满足农业产业转型升级、农村经济发展、农民文化生活和农村社会和谐的需求。具备一定的提升空间和发展机遇	对农媒介生产与制作能力相对较差，节目制作水平相对低下，节目生产能力与水平不能适应农村社会政治经济文化发展的需求，急需进一步提升自我实力
对农媒介的产品质量以及受众影响效度	对农媒介节目内容与形式丰富，具备较高的艺术价值和制作水平，节目表现方式和价值取向受到广大农村受众的广泛支持和好评，用户满意度较高，有效收视率监测指标较好，对农村文化繁荣、农业经济转型发展和农村社会和谐发挥重要的推动作用	对农节目的内容与形式基本满足农村受众的审美诉求，基本满足农村社会政治经济文化发展的需要，农村受众对对农媒介产品具备一定的满意度和认可度	对农节目内容与形式相对较差，节目效果较差，不能很好地适应农村受众的审美爱好和精神文化需求，受众满意度与影响效度较差，亟待提升
对农媒介的运行机制与赢利模式的建立	对农媒介建立了适合自身可持续发展的管理体系和运行机制，形成了相对稳定和成熟的赢利模式，既能适应新时期媒介竞合发展的需要，又能充分履行对农媒介在农村社会政治经济文化发展的职能。为对农传播产业化的推进提供了良好的体制基础和软硬件保障	对农媒介初步探索和建立了运行机制与赢利模式，形成了具备一定稳定性的制度体系和管理模式	对农媒介制度体系建设存在较大缺失，运行机制与赢利模式尚未厘清，整体发展水平层次较差，可持续发展的动力机制不足
对农媒介发展潜力监测	对农媒介形成了良好的人力资源结构、设备设施配备，建立了相对完善的运行机制，发展规划目标清晰，发展战略明确，保障措施到位，为可持续发展构建了良好的制度体系和硬件基础	对农媒介发展现状一般，发展规划目标、战略步骤和保障措施等有待进一步厘清	对农媒介发展现状堪忧，发展目标、发展战略及保障措施等缺失，对未来发展的预期存在不确定性

3. 衍生性要素

衍生性要素包括对农媒介参与农业产业化的模式评估、经营绩效综合评价、可持续发展能力评估、对农媒介对于农村文化建设贡献率评估、社会贡献率及影响力因子分析,具体如表9-3所示。

表 9-3 衍生性要素评价表

衍生性要素	A	B	C
对农媒介参与农业产业化的模式评估	对农媒介形成了参与农业产业化进程清晰的指导性意见、建立了完善的政策制度体系和实施方案,形成了适应区域文化以及产业发展现状、适应媒介竞合与发展规律的产业化运营模式	对农媒介初步建立了对农传播产业化的相关实施方案,在产业化运营上开始了初步尝试,积累了一定的运营经验	对农媒介参与农业产业化运营尚未起步,对农传播产业化处于空白阶段
对农传播产业化经营绩效综合评价	对农传播产业化具备了较好的经营绩效,建立了较为完善的赢利模式,形成了可持续发展的赢利能力。产业化经营效益在对农媒介整体利润比的40%以上	初步建立了对农传播产业化的赢利模式,显示出一定的经营绩效。产业化经营效益在对农媒介整体利润比的20%以上	对农传播产业化经营绩效差,对对农媒介整体发展的驱动作用式微,赢利模式不成熟
可持续发展对农传播产业化能力评估	对农媒介形成了良好的产业经营模式,建立了成熟的运营机制和可靠的赢利模式,推动产业化发展的政策制度体系完备,软硬件基础良好。具备良好的产业化目标定位、发展规划、发展战略和执行方案。具备和形成了良好的可持续发展能力	对农媒介建立了初步的产业化经营模式,形成了初步的赢利机制,对农业化发展具备一定的思考,具备推动产业化发展一定的基础	对农传播产业化发展目标、发展战略等发展规划缺失,缺乏对农传播产业化的理论准备和实践经验,可持续发展能力严重不足
对农媒介对于农村文化建设贡献率评估	对农媒介深度介入农村文化建设和发展,对农村文化建设有较好的影响力和贡献率。对农媒介实质性介入农村文化团体的经营和文化产业的发展和推广,形成较为成熟的运行模式,并取得良好的效益或者效益预期	对农媒介对农村文化建设有较好的影响力,深受农村受众的欢迎。对农媒介尝试参与农村文化建设和文化产业的相关运营,有一定进展	对农媒介对农村文化建设影响力有限,不能对农村受众形成有效的审美传达和情感沟通。对农媒介没有很好地介入农村文化产业发展,对农村文化产业发展推动乏力
社会贡献率及影响力因子分析	对农媒介通过参与农业产业化经营,对农业新技术推广、农业产业转型升级、农村文化建设、农村社会进步发挥了积极的作用,形成了良好的社会效益和经济效益,对农媒介在农业产业发展中的角色、定位和功能得到确认	对农媒介介入农业产业化经营,对农业新技术推广、农业产业转型升级、农村文化建设等,取得积极的进展,并且获得了一定的经验,具备了一定的社会影响力的贡献率	对农媒介参与农业产业化运营处于整体缺失状态,对农业产业化发展影响力差,贡献率严重不足

　　当前,我国对农媒介产业化发展整体处于起步阶段。根据当前对农媒介以及对农传播产业发展的现状,尤其是面对我国社会经济文化发展的不平衡,农村经济发展水平之间的整体差异,在当前很难在微观量化层面对对农传播产业发展绩效评价体系进行标的物确认、分层数据采集点的分析和考量。我们提供的是对农传播产业发展绩效评价体系的简单定性模型。在这个模型中,A、B、C分别代表发展水平的较好、一般和较差的级差,在缺乏现实实践的背景下,我们也很难测算这个定性模型的基准分数标值等。但是我们的目的是旨在通过这样的模型框架,更好地厘清对农传播产业化的基本的宏观衡量标准和发展取向问题,能够为对农传播产业的布局、定位、策略建构等提供有益的思考。这也是建立这个宏观大线条发展模型的考虑。

第七节　中国特色对农传播产业化的制度规制与风险规避

　　确保中国对农传播的可持续发展,确保中国特色对农传播产业化进程的顺利推进,就必须妥善处理好对农传播"公益性"和"经营性"的双轨机制。"公益性"是中国对农传播的总体定位与运行格局。"经营性"是对农传播在不影响其导向定位和发展目标的前提下在若干领域和若干环节产业功能的开发,尝试建立起自我造血的运行机制,有效推动中国对农传播的可持续发展。

　　西方发达国家传媒业传媒规制模式经历了从严到宽的发展历程。20世纪70年代以前,德国、法国、英国等欧洲国家对传媒业实施了严格的控制,积极尝试建立公共媒介平台,彰显传媒的公共管理特色。美国虽然采用的是私人财团垄断传媒的模式,但积极通过立法形式反对传媒垄断,维护传媒发展秩序。20世纪70年代以后,伴随着传媒技术的进步和传媒形态的变革,西方国家的媒介规制发生了重要的变化,促进融合、放松规制、鼓励竞争成为其媒介管理的主要特色。比如,1992年联邦通信委员放宽了广播有线和广播电视、有线和电话的交叉所有权限制。英国政府2000年12月发布的题为《通信的新未来》,在多个方面都体现了放松规制的思想。当前我国政府对媒介的制度规制主要体现在对于媒介所传递和坚持的政治方向、社会价值观等的严格掌控。比如近年来,国家广播电影电视总局先后对于选秀节目、黄金时间播放国外电视剧节目、婚恋节目、违规广告等依法提出了规制要求,并严肃处理了一批违规媒介。但这些都主要在意识形态层面,对于在传媒产业发展层面的各项规制措施有待进一步健全。复旦大学李良荣教授提出了双轨制。他认为,"中国的新闻媒体都具有双重属性,双重属性是就新闻媒体的整体而言,但就个别媒体,双重属性的体现会有不同的偏重"。他设想,属于党的喉舌的新闻媒体应该是"一报二台"(党委机关报、以新闻报道为主的电台、电视台),这些媒体具有较多的上层建筑属性,即更多的事业性质;而大量其他的不属于"党的喉舌"的新闻媒体具有更多的信息产业属性即企业性质。而中国对农传播产业化规制措施的考量将为进一步探索完善这种双轨制,维持对农传播产业的可持续发展具有重要的意义。对中国特色对农传播产业化的制度规制在于明确在中国对农传播的哪些环节可以实现产业化,以怎样的形式推动和实现产业化,并对产业化的实施原则进行系统的制度规制。其根本目的在于最高限度发挥对农传播产业化对农业经济发展的有利影响，而又不至于影响到对农传播公益性的整体定位，寻求两者之间的最佳制度结合点。

日本著名规制经济学家植草益认为，政府规制的方法主要有：①禁止特定行为；②对企业的进入、价格等的许可认可制度；③对产品、服务的内容和设备的标准、认证及审查、检验制度；④与企业签订的以控制价格、限制供给等方面的契约；⑤征税；⑥财政补贴；⑦政府融资；⑧劝告、说服等行政指导；⑨提供信息。同样，植草益对于政府规制的界定将为我国对农传播产业化的政策规制提供有益的借鉴。

对农传播产业化的风险，其一，是产业化后对于公共信息渠道控制的担忧。对于我国对农传播体制的发展，也有学者认为希望通过发展由政府提供直接资金支持的公共媒介，来保证和实现其公共职能的发挥。而产业化则提供了一种自我造血的可持续发展模式的考量。这种产业化更多地体现在一种平台、资源集聚上，也就是以更好地媒介执行力和影响力回归到公共信息的传递上。不过令人担忧的是，当对农媒介与农村企业主体合作、参与农村产业发展后，对农媒介是否会产生导向性的信息倾斜，从而对媒介本身的社会公共服务平台职能产生异化。对于这个问题的解决，要依赖对于对农媒介参与农业产业化发展的制度性掌控和规制，即明确对农传播产业化"不该做什么"。比如对农媒介不得参与排他性、垄断性市场主体建构和市场竞争；对农媒介不得直接参与大额资金直接投资、风险投资等资本运作；对农媒介不得参与农业产业化品牌的虚假设计和夸大宣传；在对农媒介吸引外来资本参与自身建设和发展中，要始终确保对农媒介51%的控股权；对农媒介参与特色农业产业门类建设的咨询论证、参与某一高新农业高新技术的转化与推广，必须审查对方所具备政府认可的资信凭证等，要建立起完善资信审核程序，建立起对农媒介参与农业产业发展的制度甄别与认可标准等。

其二，是要明确如何化解对农媒介参与农业产业化经营对媒介本身带来的经营风险。其首要前提是要明确对农传播产业化倡导的价值取向和模式，即明确对农传播产业化"该做什么"。任何产业的发展必然存在着一定的风险。在这个过程中需要强调的是，对农媒介参与农村产业经营，是以媒介优势为中枢的职能拓展，比如咨询论证、宣传策划等，对农传播产业化的基本方式是媒介功能和特长的延伸与拓展，而不是介入对农媒介所不擅长的直接农业产业经营领域，对农传播产业化的基本指向是推动共享性、普及性的农业产业进步所带来共同价值增长空间。通过政府引导性政策和鼓励性政策设计，建立对农传播产业化的科学模式，确保对农传播产业化的正确方向，全力规避对农传播产业化的风险。政府相关职能部门要积极创造条件，鼓励和支持对农媒介为农业产业结构调整和产业布局提供规划服务和决策咨询、参与农业专业市场的培育和产业拓展、对农业新技术的宣传和推广承担独特的使命、以多样的方式参与农村文化建设。要积极建立和创新制度，比如尝试以政府招标购买服务等方式鼓励对农媒介发挥自身智力优势参与农业产业规划；化解对农媒介参与产业化经营的政策壁垒，以合理的方式体现对农媒介智力入股的在整体股权结构中的权重以及收益回报；对于对农媒介参与农村文化团体经营和文化建设，本着文化惠农的原则，创造良好的政策条件，允许和鼓励实施灵活的产权交易方式和多样化的经营方式，积极减免相关税费等。

其三,如何探讨建立融合"财政、信息、人力资源"等内容的立体化对农传播产业化要素支持体系,化解对农传播产业化的风险。对农传播产业化亟须政府和社会在各个层面的大力支持。对农传播产业化的推动是对农媒介自我造血机制的一种全新探索,也是有效盘活对农传播资源的一种积极尝试,它对于对农媒介更深地介入到农业产业结构的调整、介入到农村社会的进步和发展中具有重要的意义。当然,这种产业化的层次、程度和水平也和不同区域的文化经济发展水平密切相关,但作为一种探索的积极意义应该得到肯定。当前迅速建立和健全对农传播产业化要素支持体系,促进对农媒介的成长以及对农传播产业化的顺利推进,是化解对农传播产业化风险的必备要素之一。相关政府职能部门要加强对农传播产业化的支持力度。在给予政策配套的同时,在适当范围内给予对农传播产业化以启动和孵化资金,给予适当的财政专项经费支持;建立政府与对农媒介之间紧密联系的信息直通模式,及时反映政府对农业产业化发展进程中的困惑和需求,为对农媒介介入农业产业化发展提供全面、及时的信息资源;对对农媒介参与农业产业化给予人力资源等各个方面的支持等。

对农传媒集团是对农传播产业化的复合型实现形式。对农传媒集团投资项目的选择、收益方式、运行周期等则是一个更加复杂的命题。而对农传播集团到目前为止都只是停留在理论设想的层面。它所相配套的制度体系,将是一个值得期待和摸索的过程。而对农传媒集团在对农产业这样一个主体特色较为明显、门类相对集中的对象上的产业化实践,也将对我国传媒产业化的深入推动积累一定的经验。

对农传播产业化制度规制和风险规避的探索,对于新的历史时期我国传媒的事业属性和企业属性如何实现更好的区隔以及相互联动,如何实现两者有效互补的运行模式,具有重要的启发意义。

总之,对农传播产业化在我国尚处于起步阶段,是一项全新的尝试,在这个过程中存在着很多困难,也面临着众多的挑战,但不可否认的一点是对农传播产业化的推进,对我国对农传播事业的可持续发展将起到重要的推动作用,对我国新时期农村经济发展和社会进步将发挥重要的作用。坚持事业和产业两手抓,以做强事业提升影响力、塑造形象、打造品牌,推动产业兴旺,又可以做大产业、增强实力、扩大发展、形成规模,从而反哺于事业,进而形成事业带产业、产业促事业的良性发展格局。相信对农传播产业化的实践也将为深入推进我国传媒体制的改革提供重要的新鲜经验。

第十章 国内央视、省级和市、县主要对农电视栏目简介

第一节 央视对农节目简介

央视对农节目主要集中在中央电视台农业频道(CCTV-7),分别是:

(1) 中央电视台第七套——《致富经》栏目。

(2) 中央电视台第七套——《农广天地》栏目。

(3) 中央电视台第七套——《乡村大世界》栏目。

(4) 中央电视台第七套——《每日农经》栏目。

(5) 中央电视台第七套——《科技苑》栏目。

(6) 中央电视台第七套——《聚焦三农》栏目。

(7) 中央电视台第七套——《阳光大道》栏目。

(8) 中央电视台第七套——《乡土》栏目。

(9) 中央电视台第七套——《乡约》栏目。

(10) 中央电视台经济频道——《金土地·希望周刊》栏目(已停播)。

节目具体介绍如下。

1. 中央电视台第七套——《致富经》栏目

栏目名称:《致富经》

栏目时长:2001 年 1 月 2 日,《致富经》栏目正式开播,当时每周播出五次,每期时长为 24 分钟。2001 年 7 月 9 日,中央电视台第七套节目调整,《致富经》栏目改为日播,时长每期 28 分钟。2003 年 11 月 3 日,全新大改版的《致富经》栏目播出。

栏目宗旨:传递致富经验,更新致富观念。

栏目定位:栏目定位是以百姓视角解读他们身边的致富明星,报道涉农经济发展过程中涌现出的致富经验和创新做法,给观众以启迪智慧、更新观念的具有时代感的真实案例。

栏目结构:板块式专题结构。

栏目形态:《致富经》设有三个板块:①闯天下。报道老百姓身边的"致富明星",以致富明星的创业经历、经济生活或经营涉农产业的城市人的创业经历、经济生活为题材,讲述一个具有时代感的财富故事。让观众了解闯天下者的赚钱之道,有怎样的商计和商机,或者闯天下者的失败教训,让观众从主人公创造财富的故事中得到某些启示、教益或者思考。②经济视野。及时报道涉农经济热点事件和现象,也报道各地发展区域经济、县域经济、特色经济及农业产业化经营等的一些创新做法和经验。③名人本色。从百姓视角解读中国涉农商界风云人物的事业经验,理清产业脉络,洞悉产业发展趋势。

2. 中央电视台第七套——《农广天地》栏目

栏目名称:《农广天地》

栏目时长:每期 30 分钟,是日播栏目。

栏目宗旨:栏目遵循服务"三农"、沟通城乡、统筹城乡经济和社会发展的新思路,以提高广大农业生产者和农民工的科技素质与劳动技能为重点,积极配合全国农村党员干部现代远程教育工作,兼顾农业科技及市场信息传播,以达到加快建设现代农业、增加农民收入、发展农村经济、推动城乡经济和社会协调发展的目的。

栏目定位:《农广天地》栏目为专题服务类的教学片。鉴于农业教育的对象已不仅仅局限于农民的范畴,栏目依托农业行政及科研部门丰富、权威的政策法规、经济动态、科学技术、信息资源等优势,充分发挥电视媒体覆盖面广、传播速度快、表现形式生动形象的特点,将农业技术培训及涉农职业教育与提高农民综合素质融为一体,并充分体现了"对象明确、生活贴近、科学系统、技术实用、服务周到"等栏目特性。

栏目结构:专题结构。

栏目形态:栏目以提高农业科技成果转化率、农业资源利用率和深入开发农村人力资源为出发点,关注并跟踪具有推广价值的新技术、新成果,力求实现科普、教育、培训、实用技术推广、信息发布等多重功能;在内容设置方面注重农业生产综合效益和农民劳动技能的提高,围绕农业产业结构调整、农产品区域布局的需要,介绍科技含量高、投资少、见效快的种养业及农产品深加工的实用技术和农产品市场营销案例;结合农村富余劳动力转移工作进行农民工技能培训,开辟农业远程教育"空中课堂"等,逐步形成《农广天地》栏目鲜明的农业教育与服务特色。栏目包装与形态:对栏目的标志、宣传语、片头片尾、主持人形象、场景装饰、声画造型、字幕造型、音乐、节奏、色彩、色调等进行一系列的设计和规定,使之与栏目主题相匹配,突出栏目的个性特色;同时体现轻松活泼、清新明快的风格,实现乡土气息与时尚动感的巧妙融合。

选题原则:①科学性原则。节目选题应以科学为依据,内容真实、可靠,能够及时反映农业科技的最新成果。②整体性原则。围绕某一主题完整系统地组织节目内容,保持节目的连贯性和风格的统一性。③时效性原则。体现时代特征,紧紧围绕政府、农业部门和特定收视群体所关心的问题来组织节目选题。④亲和性原则。以观众身边熟悉的事物为切入点引出主题,深入浅出,答疑解惑。⑤开放性原则。跟踪现代远程教育的发展,满足广大群众多样化的学习需求,力求节目生动形象,既服务教学,又贴近生活。

栏目宣传语:想致富,学技术。《农广天地》栏目传授您致富的技术,包括种植、养殖、农产品加工技术,而且进行各类农村劳动力转移技能培训。

栏目特点:突出"实际、实用、实效、适时创新"的特点,形成《农广天地》服务"三农"、兼顾城乡的特色。①实际。节目内容针对性强,主题鲜明,对象明确,能够解决农业生产与经营当中存在的实际问题。②实用。推广农业实用技术,着重表现某项技术的重点或难点等技术环节,使观众看得懂、学得会、用得上。③实效。选择城乡群众共同关注的热点问题作为切入点,强调节目的适时性和时效性。④适时创新。充分发挥电视媒体的传播优势,创造清新活泼的表现形式,形成《农广天地》栏目的特有风格。

栏目编排:以农业科技教育培训节目为主体,以技术内容为核心划分段落单元,以夹叙夹议的方法引入主持人,并对主体内容进行评述、强调、总结和提高,达到导视、导学和与观众互动的目的。①片头(10~15秒):片头起着提纲挈领、画龙点睛的作用,其画面表现本栏目所包含的内容和主办单位的标志。②开场白:主持人开场白介绍本期节目的主体内容及背景情况,揭示出节目内容与观众之间的内在联系。③主体内容。某一主题的科教、科普、实用技术片(独立成集或系列节目中的某一集)的一个段落。④夹叙夹议。主持人针对第一段落主体内容进行评述、强调、总结,以使观众加深印象,提高收视效果,并引出下一段落的主体内容。⑤节目片花。在每一段落结束之后,加入本节目的片花和反映栏目宗旨的宣传用语。根据节目内容当中技术环节的不同,每期节目将被划分为 4～5 个段落单元,各段落间的衔接按以上所述以此类推。节目内容结束后,接主持人总结、下期节目预告、征求意见及联系方式等。

3. 中央电视台第七套——《乡村大世界》栏目

栏目名称:《乡村大世界》

栏目时长:每期 85 分钟,是周播栏目。

栏目宗旨:栏目以"让全国农民乐起来,让一方水土富起来"为宗旨。

栏目定位:大型乡村综艺节目,每期展现一个地方的综合面貌。

栏目结构:全景式综艺板块结构。

栏目形态:《乡村大世界》由明星参与的大现场演出、小现场互动联欢和系列专题小片、领导讲话等几个板块组成,全面、系统、深入地展现地方的政治、经济、文化,全方位展现地方特色资源、传播完整区域的形象。

(1)常规节目。①大现场演出。《乡村大世界》常规节目设置万人大现场演出,邀请大陆和港台地区的明星大腕参与演出,大大提升地方宣传活动的层次与影响。②小现场联欢。《乡村大世界》通过小现场互动联欢,集中展现地方特色文化与独特资源,帮助地方塑造独特的区域形象。③专题小片。《乡村大世界》以推动地方区域经济发展为己任,通过系列专题小片,全面展现地方的新农村建设、优势产业、旅游资源、民俗文化、招商引资等。

(2)特别节目。《乡村大世界》针对某些政府或企业的特殊情况而专门设计的传播形式,如慰问革命老区的"长征路上送欢笑、革命圣地万里行"活动,慰问关爱农民工典型企业的"慰问农民工行动",慰问贫困地区的公益活动"手挽手行动",慰问民族地区的歌舞晚会等,形式灵活多样。

(3)长假节目。《乡村大世界》针对长假期间电视节目娱乐化的趋势,强力推出一系列长假节目,如欢乐五一串串串、欢乐十一串串串、欢乐春节串串串、十一放歌新农村系列、五一慰问农民工系列等,已经成为《乡村大世界》的特色节目和品牌节目,此类系列活动在长期期间黄金时段连续几天播出,传播更具价值。

三大构成元素:①演出现场。大型明星演出是《乡村大世界》栏目的主要元素,其特点是场面热烈,地方主题鲜明,社会影响巨大,既能方便明星到达当地演出,又能全方位塑造政府良好形象。②联欢现场。互动联欢是《乡村大世界》栏目的互动环节,具有深入展示地方最有特色的民间文艺、民俗文化、特色资源、特色产业的特点,是对大型明星演出展示地方资源的重要支持依据。③宣传短片。宣传短片是对地方形象、地方产业、地方优势又一种重要补充形式。《乡村大世界》在每期节目中穿插 3～4 个宣传短片,节目内容包括地方概况、农业产业、农业科技、农副特产、乡村旅游资源、待开发资源、农村文化、民间艺术、民俗历史等。由外景主持人对当地宣传内容进行综合报道。

4. 中央电视台第七套——《每日农经》栏目

栏目名称:《每日农经》

栏目时长:每期 20 分钟,除双休日外的日播栏目。

栏目宗旨:服务三农,沟通城乡,引导消费,促进生产发展,向广大农村传播农业科技知识,推广农业实用技术,提高农民朋友的科技素质和生产技能,在推荐名、特、优、新农产品、沟通生产和消费的同时,倡导的是一种生态、绿色、安全的理念。

栏目定位:农民科技教育与培训节目,以农产品为轴心的经济,传播喜闻乐见的农业科教片和实用技术推广,农经时讯和国内外农经市场信息的权威发布与权威分析,及时、快捷、有效地为广大农民提供产前、产中、产后服务,使其成为农业主管部门发布农经资讯的一座平台。

栏目结构:经济新闻资讯结构。

栏目形态:《每日农经》是一档以高品质的农产品为轴心的农业经济类栏目。听到的是有益健康的信息,看到的是鲜活生动的影像,得到的是来自消费前沿的需求,了解的是安全的名特优新农产品。

5. 中央电视台第七套——《科技苑》栏目

栏目名称:《科技苑》

栏目时长:该栏目于 1996 年 1 月正式开播,每期 30 分钟,是除双休日外的日播栏目。

栏目宗旨:传播农业科技,普及科学知识。

栏目定位:传递农业科技信息、农业科学技术和普及农业科学知识。内容包括种植业、养殖业、农副产品加工业、食品、饲料工业、农药植保、化肥、林业、水利、绿色环保等方面。

栏目结构:板块式专题结构栏目。

栏目形态:分农技广场、科普世界板块。实用技术以政府主管部门在全国推广的、农民迫切需要的、切实可行的、容易掌握的、周期短见效快的实用技术项目为主,包括种植、养殖、农林水、农业机械化、生态农业与可持续发展等诸多领域的成熟的新技术。科普世界板块面向具有初中以上文化程度、从事农业生产经营的农业人口,从事农业项目开发的城镇居民和农村基层工作人员,以及关心农村、农业、农民的相关人士。

6. 中央电视台第七套——《聚焦三农》栏目

栏目名称:《聚焦三农》

栏目时长:该栏目于 2003 年 11 月 3 日开播,每期 15 分钟,是日播栏目。

栏目宗旨:关注"三农"、关注根本。

栏目定位:传达、解析国家"三农"政策问题的窗口,是社会各界冷静体察"三农"问题的一面"风向标"。它以严谨的态度、新闻的眼光、对事件的多角度分析来透析复杂的"三农"重大题材和热点问题。内容的前沿、题材的敏感与形式的创新是吸引特定的观众群、不断提高栏目的收视率的有力保障。

栏目结构:"三农"新闻专题结构。

栏目形态:以严谨的态度、权威解析"三农"热点;以专业的视点剖析"三农"难点,以新闻的眼光多角度透析"三农"焦点。它是广大农民了解"三农"政策问题的窗口,是党和国家发布政策的有效平台,是中央领导了解民生的渠道,是社会各界体察"三农"问题的风向标,它被百姓誉为农村的焦点访谈,是面向关注"三农"问题的人,包括农村中的普通老百姓、基层乡村干部、地方政府官员、专家以及关注"三农"问题的城里人。内容定位于报道和解析"三农"重大问题和热点问题。

栏目以中央有关"三农"问题的方针为导向,及时准确地为农民提供中央和各地关于扶持农业发展、加大农业投入、减轻农民负担、增加农民收入和抗灾减灾等方面的重大政策信息,介绍各地在农业和农村经济结构战略性调整以及农村精神文明和政治文明建设等方面的做法。

《聚焦三农》栏目也有一定量的批评性报道,配合政府工作发挥舆论监督作用。

在选题上,《聚焦三农》栏目将关注农村人和城市人共同关心的"三农"热点话题,在注重深度的同时,也注意节目的时效性,对某些重大事件,争取在第一时间内做出报道,抢夺社会影响力比较大的题材。

7. 中央电视台第七套——《阳光大道》栏目

栏目名称:《阳光大道》

栏目时长:2007 年 7 月 1 日播出,每期 55 分钟,是周播栏目。

栏目宗旨:旨在通过职业技能竞赛的形式来提高农民工的职业技能,展示行业风采,培训农民工以及即将进城的青年农民,为农民工服务。

栏目定位:关注农民工职业技能,为农民工搭建一个展现自我职业风采的舞台。

栏目结构:技能竞赛类节目

栏目形态:节目制作更加精良。节目共分为三个比赛环节:第一环节采用外拍的形式。在这一环节有来自全国各地的选手,邀请专家为选手进行相关主题的培训,并进入真实情境完成比赛任务。第二环节在演播室中,三名选手真刀真枪地比试实际动手能力,并通过主持人的知识问答增加节目的知识性和综合性。在这一环节中,累计成绩最低的选手将被淘汰,其他两名选手晋级最后一个环节。第三环节由演员现场倾情上演或惊心动魄、或感人肺腑、或发人深省的小品。选手则参与其中,解决问题,阐明观点。

目前,《阳光大道》栏目关注的农民工群体遍布各行各业,大体包括四类:第一类为劳动力从农村转移到城市后大量从事的行业,例如,保安、家政员、厨师、建筑工人、美容美发人员、美甲人员、洗车工、汽车美容人员、装饰装修人员、护工、保洁、导购、饭店服务员、酒店服务员等。第二类为劳动力在农村就地转移的行业,这些行业往往在当地形成龙头产业,农民工大量从事农产品生产、流通和加工,包括炒茶师、园艺师、农产品加工工人(如水果鲜花生产包装工人)、销往城市的产品生产加工工人(如生产加工汽车坐垫人员、竹编工人等)、农村经纪人、农业技师。第三类为城市产业工人从事的行业,包括服装生产加工工人、鞋生产加工工人、汽车生产加工工人、包装工人、农民工从事的各种产业的大量工人。第四类为农村实用人才。

8. 中央电视台第七套——《乡土》栏目

栏目名称:《乡土》

栏目时长:2007 年 1 月 1 日播出,每期栏目总长 30 分钟,日播(周一到周五)。

栏目宗旨:寻访乡土古韵,领略传人风采,繁荣先进文化,构建和谐社会。

栏目定位:从文化的视角发掘展现一方水土的民俗、风物和各类民间文化样式,展示民间艺人的绝活绝技以及他们鲜为人知的艺术人生，呈现一个地区的人文品格，提纯打造一个地区的文化名片，为宣传当地的软实力、人文环境和文化发展及塑造地区良好形象作贡献。

栏目结构：板块式专题结构栏目。

栏目形态：板块式结构，整期节目分两个板块，即"寻访"和"传人"。栏目开头、两个板块之间和栏目结尾用演播室串联，演播室内设一个主持人。

（1）寻访。用专题片的形态，强调寻访的动作性。发现、追踪、探寻各类乡土文化的起源、发展过程，呈现它们在和谐文化建设过程中的新贡献，并以此为契机弘扬民族优秀文化传统，发掘民族和谐文化资源，包括地方地理文化、名人文化、饮食文化、特产文化、建筑文化、服饰文化、民间艺术等，每天展示一个方面。

（2）传人。用专题片的形态，强调故事性。每期展示一个民间艺人的传奇故事。在记录民间艺人的过程中，要呈现他们的艺术作品，挖掘他们内在的精神世界，同时展现他们的文化价值观。建设和谐文化，离不开对中国传统文化精华的继承和发扬，通过这个板块我们将力求宣传艺人们的核心价值观和文化精神，唤醒并进一步激发受众对优秀的乡土文化的热爱和继承发扬的热情，从而实现用和谐文化教育人、引导人、鼓舞人、塑造人的目标。

栏目创作理念和审美追求：《乡土》栏目所呈现的是"乡而不俗，土而不粗"的气质样貌，并用诗意生动的画面和平实质朴却带有哲思的语言呈现给观众一道文化大餐。这是一个既有浓郁的文化气质又带有强烈的情感色彩和诗意空间的栏目。

9. 中央电视台第七套——《乡约》栏目

栏目名称：《乡约》

栏目时长：2003年开播，每期栏目总长39分钟，是周播栏目。

栏目宗旨：力求通过与嘉宾和现场观众间的互动交流，捕捉到不同人生轨迹的闪光之处，折射出人们生活百态中的智慧火花。

栏目定位：精彩人生，快乐访谈。

栏目结构：一档大型户外访谈节目。

栏目形态：栏目围绕"精彩人生，快乐访谈"这一栏目定位，邀请了众多拥有传奇人生经历与非凡生活体验的人士做客节目进行互动访谈。

10. 中央电视台经济频道——《金土地·希望周刊》栏目（已停播）

栏目名称：《金土地·希望周刊》

栏目时长：1996年7月播出，每期50分钟，是周播栏目。

栏目宗旨：紧扣经济发展的脉搏，从农业与区域经济发展的视点，展示农村建设和谐社会的现状，推动有关人与社会、人与自然，以及城乡之间、区域之间平衡与协调发展的思考和探讨。

栏目定位：以富裕的新农村为背景，由农村典型人物参与，通过有设计的现场行为揭示新农村、新农民的精神风貌。通过开放性的谈话空间和现场互动，搭建一个主流经济话题的沟通和展示平台。

栏目结构：板块式专题与综艺相融合结构的栏目。

选题范畴:宣传新农村建设成就,展示区域经济发展,提升地方资源价值,促进城乡沟通展示新农村精神风貌,展示我国丰富的地理、人文、民俗资源,促进资源的可持续利用,展示 21 世纪新农民的富裕、自信、朝气,宣传和谐社会建设理念。①新农村。富裕、先进,具有独特的历史、文化、经济资源。②新农民。自信、富有朝气,意识超前。③新事件。新农村正在发生、新农民正在做的能够体现新农民精神风貌的新事新风,具有创造性的农村新景观、新时尚。

栏目形态:栏目分为三个板块,分别是"村里村外"、"能人巧事"和"乡里乡亲",栏目重点关注农民增收致富问题,并为致力于城乡发展的实干家们提供展示和交流的舞台,是一个城乡牵手的平台,在制造事件、快乐和惊奇的同时,也是一次地方农业经济发展成就以及文化、历史、民俗等资源的全方位展示;是中央级媒体与地方、企业与市场联合来服务于拉动内需的活动,会制造娱乐庆典气氛;也是一组涉农人物的群星谱,可展示新农民的独立性、自主性、能动性和创造性。

节目形式:①现场竞赛。以农民的技能、产品、技术等作为竞赛内容,获胜者得到相应的荣誉、称号。在与相关政府、企业合作的基础上,获胜者还可得到有关的优惠政策、合同、投资等好处,消费者也可踊跃参与比赛的互动、投票等。②新项目策划会。针对某地最具特色的历史、文化、人文、地理、旅游、建筑、服饰、习俗等资源进行策划、推介,引入神秘嘉宾参与策划、互动,神秘嘉宾可以是官员、专家、企业家或相关农民。③特别庆典。选择具有鲜明特色的地域性特殊节日,以此庆典作为节目背景,结合庆典设计主题性的环节,充分展示当地特色经济发展的面貌,以及当地新农民的精神风貌。

第二节　省级卫视与省级区域频道主要对农节目简介

省级卫视与省级区域频道主要对农节目分别是:

(1) 山东电视台农科频道——《乡村季风》、《乡村季风农资超市》、《热线村村通》、《农资大卖场》。

(2) 北京电视台公共频道——《京郊大地》。

(3) 湖南卫视——《乡村发现》。

(4) 河北电视台农民频道——《致富情报站》、《三农最前线》。

(5) 辽宁电视台——《黑土地》。

(6) 陕西卫视、陕西农林科技卫视——《三农信息联播》、《农科城》、《村里村外》、《天天农高会》。

(7) 吉林电视台乡村频道——《乡村戏苑》、《乡村四季 12316 新闻眼》、《我是农民》。

(8) 湖北电视台——《三农湖北》。

(9) 浙江电视台新农村频道——《新山海经》。

(10) 广东电视台——《摇钱树》。

(11) 河南电视台新农村频道——《村长开汇》。

(12) 新疆电视台——《农牧新天地》。

（13）甘肃电视台——《田野之光》。

（14）山西卫视——《黄土地》。

（15）贵州卫视——《中国农民工》。

各个栏目具体介绍如下。

1. 山东电视台农科频道——《乡村季风》、《乡村季风 农资超市》、《热线村村通》、《农资大卖场》等栏目

（1）《乡村季风》栏目

栏目名称：《乡村季风》

栏目时长：栏目创办于1997年3月，每期25分钟，是日播栏目，是省级卫视创办最早的对农节目之一，目前在山东卫视早间、午间时段和农科频道晚间时段播出。

栏目宗旨：心系衣食父母，真诚为农服务。

栏目定位：关注农业发展、农村社会、农民生活。

栏目结构：新闻板块和专题板块。

栏目形态：①新闻板块。涉及农业、农村政策报道、主体性报道。②专题板块。包括农资天地、畜牧园地、品种窗、致富英雄榜并汇集农业媒体信息汇编、产品供求信息、打工在线。该栏目秉承山南海北，荟萃致富精华；春秋冬夏，送来田野新风。该栏目以独特的新闻视角、科学务实的态度、质朴的语言，报道党和政府的对农政策、农村新变化、农民新形象，为农民走向市场、科技致富搭起了一座桥梁，被农民赞誉为"荧屏上吹来的一缕清风"。

周一至周四是信息量较大、以消息和专题组合编排的"资讯版"；周五是以演播室访谈为特色的"专家热线版"；周六则是介绍世界农业，搭建中外农业交流平台的"海外版"；周日则是以面向进城务工农民为主要服务对象栏目的"打工在线"节目。

（2）《乡村季风 农资超市》栏目

栏目名称：《乡村季风 农资超市》

栏目时长：栏目2007年开播，每期20分钟，是日播栏目。2009年新改版。

栏目宗旨：服务"三农"、服务"三农"企业，为老百姓推荐优秀农资。

栏目定位：为老百姓买农资出谋划策，为农资企业卖农资牵线搭桥。

栏目结构：板块式专题结构栏目。

栏目形态：①周一为老板块，新亮点。测土配方中国行，带您走遍中国，寻找种地状元。②周二为农资与病害，奉献"百集病害专题片，农业专家小小屏幕开处方"。③周三为公益先行，"周周有事件，天天有观点"，事件为农资打假行动，观点为农资防假知识。联合工商管理局、质监部门一起维护农民利益。④周末版取名为"乡村礼拜七"，小型乡村农资专业访谈节目，"田间地头闲谈唠嗑，村里村外乡情乡韵"。访谈对象主要为农资经销商、农资企业负责人。通过节目，建立山东省农资领域高端对话平台，让老百姓更加了解农资经销环境，让同行相互了解。

2009年该栏目采取周一至周五播冠名和周末版单独冠名的方式，具体冠名方案如下。

周一至周五播冠名方案：冠名为"某某农资超市"形式，5秒冠名标版"本栏目由某某企业独家冠名播出"＋15秒全年硬广告播出＋全程企业角标。①赠送一期周末版企业负责人或本企业产品经销商访谈节目，内容围绕产品展开。②赠送12集、5分钟产品专题片。

周末版《乡村礼拜七》冠名方案(全年52期):冠名采用"某某乡村礼拜七"形式,赠送一期周末版企业负责人或本企业产品经销商访谈节目,内容围绕产品展开。赠送6集产品专题片。

(3)《热线村村通》栏目

栏目名称:《热线村村通》

栏目时长:每期15分钟,是日播节目。

栏目宗旨:帮农民说话,促社会和谐,关注"三农"民生,以传达、解读"三农"政策法规,促进各项惠农政策落实。帮助农民解决生产生活难题,增进干群双向沟通理解。

栏目定位:服务"三农"民生、服务农村社会发展的新闻专题类节目。

栏目结构:板块式专题结构。

栏目形态:专题栏目分为"热线调查"、"说个明白"、"老乡来信"、"有问有答"、"热线回音"、"牵线搭桥"等板块,具体涉及惠农政策没落实、合法权益受侵犯、生产生活遇难题、帮农民说话、促社会和谐等内容。

(4)《农资大卖场》栏目

栏目名称:《农资大卖场》

栏目时长:由2007年开播的《乡村季风 农资超市》栏目扩版而成,节目时间由原来的10分钟,延长到现在的20分钟,节目名称也由原来的《乡村季风 农资超市》更改为2008年的《农资大卖场》,是日播栏目。

栏目宗旨:为乡亲们推荐优秀的农资产品和农家日用百货。引导农民消费,服务百姓生活,让家里的钱都花到刀刃上。

栏目定位:引导农民消费,服务百姓生活。

栏目结构:板块式专题结构栏目。

栏目形态:分为两大板块。①第一大板块为"农资大卖场"。本板块由原来大家喜欢的"农资超市"演变而来,虽然名称有所变化,但主要职能没有改变,依然还是"为老百姓买农资出谋划策,为农资企业卖农资牵线搭桥"。继续为乡亲们推荐优秀的肥料、农药、种子等农资产品,扶优打假,引导农资消费。②第二大板块为"农家百货板块",后来名称为"乡村超市"。如果说农资关注的是生产,那么新增的百货主要关注农家生活。百货板块的职能和农资板块一样,只不过所关注的对象有所区别。百货板块主要为乡亲们推荐优秀的农家生活日用品,包括家用电器及农家使用的通信、交通、饮食等产品。不管是"农资"还是"百货",主要目的就是为乡亲们推荐优秀的农资产品和农家日用百货。同时该栏目的诞生,也为优秀的农资企业以及其他涉农企业建立了一个展示的平台,更方便地把自己的好产品,对农民有用、有益的优质产品,多快好省地推荐给老百姓。随着栏目改版,该栏目紧跟多个大型活动,其中有与山东省质监局、山东省邮政局一起合办的省内"三农"领域第一个大型公益组织"齐鲁农资公助平台"、与山东省土肥站联合举办的"走遍齐鲁测土配方电视大行动"、与山东省质监局和山东省农科院土壤肥料研究所共同拍摄的"20集大型肥料防假系列片"等。另外,针对农资产品的"山东省老百姓最喜爱的十大农资产品评选"活动以及针对农家日用百货的"电动车乡村越野赛"等活动也收到了很好的效果。

2. 北京电视台公共频道——《京郊大地》栏目

栏目名称:《京郊大地》

栏目时长:每期时长 30 分钟,日播栏目。

栏目宗旨:透视京郊旅游产业的发展轨迹,呈现新时代京郊大地的诱人风采,提供时尚快捷的京郊旅游咨询,全面服务于北京城区的旅游消费市场。

栏目定位:一档立足京郊、面向"三农"的周播专栏节目,本着扬一家之长的目标,旨在为农民、为京郊服务。

栏目结构:板块式专题结构栏目。

栏目形态:分产业篇、人物篇、资讯篇、交流篇四大板块。

(1)京郊大不同——产业篇(6分钟专题)

反映的是京郊旅游产业发展过程中精彩而又有趣的片段。突出变化,突出时代感,同是这座山,同是这片水,不同的是产业结构,是经营理念,是生活的氛围,是人们的精神面貌,是城乡统筹进程中充满活力的旅游市场。每期一家旅游企业,不以全面介绍见长,而是抓住特色,以突出变化与不同为核心。旅游企业的新举措、新观念、新动态、新服务,一切尽在"京郊大不同"。

(2)京郊明星榜——人物篇(6分钟专题)

每期一个京郊旅游界的明星人物,每个人物的身上体现的是京郊旅游产业变化中的生动情节。短小精悍的人物小品,一本性格鲜明的人物谱,一个京郊生活和旅游产业发展的生动而又跳跃的音符。京郊明星榜不管是大人物、小人物、企业家、个体户,还是外国人、城里人、郊区人,都是明星榜的候选人。

(3)旅游直通车——资讯篇(5分钟信息)

不是广告,胜似广告。内容实用,包装精美,包括吃、住、行、购、娱、游全方位的旅游信息。画面精致,语言明快,消息及时实用。每周为旅游企业发布 5~10 条最新旅游信息,使观众在短短的 5 分钟的时间里轻松掌握一周旅游动态。

(4)旅游路路通——交流篇(10分钟专题)

立足京郊旅游产业实践,放眼国内外可类比的旅游产业化实践个案,充分发挥本板块连续报道和深度报道的优势,突出介绍与分析京外旅游企业的地域文化及经济背景的结合点,突出特殊性、趣味性和京郊大地的独特视角,向北京乃至全国观众送上超越北京地域限制的一道更为丰富、口味更为独特,有别于一般旅游节目风格的电视套餐;同时也为京郊旅游产业的发展提供参考经验。

3. 湖南卫视——《乡村发现》栏目

栏目名称:《乡村发现》

栏目时长:因为要与湖南卫视频道的快乐定位相符,2004 年 1 月本栏目被要求停播改版,2004 年 2 月《乡村发现》改为时长 7 分钟,周一到周五与观众见面,两个多月后又再次停播改版,2005 年 5 月恢复播出。

栏目宗旨:为农业、农村、农民服务。该栏目立足农村,但能跳出农村看农村,以为农业、农村、农民服务为宗旨。

栏目定位：是一档主讲农业、农村、农民的节目，记叙百姓生活，关注农业发展，趣谈实用技术，闲话乡村奇观。

栏目结构：板块式专题结构。

栏目形态：围绕"发现"做文章，栏目分板块设置，每期固定几个板块，给观众一点期待感，而每一板块的节目样式皆因节目内容而定，有所不同，统一中有变化，变化中有统一，结构上也不遵循一般。以下介绍几个板块。

（1）建设新农村——心随"乡"动、奔赴边远：招募大学生，走遍湖南边区各村，实地调查了解乡风民情，直接与县委书记对话，透彻分析建立社会主义新农村的丰富内涵。举办"慈善交流会"，为需要帮助的乡村找到资源，为乐于善举的企业、企业家或其他机构和个人找到出口。

（2）建设新农村——看谁做得好：寻找国外典型，分析它、解读它、借鉴它，实地拍摄新农村建设运动源头——韩国；在国内，对有一定基础的村进行经验分析、问题剖析，三个月后，设置"新农村先锋榜"，大家来评选。

（3）手机中的新农村：目前手机的拍摄、剪辑功能已经被开发利用，中国的第一部手机电影已经成功，人手一部的手机已经是最普及的拍摄工具，它应该为电视所用。《乡村发现》正在掀起手机电视运动，号召有手机的人用自己的手机随时随地拍摄下眼中的新农民（农民工）、眼中的新乡村，用手机剪成一两分钟的短片或两三个画面并增配文字在节目中播出，让所有的人参与到新农村的舆论中去、建设中去……

（4）无论社会怎么发展，无论换了哪届领导，在中国，第一要务重中之重还是"三农"，农村、农业、农民。从人口的角度看，农民还是绝大多数，如果能给农民一个公平的待遇，把收视率调查也放到农村去，收视率数据应该更真实准确。

4. 河北电视台农民频道——《致富情报站》、《三农最前线》栏目

（1）《三农最前线》栏目

栏目名称：《三农最前线》

栏目时长：每期 30 分钟，为除双休日、节假日以外的日播栏目。

栏目宗旨：关注农民、由心开始。

栏目定位：该栏目是河北电视台农民频道着力打造的一档以农民为服务对象，以"三农"为关注重点，节目内容包括涉农新闻、实用信息、深度分析报道和交流沟通的电视新闻杂志。它是一档高互动性、全程直播、普遍参与的新闻节目，以关注"三农"问题的农村人群为主要目标受众，兼顾城市人群。以农民利益为出发点，传达关于"三农"的各项政策、法律、法规，深切关注农村、农民、农业中的热点、难点问题。

栏目结构：电视新闻杂志和新闻专题相混合。

栏目形态：采取演播室直播互动与外景报道结合的方式。

栏目构成：包括资讯部分和专题部分。

① 资讯部分——《大伟看新闻》：此部分包括全国及全省发生的重要农业新闻及有关"三农"题材的鲜活生动的人和事。为农民提供及时的新闻和信息服务，并对全国"三农"新闻进行汇总。由报摘、地、市台新闻、自采新闻几部分组成。内容涉及政策、法规、生产动态、农业气象、病虫预报、灾情通报、市场动态、新鲜事件、突发事件、经验教训等。选题原则

是答疑解惑,内容生动、实用,突出大信息量、短平快的特点,为农民提供最直接、最及时的新闻和信息服务,同时起到让农民开阔视野、了解外面世界的作用。

② 专题部分——关注农民生活、聚焦"三农"事件、解读"三农"焦点、探询"三农"真相。此部分为专题类新闻节目。以关注农民为出发点,通过对"三农"热点的报道,对"三农"焦点、难点的解析,正面引导和监督促进相结合,发现问题、解决问题。对一些违背国家"三农"政策的典型事件、部门或个人,在进行必需的批评性报道的同时,将注重各种正面典型或经验的介绍、连接,从正、反两个方面促进问题得到真正解决,从而从大局上树立党和政府的威望。专题部分还有以下典型节目。

《苏老三走四方》:帮助农民协调解决具体的困难和问题。节目时长4分钟左右。主要立足于帮助农民协调解决事关其切身利益的各种具体困难和问题,一般包括久未解决的农村公共设施损坏,农民种养殖业中亟须解决的各种问题,需要国家和社会帮助的农村失学儿童、孤寡老人等。出镜记者苏老三有很强的亲和力和幽默感,通过苏老三解决问题中的个性风采的展现,让节目寓教于乐,在农民群体中形成了很大的影响。

《赵小乐看农事》:有效的政策解读和正面引导。节目片长4分钟左右,主要通过赵小乐扮演各种角色,出演情景短剧,有采访政府官员、专家、学者、致富能手等形式。把国家最新的各项对农政策、实用的致富信息、农村的新生事物、新现象等落实到具体形象之中,把各种信息进行具体有效的诠释,以符合农民的接受习惯和接受水平。同时力求全面和系统,借鉴古今中外的各种经验,追求前瞻性和指导性。节目播出以来,提高了农民对政策、法规的认识,让农民了解了国家最新的对农扶持政策,一些致富信息和致富理念在农村也形成了很大影响,树立了追求公正、文明、科学有效的新风尚。

《三农最前线》节目会根据不同时间、不同形势、不同需求,针对在"三农"领域一段时期内集中突出的问题,确立一个或几个主题并提供多角度和多种形式的报道,使节目的电视受众观后有所思考和启发,便于和受众间形成高度互动性,增强节目的影响力,有利于问题的解决,使报道的主题更加深入人心。

(2)《致富情报站》栏目

栏目名称:《致富情报站》

栏目时长:每期15分钟,是除去周六、日和节假日的日播栏目。

栏目宗旨:栏目以报道农业新技术、新模式、新品种、新项目,传递市场信息、分析市场变化为主要内容,引导广大农民群众依靠科技、市场走上致富路。

栏目定位:是一档日播农业经济信息服务类栏目。

栏目结构:板块式专题结构。

栏目形态:栏目包括新鲜情报、金点子、走市场、"大宽"支招四个板块及主要内容。

① 新鲜情报。各地农情农事,致富经验,节气变化,农业新鲜事,用于开阔视野、传递信息。

② 金点子。金点子包括农业生产、加工领域的新品种、新项目、新技术、新模式。该板块内容的选题突出新鲜、独特的特点,除了国家、省重点推广的农业科技成果外,还包括大量民间的农业技术诀窍、经验,具有很强的可操作性、实用性和趣味性。

③ 走市场。走市场包括农业市场行情信息、权威分析和预测、市场经营高招。传递农

业市场变化信息,指导从事农产品、农副产品流通、经营的人们了解如何运用合理的市场经营方法来致富,是本板块报道的重点,同时也会播出一些"透过市场看生产"、"透过现象抓问题"的节目,通过对市场变化的分析,来进一步指导农业生产的调整和决策。

④ "大宽"支招。该板块是以栏目与电视观众互通、互动的方式出现的,节目内容突出实用性、贴近性。广大农民群众在致富的道路上遇到了什么困难,都可以与栏目联系,记者"大宽"将带着各方面的专家赶赴现场,实地支招,解决难题。

5. 辽宁电视台——《黑土地》栏目

栏目名称:《黑土地》

栏目时长:每期 30 分钟,是日播栏目。

栏目宗旨:服务"三农",干预"三农"。想农民所想,急农民所急,帮农民所帮,尽量更加实用,更有深度和广度,总之,要给农民制订生产计划和把握市场走向,提供可靠的预判性、前瞻性的资源。

栏目定位:朴实热闹,快节奏,立足东北,以辽宁为主,情系黑土,服务农家。

栏目结构:板块式专题结构栏目。

栏目形态:该栏目将采取设置子栏目的板块形式,同时涵盖天气预报、农产品价格、用工信息等大量涉农资讯。节目将把握内容丰富、实用、热闹、朴实、节奏快的整体基调。现对新版节目按播出顺序做如下板块设置。

(1) 天气早知道:作为每天清晨的第一档天气资讯,甚至是除了中央台新闻频道简单的气象信息之外,全国卫视每天的第一档天气资讯,它对辽宁卫视收视率的意义十分值得期待。本板块采用主持人播报并配合图片信息等灵活多样而非常见的模式化语言的形式,来关注辽宁甚至是全国 35 个大中城市的天气变化,同时辅以气候变化对农时农事的影响及分析。

(2) "三农"大视野:一切有关"三农"的大事小情,都在该板块的视野之内。该板块强调事件的社会矛盾性以及本身的故事性,尤其是强调选题意义的全国性、时代性。

(3) 致富讲道:讲道,即讲究农民致富中的所有门道,不论是新技术还是新方法、新思维,强调的是一个"新"字,即农民的创新能力。

(4) 农副产品价格信息:该板块所涉及的信息立足辽宁,关注并辐射东北其他两省。

(5) 专家一点通:这一板块专门成立了"《黑土地》专家顾问团",专家来自于方方面面的权威人士。这个板块是涉农问题的求助站,是专家答疑、解惑的平台,是农民对正在发生的热点问题急切寻求答案的平台。

(6) 天下农人:顾名思义,天下农人肯定不仅仅是辽宁的农人,当然依然会以辽宁及东北其他两省为主。这里的主人公,不会一定是有大成就的或者是什么杰出代表,但一定是有特点的、有故事的"三农"中的好人,能够丰富农人形象的好人,能够唤起受众尤其是市民对天下农人再认识的好人。

(7) 回音壁:这个板块是对节目播出和收视的反馈,是节目对受众生产、生活产生了影响的反馈,是《黑土地》栏目包装自己、推广自己的平台。

(8) 用工信息:这个板块关注农村劳动力转移问题,是一个连接城市、农村用工信息的平台。

(9) 供求信息：给农民提供供求信息交流的平台，但并非所有的供求难都会在这里得到交流，栏目组会把这个交流的机会和宝贵的卫视平台给予那些的确应该给予者。

6. 陕西卫视、陕西农林科技卫视——《三农信息联播》、《农科城》、《村里村外》、《天天农高会》（陕西农林科技卫视是我国第一个以农林科技推广普及的专业卫星电视频道）栏目

(1)《三农信息联播》栏目

栏目名称：《三农信息联播》

栏目时长：每期 45 分钟，是日播栏目。

栏目宗旨：传播有用的致富信息；倡导好用的经营手段；标榜耐用的生产资源。

栏目定位：农民致富的高参、城乡沟通的桥梁。

栏目结构：资讯信息类播报结构。

栏目形态：该栏目共有"今日三农资讯"、"陕西三农"、"农业科技"、"经济评述和分析预测资讯"、"价格行情和供求信息资讯"、"民生资讯（农民工）"、"国际三农资讯"、"农业信息化资讯"、"有话大家说"和"品味陕西"10 个板块组成。

(2)《农科城》栏目

栏目名称：《农科城》

栏目时长：每期 30 分钟，是日播栏目。

栏目宗旨：传播高新科技，推广实用技术。

栏目定位：农业科技专题栏目，竭诚致力于农业科技成果推介和技术推广，为广大农民和涉农人士提供及时、准确的农业科技资讯，为中国农业增产、农民增收和农村发展而努力耕耘。致力于打造中国第一个以电视媒体为核心的农业科技推广平台，搭建一座沟通专家与农民、科研与推广、生产与市场的桥梁。

栏目结构：板块式农业科技专题结构栏目。

栏目形态：设有"农事 110"、"农城新貌"、"农资推广站"、"农经在线"等板块内容。

① "农事 110"——该板块是《农科城》栏目的特色内容之一，也是依托杨凌 6 000 多名、涉及农、林、牧、渔等领域的农业科技专家资源设立的，为农民朋友提供个性化的科技服务。农民朋友在生产实践中不管遇到什么问题，只要拨打"农事 110"热线电话，记者将邀请相应的农业科技专家深入田间地头，现场指导，实地解决难题。

② "农城新貌"——以杨凌农业高新技术产业示范为核心，用镜头记录杨凌农科城在推进中国现代农业发展、推动新农村建设所做的努力和所取得的成绩，立体展现全新杨凌。

③ "农资推广站"——为广大农民朋友推介一批质量可靠、效果显著的农业生产资料和农村生活资料，促进农业生产，提高农村生活质量。

④ "农经在线"——发布农产品供求信息、劳务信息、市场分析预测，破解农产品买卖难题，促进城乡市场有效流通。

⑤ "三农会客厅"——周末特别节目，谈话版，目标是树新农村典型，凝新农村经验。

(3)《村里村外》栏目

栏目名称：《村里村外》

栏目时长：每期 20 分钟，是除双休日外的日播栏目。

栏目的宗旨：是沟通政府、农民及企业和科教单位的桥梁，沟通城市和乡村信息及服务

的桥梁;是提供农技、农经和市场、政策等信息服务的平台;是反映民情、关注民生的窗口。

栏目定位:立足北方,面向全国,推介各地新农民、新农村典型,展示农民风采与乡村魅力,凝练新农村建设经验,记录中国农村发展进程。既给"我村"提供展示的平台,又给"他村"树立借鉴的榜样。

栏目结构:信息资讯和专题报道。

栏目形态:将面对广大农民朋友和涉农企业,对农信息、技术服务和中介组织,农科教人员,政府部门,欲到农村投资创业者以及凡关心"三农"问题的社会各界人士。

(4)《天天农高会》栏目

栏目名称:《天天农高会》

栏目时长:每期时长35分钟,是日播栏目。

栏目宗旨:提供农技、农经和市场、政策等信息服务的平台。

栏目定位:汇集农业的新技术、新项目、新产品,是农资和市场营销等的综合资讯节目。

栏目结构:板块式专题结构。

栏目形态:栏目设有"农科看台"、"农资超市"、"农经荟萃"、"致富宝典"、"海外农业"、"农业吉尼斯"等若干板块。汇集农业的新技术、新项目、新产品、放心农资和市场营销等综合资讯于一体,用于联系专家、农户与企业,沟通技术、生产与市场。

7. 吉林电视台乡村频道——《乡村戏苑》、《乡村四季12316新闻眼》、《我是农民》栏目

(1)《乡村戏苑》栏目

栏目名称:《乡村戏苑》

栏目时长:每期30分钟,是日播栏目。

栏目宗旨:立足于展现原汁原味原生态的本土艺术,乡音悦耳,乡戏缭绕,九腔十八调,如天籁之音响彻吉林大地,令人沉醉,令人痴迷;演员们精湛的搞笑手段、绝活表演等,更是令人赞叹不已、捧腹大笑。

栏目定位:以播出东北二人转为主的戏曲类栏目。

栏目结构:戏苑专题。

栏目形态:立足本土,亲和农民,坚持将最精彩、最好看的节目奉献给广大的观众朋友们,同时增添了大量与观众互动的环节,增设了参与节目的奖项,让更多的农民兄弟参与到节目中来,使之有更广泛的群众基础,与《转迷乐翻天》一起扎根于群众、服务于群众,成为老百姓茶余饭后的一道美味可口的文化大餐。

(2)《乡村四季12316新闻眼》栏目

栏目名称:《乡村四季12316新闻眼》

栏目时长:每期30分钟,是除双休日外的日播栏目。

栏目宗旨:节目以民生为主线,用不同的形式介绍农村的新闻、趣事,农业的产业、经济,农民的高兴事、烦心事,最高限度地体现农民的民生诉求。

栏目定位:以民生诉求作为新版节目的定位。

栏目结构:板块式专题结构。

栏目形态:及时、快捷的资讯发布,权威、准确的新闻及政策背景分析,以及每天从上万个"12316新农村热线"中筛选的农民关注的热点问题及权威专家的分析点评。

（3）《我是农民》栏目

栏目名称：《我是农民》

栏目时长：每期30分钟，是周播栏目。

栏目宗旨：以"民生、民意、民情"为关注点，记录大时代背景下普通人的心路历程，见证时代变迁、社会变迁中农民在生活上和精神上的变化历程，呈现农民的百味人生。不仅讲述故事、听故事，更重要的是思索故事带给人们的启迪和力量。

栏目定位：以许许多多真实的农民人物为关注对象，他们可以是闪烁智慧光芒的农民，富于非凡品格的农民，历经困苦挣扎的农民，亲历重大事件的农民。

栏目结构：人物纪实访谈节目结构。

栏目形态：以主持人与嘉宾的真诚对话为主要形式，以独特的视角，以特有的人文关怀，透过人物难忘的经历、起伏的人生，感受他们深邃的心境物语、执著的梦想追求。以性格迥异而极具魅力的人物，真实而精彩的故事，丰富而细腻的情感，为观众打造一档生动、平实、有深度、充满温情的人物纪实访谈节目。所谓每一个人物背后总有一串故事，每一串故事之中总有一份情感，每一份情感深处总有一种力量。

8. 湖北电视台——《三农湖北》栏目

栏目名称：《三农湖北》

栏目时长：每期5分钟，是日播栏目。

栏目宗旨：旨在为农业生产者提供实用技术和信息；为农村里的城市人和城市里的农村人提供服务；为从事"三农"产业的企业提供产品展示和市场营销的平台；为政府、企业、农民、市场之间的交流和沟通构架桥梁。

栏目定位：要宣传在农村建设、农业发展、农民增收的过程中涌现出的典型集体、企业和先进个人，突出报道这些宣传事例的成功经验和有效措施；栏目还为广大农民朋友以及从事农业服务的人士提供大量的农业政策信息、各地农业动态信息、农资信息、农产品供求信息、农业科技信息等，以满足农民朋友在发展生产上的需求。

栏目结构：三农资讯杂志类结构。

栏目形态：突出服务性，在服务性的基础上尽量做到节目简洁明快，办成广大农民、农村基层工作者和涉农单位人员学习党的农村政策、掌握农业科技、了解市场信息、丰富文化生活的综合性的农村节目。分为"三农关注"、"三农财富"、"三农就业"、"三农情报"、"三农文娱"、"三农服务"六大板块，涵盖专题、信息和新闻。

9. 浙江电视台新农村频道——《新山海经》栏目

栏目名称：《新山海经》

栏目时长：栏目时长30分钟，是日播栏目。

栏目宗旨：以服务为宗旨，用生动明快、亲切平和的讲述方式，将致富手段、农业技术、求职信息娓娓道来。

栏目定位：对农资讯杂志，力求反映新农村新面貌，全方位打造对农资讯服务。栏目在注重实用性、指导性、知识性的同时，还兼顾了通俗性、趣味性。

栏目结构：板块式专题结构。

栏目形态:栏目主打板块包括"致富山海经"、"农家商情"、"星火科技"、"绿色通道"、"环球农业"、"城乡之间",每天内容基本不同,旨在为农民朋友提供更多更好的信息。除此之外,还有许多小板块,如"视角"、"农家绝技"、"农家美食大搜索"、"信息交流网"、"提醒"、"让我来帮你"以及"周末大礼包"等穿插其中,既增加了可看性,又能更全面地传递服务信息。"致富山海经"用最通俗易懂的手段展示最新、最实用的致富信息,为致富路上的您答疑解惑。"农家商情"提供最新的农家市场信息。"星火科技"以科技制胜,信息为主。"城乡之间"展示城里人、乡村人的美好生活。"绿色通道"宣传绿色生活。"让我来帮你"解决农民和农民工生活、投资上的实际困难。许多农产品,或者是手工产品本身不错,可因为没有好的平台,往往给农民朋友致富带来一定的难度。节目每期将挑选一个典型案例,为农民朋友们穿针引线,帮助他们的产品找到销路。"工作接力棒"解决农民工解决就业问题。为帮助农民工找到合适的工作,对前来寻求帮助的农民工进行跟踪拍摄。让大家充分体会到农民工找工作时的艰辛与不易,并总结经验,为再次求职做更好的积累。"农家美食大搜索"土得掉渣,土得纯粹,节目以"土"为荣,搜索全省农家美食。"农家绝技"体现山外有高山,人外有奇人,乡野田间有高手。"农家小窍门"提供对农民有用的经营、生活信息,强调可操作性。"视角"邀请农民、农民工用自己的视角看新农村或新城市,城里人用自己的角度看新农民、看新农村。这个板块里基本都是DV自拍,画面技巧倒是其次,新、奇、特是最主要的,不仅好看、好玩,更具有互动性。拍摄者拍出来的,既可以是新农村、新农民的新视角,也可以是农民工在城里通过自己的努力来体现生活有了哪些改变,甚至可以是在杭州打工的农民,介绍他眼里的城市生活,以及对未来生活的憧憬……其实,就是民工故事换一种视角来讲述。"信息串串通"为有难题、有疑惑的农民朋友答疑解惑。

10. 广东电视台——《摇钱树》栏目

栏目名称:《摇钱树》

栏目时长:每期节目长度为20分钟,为周播栏目。

栏目宗旨:以服务农村、农业、农民为宗旨。

栏目定位:为观众解读最新的农业政策,提供及时的流通信息,帮助广大观众了解成功的致富经验,并选择重大题材,突出时效性、实用性,贴近农民生产、生活,介绍农村奇人新事、实用技术,以节奏快、信息量大的特点使受众成为受益群体。

栏目结构:板块式专题结构栏目。

栏目形态:包含"乡村财富档案"和"与农同乐"等两个小板块。系列节目及重大题材的重点经营是整个栏目的支柱。在"乡村财富档案"板块中,介绍农村动态性新闻、优质种苗、农村新技术,信息量大、节奏快。在"与农同乐"板块中,突出时效性,贴近农民生产、生活,介绍农村奇人新事。

11. 河南电视台新农村频道——《村长开汇》栏目

栏目名称:《村长开汇》

栏目时长:每期30分钟,是日播栏目。

栏目宗旨:笑看天下新鲜事,活报世间雷话题,新鲜资讯娱乐播报,草根视角开心当道。

栏目定位:实用资讯、雷人话题。

栏目结构：板块式新闻专题和综艺拼盘相融合，是一档新鲜出炉的节目，是一个融汇了新闻和情景短剧以及百姓才艺展示的拼盘性栏目。

栏目形态：采用全新节目形式——电视活报剧，以开会的口吻，对新近发生的各种新闻事件通过视频、图片甚至漫画的形式进行了解，再由"村长"以乡村的眼光对这些事件发表意见，其意见往往是出人意料的视角、城乡思维的对接、时尚和乡土的碰撞，在这种有趣的对比和联想中，表现出对好人好事的赞美，对丑恶现象的抨击，并最终上升到对城乡社会进步的认识。很多点评是通过情景短剧的形式，借助夸张的表演，达到语言所不能表达的生动和犀利，让人看了之后忍俊不禁却深有同感。

12. 新疆电视台——《农牧新天地》栏目

栏目名称：《农牧新天地》

栏目时长：每期10分钟，是除双休日外的日播栏目。

栏目宗旨：紧紧围绕农民增收致富和新农村建设的主题，为农牧民创业致富支招、出点子，帮助农牧民解决实际困难，为城乡搭建沟通的平台。

栏目定位：根据自治区党委和政府提出的以快速增加农牧民收入、发展现代农业和积极建设新农村的要求而进行定位。

栏目结构：现在专题结构。

栏目形态：该栏目的亮点是新颖亮相的主持群，主持群中既有两位青春靓丽的女主持人，还特意请来了嘉宾主持，一个是幽默睿智的"买买提"大叔，一个是憨实可爱的村姑"傻妞"，他们在一起，将以轻松活泼的方式带领观众共同领略乡村的魅力。

13. 甘肃电视台——《田野之光》栏目

栏目名称：《田野之光》

栏目时长：每期20分钟，每周两期。

栏目宗旨：关注"三农"问题、加强城乡联系、推进小康建设，全面报道甘肃"三农"发展现状，推进农村小康建设。

栏目定位：全面报道甘肃"三农"发展现状，与时俱进，扩大信息量，增强导向性、针对性、服务性，以宣传先进典型为重心，为城乡观众提供全新的农业现代理念，树立新农业、大农业形象，引导生产消费，培育城乡市场，助民致富，推进农村小康建设。

栏目结构：板块式专题结构栏目。

栏目形态：分为"田野"和"项目甘肃"两个板块。"田野"板块以传播农业科技知识为主；"项目甘肃"板块以宣传贯彻省委"发展抓项目，改革抓企业"的重大战略部署为主题，深度报道全省各地项目建设的成功经验和做法。

14. 山西卫视——《黄土地》栏目

栏目名称：《黄土地》

栏目时长：每期30分钟，是周播栏目。

栏目宗旨：面向农村基层群众，注重服务与维权，从整体上以关注当代农村的生存状态（尤其是生活领域）、关注当代农民的新追求、关注现代农业给社会带来的进步为重点。

栏目定位：服务的针对性、时效性和贴近性；资讯的广泛性和有效性。

栏目结构：板块式专题结构栏目。

栏目形态：分三个板块，第一个板块是"致富一招鲜"，让农民告诉农民致富的妙招和诀窍究竟在哪里。第二个板块是"农家点对点"，针对农民朋友在生产和生活中遇到的各种疑难问题，通过记者现场帮办加以解决，为农民朋友提供贴心的服务。第三个板块是"乡村风向标"，这是一个专门发布信息的板块，在这里农民朋友能够获得最新的农事动态。

15. 贵州卫视——《中国农民工》栏目

栏目名称：《中国农民工》

栏目时长：每期 40 分钟，从 2008 年 4 月 18 日起到 2008 年 11 月 7 日，是周播栏目。

栏目宗旨：在展示一个个积极向上、健康励志的农民工形象的同时，还成功地推出新时代的中国农民工群像。

栏目定位：给身边的农民工一个微笑，通过公益广告、广场演出、立白产品义卖、街头赠送，倡议城市人以一种善意的姿态对待进城务工的外来人员，以媒体和企业的社会责任感，共同推进和谐社会的构建。

栏目结构：采用活动与讲述相融合的结构。

栏目形态：这是贵州卫视在全国率先推出有关农民工的电视节目，先后推出了《中国农民工》第一集《农民工 我的兄弟姐妹》和第二集《中国农民工》讲述节目，让农民工第一次以主人公的身份走进演播室。两集农民工节目先后在贵州卫视持续播出 9 个月，来自全国各地的近 40 多位农民工走进演播室并进行了温暖、真诚、朴素的讲述。在第三集《立白 温暖中国农民工》中仍然延续第一、二集的节目形式，有近 30 位来自全国各地的农民工走进演播室，讲述他们的奋斗历程和艰辛、温暖、向上的人生故事。

第三节　各市、县部分对农节目简介

各市、县部分对农节目分别是：

(1) 黑龙江省农垦电视台农业频道——农业频道——《走进北大荒》、《黑土地》。

(2) 甘肃省金昌电视台——《乡土情》。

(3) 吉林省长春电视台——《希望田野》。

(4) 湖北省荆州电视台——《垄上行》。

(5) 辽宁省沈阳电视台——《庄稼院》。

(6) 辽宁省东港电视台——《一方热土》。

(7) 河北省廊坊电视台——《金色田野》。

(8) 黑龙江省哈尔滨电视台新闻综合频道——《新农村》。

(9) 湖北省武汉电视台——《都市家园》。

(10) 浙江省义乌电视台新闻综合频道——《一方热土》。

(11) 浙江省嘉善县广播电视台——《跑农村》。

(12) 浙江省余姚电视台——《姚江田野》。

(13) 浙江省安吉电视台——《新山海经》。

（14）浙江省长兴电视台——《走乡村》。

（15）浙江省宁海电视台——《新农家》。

（16）浙江省天台电视台——《魅力乡村行》。

1. 黑龙江省农垦电视台农业频道——《走进北大荒》、《黑土地》栏目

（1）《走进北大荒》栏目

栏目名称:《走进北大荒》

栏目时长:13分钟,日播栏目。

栏目宗旨:展示北大荒风采,领略黑土风情,展示北大荒现代化农业的雄厚实力和丰富的旅游文化资源,进一步提高垦区的知名度,以栏目的形式提升《农业频道》的文化品位。

栏目定位:是一档人文故事类纪录片栏目,定位于人文地理节目,是以变化的当代北大荒人视角关注北大荒的历史,勾起世人对于北大荒精神的怀念,反映生生不息的人文精神,以半个多世纪北大荒特有的精神气质吸引观众,将北大荒特有的资源传播进观众的心灵,成为北大荒向世人展示历史沧桑、传递现实变化、展望未来的一个窗口,营造出一个北大荒的"精神港湾"。

栏目结构:该栏目从多视角多层面介绍了历史传承文化现象、民俗风情风光、景点旅游线路,对北大荒的自然和人文景观进行写实与艺术再现。节目以"自然篇"、"文化篇"、"文学艺术篇"、"现代农业篇"四个部分为主要框架,形成特点突出、风格鲜明、赏心悦目的北大荒音画。每部分既独立成片,又成系列。

该栏目打破了以往电视传统的表现模式,主持人以导游的形式向世人介绍北大荒、诠释北大荒。选题策划制度化、前期拍摄规范化、后期编辑格式化、叙述方式故事化、栏目包装时尚化、节目质量标准化。

栏目形态:该栏目以情节化、细节化为突出特征,以系列化、主题化为基本操作方式的叙事性纪录片作为形式。以电视作为手段,以导游的形式向世人介绍北大荒、展现北大荒的秀美风光,透视北大荒的文化底蕴,弘扬北大荒人的高尚情操;用镜头带领观众进入北大荒的地理空间和人文空间,揭示历史、叙述故事、展示北大荒的神韵及风采。节目力求唯美、唯深。"北大荒"是栏目叙事的题材,是历史与现实、地理空间与人文空间的叠合,是立场、意志和精神的源泉。栏目打破了以往电视传统的表现和制作模式,实现了选题策划制度化、前期拍摄规范化、后期编辑格式化、叙述方式故事化、栏目包装时尚化、节目质量标准化。

栏目以农场区域为切入点,选取农场中最具特色的历史文化、风土民情、杰出人物、自然景观,探寻其独具魅力的个性特征,用跨越时空的方式讲述历史记忆、名人掌故、风俗民风,用人文发现的视角表现风土人情和自然山水的魅力与文化内涵,用引人入胜的故事体现人们的生活状态和精神风貌,全面、综合、深入、立体、全景式地体现出农场的地域性格,创作中重视现场感,讲究权威性,体现深入性和文化品位,追求"大气与精致相交融"的栏目品质,力求在人文价值、文化品位、专业品质三方面打造"精品栏目"。

（2）《黑土地》栏目

栏目名称:《黑土地》

栏目时长:整体栏目时长20分钟,是日播节目。

栏目宗旨:对经济政策等资讯的报道,分享故事,赏析品牌。

栏目定位:提供更新、更全面的经济资讯;解读最新的经济政策,分析事件背后的经济规律。

栏目结构:板块式专题结构。

栏目形态:包括经济时讯、解析和品牌故事三个板块。宣传的内容由面向垦区转型为面向"三农"。①经济时讯。包括垦区的经济要闻,涉及国家和省内的相关经济政策等资讯的报道。节奏为短平快。②解析。这是个全新的子栏目,主要就是配合总局党委出台的各项政策加以分析,让老百姓更快更好地理解这些政策和精神。③品牌故事。主要是配合总局党委宣传垦区的各方面成果栏目包括龙头企业品牌、旅游品牌、文化品牌、科技品牌等。

2. 甘肃省金昌电视台——《乡土情》栏目

栏目名称:《乡土情》

栏目时长:《乡土情》栏目总长15分钟,为周播栏目。

栏目宗旨:反映乡情民意,关注农村生活,展示一方风土人情,表现金昌乡俗民风,了解"三农"政策,获取致富信息,关注新农村建设,成为农民了解社情民意的便捷窗口,也是许多城里人了解农村居民生活生产情况、乡风民俗的重要窗口。

栏目定位:以专题形式为农民朋友提供科技信息、知识和实用技术,为广大农民朋友进行科学种植、科学养殖搭建致富桥梁,培养农民树立科学的种植养殖观念。

栏目结构:板块式专题结构。

栏目形态:栏目现设"乡土情"和"科技苑"两个子栏目。"乡土情"子栏目主要宣传本土科技致富带头人、农村信息、社会主义新农村建设以及民风、民俗、旅游等乡土人情。"科技苑"主要介绍一些最新农业科技信息与技术。

3. 吉林省长春电视台——《希望田野》栏目

栏目名称:《希望田野》

栏目时长:节目15分钟,是日播栏目。

栏目宗旨:该栏目旨在全面报道长春"三农"发展现状,与时俱进,扩大信息量,增强导向性,增强针对性,增强服务性,为城乡观众提供新的农业现代理念,树立新农业、大农业的形象,引导生产、消费,为农村两个文明建设当好参谋,为广大农民致富奔小康当好向导,在党和政策与人民群众之间架设一座桥梁。

栏目定位:是一档面向农村受众和关心"三农"问题的城市受众的社教类、专题性、杂志化节目,体现政策性、知识性、服务性、实效性。

栏目结构:板块式专题结构。

栏目形态:栏目采取板块式专题结构,开设"乡村政事"、"乡村巡礼"、"乡土人物"、"科技点金石"、"乡村观察"、"供需连线"6个板块。

(1)乡村政事:以权威、准确、快捷的报道,向农民传达党和国家对农村出台的新政策、新法规等一系列新信息,以信息服务、扩大信息量为主要目的,加强政策的导向性。

(2)乡村巡礼:反映农村建设新貌,介绍小城镇建设经验。

(3)乡土人物:体现乡土情怀,演绎精彩人生。介绍那些立足农村建设,或走出农村成就大业,或为农民、农村做实事,有独特乡土情结的人的生活故事,从百姓视角解读成功人物。

(4)科技点金石:推广农村实用科学技术,把农民迫切需要的、切实可行且周期短、见效快的有关农、林、牧、副、渔的技术项目推荐给农民,促进农村生产力的提高,引导并带动农民致富。

(5)乡村观察:对农民关心的事件、现象、问题进行分析报道,畅谈"三农"热点话题,注重节目深度报道的同时还注重节目的时效性,切实维护农民的根本利益。

(6)供需连线:提供有关农业生产资料、农民生活资料的真实可靠的供求信息,发布农副产品市场行情,为农民间的行业沟通架设平台,解决农民在农业生产中遇到的实际困难和问题。

4. 湖北省荆州电视台——《垄上行》栏目

栏目名称:《垄上行》

栏目时长:2002年4月正式播出,每期30分钟,是除双休日外的日播栏目。

栏目宗旨:将普通农民作为报道对象,不仅报道先进典型,更注重展示普通农民的形象,关注他们的生存状态,反映他们的喜怒哀乐,内容涵盖农村新故事、维权、农家乐和资讯等方面。

栏目定位:服务于"三农",在表达上,用独有的贴近方式探索了一条电视平民化之路。

栏目结构:板块式专题结构。

栏目形态:栏目开设有"王凯热线"、"十里八乡"、"庄稼医院"等几个子栏目。"王凯热线"是由专人负责的24小时服务热线,负责解答农民提出的各种问题;"十里八乡"则主要反映乡村风貌、风土人情,介绍致富典型为主要内容;"庄稼医院"则以服务农事为主。

该栏目以娱乐为切入方式,在选题上选取那些能带来欢乐的素材。节目虽然反映的是普通农民的普通生活,但却很注重在平实中发现那些能带来欢笑的因子,如农民熟悉的农村生活场景比赛——比谁会种田,比谁的力气大,比谁家的婆媳关系好,或者在农民中间搞普通话比赛等,这些普通的生活技能,都可以为农民带来无穷的欢笑。在每年西瓜丰收季节,栏目组都要在农户的瓜地旁举办赛瓜会,看谁的西瓜大、谁的西瓜甜、谁的西瓜好看、谁挑的西瓜重、谁切的西瓜匀、谁吃的西瓜多等,通过这种方式,农民们收获着比西瓜丰收更甜美的喜悦。同时,通过节目的宣传,农民的西瓜成了瓜商的抢手货。这种带有人文关怀色彩的娱乐更增加了观众的参与积极性。另外,在表达上力求戏剧化、娱乐化、故事化。节目的演播室放在田间地头,改变了惯常的正襟危坐式的播报风格,而在题材的处理上,也尽量选择最能让农民接受的方式。

5. 辽宁省沈阳电视台——《庄稼院》栏目

栏目名称:《庄稼院》

栏目时长:每期13分钟,是日播栏目。

栏目宗旨:关爱农民、关心农业、关注农村。

栏目定位:是一档以反映新农村建设成果、推广农业新技术、传播致富信息为主要内容的农村类专题栏目。

栏目结构：板块式专题结构栏目。

栏目形态：秉承电视杂志类的节目形态，采用多板块交叉组合的节目形式，运用鲜活的电视手段、多彩的城乡互动，做好服务"三农"这篇文章。创造电视专题节目的新形态，成为新闻节目的补充和延伸，讲述新闻背后的故事，做农业新技术、致富信息推广者和传播者。主持人说故事吸引观众，专家现场讲技术满足农民，语言风趣，故事通俗，信息广泛，技术易懂，真正办成农民自己的节目。采用演播室与专题片结合的形式。杂志型栏目具有融故事、技术、新闻、服务、娱乐于一体的优势，可以通过合理布局、话题的转换、主持人灵活衔接等多种方式，发挥整体功能和整体效益。编排节目在整体上力求有所突出，既要凸显各自的闪光点，又要有机组合，注意各板块之间的连贯性以及协调性，在内容选择上要做到一致性，前后衔接过渡要自然。

节目形态：栏目设置9个子栏目，分别介绍如下。

（1）访谈类——做客庄稼院

逢单周（周日）播出，时长13分钟。

每期选择一个话题展开。涉足访谈类节目，可以说为《庄稼院》栏目打开了一个节目发展的空间，也在节目选题、播报形式、节目形态等方面带来较大的拓展。特别是改变了栏目固守演播室这一模式，为栏目如何走出去、进一步发展做出尝试。在农村田间地头、大棚、宅院等处搭设演播室，邀请农民、村支书、乡镇长、市县区长等做访谈类节目。选题紧紧围绕农民、农业、农村"三农"问题，可以是个人，可以是某类事件，也可以是产业（龙头农产品加工企业）。例如，县域经济发展、农产品质量安全、农民文化生活、致富典型等，其灵活的主持形式、幽默的语言风格、活跃的现场气氛，有情节，有悬念。编采人员周密部署，巧妙设计，突出趣味，寓教于乐，避免死板访谈。

（2）体验类——我要当农民

逢双周（周日）播出，时长13分钟。

一方面采取走出去、请进来的办法，形成城乡互动的局面；另一方面通过开办以与市民生活息息相关的身边事为题材的子栏目，吸引市民关注《庄稼院》栏目。通过邀请市民当一次农民，让他们参与节目制作，作为节目的主角，体验农业生产和感受农村生活。这是一档体验式节目，其实也可以办成时下较为流行的真人秀节目，让市民真正来到农村干农活、做农家饭，尝试当一回农民的苦辣酸甜，突出趣味性、参与性。也可以作为讲解技术的科教节目，由情节、人物穿插其间，并进行悬念的设计，不仅会突出其可视性，也使得这种通过市民游戏性质的节目会成为城乡互动的新模式。

（3）科普类——专家教种养

每周五次（周一至周五）播出，时长5分钟。

根据广大农民在生产过程中遇到的难题，组织大专院校、科研院所的农业专家进行会诊，答疑解惑，讲解技术要点和解决难题。具体形式是成立《庄稼院》农业专家讲师团，聘请著名农业专家做本栏目的技术顾问，使农业技术推广更规范化。可以由农民拨打栏目热线并提出技术难题，请专家解答。

（4）调查类——新农村

每周六播出，时长5分钟。

集中报道新农村建设的成就,反映农业、农村、农民新变化、新风貌以及农业基础设施建设,进行涉农政策法规解读等;围绕县域经济发展、县市区工作重点,宣传县域经济发展成果,突出介绍重点农产品深加工龙头企业,推进农业产业化经营等。此外可增加舆论监督力度,调查农村中存在的问题,为市委、市政府有关部门决策提供参考。

(5) 专题类——赚钱有道

每周五次(周一至周五)播出,时长5分钟。

采用讲故事的手段是该栏目一直要求和提倡的。但是如何讲好故事,又是需要探寻的。可以采用纪实、情景再现等手法,真实记录农民致富典型成功历程中的喜怒哀乐、酸甜苦辣。让被采访者走进荧屏讲述,而不是机械地采访。要运用有效的电视手段,比如恰到好处的同期声的运用,调动人物家庭和周边关系来解读被采访人物,多视角展示其人生个性,关注其日常生活和内心情感,进而得以揭示其成功的缘由。要在短短的播出时间中浓缩其历程及思想、观点、理念等,使观众能坐得住、看下去,利用荧屏视听语言来传递一种情感,力求与受众达到心灵沟通、思想互动的目的。

(6) 资讯类——天下农家

每周六次(周一至周六)播出,时长2分钟。

以编辑现有资料为主的信息集锦类节目,内容为国内外农业最新动态及农业趣闻等。

(7) 人物类——新市民

每周一次(周一)播出,时长5分钟。

报道生活在城市的农村人(农民工)的喜怒哀乐和创业的酸辣苦甜等,采编结合,突出地方特色。

(8) 服务类——三农热线

每天以移动字幕的形式播出。

免费为农民提供农产品买卖、县乡村招商引资、劳务输出、菜价、天气预报等信息。

(9) 服务类——农业气象

每周一次(周一)播出,时长3分钟。

每周最新农业气象概述,结合农业生产季节实际,为广大农民提供最新、实用的气象服务。

6. 辽宁省东港电视台——《一方热土》栏目

栏目名称:《一方热土》

栏目时长:时长30分钟,是日播栏目。

栏目宗旨:介绍广大农民在党的富民政策指引下致富奔小康的典型,以及富裕起来的广大农民的新风尚、新面貌、新气象,传播科学生产的新技术、新成果、新经验,长年为农民朋友提供农业科学技术和各类致富信息服务。

栏目定位:是为"三农"服务的一档科教类节目。

栏目结构:板块式专题结构栏目。

栏目形态:设置了"技术讲座"、"致富典型"、"政策法规宣传"、"农科之窗"、"今日乡村"、"专家一点通"、"农民热线"、"供求信息"八个栏目。

7. 河北省廊坊电视台——《金色田野》栏目

栏目名称:《金色田野》

栏目时长:栏目长度为 20 分钟,是周播栏目。

栏目宗旨:促进农业增效、农民增收、农村发展。

栏目定位:是廊坊电视台一档面向农村、面向廊坊 300 万农民、贴近农民、服务农业的综合性对农栏目。

栏目结构:板块式专题结构。

栏目形态:栏目设有三大板块:"走进新农村"、"农技到田间"、"热线帮您忙"。该栏目注重突出节目内容的实用性、鲜活性和节目形式的灵活性、多样性,让大家"看得懂、学得会、用得上、能受益",深受广大农民欢迎。

8. 黑龙江哈尔滨电视台新闻综合频道——《新农村》栏目

栏目名称:《新农村》

栏目时长:2007 年 9 月 17 日正式开播,每期 25 分钟,为除周末和节假日以外的日播栏目。

栏目宗旨:面向基层、服务"三农"。

栏目定位:一档对农的资讯杂志,以关注农村、服务农民为己任。

栏目结构:板块式专题结构。

栏目形态:包含"新农村新闻"、"致富经"、"村里村外"、"服务台"、"农事气象"等几个板块。"新农村新闻"板块将摒弃那些惯用的、俗套的新闻语言,用农民最易理解的家常话讲新闻。"致富经"板块将由致富农民来为观众介绍经验。

9. 湖北省武汉电视台——《都市家园》栏目

栏目名称:《都市家园》

栏目时长:2009 年 8 月 16 日开播,每周日 13 时播出,时长 30 分钟,为周播栏目。

栏目宗旨:从记者的视线出发,关注"三农"热点,反映农民呼声,介绍农民朋友成功创业的故事,看农村的新发展、新变化,力求"跳出农村看农村"。

栏目定位:传播现代农业科技信息,架起广大农民致富桥梁,面向"三农",服务大众。

栏目结构:板块式专题结构。

栏目形态:专题板块以若干个板块组成,共设"农事周报"、"四顺摆农门"、"致富故事"、"供求信息"、"农事气象站"、"田园新姿"等子栏目,其中"农事周报"是对一周内"三农"新闻的汇编;"四顺摆农门"以主持人李四顺体验式采访的形式为农民答疑解惑;"致富故事"焦点对准普通又不平凡的农民,讲述他们的创业故事;"供求信息"、"农事气象站"、"田园新姿"三个子栏目也将对农民提供贴心服务。

10. 浙江省义乌电视台新闻综合频道——《一方热土》栏目

栏目名称:《一方热土》

栏目时长:开办时间为 2007 年 8 月 11 日。

栏目宗旨:探索稠州千年农耕历史,弘扬义乌传统精神文化。

栏目定位:面向"三农",服务大众,展示商城现代特色农业,关注农业、农民和农村中的热点问题。栏目贴近实际、贴近生活、贴近群众、体现科学性、指导性和实用性。记者以深入现场的纪实手法为广大受众提供鲜活的报道,传播现代农业科技信息,架起广大农民致富桥梁。

栏目结构:板块式专题结构。

栏目形态:共设四个板块,分别是"乡土义乌"、"三农社区"、"家家百事通"和"信息快递"四个板块。"乡土义乌"反映义乌的民风民俗、人文精神和历史风貌,展现物质和非物质的本土文化。"三农社区"涵盖新农村变化、农技信息、致富门路和农家百事,以高效特色农业为着眼点,传递种养殖业最新动态,架起农民朋友的致富桥梁。"家家百事通"与行家里手进行面对面的沟通,对实用科技知识进行点对点地传授,同时采制一些与老百姓日常生活有关的小常识及小窍门。"信息快递"为农民兄弟和广大市民建立一个供需平台。

11. 浙江省嘉善县广播电视台——《跑农村》栏目

栏目名称:《跑农村》

栏目时长:开办于 2006 年,每期时长 30 分钟,为周播栏目。

栏目的宗旨:反映农民呼声,介绍农民朋友成功创业的故事,看农村的新发展、新变化。

栏目定位:记录百姓生活,关注农业、农村发展,趣谈实用技术,闲话乡村奇观。

栏目结构:板块式专题结构。

栏目形态:节目密切关注嘉善"三农"变化,及时宣传党和政府的政策,介绍农业种植业、养殖业知识,反映新农村新面貌。

12. 浙江省余姚电视台——《姚江田野》栏目

栏目名称:《姚江田野》

栏目时长:时长 30 分钟,是周播栏目。

栏目宗旨:根据中央建设新农村"20 字方针",与"三农"有关的内容均有涉及,包括生产、生活、文化、旅游、时尚、舆论监督等,以更好地为新农村建设服务。

栏目定位:专题类的对农咨询节目。

栏目结构:板块式专题结构。

栏目形态:栏目设立"为你帮帮忙"、"秀我大舞台"、"露他一小手"、"大家来说说"四个子栏目。

13. 浙江省安吉电视台——《新山海经》栏目

栏目名称:《新山海经》

栏目时长:时长 20 分钟,是日播栏目。

栏目宗旨:秉承"一切为农民服务"的宗旨。

栏目定位:一直把眼光对准新农村,如一本最新的对农资讯杂志。将致富手段、农业技术、求职信息娓娓道来,用农民朴实的思维、语言和心态畅谈 21 世纪农村的新鲜事。

栏目结构:板块式专题结构。

栏目形态:设立"致富山海经"、"农家行"等子栏目。

14. 浙江省长兴电视台——《走乡村》栏目

栏目名称:《走乡村》

栏目时长:时长 15 分钟,是周播栏目,每周播三次。

栏目宗旨:始终秉承"关注三农,由心开始"的宗旨,以农民为服务对象,关注有关"三农"的突发事件、热点新闻、最新资讯、政策解读、重大新闻事件分析、农民的生产生活等。

栏目定位:让农民成为电视的主人。

栏目结构:版块式专题结构。

栏目形态:栏目设立"乡村明星"、"乡村大搜索"、"乡村人物"、"乡村情报站"四个子栏目。

15. 浙江省宁海电视台——《新农家》栏目

栏目名称:《新农家》

栏目时长:时间为 10～15 分钟,每周三档。

栏目宗旨:服务"三农",打造品牌。

栏目定位:讲述农民故事,提供科技信息,介绍致富经验。

栏目结构:板块式专题结构。

栏目形态:《新农家·综合版》主要报道农村的新气象、新发展,农业方面的新技术、新产品、乡村的奇闻趣事以及一些农业政策和农业信息等内容;《新农家·创业板》主要介绍农民的创业历程、致富经验;《新农家·科普版》主要介绍科普类的一些知识。

16. 浙江省天台电视台——《魅力乡村行》栏目

栏目名称:《魅力乡村行》

栏目时长:时长 20 分钟,每周三播出。

栏目宗旨:营造"三农"发展的优良环境,最高限度地满足农村改革发展和农民多层次、多样化的需求。

栏目定位:栏目集知识性、实用性、趣味性于一体,以"评说地方农事、提供致富信息、展示特色农业、关注农民生活"为节目定位。

栏目结构:板块式专题结构。

栏目形态:主打板块有四个,"乡村快报"为农民提供最直接、最及时的方针政策、农时农事、农技资讯和动态速递;"乡村来风"涵盖动态新闻、生产生活、农民信箱和特色文化,原汁原味地反馈农村面貌;"致富有道"主要介绍种植养殖新技术、新品种等致富信息,以及宣传身边的致富典型、经验推广、致富金点子和市场行情;"乡村故事"评述人物风采、文明新风、乡村新貌及趣闻轶事。

参考文献

[1] 国家广电总局发展研究中心课题组．中国农村广播影视公共服务[M]．北京：中国广播电视出版社，2008.

[2] 郭建斌．独乡电视——现代传媒与少数民族乡村日常生活[M]．济南：山东人民出版社，2005.

[3] 李春霞．电视与彝民生活[M]．成都：四川大学出版社，2007.

[4] 裘正义．大众媒介与中国乡村发展[M]．北京：群言出版社，1993.

[5] 陈云涛．农民怎样看电视[M]．海口：海南出版社，2007.

[6] 何村．当代大学生三农问题调查[M]．长春：吉林大学出版社 2005.

[7] 于忠广．社会转型与对农广播[M]．北京：中国广播电视出版社，1977.

[8] 谭英．中国乡村传播实证研究[M]．北京：社会科学文献出版社，2007.

[9] 李良荣．宣传学导论[M]．福州：福建人民出版社，1989.

[10] 谢咏才．中国乡村传播学[M]．北京：知识产权出版社，2005.

[11] 刘江贤．农业电视节目策划36计[M]．北京：中国传媒大学出版社，2007.

[12] 姚君喜．甘肃大众传播与社会发展报告[M]．兰州：甘肃民族出版社，2005.

[13] 欧阳国忠．中国媒体大转折[M]．北京：团结出版社，2003.

[14] 方晓红．大众传媒与农村[M]．北京：中华书局，2002.

[15] 中国广播电视协会．媒介影响及其控制[M]．北京：中国广播电视出版社，2007.

[16] 方建移，章洁．大众传媒心理学[M]．杭州：浙江大学出版社，2007.

[17] 刘晓红，卜卫．大众传播心理研究[M]．北京：中国广播电视出版社，2005.

[18] (美)柯克·约翰逊．电视与乡村社会变迁[M]．展明辉，张金玺译．北京：中国人民大学出版社，2005.

[19] (英)丹尼斯·麦奎尔．受众分析[M]．刘燕南，李颖，杨振荣译．北京：中国人民大学出版社，2006.

[20] (英)戴维·莫利．电视、受众与文化研究[M]．史安斌译．北京：新华出版社，2005.

[21] (英)尼古拉斯·阿伯克龙比．电视与社会[M]．张永喜，鲍贵，陈光明译．南京：南京大学出版社，2002.

[22] (美)约翰·费斯克．理解大众文化[M]．王晓珏，宋伟杰译．北京：中央编译出版社，2001.

[23] 刘学．打造中国百姓涉农创业风向标——央视《致富经》首届"三农"致富榜样推介活动在京召开[J]．现代营销(创富信息版)，2010(03)：8-10.

[24] 刘建英．把握定位 做好服务 明确对象 突出特色——谈《农广天地》节目的内容选题与创作要求[J]．农民科技培训，2010(04)：23-24.

[25] 毕铭鑫．本土综艺栏目的"另类"发展之路——谈CCTV-7《乡村大世界》的思考与坚持[J]．电视研究，2009(05)：20-22.

[26] 江安平，刘迅．电视节目研究中一种方法的探索——以对央视"每日农经"娱乐信息的分析为例[J]．成都大学学报(社会科学版)，2011(02)：85-89.

[27] 科学养鱼．CCTV-7《科技苑》内容预告[J]．科学养鱼，2004(07)：37.

[28] 肖艳艳．我国涉农电视节目贴近性研究——以CCTV-7《聚焦三农》栏目为例[J]．新闻前哨，2010(04)，49-52.

[29] 阳光大道．中央电视台官方网站[EB/OL]．http://cctv.cntv.cn/lm/yangguangdadao/

index. shtml,2011-05-03.

[30] 乡土. 中央电视台官方网站[EB/OL]. http://sannong. cntv. cn/program/xiangtu/shouye/,2011-05-03.

[31] 陈轻扬. 央视《乡约》专题报道"粉面公社"传为重庆粉王[J]. 现代营销(信息版),2010(03):42-43.

[32] 刘理,张激. 办出电视对农节目时代风采——中央电视台邀请专家研讨《金土地》栏目[J]. 中国广播电视学刊,1997(12):45.

[33] 李再学.《乡村季风》的魅力[J]. 电视研究,1998(12):42-43.

[34] 夏月. 我是京郊一农民——主持《京郊大地》节目有感[J]. 农村天地,2004(08):27-28.

[35] 禹雄华,罗瑜. 涉农节目的娱乐化——解析改版复播后的《乡村发现》[J]. 湖南大众传媒职业技术学院学报,2009(06):13-16.

[36] 田建国,周彦珍,锁国庆. 如何打造农民喜闻乐见的品牌栏目——河北电视台《三农最前线》栏目的思考[J]. 当代电视,2010(08):58.

[37] 黑土地. 搜视网[EB/OL]. http://www. tvsou. com/topic_intro_detail. asp? id=748,2010-05-03.

[38] 天天农高会. 365农业网[EB/OL]. http://www. ag365. com/I_detail/60862/,2010-05-03.

[39] "三农"信息联播. 西部宽频[EB/OL]. http://nettv. sxtvs. com/GetListWithCatalogName. jspa? catalogcode=KJPD001007009,2010-05-03.

[40] 杨光,王伟力,郑树柏. 吉林电视台乡村频道品牌提升策略分析[J]. 北方传媒研究,2009(07):25-26.

[41] 三农湖北. 枝江农业信息网[EB/OL]. http://www. zj-agri. com/zj-agri/list. asp? id=1288,2010-05-03.

[42] 高佳丽. 从《新山海经》栏目看对农节目的创新[J]. 新闻窗,2010(02):87-88.

[43] 摇钱树. 广东电视台珠江频道网站[EB/OL]. http://www. gdtv. com. cn/newpage/dabenying/zjpd2/lmjs_yqs. asp,2010-05-03.

[44] 黄杰. 电视媒体的"活报剧"与"说新闻"——以河南电视台新农村频道《村长开汇》为例[J]. 青年记者,2010(27):46-47.

[45] 张绍雄. 谈新疆电视台《农牧天地》栏目的创新观念[J]. 中国广播电视学刊,2001(10):71-72.

[46] 许晓娟. 小议《农牧天地》栏目的定位[J]. 中国广播电视学刊,1999(09):78.

[47] 李克. 电视节目多声部合唱中的田园牧歌——对甘肃广电总台节目《田野之光》的评析[J]. 山西广播电视大学学报,2009(01):12-13.

[48] 李克. 对甘肃电视台涉农栏目《田野之光》的剖析[J]. 当代传播,2009(05):109-110.

[49] 黄土地. 陕西卫视空间站[EB/OL]. http://space. tv. cctv. com/article/ARTI1237543682723165,2011-05-05.

[50] 张怡. 以真实诠释媒体价值——解读贵州卫视《中国农民工》系列节目[J]. 贵州社会科学,2009(08):118-119.

[51] 黑龙江农垦电视台农业频道台标网[EB/OL]. http://www. tvlogo. net/TV/heilongjiang/nktv-1. html,2011-05-05.

[52] 乡土情. 金昌电视台[EB/OL]. http://www. jctv. cc/index. shtml,2011-05-05.

[53] 希望田野. 长视网 长春电视台[EB/OL]. http://www. chinactv.. com/dianshijiemu/index. asp? id=1,2011-05-05.

[54] 关键. 从《垄上行》谈地方台优质频道及栏目的发展策略[J]. 声屏世界,2010(12):48-49.

[55] 杜慧娟. 做农民的贴心人——从《垄上行》栏目看地级市电视台对农节目的发展[J]. 当代电视,
    2009(07):84-85.

[56] 庄稼院. 中国·沈阳电视台 沈视报道[EB/OL]. http://www.csytv.com/sytvnew/sytvreport/
    sub.php? id=40,2011-05-05.

[57] 一方热土. 东港电视台[EB/OL]. http://www.lndgtv.com/list.php? fid=21,2011-05-05.

[58] 金色田野. 廊坊广电网[EB/OL]. http://tv.lfrtv.com/system/2010/04/20/010000336_
    03.shtml,2011-05-05.

[59] 新农村. 哈尔滨电视台[EB/OL]. http://www.hrbtv.net/news/xinwen_xinnongcun/xinwen_
    xinnongcun.html,2011-05-05.

[60] 都市家园. 武汉广电网[EB/OL]. http://www.whbc.com.cn/whtv_1/whtv1_dsjy/200907/
    t20090731_41131.html,2011-05-05.

[61] 董益新. 浅谈义乌电视台对农节目的转型升级[EB/OL]. http://zjjx.zjol.com.cn/05zjjx/sys-
    tem/2009/08/07/015731972.shtml,2011-05-05.

[62] 跑农村. 嘉善县广播电视台[EB/OL]. http://www.jsgbds.com/col/col1097/,2011-05-05.

[63] 姚江田野. 余姚新闻网[EB/OL]. http://www.yynews.com.cn/gb/node2/news/node10/user-
    object1ai104718.html,2011-05-05.

[64] 走乡村. 长兴网视[EB/OL]. http://alpha.cxbtv.com/cxbtv/tv/zxc/,2011-05-03.

[65] 郑鸿秉. 县广播电视台新推对农节目《魅力乡村行》[EB/OL]. http://ttnews.zjol.com.cn/
    ttxw/system/2009/06/30/011229052.shtml,2011-05-03.